十三年"子归"沥血

染红了上百个人物故事

上百万字巨著

载不动

乡愁、诗,与远方……

————舒　婷

子归城

ZIGUI CHENG

第二部 根居地

刘岸 著

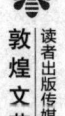

读者出版传媒股份有限公司
敦煌文艺出版社

图书在版编目（ＣＩＰ）数据

子归城. 根居地 / 刘岸著. — 兰州：敦煌文艺出版社，2021.4（2024.1 重印）
ISBN 978-7-5468-2032-3

Ⅰ. ①子… Ⅱ. ①刘… Ⅲ. ①长篇小说－中国－当代 Ⅳ. ①I247.5

中国版本图书馆CIP数据核字（2021）第071287号

子归城·根居地

刘　岸　著

策　　划：杨继军
责任编辑：侯君莉
装帧设计：马吉庆

敦煌文艺出版社出版、发行
地址：（730030）兰州市城关区曹家巷1号新闻出版大厦
邮箱：dunhuangwenyi1958@126.com
0931-8152307（编辑部）
0931-2131387（发行部）

三河市嵩川印刷有限公司印刷
开本　710毫米×1020毫米　1/16　印张　22.25　插页 1　字数　366 千
2021 年 7 月第 1 版　2024 年 1 月第 2 次印刷

ISBN 978-7-5468-2032-3
定价：78.00 元

如发现印装质量问题，影响阅读，请与印刷厂联系调换。
本书所有内容经作者同意授权，并许可使用。
未经同意，不得以任何形式复制转载。

目录
CONTENTS

- 001　卷首语
- 003　第一章　惊悚
- 014　第二章　沙枣梁子飘香
- 033　第三章　刘家酒坊
- 048　第四章　饿码头
- 060　第五章　群殴
- 078　第六章　诉讼
- 092　第七章　《如匠酒经》
- 098　第八章　球形地牢
- 115　第九章　癸丑之冬
- 132　第十章　惊蛰前后
- 152　第十一章　罂粟花开风满天
- 176　第十二章　重生季
- 198　第十三章　甲寅之夏
- 214　第十四章　血染洋行
- 231　第十五章　鬼节里的隐秘桥段
- 252　第十六章　鬼节之后

273　第十七章　风把墙吹倒了
299　第十八章　本命年
314　第十九章　哥萨克走后
333　第二十章　不死的传说及尾声

卷 首 语

有个传说没法考证，但子归城人都信。

说涅槃城有三个戍堡，拱卫着丝绸北路。西夏人想去阿力麻里吃苹果，就派了位将军带兵西征涅槃城，想要打通去霍尔果斯的通道。可涅槃城人顽强不从。仗打了半年，西夏将军才打下最后一个戍堡。当时，城门一开，西夏将军就闻到了浓浓的酒香。

西夏将军下令：让酒匠出来，赦免不死。

酒匠出来说：酿酒得有锅。

西夏将军就下令：让铁匠出来，赦免不死。

酒匠说：酿酒还得有木屉子。

西夏将军就下令：让木匠出来，赦免不死。

酒匠说：酿酒得有灶。

西夏将军就下令：让泥瓦匠出来，赦免不死。

酒匠说：酿酒还得有缸，有磨，有水火……

西夏将军说：啰唆！让工匠都出来，赦免不死。

酒匠说：有了酒得有人买卖。

西夏将军就下令：那就让商人都出来，赦免不死。

酒匠还要说：酿酒得有粮。但看到西夏将军不耐烦了，一急，说成了：有人得吃粮。

结果西夏将军说了句：吃肉不是更好吗？就下了屠城令。

于是，活在子归城里最多的就是商人和工匠了。

第一章
惊悚

第一节

1

现在是2016年的仲夏夜,太平洋里的各种气流正乱战不休。我穿着条形病号服,在这幢二十六层的高楼上写作。窗外大雾霭霭,看不见海,一片苍茫的白。

我想告诉你,我是怎么认识林拐子的。在我的脚被打了石膏的这段时间,骨头一疼我就会想起林拐子,还想象过几十种他被人打断腿时的悲惨情形……这可能就是同病相怜吧[w]!

我十五岁高中毕业下乡,作为知青,我干不了多少活。只能写诗写小文章,给生产队出墙报,画宣传画挣工分。后来我就成了县文艺宣传队的一个小编剧兼美编,写点儿小剧目,三句半啥的。当然也画红太阳、黄葵花……

1972年,现代京剧《龙江颂》搬上银幕公映,"龙江精神"轰动全国。我们

---

[w] 链接 您知道的,我不是个残疾人作家。我之所以现在腿上打着石膏,是因为前一阵儿,我跑去参加一个诗会,被人撞倒,摔断了左脚踝骨。不过,医生说了,只要我不再乱跑,很快就能伤愈。不会像林拐子那样,成为一个瘸子。

子归城

县的领导激动之余,竟想让宣传队排演《龙江颂》。于是队长就带了我和其他八个人,坐火车到了福州。下车之后,我们才知道话剧《龙江颂》改编自闽南芗剧《碧水赞》,于是再转汽车赶到厦门。到了厦门我们才知道样板戏是不能改编的,只能忠实地模仿学习。

于是,编剧没用了,我就被留在厦门群艺馆,学画《龙江颂》的舞台背景(术语叫舞美)。其他人集体去故事的发生地:漳州龙海榜山公社洋西大队深入生活,学习这个大队舍小家顾大局的共产主义风格。

我就在群艺馆碰上了林拐子。当时人叫他林闽嘉,是被请来口述闽商血泪史的。林拐子是几个耄耋闽商中唯一不讲闽南话的,他的普通话发音不准,但我一听就懂。我的普通话也发音不准,我们都有西北腔。

林拐子在他的口述史中,把合富洋行[y]前老板、绰号红胡子的雅霍甫描绘成了一个恶魔,说红胡子让人打断了他的一条腿,霸占了他的老婆白牡丹,还巧取豪夺了他的黑沟煤窑……

我既吃惊又激动,冲上去拉着他的手,结结巴巴地说:"林老伯,您,您就是当年古城子 子归城的代书人林、林拐子?我家还有您的老皇历……"

林拐子也很吃惊,他有所畏惧地向后退缩着身子说:"你,你是谁?你有什么老皇历?"

我说:"我有个爷爷叫刘天亮,还有个奶奶叫云朵。当然,刘天亮其实是我爷爷的叔伯弟兄……"

挺复杂的血缘关系,让我和林拐子一见面就有了丰富的话题。那时候岛上的人都忙着在填海筑堤,征服自然。我和林拐子是两个闲人,由此就成了忘年交。我请他吃饭喝酒,追问我家族的故事、子归城的传奇,求证紫泉子人的传说,还打探

---

[y] 链接 在子归城,合富洋行与林拐子闽嘉先生的仇怨总是连绵不断。前任老板红胡子致林拐子家破人亡,妻离子散。其死之时,林拐子欣喜若狂,跑去给妻姐黑牡丹报喜,却又被继任老板铁老鼠和黑沟煤窑矿主索拉西当成命案目击者,险些被杀人灭口。

他的秘密……那时候我就动了要写写子归城的念头,为此还做了些笔记。但当时我没想写小说,只想真实地记录一点儿"丝路"重镇的历史故事,顶多是稍微演义一番,让人觉得好看。

可后来……林拐子去世了。我无奈,只能被迫写小说了。

2

林拐子的命运苦不堪言,本身就像一部小说。

当年他和岳父拼死开煤窑,结果老河桥被烧,他去洋行请求延期交货。红胡子雅霍甫弗许,要赌。结果他输掉了老婆白牡丹。之后,他想赖账逃跑,却被洋行的大狼狗追上,咬断了腿筋。导致破伤风,差点丢了性命。而白牡丹去找他时,又被洋行扣留,此后多年下落不明。更惨的是,他的岳母等不到白牡丹回来,抱着外孙女去车轿里避风。却不幸遇上饿狼,叼走了孩子。岳母痛不欲生,投河自尽。他的岳父知道已家破人亡,当天就吊死在了矿井上。林拐子伤腿病愈后,去找唯一的亲人黑牡丹。黑牡丹却让煤黑子们拿着铁锹、镐头,打断了他的那条伤腿。

他卧薪尝胆,伺机报复,终于等来红胡子雅霍甫暴死。可自己又被继任者铁老鼠(名巴赫·铁尔森)下令扔进废矿井,差点儿命丧黄泉……

——以上是林拐子自己的说法,我没有虚构。

当然,林拐子不爱讲这些,我问多了他会瞪着黑少白多的三角眼,朝我吼。

他喜欢讲他的成功成就。比如,他怎样说服赖黄脸背叛他父亲的指令;他怎样给杨都督写信,导致黑沟煤窑被查。又比如,他是怎样装疯卖傻,骗过子归城人的。还比如,他是怎样用病死的狗、瘟死的鸡,喂熟合富洋行大狼狗的,等等。

他最愿意讲的是癸丑年,他深入虎穴合富洋行,孤身作战,大智大勇,整得铁老鼠发疯抓狂、精神崩溃。每当讲起这些,他就眉飞色舞、得意扬扬,顾不上喝酒,也顾不上擦一下嘴角挂着的白沫。

3

林拐子的奋战最初只是出于偶然。他从废矿井死里逃生后,愤怒地给杨都督写信检举,同时也写了一份内容大同小异的恐吓信,趁洋行的小阁楼没人时,放到了小圆桌上。当时他不知道该怎样落款，就顺手写了红胡子的名字。没想到铁老鼠怀疑是襄理皮斯特尔做的手脚，为此两人发生了争吵。于是他又写了第二封信，干脆以红胡子的口吻，警告铁老鼠说：医生阿廖沙去找我外甥契阔夫了，并且已经告诉了他，你是怎样毒杀我的。现在，我的阴魂就在你身边，我要看着你被绞杀、勒死……

这次铁老鼠没再怀疑别人。他举着洋蜡，端着手枪，从洋行的小阁楼一直到一楼客厅，独自搜索了一个晚上。

受此启发，林拐子去城北鱼市买了一条七星鱼（也叫张公鱼），用它在小阁楼的墙壁上画了一个人的骷髅。林拐子生长在海边，知道七星鱼晚上只要有光照，就会发出暗绿的荧光。这次，他也不再写信，而是画了一个神头鬼脸的鬼符，放到了圆桌上。果然，铁老鼠看了鬼符后，就又举着洋蜡，端着手枪开始摸索。当他看到墙上闪着绿色荧光的骷髅后，立刻吓得尖叫一声，跪在地上，哆哆嗦嗦地祈祷，哀求。

铁老鼠独居，害怕待在空荡荡的家，常睡在洋行二楼的办公室里。红胡子死后，他又直接把三楼的"铁窗子"[t]当成了卧室，有时也在小阁楼就寝。林拐子就趁他晚上出去嫖娼或者喝酒的时候，给小阁楼和"铁窗子"、办公室搞各种名堂：用涅槃河的芦苇做成竹哨，插在窗外，在夜风的吹拂下，它们会不时发出鬼哭狼嚎的哀鸣；他还从坟地里抓来老鼠，涂抹上七星鱼汁，让它们晚上闪着光，在房间里窜来窜去。吓得铁老鼠连续几天让白石头楼灯火通明，不敢睡觉。

后来皮斯特尔被捕后，林拐子干脆把收集到的传单[d]，塞到小阁楼的抽屉、铁老鼠的枕头下，暗示：你是同谋，也要被抓。

---

[t] 链接　"铁窗子"是间无人房。位于三楼小阁楼隔壁。由于红胡子把合富洋行的金银器、古陶精瓷、奇珍异宝等大件贵重物品都放置其中，所以，为了防盗，给这间房的窗户安了结实的铁栏杆。按编号它应该叫三楼四号房，但洋行的人图方便，就依据其特征，叫它"铁窗子"。平时没事，谁也不靠近，避嫌。

铁窗子房间不小。但因为全室只有一个窗户，一个天窗，还安了铁条，故而光线幽暗，阴气瘆人。

[d] 链接　合富洋行的襄理皮斯特尔因携藏反动传单而被捕的那天晚上，子归城的大街小巷出现了许多类似传单。人人避之不及，唯恐惹祸。林拐子却趁人不备，揭下来，予以收藏。同时还誊抄了许多，偷偷放入洋行各处，以图诬陷、恐吓铁老鼠。

铁老鼠吓得发疯，出虚汗，干脆一到黄昏就把白石头楼关门闭户，拉上窗帘。这当然阻挡不了林拐子的进入，因为他根本就不从门窗进出。

后来，林拐子把自己打扮成一个女鬼模样，脸上涂了七星鱼汁，提着一只血淋淋的山羊头，想要放到铁窗子寝室时，铁老鼠突然推门而入。两人面面相觑了几秒钟，铁老鼠就一声不吭地晕过去了。

铁老鼠相信那女鬼就是红胡子雅霍甫的鬼魂。

再后来，林拐子发现铁老鼠当了老板后，合富洋行的猫全销声匿迹了。他就在铁老鼠举着枪四处搜索时，学了几声猫叫。结果他发现，铁老鼠真的像一只老鼠那样，开始痉挛，汗流如注，不会动了。

从此，林拐子的胆子更大了，在铁老鼠筋疲力尽，刚要闭眼时，他就敢拿根绳子拴上玉米的红缨子，从天窗上吊下来，在铁老鼠的眼前晃悠，冒充雅霍甫那蓬勃旺盛的红胡子……

而一旦铁老鼠发出惊叫，他就轻轻地学声猫叫。铁老鼠则立刻痉挛不止，噤若寒蝉。

林拐子在洋行如入无人之境，最终成了铁老鼠看不见的噩梦，如白石头楼中来去无踪的魑魅魍魉。到了后期，铁老鼠就神志恍惚，步履蹒跚，一紧张就浑身盗汗，甚至挥发出阵阵腐尸的恶臭气味了。

4

1972年仲夏，林拐子闽嘉先生特意带我去看了他祖上在鼓浪屿的老房子。那是一片废弃多年的石质小洋楼，有些地方成了残垣断壁，青藤缠绕，荆棘丛生，老鼠、蟑螂随处可见……

当时林拐子闽嘉先生已经八十多岁了，他却能灵巧地在破楼中蹿来蹿去，攀上爬下，让我自叹弗如。

望着林拐子兴奋地在小洋楼的一些莫名其妙的地方忽隐忽现，朝我炫耀地招手、呼喊。我恍然大悟：合富洋行的石头楼其实跟鼓浪屿的小洋楼有着相同的建筑格局和奥秘，都是林拐子自小就熟悉的，他穿梭其中轻车熟路，进出自如。

子归城

林拐子承认：从他家破人亡开始，就一直千方百计要复仇。红胡子暴死，他的仇恨尚未彻底泯灭，铁老鼠他们就把他无端地扔进了废矿井……这让他不能不愤怒，不能不战斗。

林拐子还说，他的种种伎俩有次被发现，都被关在小阁楼了。可铁老鼠不敢让人抓，害怕是红胡子的鬼魂。

当然，林拐子也承认，他的各种装神弄鬼，弄得铁老鼠精神崩溃，深信不疑，但也有人不以为然。

那次，他冒充红胡子的鬼魂，给自己裹了一块白布，还在脖子下面粘了一圈秋天的红玉米缨子，当红色胡子。本来铁老鼠已被吓晕，可他贪心了，得寸进尺，还想折腾，又往他脸上泼了一杯凉咖啡。结果铁老鼠醒来，傻瞪着黄眼珠子看他。他一着急就学起了猫叫，学的声音太大，胖厨娘听到后就吆喝了一帮希卡（武装家丁），敲门砸窗，要进来捉鬼。

他情急之中，爬出壁炉，沿曲里拐弯的楼沿廊角翻墙时，技术动作发挥失常，被胖厨娘看到了。她大喊大叫，唆使那些大狼狗咬他。结果有条他原先喂熟的狼狗，翻脸不认人，冲上来，在他伤残的瘸腿上，狠狠地咬了一口。幸亏当时他已上了院墙，从院墙上摔下来后，在"老李杂碎汤"门口，正巧碰上了独眼龙的大白马，才侥幸逃过一劫。

不过，当时希卡们开了院门，再绕过来抓他时，发现一个白色的影子骑着一匹白马，轻盈地在夜色中遁逝。也都开始恍惚，怀疑可能真是鬼魂。

自此，合富洋行多数的希卡，甚至胖厨娘，也都心生忌惮，不再想抓鬼了。

林拐子装神弄鬼，花样翻新。铁老鼠与鬼同屋，时而抓狂，时而号哭，他常常汗流浃背，却苦无一策。就在小阁楼、地下室、办公室四处躲藏，甚至一晚上换三四个睡觉的地方。最惨最孽张（令人怜悯之意）的时候，还在一楼的靴子柜里睡过觉。

可无论铁老鼠躲到哪里，半袋烟的工夫，林拐子就能准确无误地出现在他的附近。

铁老鼠被逼得灵魂出窍，精神崩溃。后来，惊蛰地震，铁老鼠就把自己与世隔绝了。

第二节

1

我相信林拐子折磨人、跟踪人的天赋是遗传的。

这遗传应该来自他的父亲。

林拐子的父亲林茗先生，曾是厦门最大的茶商。

第一次鸦片战争后，厦门开埠，英国人登陆上岛，找林茗先生买茶，后来就要茶籽。林茗心眼多，让人把茶籽炒熟了出卖。

英国人拿到印度，怎么种都不出苗。

英国人困惑万分。有个植物学家查理·琼斯就自告奋勇，乔装到了武夷山。

查理在武夷山搞到茶籽、茶苗后，发现日夜有鬼影追踪……他惶惶不安，在风声鹤唳、草木皆兵中发现追踪者来自厦门，来自鼓浪屿的林家小洋楼。

查理吓得不敢从厦门港口上船，只得从浙江逃跑了。后来他写了《在茶叶的故乡——中国的旅游》一书，此书全国就杭州茶艺馆有售。

在这本书里，他对厦门人林茗对他的追踪有过描述，写得惊心动魄。

2

林拐子当年把铁老鼠折磨得抓狂崩溃。1972年差点儿也把我弄崩溃。

那天傍晚，忽然雷电交加，我们在鼓浪屿内厝墺一幢昏暗的破楼里躲雨。林拐子拍死一只蟑螂后，突然来了兴致，伸出只剩下两个指头的左手，对我说："你知道吗？癸丑年柳芭没有死，她就在石头楼里。"

我一惊，感到了一种巨大秘密降临的激动，就看着他的V形残手，赶紧急切地追问。

可是，林拐子讲了半天，我发现他只能用一只V形手，证明他当年在白石头楼

子归城

里看到过一个洋女人的身影。可那女人蒙着面纱，怎么确定就是柳芭呢？就算是，那她平时就在石头楼里吗？她如何生活？等等，问题很多。

林拐子承认，他和我一样，对这些也不清不楚。

事实上，在我的故乡紫泉子，柳芭一直就是个谜一样的存在。说到她的生死，多数人都认为她在"名妓奇案"发生时死了，可具体细节，又都语焉不详。倒是有些说她活着的人，反而讲得生动具体，有个在迪化安了假肢的老刀客就说过，他在迪化的医院见过柳芭，当时她坐在轮椅上和谢尔盖诺夫吵架。而辛四爷的女儿辛弄瓦则说得更玄乎，说她在伊万举行的一个招待酒会上看到过一个二转子（混血儿）女人，她头戴黑纱，身穿白裙，坐在二楼包间。大家都说，那个女人就是名妓柳芭。……辛弄瓦十七岁就嫁给了迪化的一个洋商，参加伊万的酒会很正常。但她是个信口开河的女人，她的话当然让人不敢全信。

我记得在鼓浪屿的那个傍晚，我拨开林拐子的V形手（上面有蟑螂的黏液，很恶心），给他讲了我的分析：如果柳芭在添仓节后还活着的话，那么，真正见过她的应该有两个半人：一个是契阔夫，可他后来死了。一个是谢尔盖诺夫，他在我八岁时也死了。还有一个就是您——林闽嘉林老伯您了，可您只看到过一个洋女人的身影，也没和柳芭说上过话，所以只能算半个人。作为半个人，您怎么能确定石头楼里的那个女人就是柳芭呢？

林拐子对我把他说成半个人，很生气。为了证明自己言之有据，说出了一个秘密，他说："还有一个人，郝大头，你知道吗？他后来开了棺材铺，租的就是合富洋行的门房，改成了临街铺面。全城就他，最知道石头楼里的人是谁。"

"是啊，郝大头是怎么回事？"这也一直是我的困惑。

"怎么回事？郝大头没出息，仇将恩报，被人家洋行整尿整服了呗！那个木匠，连黑牡丹都说他是个囊揪[n]！——你没听他说过柳芭活着的事儿？"

---

[n] 链接　囊揪，丝路方言，窝囊废，没用的废物之意。这个词儿从林拐子嘴里出来，让我惊诧。也说明他对自己在古城子的苦难经历是没齿难忘的。

"我只见过他一面,他就死了。而且此人无后。无后的意思您懂吗?"

"哦,他是死得早。"林拐子翻着三角眼,想了一下,咬了咬牙,说,"那你去武夷山,找福建八行的赖水旺,问他。他后来见过柳芭。"

"可水旺伯也死了。——这事儿您前些天不是刚给我说过吗?"

林拐子急了,V形手几乎戳到了我的眼窝上,"我见过柳芭!石头楼里的那个女人一说话、一动弹我就看出来了,她就是柳芭!".

"你见过柳芭?什么时候?她一来子归城,'名妓奇案'就发生了。除了典当行的人,还有天亮爷爷,见过她的人并不多……"

"我当然见过!她拽着谢尔盖诺夫的胳膊从一楼上来,进了小阁楼,两人嘻嘻哈哈打情骂俏,我都看到了!当时我就在壁炉的烟囱边上趴着。后来洋行的希卡们把她用一顶轿子送到典当行的时候,我也看到了。——当时我就在县衙门口给人代写家信,她从轿子里出来,还冲我笑了一下!"

"哦,林老伯,那你说说柳芭到底长啥样吗?都说她长得像狐狸精一样漂亮。"

3

林拐子给我描述说,柳芭是个二转子,金发披肩,碧眼妖媚,皮肤白皙如奶酪,鼻梁挺拔,红唇艳丽,有着一对挺拔而高耸的乳房。而且,她还是属于小巧玲珑型的,不同于一般外国妇女人高马大的体型……

这一切都与紫泉子人对柳芭的描述完全吻合,也符合天亮爷爷所谓柳芭是个"骚狐狸"的评点。更重要的是,林拐子在描述柳芭长相时,还再次把V形手差点儿戳到我脸上——他猛然想起来了,柳芭去典当行那天,他共计给人写了四封家书,其中一封就是刘天亮请他写的,"你不是说你们家有我的皇历吗?你回去查查看,一定有我给他写信的记载!"林拐子说。

当时,林拐子的那些老皇历还在紫泉子,我没认真看过。但我记得父亲曾给我惊叹过:"嘿!你天亮爷爷让林拐子写过一封家信,这皇历上还都记下来了。收了二百文钱。"

子归城

我彻底崩溃了！柳芭还活着，那我的"名妓奇案"从根本上不就错了吗？

诸君，您可能不知道，我其实是很不愿意去写这本叫《子归城》的小说的，现如今还有几个人肯坐下来读小说？问题在于我出生在紫泉子，这里多数人都是子归城中的幸存者，就像新中国来之不易，许多健在的老同志一想起牺牲的战友就非常珍惜手中的权力一样，紫泉子人非常珍惜他们在子归城的那段光阴，几乎每个人都认为他和他的子孙有义务告诉世人，曾经有过的这段历史。我自然也不能被例外。

更不幸的是，我最初是出于好奇才和林拐子聊子归城掌故的，我没想写什么小说，我只是想把它们记下来，让故乡人高兴。可后来我考上了大学，在我读书的那个年代，上大学不是一件容易的事，十年"文革"，聚了多少人才啊！1977年恢复高考，犹如长河决堤，考生多得像洪水猛兽。而我却意外地考上了，从离海最远的地方到了厦门一个叫"鹭江生态与海洋理工学院"的大学（这个不入流的学院以录取分数线超低著称，学历也被质疑，可后来也升格叫"大学"了，简称鹭生大）。这一下，在几辈子才出一个识文断字者的紫泉子人眼里，我成了一个文化人，沉重的历史责任也就不证自明落到了我头上：写一部讲述子归城的书。

二十五岁的我，就这样莫名其妙地背负起了历史的重任。

冤枉的是，我不幸上了理工学院这也没关系，可它偏偏设了中文系，还不顾我英语只考了十六分，给我发了通知书。结果，我成了一个要终身写字而不是研究自然奥秘的人。

这事和我的父亲有关，我本来是理科班的。也就是说，如果意外地上了大学也完全用不着管什么子归城不子归城的。可我的父亲趁我年幼无知，竟然利用职务之便（他是校长），偷偷地把我转到了文科班。结果我这一生就很悲哀：紫泉子成了我心头上的一块息肉，难受得要命，可又去不掉。

有一次我对父亲说，你让我上文科，害得我好惨，我几乎成了拴在紫泉子的一条狗，终身都逃不出那地方了。

他笑而不答。

据此我怀疑当初给我转班是父亲的一个阴谋。子归城的故事可能也是他心中永远的痛。

——看看，我一生气都写了些什么？可我当时就是这么想的。父亲的痛，又不是我的痛，我为什么非要写这本书呢？而且它又这么复杂，线索繁复，情节迷离，人物多，头绪多，还众说纷纭……

4

1972年，我一生气，扔掉了笔，停止了和林拐子来往。对于一个崩溃了的人来说，没有烧掉素材本已经是万幸。

可他们不放过我。1977年，我到鹭生大报到没几天，就遇上了少年林子非。——这事怨我，我跟林拐子说，我们家有他遗失在子归城的老皇历。他就要看。我来鹭生大报到的时候，就从故乡紫泉子带来了。结果他身份可疑的孙子林子非告诉我：在我走后的第二年，他爷爷林闽嘉谢世了。

对此我并不太悲痛，我不喜欢林拐子这个人。问题是林拐子临死也没放过我，他留了遗言，说：把他下半辈子在厦门的皇历也送给我，还有几篇写查理·琼斯与他父亲林茗先生交往的报刊文章。他说，他在九泉之下，会看着我用这些资料写出一本书。

我翻了翻那些貌似珍贵的皇历（其实是民国历，我后来把它们束之高阁了），想起我和林拐子的誓约——也是我给他的承诺，欲哭无泪。我看到了一条狗，无论是在紫泉子还是在厦门，它都被一条绳子拴着，绳子的那头，是它祖先的根居之地——丝绸古道上的一座城。

我只好揩干净无泪的双眼，抓起笔，再次动手写《子归城》。我知道林拐子不在了，许多东西无从考证，我只能虚构了，所以我写的东西应该叫小说。

第二章
沙枣梁子飘香

世上嘛活路万千条哩，
梦哈（下）的嘛都在古城子里呢。

——丝路花儿

第一节

1

沙枣梁子在子归城北部十多里外的荒漠纵深处，它是由数道山梁构成的一个丘陵地带，位于涅槃河下游。地表主要由风蚀岩和黄沙土构成，土地较贫瘠，可耕地少。沙枣梁子曾经松杉榆柳成荫，又有山泉，所以风景颇好。后来干旱缺水，树木渐稀，唯有沙枣树尚多且老。每到花季，满树金黄，香飘十里。

沙枣梁子是子归城的北部门户，几个世纪来，北沙窝在这里驻足不前。无论是走"北路"的阿山马帮，还是从老轮台过来的骆驼客，在沿汉唐古道穿过荒漠后，首先看到的生命迹象就是沙枣梁子的一黛绿莹。看到了它，就意味着你还活着，而且已经到了子归城的门口……

所以，沙枣梁子是沙漠边上的好望角，是希望和成功的标志。

您可能已经猜到我想说什么了——我想说，天亮的酿酒传奇，从这里开始是个好兆头。

2

《如匠酒经》共九章二十七篇，钟爷给天亮讲了三天，他似懂非懂。钟爷一急，差点儿犯病，瞪着眼就逼不识字的天亮默写《三字经》。幸亏天亮机灵，大喊一声：懂了！人之初，性本善……

钟爷才没真犯病，但又絮叨起了蒙坤的性善性恶问题，还说于文迪被戕与之有关……说着说着就不对劲儿了。

迎儿见状，急忙打岔，说：酒后吐真言，是不是说的就是人性啊？

钟爷这才把话题转到酒上，恢复了正常。

不知是什么样的命运在等待——这个尾随了天亮半生的疑问，在钟爷讲解了《如匠酒经》之后，依然是超越天亮的理解力的疑问。但不管怎么说，天亮就买了三口大缸、一只铁锅、八斗高粱玉米、八斗谷子小米以及各种各样稀奇古怪的酒曲子，带着云朵、迎儿开工酿酒，热热闹闹地把沙枣梁子的春天、夏天都弄得生动活泼起来了。

钟爷有首《夏日吟酒》串诗描写过当时的情形：

苍烟乔木野人家，拾柴烧酒蒸焰霞。
晓映炊烟见儿女，月照芦荻语喧哗。
忽有香风入草庐，老夫策杖扶门出。
儿曹痴小不知累，酣睡炉边唤不醒。

我想，您有时间的话，只要细细品味这首诗，就能想象出当时的生动景象，本人无须再赘。

行文至此，懂小说的人都知道我该叙说这件事了：天亮他们是怎样造酒的。

我曾经看过巴黎电子博物馆中的一张照片。它是法国摄影家戴西莱·夏尔奈早年在美洲考察时拍摄的，照片上是一个印第安人正用一支很长的瓢吮吸一棵巨大的龙舌兰汁，然后把吮吸到瓢里的汁水再倒进背囊里……

子归城

"那巨大的龙舌兰是我从未见过的叶肉质植物,它的粗壮和庞大撼动着我的视觉,那些伸展出来的肉叶像一只只巨型手指,他们比人的腰还粗,比正常人的身体还高。热带植物总让人想到女性,丰乳肥臀的女性。"

照片上的文字说明告诉我,当年印第安人利用这种龙舌兰汁发酵并酿造一种龙舌兰酒。"这酒的名字真好听,有一种热带雨林的气息,只有热带雨林气候才能生长出这样饱满肥硕的热带植物并酿制成这样的热带酒。"

我想,这种龙舌兰酒的酿造和福建的黄酒近似,只要懂得工艺,一般家庭就能酿造。

工艺就在《如匠酒经》里,天亮他们如法炮制。

第一次自然是失败:在院子里就闻见酒气滔滔幽香袭人,云朵拿了葫芦瓢开缸去舀,缸中却是一汪白头蘑菇状的泡沫。

第二次也不成功:那只最有希望的大缸忽然爆裂,溢出的酒液流向锅灶,随即燃起蓝幽幽的火焰,还燎了迎儿的秀发。另一缸则干脆成为酸臭的泔水,浑浊的醅水混合液中还游移着蝌蚪状的小动物。

多灾多难的第三缸意外地取得了成功:首先是大风吹翻了蒸屉,醅浆溅了天亮一身。其次是天亮受了钟爷指点,将那些阳光暴晒后的废酵醅放上锅台重蒸时,铁锅漏水。之后是酒香四溢,大家都深信酿出了美酒,庄严神圣地品尝时,锅中的透明液体却淡而无味,饮之如同嚼蜡。

"贼驴日的,那酒香味是从哪儿出来的呢?咳!"天亮茫然无措,颓然卧地,望着满目夕阳,搞不清它是三角形、四边形还是正圆形。

后来,迎儿发现酒香来自屉壁、锅沿。她取下了陶罐盖,曾经设想让酒中透出一种花香,就偷偷将一朵海娜花和一点儿沙枣花放在陶罐的半圆形顶盖里,塞入了蒸屉。现在那枯萎的海娜花还浸泡在盖底的一汪清液中,但它已不重要了,重要的是那汪蒸馏而成的清液数量虽少却浓香馥郁,味道清冽甘润,回味悠长,余香绵绵。那一刻,天亮欣喜地把《如匠酒经》扔到一旁,鼻中酸热,泫然欲涕……

那是个沙枣花盛开的季节,即便相隔百年,我依然能感觉到浓郁的花香在四处弥漫。

3

第四、五、六、七次生产成功后,天亮便把缸里的酒液分装到大大小小的坛子里,封了口,装上驴车,想要纵驴(没马,只有驴)驰骋,去子归城试试销路。

云朵坚决不同意。她怕天亮进城被合富洋行的人看到,就让天亮在家负责生产,自己带了迎儿进城销售。

至此,我顺便把这时的历史背景给您作个交代,这很重要。

春节时,金丁县长备了厚礼,携福建老婆,忐忑不安地跑到迪化杨府,给杨老太太拜年。得了杨都督的指示:"木头伐了,搁在那里烂掉也不好。一部分'援科',修工事,筑城,一部分用于公共设施嘛。把那些个烂尾工程赶紧收拾好!让老百姓看到实惠,他们就不告你了嘛!"

金丁没被责罚,还意外地得了尚方宝剑,积极性再次提高。故而一开春就又忍不住大兴土木了:重修城门、城楼,衙门、拐子街……行商坐贾也就闻风而动,忙碌了起来。

子归城就是这样,只要商贸一通,便万事皆通。所谓的繁荣和昌盛就像雨后的蘑菇,疯生乱长。

这种情形下,云朵她们进城售酒的结果也就可想而知。虽然有人抱怨,这酒度数低,没劲儿。但仅仅一个时辰,一驴车酒销售一空。

以后每次的售酒状况都是第一次的重复。

4

云朵和迎儿卖酒的时候,遇到过林拐子。云朵觉得奇怪,这个勺子不是被洋行扔进废矿井了吗?咋现在好好的?看上去还挺自在,大大方方地坐在福建八行的外廊上,为人代书,还掐指算命。

云朵去给钟爷的老寒腿开药,就把自己的疑问说给了医官孟长寿。

孟长寿笑着说:"那洋行现在哪里还能顾得上林拐子啊?自从皮斯特尔被抓

后，洋行就一直在闹鬼，闹得厉害！那鬼魂儿追着铁老鼠索命呢。我去给他看过病，人已经匀掉了，哈喇子流得半尺长，快成废人了！"

云朵听了，心里踏实了许多，但还是不让天亮进城。

5

天亮听钟爷讲《如匠酒经》时，知道里面有完整的烧酒酿造工艺，就想做烧酒。和子归城许多人一样，在他看来，烧酒才是真正的酒。

要"烧"酒，就得有"甑"。

以现代眼光分析，这个"甑"，其实就是一个锅式蒸馏器，当时人叫它"天锅"。它的工作原理也十分简单，先是在盘好的大灶上架一口大铁锅，铁锅里放入清水，然后用一个圆形箅子盖起来，在箅子上堆放酒窖中已经发酵的酒醅，之后，将酒甑扣上去。这个酒甑构造有些奇特，它基本是个圆铁筒，五分之一处有一个圆锥形铁质密封层，下面有一个叫匙的像铁勺的物件，——或许叫歪把子漏斗更确切。匙的漏斗·悬空接在圆锥体的锥形尖端，另一端自甑中伸出，接到一个容器上。工作时，将甑的上端倒上冷水，烧沸锅中清水，热蒸汽通过酒醅上升到圆锥处，遇顶部冷水凝结成液体滴入匙中，再沿匙的导管流出甑，流入甑外容器，这个流出的液体便是白酒。

自古以来，所谓烧酒，就是指这样"烧"出来的酒。实际上它除了甑的底部要不断加入冷水以外，基本原理和我们蒸一笼馒头没有区别。

甑，在《如匠酒经》上有完整图样。天亮就想拿了《如匠酒经》进城去定制一个。

云朵不同意，怕合富洋行加害天亮。

正在刷洗陶罐的迎儿却抬起头，忽然说："昨儿我梦见洋行的铁老鼠变成了一只老鼠。"

"老鼠？你梦下的？唉？"三个人全愣了。呆呆地看了一会儿迎儿，天亮才问。

迎儿点头，说是。

钟爷就先表了态："那就进城看看。"

云朵反对，说："人咋能变成老鼠？"但她想到医官孟长寿说过"铁老鼠匀

（傻子、白痴）掉了"，反对的语气就不那么坚定了。

过了两天，涅槃河流域起了大风，随后形成了雾霾，三丈之外，看不清人。云朵就同意了天亮要去定制蒸甑的想法。不过还是不放心，要自己也跟着去。

天亮把驴车套好，迎儿来了，拿了个老鼠夹子，放到了车上。

天亮和云朵都奇怪。

迎儿说："我梦见铁老鼠变成了一只老鼠。老鼠不怕夹子吗？"

天亮和云朵面面相觑，云朵问："真梦下了？"

迎儿点头。

6

那老鼠夹子果然灵验。天亮和云朵在城里找到铁匠麻子孙，详细说好了甑的规格尺寸，交了押金，还吃了顿饭。从去到回，不要说合富洋行的人，就连一个熟人都没碰上。

当然，那样的雾霾天气，人跟人撞上，都不一定能看清对方。

第二节

1

雾霾过后，天清气爽。天亮正往车上装酒坛子。迎儿过来，神秘地说："刘天亮，你还不快去挖你的银子。慢了，就让人挖走了。"

天亮笑："咦，啥人挖走呢？"

"大风快把你的银子刮出来了，再不去就被上坟的醉鬼挖去了。"迎儿认真地说。

天亮一下紧张了："咦！你梦下的？"

迎儿点头。

天亮去找云朵。云朵沉吟了一下说："这古城子一带，大风把地下的财宝刮出来，是常事。正好刚出了新酒，咱今天就一车拉了，就手卖了。"

天亮赶紧载上酒，带了把铁锨，就上了云朵的车。云朵说："有你啥事儿？"

子归城

天亮说:"我不进城!我去古牧地找我的银子。"说着,就把老鼠夹子扔到了车上。

云朵想想也是,天亮不去,谁知道银子在哪儿,只得同意了。

2

驴车到博望渡时,天亮和云朵就看到官道上有一辆驴骡子车在踽踽独行。车上坐着一个穿绿绸衫的孬小伙,边喝着一壶酒,边流里流气地唱着《十八摸》:

一摸妹妹的嫩脸蛋呀,
粉嘟嘟就让人心肝儿颤。
夜里翻墙头到你家呀,
你娘就打了我一锅盖……

赶车的是个中年妇女,满身灰土,显然是个佣人。车赶得歪歪扭扭,跟跟跄跄。

天亮看到车上有几个包包蛋蛋的布包袱,从里面还飘飞出了几片纸幡冥钱,就急了:"迎儿这丫头,神啊。"

天亮说着就一扬鞭,赶着毛驴狂奔。

"你咋?疯哩?"

"迎儿不是说,慢了,就让人挖走了吗。咹?"

车到了北城门,天亮说声:"你去卖酒!我去古牧地。"抓起铁锨就跳下了车。

"啥?你……在哪儿会面?"

"咹?——东门外,福建八行的赖家茶馆[1],那棵桃树下。"天亮说着人就没影儿了。

云朵骂了句"秦州呆",只得独自赶车进城了。

---

[1] 链接 天亮知道,爷爷钟则林在古城子做管带时,对福建八行的四大姓给予关照。钟爷又爱喝茶,后来他与福建八行的四大姓一直关系很好。尤其是陈、赖两家,有了好茶,总是会给钟爷留着。

3

绿绸衫尕小伙果然是上坟的。天亮赶到古牧地边上时，驴骡子车已停在那儿了。可那个尕小伙喝多了，躺在车上呼呼地睡。女佣着急地拍着车帮子在喊："少爷哎，你爹让你给你姐上坟呢。快醒醒吧！"

尕小伙被叫起后，迷迷糊糊地抓起铁锨，从车上下来，却就地摔了一跤。女佣发着牢骚要扶他，他不让。挥手推开女佣，提着铁锨，哼着酸曲儿趔趄着往前走。没走出多远，却又摔倒在沙堆上。这回他干脆仰面朝天，又哼唱了起来：

夜里翻墙头到你家呀，

你娘就打了我一锅盖。

……

"哎，你这是给你姐上坟呢，还是来唱酸曲的？"女佣拍着大腿，冲尕小伙喊了几声，转眼看见天亮，就摇头叹气，"何家这真是要败了呀，养下的这都是啥娃吗……"她说着便扭着肥胖的身子，去搀扶尕小伙。

天亮想起迎儿的话，就顾不上搭理这两人。扛上铁锨，就急忙进了古牧地。

到了乱坟岗子里面，天亮回头，看到那女佣已经搀扶着尕小伙上了车。之后不久，她就又赶着车，上官道，朝东走了。

4

云朵卖了酒出城已经是午后，她到了赖记茶行，就在那棵桃树下等天亮。

海娜姑娘变成了卖酒丫头，这事儿很招人。有些男人有事没事就上前搭讪。云朵不自在，又等不见天亮，心里慌，就把车赶到了古牧地。

天亮坐在一道沙梁上，正出神。

云朵对他招手，呼喊。

许久，天亮才乏塌塌地过来，"没，没哩。找不见。"说着一屁股坐到了沙窝里，"迎儿说的，不灵哩。"

云朵看了一眼车上的老鼠夹子，态度强硬了许多："咋会不灵哩？起来，往里走！再找找！"

天亮被云朵的坚定所震慑，跳起来，呆望云朵。

云朵大叫："看啥？快去呀！再磨蹭，天黑了。"

天亮转身，往沙窝里跑。跑出没多远，又回头看云朵。看到她坚定地手之舞之，只得转身再往里跑。

不久，从几道沙梁子后面，传出了天亮狂喜的声音："朵儿，朵儿！"

像所有交了狗屎运的人一样，天亮一脚踏空，摔了个跟头，爬起来，就看到把自己绊倒的地方，露出了半个破酒坛子……

5

我很奇怪，在林拐子生前，我为什么从来没有和他探讨过双喜的墓地？这个墓地埋藏着惊天的秘密，正是这个秘密开启了子归城的系列灾难，甚至是城毁人亡……

而林拐子正是这个秘密的第一发现人。

事后想来，天亮那天差点儿没找到自己的那二百两银子是有道理的。道理就在于乱坟岗子扩大了，天亮埋银子的地点从边缘变到了坟场里面。而离他埋银子的地方不远——两三丈远吧，金丁又给双喜起了一个新坟。而林拐子就在坟头上朝天亮招手。

林拐子在任何时间、地点出现，从来都无逻辑可言。对此，子归城人都不深究。天亮也不例外，他看到林拐子朝他招手，还对着双喜的坟指指点点，就走了过去。

林拐子一溜烟跑了。

天亮看到双喜的坟被野獾打了连串洞，已塌了一处。棺材的一角也从塌陷的大洞里露了出来。那棺材是松木的，已经劈裂，露着崭新的木茬口……

天亮看到已经有老鼠从那木茬口进出。想到两年前自己还喝过人家井里的水，就一阵儿心酸，挥锨填土，填埋了那个大洞。

天亮完全是可怜双喜的不幸才这么干的。填埋了土洞后，他抬头擦汗，看见林拐子还在不远处偷窥，那白多黑少的三角眼在阳光下格外刺目。

林拐子的眼神竟然让天亮打了个冷战。举目四望，荒凉的坟地上只有他和林拐子，这让他有些不寒而栗。

"呔！你看甚哩？"他虚张声势地朝林拐子冲了过去。

林拐子像只袋鼠，一跳一拐地跑了。

天亮看林拐子跑远了，就开始四处巡游，探挖他的银子。结果，他忙乎了一下午，弄得灰心丧气，坐地叹息，却再没到双喜的坟前来。

后来是云朵来了，吼喊得厉害。天亮慌不择路，才无意间再回双喜坟墓附近，一脚踩上了破酒坛子……

——天亮在回沙枣梁子的驴车上，把这一切都给云朵说了。

"我越想越不对，咦？那双喜的坟像是被人挖过了，松木板上是新崭崭的大茬口……"

"可能盗墓贼觉得她是县太爷的姨太太，棺材里有金银财宝。"云朵说。

"她是薄葬。人都知道啊。那里面有老鼠，还有蛆，像是空的！"

"行啦，别说了！说得人心里瘆得慌。"云朵慌了，"找着了银子，是个高兴的事儿。说那个女人的坟干啥？"

天亮也笑了，把自己装银子的坛子搂得更紧，说："是，是该高兴。"

可过了一会儿，他又忍不住，"朵儿，你说，这事儿要不要报官？"

"报官？报给金丁？那是他的姨太太！——行啦！不许说这事儿啦！"云朵捂住了耳朵。

6

甑该交货的那些天，天空一直阴霾沉沉。有天早上，仿佛要下雨，最终却是从北沙窝来了一场黄风。风停之后，涅槃河流域沙尘弥漫，又形成了氤氲叆叇的雾霾天。

云朵很高兴，主动对天亮说："哎，咱们该把甑拉回来了吧？"

天亮看了看天，笑着说："你选的天气好！咦？这天气，我娘在城里碰上我都不认识。"

云朵很得意，还主动套了车，要跟天亮一块走。

天亮说："那甄又大又重，我得雇人往回拉哩。再加上个你，不把驴累死？"

云朵不悦，一赌气，就让天亮独自走了。

天亮在雾霾中踽踽独行。进城后，已是灰头土脸。按云朵的想法，天亮在这样的天气出门，应该不会碰上亲朋故旧，因为大家的视线、视野都不好。

但天亮一到麻子孙的铁匠铺就碰上了独眼龙，那是他离开黑沟煤窑后失散的把兄弟。

第三节

1

当年活着的人都知道，杨增青都督在察罕通古打了两仗后，与黑喇嘛武装形成了相持之势，便宣布开放边贸，想以此来羁縻和牵制在疆的各种新旧势力（羁縻和牵制各方力量，以平衡局面，是杨都督为官之道的秘诀）。

这一策略是否起到了抑制黑喇嘛势力嚣张气焰的作用，史学家众说纷纭。但有一点是肯定的，那就是边贸开放之后，丝路经济带尤其是子归城，在癸丑年夏天，带有反弹性质地快速走出低谷，出现了第二次欣欣向荣的繁荣昌盛。天南海北，五湖四海，上三教下九流，洋人、华人又开始涌向子归城。丝路官道又开始马蹄腾尘，驼铃叮当。

天亮的把兄弟独眼龙就是在这种历史背景下，忽然出现在子归城的。

我很抱歉，我一直把尊敬的独眼龙爷爷称之为独眼龙，实际上他彻底瞎掉一只眼成为真正的独眼人，是很久以后的事。我之所以这样称呼独眼龙爷爷，是因为他姓甚名谁无据可查，天亮爷爷在他的有生之年从没说过这个问题。我想这是天亮爷爷长期给独眼龙保密，成了终生习惯。

独眼龙的真实姓名长期处于隐匿状态，至死也没在子归城的史册上留下一笔，一个十分重要的原因就是他不知为啥欠了很大一笔的债务，而在四处躲债的生涯中,又不断欠债,以致终生都被债主追得四处躲藏,根本不敢给人留下真名实姓。

癸丑年夏天,独眼龙来到子归城,照旧负债累累、衣衫褴褛,但却令人生疑地骑着一匹雪白的高头大马。他不知怎么就认定子归城是他躲债的好处所,偷了迪化跑马场的一匹白马就奔跑到了子归城。

2

独眼龙长得高、大、肉。

肉,首先是一种气质,其次才是肌肉。而高、大,在任何时代都被人尊崇。因此,独眼龙躲债,总是先跑了再说,从来不精心选择地方。反正他有形象,有颜值,到哪儿都容易被人接受。至于接下来人家发现他"肉",骨子里不刚毅,身上缺肌肉,没力气,那则是之后的事儿了。

独眼龙跑到子归城的情形也一样。身无分文在街上转了两圈,到了"老李杂碎汤"店,老板娘小乔就给了他一碗杂碎汤,还带两个小锅盔。

独眼龙就蹲在地上吃。

那地方正是当年那伙安西人卖假羊脂玉枕的街边,跟合富洋行只隔一道墙。卖杂碎汤的老板娘小乔不但白送独眼龙杂碎汤,还帮着把大白马拴在墙根石臼上,喂草。

林拐子就是这时随着一阵人喊狗叫,从合富洋行的墙头上翻出来的。独眼龙看到他浑身素白,从撕裂的裤管里伸出的一条腿血流如注。

林拐子从地上爬起来,看到身边的大白马,就要往上爬。老板娘小乔赶紧制止,一边推他,一边喊独眼龙。

独眼龙不认识林拐子。但他看到洋行的两个希卡举着马刀,呼喊着要追过来。他想起自己躲债时也被人追过,就朝老板娘挥了挥手。

小乔一松手,林拐子爬上马背,抱着马脖子就跑了。

眼尖的小乔认出了林拐子,对独眼龙说:你到东门外福建八行的赖家去找他。

晚上,独眼龙果然在赖家茶馆后院找到了林拐子。

独眼龙是偷的马,没马鞍子,也没马镫子。林拐子还马时,没说感谢的话,却说:"偷的吧?没鞍子,也没马镫子。"

独眼龙是来子归城躲债的,又骑了那么招摇的一匹白马,心想是不能太隔色。便选了一个很糟糕的雾霾天,溜溜湫湫地找到了麻子孙的铁匠铺,想让麻子孙给打个马镫子,钉个掌。

结果,他就意外地碰上了天亮。

独眼龙很激动,说:"哥请你吃杂碎汤,喝酒。"

结果,老板娘小乔连上次的杂碎汤钱也让天亮一块儿结了。

之后,像在黑沟煤窑时一样,天亮做啥,独眼龙也跟着做啥。天亮要拉瓿,独眼龙就帮着装车。天亮要回沙枣梁子,独眼龙就牵着大白马,自然而然地要跟着去。天亮一看,就干脆连马镫子、马掌的钱也给麻子孙结了,让大白马套车,独眼龙扶瓿,自己赶车,一块儿回了沙枣梁子。

3

天亮和独眼龙回到沙枣梁子时,天上飘过了几滴答雨,沙霾小了许多。

天亮推开院门,就看到院里一片狼藉,迎儿抱着家犬大黑在哭。

迎儿说:家里来了土匪,抢走了酒,还打死了大黑!

天亮暴跳如雷,说光天化日就敢抢劫,哪达的土匪?

迎儿说:都蒙着脸。但她听到了一个人说话的声音,像孖老汉。身架子也像。

"孖老汉?这是土匪!人呢?咹?"天亮大叫,提了个铁叉就要追。

"后晌走的。都骑着马,去哪儿了,不知道。"

独眼龙看见大黑已死,说:"人没事儿吧?"

一句话提醒了天亮,他边大喊着:"爷呢?你姐呢?"边就冲进了房里。

天亮看到钟爷背着双手在望天窗上的黄泥点子,像文王拘圄在推演八卦。就喊了声爷。

钟爷无动于衷,只用陌生的目光看了天亮一眼,就又望着天窗,凝然若塑。

天亮赶紧退出来,问迎儿:"你姐呢?"

迎儿说,云朵跑到后山找老钱家卖地去了。"我姐气不过,说要花钱重修院墙,还要雇几个工人,平时做工,有事儿了,看家护院……"

"今年是个丰收年,地里的粮食马上就要收了,这阵子卖地?勺丫头嘛!"天亮一听就急了,重新拾起地上的铁叉,递给独眼龙,道:"你在这守着。土匪再来,给我往死里戳!"说着,就紧了紧裤腰带,抓了把铁锨,要去后山老钱家找云朵。

恰在这时,云朵回来了。也是风风火火的,满头大汗,两人差点撞个满怀。

云朵一看是天亮,蹲在院门口就哭。哭够了,才絮叨。

原来这是一伙儿窜匪,有七八个人,他们是闻着酒香味儿来的。先是又喊又叫,让开门。云朵没开,他们就又打枪又踢门地吓唬。最后看着不行,就先后从院墙豁口跳了进来。大黑护家,扑上去撕咬。土匪就真开枪了,打死了大黑……

之后,他们就各个房间乱窜,翻腾着找值钱的东西。因为家里值钱的东西都在钟爷房里,这伙土匪进了钟爷房里,倒是没敢造次,所以也就没抢到值钱的东西。后来他们就把伙房里的酒,全抢走了。

4

天亮心疼一地的好庄稼,知道云朵把上好的五亩河边地卖给了后山老钱家,就连喊带叫,跟云朵要钱家的二百二十两银子,要去悔约退钱。

"眼看夏收了,今年的庄稼多好!咋能这时候卖地呢?你想雇人,修院子,我不是有钱吗?古牧地的二百两找回来了,那金条,不是还有一根吗?我弄就行了。你个丫头家,咋拿这么大主意哩?"

云朵说:"你的钱,是酿酒的。我们钟家修院子,雇人,不用你的钱。"

"咋这么说呢?你爷不是我爷?唉?再说,我酿酒,也是在咱家,得了钱也还是咱家的嘛。"

云朵说:"我爷是你爷,但不是你亲爷!搞清楚些。"

独眼龙就急忙打圆场,说:"算股子嘛!钟家的啥都算股子。我和我的大白马也算股子……"

正说着,钟爷突然出来了,指着大白马,连连惊呼:"祸!是祸啊!"

随即就跌坐在地,口吐白沫,倒了过去。

天亮听了钟爷的惊叫，半信半疑。但看钟爷倒地，就急忙上前去扶。同时让独眼龙赶紧把大白马拉出院外，拴到柳树桩子上。

没想到晚饭时，天亮看钟爷一切正常了，就让独眼龙把大白马拉进来，给饮水，喂料。而钟爷一见大白马，又不对了，狂呼乱叫着说杀钟赵孤的刽子手来了，让大家快跑，快跑！边喊边眼瞅着要晕过去。天亮急忙让独眼龙把大白马又拴到了院外的树桩子上。

当晚，天亮和独眼龙在房顶上轮流睡觉值班，瞅着暗夜中的大白马。他们都不放心，怕把马丢了。

5

在迎儿的坚持下，全家人郑重其事地把大黑下葬了。用一个装衣服的木板箱子入殓，还起了坟。

在坟地上，云朵就给天亮说了她的担心，她怕土匪再来。爷爷可再经不住惊吓了，他一辈子经历的亲人被杀太多了。

天亮说："不怕。"当晚就开始着手准备整修院子，着手招短工。

招短工倒是容易，第二天从后山就来了两个人。一个叫跟三，一个叫狗剩。形象都怪异，但都身强力壮，一看就是能下苦的儿娃子。可整修院子就有些尴尬。因为当年钟爷隐居时，有钱，为了防匪患，把自己的院落修建得是夯土高墙，还转弯抹角。云朵想要恢复当年的院落模样，天亮还想在院子里盖工棚，酿酒房。两人一算，没云朵卖地的那二百二十两银子，还真不太够。

"算了！现在一院子的男人，还怕啥？把钱还是放到烧酒上吧！修院子的事儿，往后放。"云朵说。

天亮有些羞愧，但也只能如此。于是，他带着独眼龙和短工们和了泥，简单地把房院修补了一下，就开始烧酒了。

烧酒，这个词既是个名词，也是个动词。在这儿您要当动词理解。

您可能不知道，天亮在榆树窝子那天就把黑陶罐里的自然酒喝光了。因此，除了天亮，谁也无法判断陶罐里的自然酒的真正性质和品质。但就算那里酿出的是严格意义上的烧酒，也只能算是一种偶然，萧规曹随地照猫画虎，是绝对不可能有应用价值的。实际上，无论是龙舌兰酒、黄酒，还是葡萄酒，它们依赖的都是一个发酵的过程，这个过程在中国白酒的酿造工艺上，只能算是完成了"窖"里的工作。对于中国白酒而言，更为重要的是还有一个"烧"的过程。特曲、大曲、二曲就是在这一过程中区别出来的。

您已经知道了，这时候天亮已经酿出了类似黄酒、葡萄酒的发酵酒。它们销路不错，证明了酒的品质良好。天亮要做烧酒，实际上就是通过那个巨大的甑（也就是天锅），对酿造酒的窖醅（也就是酒糟子）做特殊的蒸馏，而蒸馏出来的芳香迷人的液体就是烧酒，也叫白酒。

天亮做白酒，其情形依然如钟爷在《夏日吟酒》中所描绘的那样，很辛苦，但也顺利，不久便"忽有香风入草庐"，大甑里出来了蒸馏酒。

麻子孙不愧是祖传良匠，做出来的甑严丝合缝，功能完善，可以说就是"烧"酒工艺流程的典型立体模型。几次试验后，天亮的成品烧酒，就有了三大缸，剩下的就是勾兑了。

那是个沙枣花飘香的季节，做什么样的勾兑都会成功。

很快，沙枣梁子上就弥漫起了成熟的白酒的醇香。

第四节

1

独眼龙的大白马始终不能进院子，钟爷一看见它就神经错乱，口吐白沫。

为此，迎儿和独眼龙想了很多办法，用锅灰把它涂成一匹斑马；用河泥把它染成一匹黄马，甚至迎儿还用金黄的沙枣花，给它编了个斗篷，假装它是一棵沙枣树。可是都不行，无论给它怎样乔装打扮，钟爷一看见它就犯病，甚至一听到它的嘶鸣，老寒腿就抽筋。

云朵说，她的父亲钟赵孤，当年就是骑着一匹白马走殁的。

众人恍然大悟，都说兹事体大，要认真对待。

可把它天天拴在外面的柳树桩子上，大家又都要轮流值班看护，怕它丢了。天亮就下了决心，对独眼龙说："大哥，算了，你把它拉到古城子卖了吧！不管卖多少钱，我都按一匹好走马的价格给你算股子。"

独眼龙心里不舍得，就三天打鱼两天晒网地进城卖马。卖起来也是吊儿郎当，很不用心。

不过，最终他还是把大白马卖了。

大白马卖了五十七两银子，独眼龙全入了股。天亮一高兴，就给独眼龙敬了一碗酒。独眼龙不胜酒力，一喝话就多了：

"你们知道何坨子吗？取了个洋名叫赫伦多尔，过去还是古城子的巡检呢。"

有人说知道，有人说不知道。

"昨天晚上，他儿子让土匪绑了！那人有羊角风，躺地上犯病撒泼打滚。土匪不管，还是撂下话，让三天后到木垒驿赎人！要六百两银子哩……"

大家就都七嘴八舌，骂这个鸟世道，土匪这么凶，还有没有王法了！

天亮却蹲在地上开始盘算：等资金宽裕些时，还是得把钟家的院子整修出来，以防匪患。天亮正思谋着，突然听独眼龙说了一句："现在何坨子急得没办法，挂了个牌子，要卖房院。"

天亮一听就急吼吼地站了起来："他要卖古城子的那院子？林公渠边上的？"

独眼龙说："是啊！我亲眼看了牌子。"

天亮一趟子跑出工棚，找到云朵就吼喊，要买何家院子。

"那院子里的水井好，烧酒好啊。哎？"他兴奋得脸颊通红，像要哭。

云朵先给天亮温柔地擦了把汗，然后一甩手巾，冲天亮涨红的脸上，铿锵有力地喷了一句："不行！"转身走了。

2

小不忍则乱大谋。天亮追到伙房，给云朵下话："我算过哩，二百两银子找回来哩，我手里还有一根金条……"

云朵在给钟爷煎药，故意顺着天亮的话茬揶揄他："还有啊，不是正好卖了地吗，加上这二百二十两银子，资金充裕呀。"

"就是嘛！你看你，啥都明白，资金充裕嘛。"

"我明白？我不明白！我问你，你把何家院子买了做啥？"

"烧酒啊，咱开个烧酒作坊。"天亮一着急，脱口而出，"唉？我喝过他家的水。那井水，烧酒好啊！他家有个女子，像是二转子，长得好，心肠也好……"说到这儿，天亮忽然意识到那女子已经命归荒冢，不禁感慨、忧伤，长长地叹了口气。

"说呀，咋不说了？连人家长啥心肠都知道了？到底是水好还是人好啊？怪不得还给人家上坟哩，心里放不下？"

天亮眼睁睁地看着云朵滗出药汁，端着碗，扭身要去钟爷屋里。他不甘心，就又抢上几步拦住云朵，"你听我说——"

"说啥？我问你，在何家院子里开了烧酒作坊，你在哪儿？"

"在酒坊呀！"

"酒坊在哪儿？"

"唉？在城里。"

"合富洋行在哪儿？"

"在，在城里。"天亮恍然大悟，"不是，我前面不是去过几趟城里了吗，都没事儿嘛。"

"你头让门夹扁了吧！你前几次，是偷偷进城。现在，你要在城里开酒坊，天天招摇，洋行的人看不见？"

"你咋骂人呢！"天亮急了，寡喊："唉！这皮斯特尔已经让抓掉了，铁老鼠也勾掉了！——你前些天不是还说吗？"

"你那么大声吼啥？林拐子，人都说勾掉了，他勾吗？——让开！药洒了！"

"不是。你这人，咋这样？这个铁老鼠……"

"贪夫徇财！这人的魂儿，过不了秋天了。"钟爷的声音从天而降，把两人都吓了一跳。两人定眼一看，钟爷不知啥时候就站在了他们近前，正仰望着暮色苍茫中孤独的天狼星。

"爷,你是说铁老鼠,活不过今年秋天了?"云朵还是小心翼翼地追问了一句。

"贪夫徇财!秋天,这人的魂儿就散了。"钟爷盯着天狼星冷寂的芒角说。

"你看你看,爷这就是让我去呢!"天亮雀跃而起,急忙搀扶着钟爷坐下,让云朵喂药。

云朵不放心,边喂药边问钟爷:"爷,你算过了?这城里,天亮能去?铁老鼠不作祟?"

"鬼魅缠身,贪夫终将灵魂出窍。咋不能去?"钟爷很清醒地说。

3

钟爷发话,云朵不能违拗。但她让天亮守家干活,她进城去看何家院子。

"你去咋行?你见过谁跟个大丫头谈买卖?"

云朵听了这话,竟无端的脸红了。她叫了独眼龙过来,说他是大哥,让他去。

"这么大的事儿,大哥一个人去?不行吧?"天亮知道,云朵是怕他进城让合富洋行的人看到,会出事儿。但当着独眼龙的面儿,又不好说,就假装问独眼龙。

"不行,是不行,真是不行!"独眼龙吓得连连摆手。天亮趁机就又说了云朵不让他去,其实是怕被合富洋行的人加害。

独眼龙喝了点酒,话多,就翻来覆去颠三倒四地把林拐子给他说的话一遍又一遍地絮叨着:洋行在闹鬼,铁老鼠自顾不暇,人已经匀掉了。现在洋行连正常生意都没人管,谁还有闲心顾得上三弟天亮,等等。

最后,连天亮也嫌独眼龙啰唆了,打断他的絮叨说:"就是嘛!再说洋行自己沟子上的屎还擦不干净呢,咹——不是说他们是捣乱分子,还把皮斯特尔都抓了吗?他们现在还能顾上我?再说,铁老鼠不是真成老鼠了吗?咱有老鼠夹子,怕啥?"

天亮说的这最后一条,最荒诞,竟把云朵惹笑了。

"那你和大哥先进城看看,能买就把院子买下,完了再说别的。"云朵收住笑,沉吟良久,说。

天亮心中有主意,欣然同意。

第三章
刘家酒坊

第一节

1

人们习惯将涅槃河分岔进入城里的一段人们习惯叫林公渠,史载是为了纪念林则徐林大人的功绩。

道光二十二年,林则徐途经古城驿,见城邑附近垦田过万亩,屯兵数千,就住下来给官兵们谋划:古城驿一带人烟稠密,百姓数万。而城里少井无河,必将制约城市的发展。为何不引水入城,促进当地经济的发展?

那时候,那些渴望归去的军户、佥妻早已亡故,他们的子孙都当了爷爷、太爷爷了,思乡之情早淡了。军户之后们一想这子归城的名字念叨百十年了,哪个皇上也没让咱归去的意思,看来今生今世是指望不上。既然如此,就拿这儿当根居地,过世外桃源的日子吧。大家一合计,引一条水进城来,也是造福一方,于人于己都有好处。当下便请林大人给勘查了地质,画了图纸,然后发布通告。全城百姓,有人的出人,有钱的出钱,大家发扬一不怕苦、二不怕死的革命精神,打一场人民战争,把涅槃河的水引进城里,造福子孙。

子归城

八百金妻的后代多是草民，当然是无话可说，赞不赞成都得上水利工地。于是，一个颇具规模的水利工程就上马了。过去年代的人实在，不搞豆腐渣工程，但当大伙儿把渠道挖到城中央时，腐败问题出现了。城里的最高长官那时住在城中央，前面是官署，后面是宅院。他觉得大渠从他的门前笔直地过去有些资源浪费，就修改图纸，命令渠道在他家庭院里要拐几道弯，这样他就可以让人在庭院里修些亭台楼阁、水榭假山什么的，达到小桥流水、曲径通幽的效果。

其时，林大人看到一期工程已经开工，没自己什么事了，也就带着八岁的钟则林远去伊犁了。

没了林大人监督，长官的话就是圣旨。除了一个不识时务的技术人员提出渠道弯曲会使水流不畅乃至淤塞，结果被拉出去打了三十大板外，其他人都不吭气。渠道于是就在长官家的前后院子里绕了几道弯，形成了一个Q形，然后出了长官家。问题是这个长官是个马大哈，修改图纸时，太醉心于自家的Q形设计。结果画好了Q形之后，他就掉了向，两尺子就把渠道的入口画到了西面。如此一来，原来由南向北贯穿全城的渠道，就错误地转了个90度，由西门进入了子归城。

林公渠因为拐了这个弯，后来就被一些望文生义的史学家误会——曾有人把它误写成了拐子渠。这大概是因为它在城西这一段是和拐子街紧挨相邻的缘故吧。

但不管怎么说，一条宽约一丈的河水，自城外流入，春夏秋三季不断，不但使城内多了几分韵味，两岸多了些成荫绿树、鸟语花香，也使得城里的手工业得到了迅速发展。不久，林公渠两岸出现了水磨坊、醋坊、擀毡制革作坊。后来又有了各类的店铺商号、酒家客店……

大家在渠边修畦养花，植树种果，建起成排成行的门庭小院，把林公渠装点得花港穿燕、柳浪闻莺。加上古色古香的门庭高阁、雕花描彩的祠堂公驿，一幅古雅秀丽的民俗图就被勾勒出来了。

2

何坨子的房院就在这民俗图中，门前有棵旱柳树。

走到东门外，天亮到福建八行的赖家开了间房，把驴车寄放好，让独眼龙守着，自己就背着手进城了。

中午时，他假装临时看见，走到了心仪多时的旱柳树下。

何家院门上写着八个大字：此院急售，价格面议。

天亮不进去，在附近转悠。后来他瞟见何坨子送钱老三出来，两人拱手告别。他等两人分手，何坨子转身要进门，才急忙过去，装出临时看见的样子，给何坨子施礼问安。

"是你小子，你跑哪儿去了？有半年多了吧？"何坨子心烦意乱，随口说着就想转身关院门，他手里已没了银坨子。

天亮紧步跟进去，说自己出去，跟人学烧酒，等等，絮叨个没完。边说边瞟何家的井水台。

何坨子受不了，"娃子，再不烦人哩。你叔我遭难着呢……"

"咋着哩？"天亮明知故问。

何坨子就讲了儿子三喜被绑票，虽然知道土匪小螳螂不敢撕他何家的票，但土匪也有规矩，他得背上一褡裢的银子赎人，等等。天亮就表情夸张地说了一通"何巡检威武，土匪也怕，但人命关天，不能大意"一类的关心话，催促何坨子赶紧赎人，现在的土匪心黑得很。还说老来丧子，亏寿折福。不孝有三，无后为大。三喜既然是独子，千万不能出意外……

末了，还故作姿态地站起来告辞说："人命关天。您赶紧忙，我就不耽误您了。"

何坨子也是明白人，说："你是看了牌子进来的，咋不问价就走？"

天亮说："慢说一褡裢的银子，就是半褡裢我现在也出不出来，就不敢问。咳！原以为您在黑沟煤窑发了财，想叶落归根，把院子随便卖了回木垒驿享清福，谁承想是遇上了这么大的事。我出价低了，不是乘人之危吗？咳，要出个高价，我倒是想。可现在正想把烧酒的买卖做大，没多余的钱呢。"

何坨子说："我急。你出个价看看。"就把手伸到了天亮的袖子里。

天亮出了一千两银子，比市场价略高。随后甩开手说："您老这院子虽然破败不堪，但地方挺大。如果转卖，值这个价！"

何坨子说："你这是良心价，儿子娃娃爽快！那我们就成交啊？"

"哎，没钱。半褡裢都没有。要不，咱看看别的办法行不行？反正您现在就是救急嘛，救急的钱我还能拿出来。哎？"

天亮知道何坨子说出这话就意味着目前为止他的出价是最高的。就假装满不在乎又面有难色地解释，说自己想开个酒坊，开办费用相当大，还要投资盖工房等等，现在全额买下这个院子一时资金不凑手。同时做出忍痛割爱的样子，问何坨子愿不愿意以其他方式，比如说入股做股东的方式进行合作。

何坨子听过入股方案，一时拿不定主意。

天亮也不急，"哎……您老慢慢琢磨，我回头听话儿不迟。"说着就到井台边摇了辘轳，打了一桶水上来，喝了几口就要转身告辞，说到附近去看其他的院子。

何坨子见状，急忙拉住天亮说："我们说好了，我考虑一下回话，你现在再看别家的院子，岂不言而无信？"

天亮装作漫不经心，说："哎？理儿是您说得对！那我就不看了，等您回话再说吧。"

天亮临走，还撂了句话：东门外那棵桃树旁边就是福建八行的赖记茶行[1]，我就住在那儿，得和人家谈招股子的事儿。

3

晚饭后，天亮就让独眼龙在赖家后院的草料堆前蹲守，自己则悠闲地在前堂喝盖碗茶，看人耍钱打麻将，听人闲扯合富洋行闹鬼……

傍晚，耐不住性子的何坨子拉着钱老三到了赖记茶行。声称自己已经决定：连院子带房子全卖给天亮。天亮先支付给他六百两银子让他赎人，余额入股，年底分红。

---

[1] 链接　天亮当天住在赖记茶行，是个很容易让后人产生联想的事情。他为何不去驼二婶的车马店？是有意还是无意？是不是两家关系这时已经转向冷淡了？没人能说得清楚。多年后，在紫泉子，他说是为了方便和赖水旺谈招股子。可我不信。

大功告成！天亮还装样子，说："叔啊，你城里有房，木垒驿有地，煤窑上还有股子，咋让这么点银子给拿住了？"

何坨子尴尬地咧了咧嘴说："没看叔跟黄大牙好吗？他是开烟馆的。狗日的，把叔的银子都日弄到他手里了。"

天亮真痛心地摇了摇头，说："这大烟是害人哩！——叔啊，您明天一早能给我腾出院子吗？"

何坨子说："今天就收拾好了。"

"咦……那您跟我数钱去吧！"天亮说罢，就领着何坨子、钱老三到了赖家后院，扒拉开独眼龙，一伸手，从马棚上的草料堆里拎出了个酒瓮。放地上，一砖头砸烂，里面却是白花花的银子……

天亮这一手显然是跟林拐子学的。他啥时把酒瓮藏到了人家的草料堆里，连赖掌柜和独眼龙都不知道。

何坨子忙不迭地收好银子，在协议上签了字。又让钱老三具保后，连杯糖茶也顾不上喝，就雇了五辆马车、十四个帮工，连夜收拾家当腾房院。

翌日凌晨，何坨子让人通知天亮接收院子，自己憋着泡尿就奔花花沟去了。

那天，天亮给了何坨子六百一十两银子，多的十两，说是买何坨子的一股股金。

4

天亮提了一坛子何家院里的井水，让云朵拿炭火烧开了，给钟爷沏茶。

钟爷喝了，神清气爽，就笑了。

天亮就问："爷，这水咋样？"

钟爷说："好，好水。"

咱就搬到这水边去，天天沏茶。咋样？天亮说。

钟爷似懂非懂的，冲天亮眯了眼笑，说：好。

天亮就踌躇满志地去找云朵，说："咱现在城里有个院子，院子的井水又好，烧酒棚子就得搬了。"

子归城

云朵说:"爷高兴,就搬。"

天亮说:"那这老院子,咱再就不用花钱修了。全家都搬过去,反正那边缺人。再说,咱爷到了城里,也让人放心些,土匪不敢进城。"

云朵说:"话没错。"

天亮说:"那咱就搬?我和车马行都说好了,来四辆大车。"

云朵说:"行呢。"

可是当大车来的时候,云朵还是偷偷抹泪,不舍得离开老院子。

迎儿倒是欢天喜地,双手各提一个鸽笼子,说:"大黑没了,爷爷的鸽子不能没了。"

钟爷好像变了个人,很随和,天亮一搀就上了车。"咱以后有好水沏茶啦。"他听天亮这么说,还望着梁子上金灿灿的沙枣树,笑了一下。

钟爷的这一笑,把云朵吓得赶紧抹掉了眼泪,一个劲地捅天亮的后腰,让赶紧赶车启程。

天亮愕然,问:"咋了?"

云朵偷看着钟爷说:"路上说。"

路上,云朵偷偷告诉天亮:当初于文迪县长全家被杀后,由于爷爷坚持,她就雇了李鬼等十多个人,把于县长全家葬到了沙枣梁子的沙枣树下。那里,还埋着她奶奶的坟,立着她爹钟赵孤的衣冠冢。刚才,钟爷看梁子上的那些沙枣树,她就紧张害怕,怕爷爷想起他们会再次犯病。

天亮听了,就一路上偷窥钟爷的神情,怕出状况。

钟爷怀抱着林大人的牌位,表情始终笑眯眯的,像正常人一样。甚至看见河畔的芦苇随风荡漾,还出声念了两句诗:"蒹葭苍苍,白露为霜……"

这让天亮和云朵进城后,禁不住相视一笑,都长长地舒了口气。

一家人搬进何家院子,车马刚卸,灶膛还没生火。天亮先就打了桶井水,搁到钟爷身边说:"爷,让朵儿给您烧水沏茶,我去给咱招股子啦!"

5

当年子归城招股,一般程序是经营者找到本地会馆(相当于现在找到承销商)出钱打点周到后,由会馆主事策划投资项目,再为之寻找股东、股民。甘肃人在子归城没帮会,只能"乱串帮"。天亮盘算,他和闽粤云帮的会长神拳杨有点交情,可神拳杨刚遭了"添仓奇案",伤了元气,帮里最具实力的就是福建八行。所以买下何家院子的当晚,天亮转身就找赖水旺掌柜拜托这事儿。却得知福建八行因为受郝大头的木车行牵连,已经伤了和气,快四分五裂了,没人会入股。如此,天亮把钟家人搬进城后,就去找京津帮、山西帮了。

由于没有熟人引见,天亮、独眼龙在京津帮会馆门前候了一个上午,连一个有头有脸的人都没见着。末了,却正巧碰见钱老三,他听了情况哈哈大笑说:"没见过这等勺子。你得先找我这种人,牵线搭桥,把场面上的人都请到通四海酒楼一类的大馆子,先吃先喝,再和人家谈承销事宜,这是规矩。"

天亮一听,不但不请钱老三从中牵线,连山西会馆都不去了,直接吩咐独眼龙:"你去找郝木匠,做个元宝样子的木牌子,拿回来让我爷给咱写上股子说明。下午咱把牌子立到人市上,咱自己招股!哎?"

天亮的牌子相当于现在的招股说明书。那时候子归城的投资企业不可能在全国上市,因此总股本都不大。大商号三五百股,小作坊十几股。可天亮雄心勃勃,认为自己的项目奇佳,潜力无穷,一下就分出了三百二十股(那是一个十六进制的时代)。而且每股股金十两银子,快相当于一个普通工人半年的工资了。

没有商会承销,没有大商号作保,天亮的招股牌子虽然是元宝形,很博眼球,但还是围观者甚众,投资者甚寡。直到日薄西山,才有驼二婶派人送来了一百两银子,愿入十股。

天亮没应。他不想要驼二婶入股。

结果,当天收兵回家,一无所获。

第二天更惨。钱老三暗中使坏,一大早就把刘家酒坊没股东的事儿在人市上散布了出去。那些散户一听没商号入股,更是望而却步。天亮、独眼龙带着云朵、迎儿，吆喝了一个上午，只有林拐子从烟篮子里摸出几包香烟、洋火，疯疯癫癫地往天亮怀里塞，声称要入一股，弄得大伙儿围着天亮哄笑不止。天亮恼羞成怒，一气之下，收摊回家，不招股啦，独资单干。

中午饭后，天亮领着招来的三五个短工，准备拾掇院子、水井，先用从沙枣梁子拉来的简单小设备，干起来再说。

云朵对他说："没银子了！不但在铁匠铺新定的生铁锅、大蒸甑拉不回来，就连买高粱、玉米等做酒原料的银子也没有了，你咋生产？"

人穷志短。天亮愁眉苦脸，后悔昨天没要驼二婶的股子。后悔了一阵，就犹豫着想去古城车马店，先把驼二婶的一百两银子拿来做启动资金。正在这时，迎儿领着个中等身材、胖瘦适中、二十多岁的汉子进了院门。天亮一看，是拜过把子的二哥二锅头。

第二节

1

二锅头姓陈，有名有姓，而且据说并不好酒，更是很少有醉醺醺的时候，但却不知为什么就得了二锅头的绰号。

二锅头不好酒，但好色。他是为了追求大珠宝商姚麻子的四姨太赵银儿才来子归城的。

赵银儿姿色出众，娇媚水灵，谁看都楚楚动人，猜不出年龄。二锅头离开黑沟煤窑后，在迪化干过三四种工作，全是二把刀的角色。其最成功的是扮演了一回裁缝，并由此认识了赵银儿。癸丑年夏天，正当两人勾搭成奸之时，姚老爷子连气带病，溘然辞世。姚老板便撤销迪化商号，接赵银儿回了子归城。

几天后二锅头也追到子归城，继续以一个裁缝的身份，出入姚记珠宝行，和赵银儿暗中勾搭。

二锅头的裁缝手艺，除了赵银儿，没人欣赏。所以他到子归城一个多月，几乎没接上啥活儿。但他却对天亮说，他是被珠宝行专门从迪化请来给姚家做衣裳的。衣裳做完后，波斯丝绸商墨兰迪看上了他，要给他个成衣店经营。他不想干，就在老吴的江南丝绸裁缝店租了个柜台单干。昨天听人说兄弟天亮在招股要开酒坊，就把裁缝柜台退了，特来入股。大家都是兄弟，合伙干。

天亮一听是来入股子，又是拜把子兄弟，便把大家身上的碎银子收来，弄了一桌好酒好菜，招待二锅头。

席间，天亮才知道二锅头连买一股的银子都没有——他说都付了柜台租金，自己为了和兄弟合伙烧酒，毁约了，人家一分钱都不退。二锅头说他来，要入的是"人股"，就是人工和技术。换言之，"知本"者是也。

二锅头自称山西杏花村人（考察证明，他实为山西槐树庄人，他的全部酿酒知识仅来自于一群骆驼客的闲聊。但他后来一直在酒坊干得相当出色，像个真正的行家里手，这确实令人费解），自小便在村里的酒坊中长大，酿酒像搞女人一样有经验。做"大师"（相当于现在的技术总工程师）绰绰有余，因而年薪是普通工人的五倍，这年薪入"人股"当然分量不轻。

二锅头说得天花乱坠，天亮越听越佩服，最后佩服得过了头，本来他既是老板又是"酒大师"，但听了二锅头的教导后，不但把酒大师拱手让给了二锅头，而且闻过则改，对酒坊的股份也做了新的调整。新调整的股份不再贪大求洋，而是实事求是地分成了一百六十股：二锅头二十股、独眼龙二十股、院主何坨子三十九股、天亮和钟家八十一股。——钟爷不要，天亮趁机信誓旦旦地保证：自己从八十一股中每年给钟家四十股"金股"，也就是说钟家不承担风险，每年可得四十股的红利。天亮坚持这四十股不列入董事会章程，一个基本的原因是他知道一百六十的一半是八十，自己只有拥有八十一股才是说一不二的老板，否则在一些问题上，万一钟家和别人的意见一致，他们的股份总数比自己多，自己岂不成了空头老板？

但这个股本结构依然没有解决资金不足的问题。严格地说，它只能算是一种分红方案。

二锅头的二十股，十股是他的"人工"，十股是他的"技术"。独眼龙的二十股，十股也是"人工"，另十股则是他的大白马换来的银子——被扣了这段时间的吃住钱，又加上了工钱。何坨子的三十九股，是按院子的市价折算的，是固定资产，不能当资金流通。而天亮和钟家的八十一股，则早已变成了设备和前期费用。

钱都买了何家院子，院子不能当钱花。没有启动资金，连最初的生产都不能实现，咋办？二锅头提出方案：以何坨子的院子和酒坊设备为抵押，贷款。

二锅头拍着胸脯说，他可以去找赵银儿贷款借钱，那女人对他百依百顺，言听计从。为此，二锅头提出新要求："我借上钱，这功劳可大啦！大家考虑一下，是不是再给我十股？"

天亮答应了五股，还要每个股东分一股。天亮怕给二锅头多了，别人的股加起来会超过自己。但即便如此，后来情况一变，二锅头还是凭着这五股，成了酒坊实际上的二掌柜。

2

二锅头找赵银儿贷款，干的缺德事儿后来都成了笑话。

刚回到子归城的赵银儿神秘而怪异，就连二锅头都猜不透她的心思。

"假裁缝来啦？"赵银儿一见二锅头就挖苦，同时伸出脚，让二锅头给她脱了鞋捏脚。

二锅头边捏脚边说："这次我是找着正事儿了！在我兄弟新开的烧酒坊，当酒大师。"

"哦？对得起你二锅头这名字呀！"赵银儿笑得花枝乱颤。

二锅头趁机就说了酒坊刚开，招股不顺，资金困难，想要贷款。

当时，赵银儿心情正好。她这次一回来，就设计让姚麻子挑唆金丁抓了烟馆老板黄大牙，梦春院老鸨汪妈（把她的老公也吓跑了）。理由是于文迪生前禁烟禁娼妓，得罪了他们。他们涉嫌报复杀人，戕害前知县于文迪。吓得这两家人屁滚尿流，夫妻反目，频频来姚府送礼求饶。这事儿让她一想起就乐不可支。

赵银儿抽着大烟，没听完二锅头的话就嫣然一笑，答应了贷款。

二锅头要走，赵银儿指着院里的一摞板子说："你去，把那些木板锯得快断时,和点泥巴,遮住缝隙。"

"啊?做甚?"

"等泥巴干了后,你用这些板子,把街上男人茅房(旱厕)里的木板,都换了!"

二锅头说:"这是弄啥哩?那人一站上去,板子还不断?"

"板子要不断,我就把你扔粪坑里!听见了吗?快干!"

看二锅头无奈地锯起了板子,赵银儿爽朗地偷笑了,笑得像朵迎春的桃花。

果然,当天就传出了许多男人掉进屎坑的笑话。

晚饭时,浑身臭气的二锅头跑回酒坊报喜:赵银儿答应以大院、酿酒设备做抵押,借款一千两银子,年息百分之四十。

天亮一听就跳了起来:贼驴日的,我这么多设备,还有这么大一院房子,才抵一千两银子?我买个空院子就这个价。放他妈狗屁!还百分之四十的年息,百分之十四还差不多!咹?

3

天亮正大为光火,何坨子却带着儿子何三喜,还有一帮雀仁庄子的人闯进了大院。口口声声说上当了,酒坊没有股东,却骗他入股子,他们觉悟了,坚决不入了!要么上官府,要么天亮租他的院子,要么他把院子卖给天亮。

原来何坨子带着银子,赶回雀仁庄子,一进门,却见儿子三喜好端端地在家坐着。一问才知道,三喜是让尕老汉带人绑票的。尕老汉让小喽啰到黑沟煤窑给何坨子传了话后,就把三喜带到了花花沟。何坨子的两个姐夫知道了,就去找了土匪头子小螳螂。

盗亦有道。小螳螂在木垒驿奉行"兔子不吃窝边草"的道规,祸害的人不多。有些户儿家就和他有些来往,何家的两个姐夫就是如此。

小螳螂听了情况,说:"本乡本土的,你们是衣食父母啊。——可道儿上有规矩:贼不走空。何况咱当土匪的呢?这样吧,打个对折,三百两吧。"

何家两个姐夫,还要讨价还价。小螳螂说:"都打对折了,还讨价?不想活啦？这样吧，价是死的，人是活的。人，我让你们先领回去，钱，三天后你们交过来。"

何坨子听了，恨得牙痒痒，后悔当初看错了尕老汉这个人。心想，尕老汉一定是因为那年密报刘天亮的下落，没得到赏银，怀恨在心，现在借机报复。

"君子报仇，十年不晚。狗日的尕老汉，老子早晚收拾他！——不过现在，日他妈的还是先顾你吧！"他给儿子三喜披了件蓝褂子，恨恨地说。

何坨子知道自己今年流年不利。年初，死了女儿双喜。现在，儿子不能再出差池。就拿出了卖院子的六百两银子，说：明天是最后期限，我这就带上银子去找小螳螂，赎金能让小螳螂减点儿就再减点儿。减不下来，也只好如数交了，先保命再说。

可他的两个姐夫，听说他卖了院子，却就嚷叫起来，说院子没卖亏。但四百两银子稀里糊涂入了人家的股子，匀掉了吗？

三喜更是急得要犯病，说他看上了花花沟的一个丫头，四百两正好够彩礼钱。

于是一伙人连夜赶回了子归城，找天亮算账。

4

天亮一看何坨子的儿子，正是春天上坟的绿绸衫尕小伙，耳畔就响起了女佣的话："何家真是败了呀……"

"就是你，咳，咋让土匪绑了？"

但何三喜那天醉了，对天亮没记忆。

"你管我让谁绑了呢！"何三喜不想和天亮套近乎，只管跟着父亲和族人，闹着嚷着要退股子。

本来大家觉得给何坨子三十九股，他太占便宜了。二锅头还发誓说他要和何坨子认真谈判，把他的股数降到二十五。现在见了如此情状，大家自然义愤填膺，就训斥何坨子：你入股是在契约上签字画押的，按规矩，退股要等到年底。你现在退股，要负经济责任、法律责任，等等一系列该负不该负的责任。

但何坨子不管这些责任，只管顿足骂娘。说他祖上跟着岳将军出关剿匪时，谁敢这么欺负何家？现如今虎落平阳遭犬欺。但别忘了，他现在是洋人国籍，名叫赫伦多尔，在迪化有领事馆撑腰……

他的儿子何三喜也不管这些责任，只管犯他的羊角风。哭天喊地，在地上撒泼打滚。

何坨子来闹的时候，钟爷心情甚好，神志清醒。和蒙学堂的张元培老先生正喝着工夫茶，听罗伯特·琼斯宣讲西药的神效和达尔文的进化论，他们也探讨中医和茶叶的神奇。

他老人家听到院里吵吵嚷嚷，就把天亮、二锅头叫到自己房中，说："君子爱财，取之有道。快打发人走吧！"

二锅头正想和钟爷说点什么，天亮却叹口气，做出了他当"董事长"后的第一个决定：给何坨子退股！按他的价，把院子买下。

自然，这就需要借赵银儿的高利贷。但天亮又实在不能忍受百分之四十的年息。

好在二锅头被天亮叫了一连串的"哥，二哥，锅头哥"后，慷慨赴任，又去找赵银儿了。

5

赵银儿很爽快，三言两语后就答应年息降到百分之三十，而且马上放贷。但提的条件更加缺德吊诡：通四海酒楼的对面新开了一家川菜馆，生意兴隆，尤其是其中的高汤火锅，遐迩闻名，客人川流不息。赵银儿让二锅头往通四海酒楼的肉汤里，放一只死老鼠。再偷一顶通四海酒楼伙计的帽子，放进川菜馆的火锅里。

二锅头打肿脸也要在酒坊充胖子，无可奈何地去了。

本来他以为这是个不可能完成的任务，没想到那天两家饭店都有庆宴，大家喝得晕三倒四。二锅头没费啥劲，竟然完成了任务。

结果是通四海酒楼的客人掀翻了桌子，把那只死老鼠甩到了老板陈胖子脸上。而川菜馆的客人从火锅汤里捞出那顶有通四海酒楼标志的脏帽子后，直接把火锅汤泼到了伙计蒋某某的小肚子上，烫坏了人家的小鸡鸡。

接下来，陈胖子面对那只死老鼠，正怀疑对面的川菜馆。川菜馆的姜掌柜却已拿着那顶破帽子，冲进了通四海酒楼……

通四海酒楼财大气粗，川菜馆的后台老板却是云贵川马帮领袖孙权。于是，双方各不相让，大打出手，闹腾了半晚夕。

后来川菜馆还把通四海酒楼告上了县衙大堂。双方一来二去，打了足有一个多月的官司。最后是孙权一生气，撤了股子，那家川菜馆开不下去，转给了赵银儿。赵银儿接收了川菜馆后，却不经营，让别人干。她只是没事儿了去溜达一下，看见是男人点的菜，就往菜里吐口唾沫。当然，这都是后话。

却说当时——也就是那天晚夕，赵银儿听说两家菜馆打起来了后，喜不自禁。竟然坐了顶小轿子跑到现场偷看，边看边乐得前仰后合，哎哟呻唤，眼泪都笑出来了。

当然，二锅头所要的贷款，也就一分不差，第二天全到位了。

6

赵银儿笑归笑，在拟制合同时还是很严肃的。她来自迪化，见多识广，在合同上还特意强调：受贷方须遵纪守法，诚信经营，若因触犯王法、上令、行规，导致无法经营或可见性亏损，借贷方有权收回贷款或者抵押财物。

天亮是个黑肚子，当二锅头把赵银儿拟好的合同拿过来时，他看都没看，就签上了自己的名字。接着就兴高采烈地让狗剩通知何坨子和钱老三，到葛老板的钱庄取银子换契约。

云朵不放心，抢过合同看了一遍，就给天亮复述内容，还问："你明白上面的意思吗？"

天亮好强，说："明白！我咋不明白？"

云朵又说："这上面还特别说了，抵押财物为酒坊所有房院和设备。——可不敢马虎！"

天亮和二锅头相视而笑，"到底是女人家！——哎，你一个丫头家，就不要管男人的事儿哩！"

"可这个姚家四姨太不也是个女人家吗？"

云朵话音未落，天亮已经和二锅头勾肩搭背地出了院门。

付了银子，拿了契约，让具保人钱老三签了字后，天亮就知道自己正式买下了何驼子的房院。从葛记钱庄回来，他趾高气扬，踌躇满志地四下转了几圈后，就去找郝木匠做了个带龛的大招牌[k]自己扛回来，请钟爷给酒坊题门脸招牌。

在子归城，通常的招牌都是掌柜的姓再加上行业种类。比如，老李杂碎汤，张家莜面，董记皮货铺，赖记茶店，等等。天亮在这个姓上犯了嘀咕，说起来他是钟爷的孙子，可他姓刘。天亮有点犯难，就出来看门楼，看旱柳树上绽放的牵牛花。

一阵赫嘈嘈的准备后，钟爷饱蘸浓墨，四个大字下去，一阵儿喝彩，招牌抬出来了。天亮一看，四个大字：刘家酒坊。天亮心里欢喜，脸上却就有了赧色："爷，我是您孙子啊。"

钟爷笑笑说："这我知道。快挂上，挂上。"

一阵鞭炮声中，刘家酒坊的招牌就挂上了。从此在子归城历史上有了一个被称作刘家酒坊的大院。

---

[k] 链接 天亮认为招牌很重要，在龛上还要雕花刻兽。可木匠郝大头不敢，说那是细木匠的活儿，金县长知道了，会不高兴。就只给锯了祥云吉水。不过，勾了金线，画了五彩，看上去也很富丽堂皇。

第四章
酨码头

古云：酉者，酒也。二十一日，为醋。
——摘自《如匠酒经》

第一节

1

天亮用高利贷买了院子，拉回了定制的生铁锅和形状奇特的三层大蒸甑后，一看手中银两还很富裕，就又添置了些新家当：一匹又老又矮的黑走马和一辆木轮驴车，二十口瓷缸、二十口瓷坛、二十口陶瓮，以及其他一些必要的生产工具和坛坛罐罐。之后，他把剩余的钱分成十六份，六份留作生活、雇工和急需之用，其余全部买了高粱、玉米、麸糠等生产原料。

无法忽略的是他还买了四百多个条篓。——条篓是本书的一个伏笔所在，请容许我先略作介绍。

一百年前，涅槃河畔柳树条丰富，加之城里屠宰业兴盛，畜血资源充沛，林公渠沿西段纸坊栉比，有廉价的毛头纸，这就决定了子归城必然会出现一个特产：条篓。

条篓由柳条、畜血、毛头纸、生石灰和油草为原料制成。工艺相当复杂，需要先用柳条编壳，再用牲畜的血和油草、生石灰制"血料"，最后再用血浆纸裱糊。

再厉害的工匠每天也只能裱糊十八层贴纸，不能多，也不能少。之后就是夏晒冬烤，干透再裱糊第二层、第三层……全部干透后用木板制盖，才能做出一个条篓。

条篓容量大，重量轻，坚固耐用又便于搭驮。因此在驮运业、手工业非常发达的子归城风靡一时，闻名遐迩。条篓盛水、酒、油、醋、酱油等液体，久放不漏，久浸不腐，所盛液体也不变味。故而深受中亚各国各民族喜爱。

条篓再好，一个小酒坊一次买四百多个，也无必要。事实上，天亮本来是准备买三四十个的。但到条篓铺后，他意外地遇上了黑沟煤窑的前矿警瓦西里，就张狂牛逼了一把。

瓦西里告诉他：添仓案发生后，他被从煤窑调到了洋行当希卡小头目，但他不想干，谢尔盖诺夫逃走那天放了火，他救火有功，洋行给了些赏钱，他就辞工出来了。

天亮就拉他跟自己干。瓦西里说他已经开了一家曲曲板（旧时火柴、洋火）店，生意也忙。

瓦西里告诉天亮：合富洋行整郝大头，整神拳杨，太过分！现在遭报应了，皮斯特尔被抓，下落不明。谢尔盖诺夫告了铁老鼠的刁状，铁老鼠的商约一职让伊万给撤掉了。现在白石头楼里还天天闹鬼，红胡子阴魂不散，把铁老鼠的魂儿也勾走了。合富洋行没戏了！事儿也就是那个胖厨娘勉强应承着。

条篓铺小老板罗阿满[1]也证实说：他去合富洋行送过条篓，看见过铁老鼠。铁老鼠现在的样子连林拐子都不如，鼻歪眼斜，哈喇子流了一胸膛子……

"哎？对了，那个林拐子现在好好的。当初合富洋行不是把他扔矿井里了嘛，现在咋不管了？"天亮一听林拐子，心中的疑惑就又被勾起来了。

瓦西里说："现在白石头楼里的人自顾不暇，哪有人管林拐子？就是你现在跑

---

[1] 链接 罗阿满是我们家亲戚，他是我七舅姥爷外甥女婿的三姨父。他们家是制作条篓的工匠世家。其制作方法，属于祖传秘方，传媳不传女。有一年马刀兵进城，罗阿满觉得不跑没活路了。临走，想把秘方卖给我们家。天亮爷爷没要。结果，两家亲戚就不亲了。

到合富洋行去,再精沟子断一回贼,也没人管你!——除了狗咬你!"

天亮听了高兴,心想合富洋行是云朵的心病,如今合富没戏了,她的心病该解除了,自己可以放开手脚大干一场了。于是,他指着铺子里的条篓,昂然发声:"这些有多少?"

罗阿满说:"有四百多呢。"

天亮大手一挥,说:"我全要了!"

罗阿满欣喜之余,连连恭维天亮:"刘掌柜,儿子娃娃嘛!现在古城子除了姚麻子,也就是你有这气魄!前些天,姚麻子的四姨太来,也是一挥手,把我半院子的条篓都收走了!"

瓦西里说:"姚麻子现在张狂得很,也就是靠这个叫赵银儿的女人。"

"就是,这女人可妖精得很!"罗阿满说。

"张狂没好事。铁老鼠就是太张狂了!"瓦西里说。

但天亮对后面的这些话充耳不闻,他只想着一件事:合富洋行没戏了!老子这回要大干一场了。

2

四百多个条篓,一卸下来,差点把院门堵掉。

愕然的云朵就摸天亮的脑袋:"你勺掉了吗?头让门挤扁了?这条篓是装酒的,又不是装水的。你一个烧酒坊,一下能用这么多?能烧出这么多酒吗?"

天亮大气地一叉腰:"你丫头家,别管男人的事!我就是要把这井里的水,全变成酒。"他指着院里的那眼井说。

"井水淘不干。但烧酒得要粮食,要钱,别忘了你借的是高利贷!"云朵说。

天亮不屑地一撇嘴,挥挥手,转身就招呼独眼龙、二锅头和短工们,欢天喜地地开工了。

3

毋庸置疑,当年天亮看着他那些崭新的设备,蔚为壮观的条篓和满满当当的生产原料,乐不可支,甚至得意忘形了。因此,他被喜悦冲昏了头脑,完全忘记了高利贷的沉重和可怖。

他笑眯眯地搓搓手,一提裤子,朝后面的人一挥手,说:"上!"自己就率先进入了生产状态。

这是一种忘我的状态。

从此天亮就带着二锅头、独眼龙和跟三、狗剩等,大门不出二门不迈,终日汗流浃背,围着热气腾腾的大锅灶大干特干。

那是段神秘而激动人心的日子。子归城人日日看到海娜姑娘和她妹妹进出院门,洗衣做饭,却不见烧酒之人。不见也罢,酒坊却又总在某个不为人知的时间,将十几盅自酿白酒置于门前石墩上,任人品尝。这招儿太蛊惑人心了,许多三教九流的浪荡子、满街溜达的闲锤子,为了争饮那几盅酒,甚至在五更鸡叫的黎明就袖着双手,徜徉在晨风凛冽的酒坊门口了。

4

醋,其字形含义是:酒酿二十一日则为醋。

三七二十一天后,金秋高风晚,满城黄叶飞。小院门吱呀一声,千呼万唤始出来的酿酒人露面了,其后是一溜五口大缸,缸中清波荡漾。所有目睹者都兴致勃勃坚信一个精彩的日子要来了。要知道,当时子归城尚无一家烧酒坊,西部丝路上的汉子除了喝价格不菲的伏特加和外地白酒外,一般就只能喝南方人臊味冲人的家酿黄酒。

但天亮却令人失望又愤怒地说出了下面的话:"诸位老少爷们,我刘家醋坊今日开张,承蒙……"

人群愕然半晌后,有人尖叫起来:"这叫什么话?天亮兄弟,这酒……酒呢?"

"是啊,他妈的!酿酒的咋卖开醋啦?"

人群蓦然苏醒,一百个拳头齐齐伸起,像要酝酿一场暴动。

云朵奶奶一直坚持说当时伸起来的有一百个拳头。她说她简直吓坏了,担心天亮会被人按进醋缸里腌成酸黄瓜。

其实,这种危险一个礼拜前就已现出端倪。那天钟爷精神好,去看工房。进门便闻到一股酸臭,寻味望去竟见天亮懒洋洋地靠在条篓堆上,满面愁容地端详天窗外的蓝天白云。

"钟爷,酒酸掉了!"独眼龙神情忧郁地说。

"那不成醋啦!"钟爷随口而出。

"对,醋!"天亮跳起来冲到炉灶前,捧起缸里的醋液呷了一口,立刻春风满面龙飞凤舞地大叫:"好醋!"

的确是好醋!无色透明、酸气冲天,余味荡着一缕香甜!

"可门外等的都是买酒的呀!"独眼龙说。

"咳?——管他买醋买酒,咱挣了钱是真的!"天亮哈哈大笑着吆喝二锅头重开炉灶,再起膛火。

"这颜色就不像醋,能当醋用吗?别把人喝中毒啦。"云朵看着从工房里抬出来的醋缸,忐忑不安地说。

"甚话?粮食造的东西能中毒?"天亮捧着葫芦瓢,尝了又尝,得意扬扬,兴高采烈。他糊里糊涂把酒酿成醋,就决定开醋坊啦。甚至,他都没想趁机克扣一点"酒大师"二锅头的股份或者工钱。

不过,话说回来,天亮酿成的的确是醋,一种叫浆醋的醋中珍品。这从它一诞生就有了漂亮的销路和使用者并无一人中毒就可证明。

那天,令云朵奶奶担心的一百个拳头在他们的女人闻讯赶来后就化成了摊开的手掌——一手给天亮递钱,一手送上醋葫芦。丝路上的女人正像他们的男人一样富于创造性,也最容易接受富于创造性的事物,她们喜笑颜开地接受了这种不同凡响的白醋,并用它烹调出各种美味佳肴,使男人们几乎就忘记了酒香。

显然,弄得好的话,天亮将成为子归城一代醋王。

5

看起来令人欢欣鼓舞的前景其实蕴藏着空前的危机。

危机到来的那天,旱柳树上来了一只乌鸦,被赶走后。钟家的鸽子又在中午的阳光刚像剃头刀似的在院中闪烁时，连续不断地发出猫一般的尖叫。之后迎儿来舀了一陶罐醋，想做浆水面用。那陶罐却突然冒出一道白烟，里面的醋液莫名其妙地开始翻滚沸腾。天亮舀了瓢井水去扬汤止沸，陶罐却突然冒出一道白烟，里面的醋液莫名其妙地开始翻滚沸腾。天亮舀了瓢井水去扬汤止沸，陶罐却飘起来悬在空中，把醋液非常幽默地像落雨似的浇了天亮一身后，就满院子乱蹦乱跳。弄得大家东追西堵，疲于奔命。后来迎儿拿着一束海娜花，口中念念有词地招动，才使它回归原位。

之后，朱头三就来了。朱头三是山西会馆的管家，他进来时身后还跟着两个会馆门徒。天亮以为他是来买醋的。当时他正脱了满是醋液的汗衫，在光着膀子干活，身上还粘着醋糟子。他觉得与朱头三干净利索的丝绸长袍马褂相比，自己的模样不够礼貌，就让迎儿赶紧招呼客人。

朱头三一声不吭，推开迎儿，看见院子里钟爷的太师椅，就让两个门徒把它抬到了街门口的旱柳树下。自己还用手试了试，觉得颇稳妥，然后束手站到了太师椅后边。

天亮莫名其妙，快步跟出院去，正纳闷，山西王出现了。

山西王姓王，是山西会馆的会长，也是古城子帮会组织"理门公所[1]"的掌门老大。他是个黑胖子，膀大腰圆、粗眉环眼。黑络腮胡子，左腮上有一块指甲大的黑痣，上面一撮灰毛。

山西王一身短打扮，手提马鞭，敞怀露胸，披着一件黑大氅。

他的身后跟随着一帮理门的徒子徒孙，个个杀气腾腾。

---

[1] 链接　1644年清军入关，山东进士杨莱如创建了"理门公所"。取义《礼记》"乐者，通伦理者也"，斥清朝为不伦不理失道之异邦，因而名谓"理门公所"。它后来性质变化，成为青红帮的偏门分支。

子归城

第二节

1

现在是2016年初秋。电视上的专家们说：今年的台风情况非常诡异。太平洋里风大浪高，云团翻覆。热带高压云气彼此冲撞，拼杀，像是天下大乱，暴民乱起……他们还说这种气象非常可怕，一个机缘巧合就会瞬间完成能量聚集，形成一场险象环生的大台风！

老妻在帮我打印稿子，听了专家的话，便无限憧憬地看了一眼窗外："台风要来就快来吧！天太热了。"

有台风的日子就有风雨，天会凉快些。

可厦门没风没雨，太阳光芒刺眼。我脱成了赤膊，依然酷热难当，燥闷不安。

"我写不下去啦！腿上的石膏是我的桎梏，不透气，热死人。"我给莫菲打电话。

莫菲说："按规定，没到时间，医院不给拆。要不，您改改习惯，开空调……"

莫菲明明知道我在空调房子写不出东西，却还这样说，让人真的生气："你不能动动脑子？想想办法？"

莫菲便给她的朋友打了电话。

她的朋友是个心慈手软的妇科大夫。看了片子，说我骨骼愈合得不错。

"那还等什么，快给我拆石膏吧！天这么热，我都被它捂出痱子来了。不，是被捂得骨头里面又痒又疼，钻心呢！它就像个火炉子，搁在古城子过冬还行，搁在这儿，谁受得了啊……"

妇科大夫被我喊糊涂了，哆哆嗦嗦地干了一个骨科医生的事儿：帮我拆掉了石膏。她是个老太太，拿着一把手术锯，锯得白粉飞扬，汗流如注。

2

没了石膏的桎梏，腿脚骤然轻松，也能感受到空气的凉爽了。这让我的心情好了许多。在敲键盘时，也就把一百年前的那个秋天想象得很是气韵生动。

一百年前的那个秋天应该很凉爽。天空中有钟爷的鸽子在飞翔，大柳树上、井台边都有牵牛花在绽放。二锅头去给尤其卡送货了，迎儿在揩拭刚在地上翻滚过的黑陶罐，天亮领着两个短工，光着膀子在工房里翻腾酒糟子。工房里热气腾腾。

岁月静好，人畜无害。迎儿喊了声：来客人了！

天亮抬头看了一眼窗外，来人穿戴讲究，还跟着随从，就对迎儿说："你先招呼一下。"之后就扔了木锨，洗手，穿衣，出门。

院里遍地阳光，还刹那间刺疼了天亮的眼睛。他揉了几下眼，再睁开，就看见院门口一群人，朱头三正往树下安放太师椅，便疾步跑出院门，问咋了。

就在这时，山西王到了。

在天亮看来，山西王的出现就像我在火车站被人撞倒一样，很突然。他还没看清发生了啥事，一个胖大的黑影一闪，山西王就像一头非洲河马立在了他面前。

那时候，山西王是子归城当街一跺脚，城门楼子也掉土的人物。山西王既不是军户之后，也不是金妻之裔。相传他祖上是金门人氏。太祖爷爷辈的先人里出过延平王的水军将领。台湾被收复后，他的祖爷爷加入洪帮，立志反清复明。失败后，逃亡山西，殁于五台山。

山西王心狠志大，跟着爷爷走镖安西，碰上了一伙淘金客，就不辞而别，追随淘金客奔了阿山的可可托海。不久，他便入山拜堂，成了理门掌门人"领众"。可那年头，敢去可可托海淘金的都是如狼似虎之人。理门兄弟为沙金几场械斗下来，竟死亡过半再过半，山西王也被关进了大牢。在牢中，山西王遇一神人，那人一语破天机，笑曰："汝若想成就事业，只需沿某路走某地入某城……"山西王一查是古城子。大喜，次日即密令徒子徒孙挖出沙金，置于货物之中，南下"拓荒"（其中就有一批寄托在了何坨子的父亲何三手中）。几年后，山西王出狱，带人来到古城子，设神厅，收门徒，诸事顺利，果然大吉。后来更是独霸子归城酱醋酿造，控制赌博、倡优。帮会兴隆，势焰炙人。

天亮从朱头三搬椅子的那一刻起，就处在吃惊之中。后来山西王已经站在了他面前，他才回过神来。一看阵势，知道来者不善，急忙拱拳作揖："不知王会长大驾光临，有失远迎！快，请坐！快请坐！"

朱头三辛苦搬来的太师椅，让天亮做了个顺水人情。

山西王淡然一笑，算是回礼。之后就落座在太师椅上，极其自然地说："兄弟，收拾了摊子干别的营生去吧！"

山西王大大咧咧甩出来的这句话，一下子就显出了他是个大人物。语气不轻不重，听不出情感色彩。

"为甚哩？"天亮一副百分之百的无知神情。

"这醋是你酿的？"山西王指着院门框上的醋条篓，有些生气了。

百年前，子归城里卖馒头、卤肉、糖果等吃食的，常会在店铺门口挂摆一点儿实物，供人先尝后买。天亮受此启发，开了酒坊，就在门口摆了小盅酒。后来出了醋，就在门框上挂了一小条篓醋，还用红绸带拴了个精巧的小趔子，由着过往男女，自己操作，随意品尝。

"是啊。"天亮回应着急忙摘下条篓，舀出一趔子，态度认真目光庄重地盯着那晶莹透明、无限可爱的醋浆，琢磨它有什么问题。

"行啊小子，有胆！"山西王误会了，以为天亮在戏弄他。从腰间拔出王八盒子，对准院门上的招牌，连发三枪，枪枪打中"刘家酒坊"的"酒"字。

天亮傻了，随后就捶胸顿足，呐喊起来："你砸我的招牌？咳，你知不知道，你这是在砸我的招牌啊！"他怒吼着冲向山西王，受阻后就勺掉了。

"大家看，他这不是打枪！是在砸我的招牌呀！我日他先人的！我让郝大头做的金字招牌啊！"他喊着叫着，就一手夹着醋条篓，一手捏着小趔子，脸红脖子粗地在人群里跳来蹦去，逼人家尝他的醋，"你看！你喝！你说味道咋样？酸不酸啊？就这，他狗日的，还砸我的招牌，我的招牌呀！"

山西王被天亮滑稽愤怒的表现弄得哭笑不得，便朝后面摆了摆手，他的徒子徒孙们，便嗷嗷叫着推开天亮，冲进了酒坊。

这时，听到枪声从街上跑回来的二锅头到了门前，一看阵势不对，急忙冲山西王作揖："王会长！咱有话好说。您就当他是个屁……"

二锅头话没说完，山西王就点点头，打断了他的话。二锅头以为得到了山西王的认可，正要再说啥，山西王却满脸遗憾地说了句：

"兄弟们，砸吧！"

3

事后，天亮才知道事情有多么糟糕。

"我连裤子都快赔进去了！"我六岁那年，天亮爷爷曾不无幽默地这样对我说。

天亮像他一生每次面对强暴一样，在山西王砸醋坊[c]时，他进行了疯狂的抵抗，其英勇程度让人想起浴血奋战这类悲壮词儿。有证据表明：在保卫家园、保卫作坊的恶斗中，他抡着一根榆木杆子（后来是一根七尺长的桑木扁担），狂吼乱叫，口沸目赤。使山西王的三个徒弟遭到了大致相同的不幸：一人掉了半截指头，一人的肛门被踢裂，一人的鼻子在遭到天亮的光头冲撞后，像海娜花般绽放成了绚丽多姿的八瓣，其中自血泊中飞溅出一条浊黄的鼻涕，曲线优美地飘落到了山西王丰腴的左颊上。山西王由此怒发冲冠，鱼挺一跃，搂着天亮后腰，将天亮摔出两丈远后生擒。

之后的情形不堪设想，天亮倒霉地被上了"连环刑"。我曾在一部影视剧中比较详尽地介绍过这种酷刑：

"所谓连环刑，就是三种残害肉体的酷刑之结合。一是'扫'，即使人脱去上衣后以竹扫帚枝打后背，约十几下，即能血肉横飞好似一片红雨；二是'抽'，

---

[c] 链接 那一阵儿刘家酒坊的称呼很乱，坊里做醋卖醋，酒坊的招牌却没变。所以不仅是古城子人，就连酒坊里的人也乱叫，有自称酒坊的，也有称醋坊的，还有称作坊的。这反映了刘天亮是个文盲黑肚子，不知道文字的重要性。

乃是以一种牛皮编成谓之蟒鞭的长鞭抽打人体,其时鞭多浸盐水,且鞭梢处有一疙瘩,甩到前胸,肋条可断;三是'压',压的方法多种多样,均为用一二木杠压腿部,其结果轻则屎尿横溢,谓之压河流,重则腿骨夹折,谓之坐老虎凳。"

天亮就是在被"压河流"时,屎尿未出人却昏过去的。当时天亮被缚在井台上,双腿夹在两根木棍中央,木棍两端被湿皮条迅速收缩到了天亮再也无法忍耐的程度,他号叫一声,口吐绿沫,旋即昏迷。

4

我经历了脚踝裂骨断髓的伤痛之后,一想到连环刑的"压河流",就容易胡思乱想。——没办法,脚踝至今瘀血不化,肿得发黑,像一节紫檀。

我曾极度困惑天亮爷爷在面对强暴时何以能勃发出那样鲜泼泼活脱脱的生命力,他是如此自由奔放、桀骜不驯,以致同宗同族的刘氏子孙如刘岸之辈在自愧弗如怀疑种的退化之余,常顾影自怜,悲哀自己活人的拘谨、懦弱,使祖先延续下来的勃勃生命逐日萎缩,最后简直成了食品店的一块臭豆腐。——与天亮相比,刘岸把自己活成那副德行,不像臭豆腐还能像别的什么呢?

问题的严重还不在于比喻本身,而在它所描绘的现实格局。按照发展了的达尔文进化论的观点,如果某种基因使个体倾向于某种特征——比如社会反应。随之这一特征又带来更高的适应性,那么,这种基因在下一代将表现得更为突出。如果自然选择后持续多代,那优势基因就会扩展到整个群体,这一特征也就成了种的特征。这就是说,科学的法则规定了我应当比天亮爷爷更像天亮爷爷。可遗憾的是,每当我在自己身上寻找天亮那种自由活泼的精神,以及在追求幸福正义时的坚毅姿态时,我就发现,刘氏家族的基因选择似乎是逆向的,天亮爷爷的优势基因所形成的个体特征正一代代逐渐衰亡。

我怀疑这事可能和酒有关。

刘氏家族的历史无情地写着这样一个现实:刘天亮,饮酒三十六粗瓷大海碗,不醉,犹持刀杀敌;刘岸之父,饮酒十八玻璃茶杯,微醉,犹可谈天说地,执鞭教人;刘岸,饮酒三盅烂醉,瘫软如泥;刘岸之子闻酒即醉、泣声如猫而厉斥不能止……

令人沮丧的事实好像在提供某种暗示,我总隐隐地感到羞辱忧虑:这是不是酒神精神在刘氏传人的身上逐日消退的标志呢?

"可你爷爷的酒量一直很大。"后来父亲看我忧心忡忡,又要放弃《子归城》的写作,就拿出了一顶黄军帽,坚定地说:

"我爷爷和天亮爷爷是叔伯兄弟,当过解放军的师长,他有很多这样的黄军帽。我知道,从生物遗传学的角度上讲,我继承他的基因应该更多。于是,我拿了爷爷的黄军帽去找他的战友。——他在大牧川种过树,有许多战友。他的战友们也说:'刘师长啊,那能喝。三瓶不倒!当年爱喝酒的那些贼锤子们,见了他都不敢皮蹭[p]」,'"

我放心了,但也更糊涂了。问题到底出在哪里呢?

米兰·昆德拉说:"人们一思索,上帝就发笑。"可不思索,我连脚上的石膏桎梏都拿不掉,还能写好《子归城》吗?

---

[p] 链接 根据刘壮志的考证,"皮蹭"是轻薄无忌、惹事挑衅的意思。"锤子"是戏称不靠谱的年轻男性。它往往和贬义词连缀成词组,如:遛逛锤子,就是骂不干正事,满街闲逛的人;闲锤子,是指游手好闲者;贼锤子,含义有些特殊,类似于骂人"狗日的"。

刘壮志是个很有意思的学者,他不但写了《"一带一路"国家风物志》这样严肃的著作,还写了《"一带一路"上的方言土语》这样的书。在这本书里,他对百年前流行在丝路核心地带的许多词儿都做了详尽解释。如:"贼狄"类似于奸贼;"颠懂"就是糊涂,又特指老年痴呆的状态;"倒灶"就是倒霉,不走运;"肉头"指做人做事很窝囊的人;"儿娃子"指年轻男子汉;"老毛子""毛子"就是指中亚一带的外国男性,或者胡须浓密的其他民族男人;"没正形"就是指不干正事,做事不靠谱;"日弄"根据语境,分别有坑害、耍弄或者忽悠、欺骗的意思;"日能"贬义是指逞能,褒义是指能干。等等。我认为一个学者,做大量田野调查,对此进行分析研究,很不容易。故在此摘录一二,供您参考。

第五章
群殴

丝路民谚：西北天高，男人带刀。

第一节

1

子归城干旱，风沙大。人都说是因为远离江海，这话有道理。

子归城人多胆大妄为，做事无法无天。紫泉子人说是因为天高皇帝远，王法不兴。我觉得这么说就不对了，这是在"为长者讳"。

想想吧，当年筑城的先人们，有一半本身就是目无法纪的罪犯金妻，另一半呢，本来是守纪律的官兵，却因受了委屈，就跟罪犯们沆瀣一气了。这和天高皇帝远有什么关系，就是基因遗传嘛！

传说，岳将军的八百追剿兵和海边来的八百户金妻抱头痛哭后共同筑城，大家是患难与共、相亲相爱的。但城修起来后，八百追剿兵，就想起了自己的责任和身份，对金妻们说：我们的任务是戍边，你们是被皇帝流放到这里来屯垦的。你们应该到城外去种地，我们在城里戍守，这才叫屯垦戍边。

那些金妻们听了，感到有些不对味，可又无话可说，只好扛起锄头，出城下地干活了。

仚妻们多数是渔民出身，不谙农耕。到了秋天，生产的粮食不够吃。仚妻们醒悟过来，就指责戍边的军户说：你们也有两只手，不该在城里吃闲饭！

　　戍边的军户们说：我们有什么办法，我们只有枪，枪又不能长粮食。

　　屯垦的仚妻中有些是海盗出身，说：枪不能长粮食，但可以抢粮食呀。你看大路上那么多的商人，你们为啥不抢些东西来？

　　军户们说：这，不合王法。

　　仚妻们说：屁！这是什么地方，天高皇帝远，要王法干什么？

　　军户们便小心翼翼地问：那就……不要王法？

　　仚妻们坚定地说：当然，不要王法！要不我们就得饿死。

　　军户们恍然大悟，举起枪冲出城门，开始抢劫起了路上的商人。

　　传说如斯，说明子归城创建伊始就没王法。

2

　　事后想来，那天天亮被打昏过去有点儿冤。

　　本来，他手下有独眼龙，还有跟三、狗剩等若干短工，是一支天然的有生力量。他们虽然说没法和山西会馆的人抗衡，但不至于看着天亮被打昏过去。不巧的是，天亮那天派他们去沙枣梁子收割玉米去了。

　　那天早上，钟爷做了个梦，说是云朵娘兰氏带着孩子回来了，在敲院门。他要回沙枣梁子去看看。

　　云朵知道她娘走失十年了，没可能回来。爷爷是不放心老宅子，假装托梦想回去看看。她也就赶紧备了车马。

　　云朵拉出黑走马，刚套好车，钟爷自己就上车了，怀里还抱着林大人的牌位。云朵奇怪，正要问。旁边勤勤恳恳埋头往条篓里灌醋的独眼龙却忽然喊了一声："我也要去！"

　　独眼龙喊这一嗓子，可能和二锅头有关。

　　酿酒酿成了醋，作为"酒大师"的二锅头，本应负责。但奇怪的是他不但没受到天亮的批评和问责，反而因此成了"醋大师"。——说是酿醋比酿酒难，因为工艺上更复杂，时间更长，要二十一天。整天坐在醋缸边儿吆五喝六，把独眼龙和几个短工指挥得团团乱转。

于是，这天独眼龙就忽然喊了一声："我也要去！"

这反映了独眼龙有情绪，具体地说，可能是对二锅头有意见。但大家都不知道，云朵看天亮，天亮就问独眼龙："你去干甚？"

独眼龙愣了一下（谁都愣了一下），独眼龙发愣的时候喜欢看天。结果就看出了灵感："你看天，马上要下霜了。我去帮钟爷把地里的庄稼收了。"

跟三、狗剩都是沙枣梁子后山人，想借机回家看看，也就都跟着嚷，要帮钟爷收庄稼。

独眼龙的话，显然也提醒了天亮。他心想：对呀，云朵把几亩好地都卖了，钟家地里未收割的庄稼，只剩玉米了。这是生产原料呀，得赶紧收了拉回来。于是，他不但同意独眼龙去，而且又套了一辆毛驴车，分出跟三、狗剩等五个短工，让他们也跟独眼龙一块儿去，用两三天工夫，把钟家的玉米全部收割完毕，把玉米棒子拉到酒坊来。

这是多么好的一支战斗队呀！独眼龙，身高八尺有三，虽然肉头一点，但看上去孔武有力，膀大腰圆，打不了人还吓唬不了人？五个短工，虽然被万恶的旧社会饿得黑干瘦小，但瘦归瘦，瘦得有肌肉。且因都和天亮有着大致相同的经历，所以干点目无法纪打架斗殴的事也都在行。

可惜，天亮把他们这些可以做皇家卫队的材料，派到乡下收割玉米去了。

天亮留人不当。醋坊里只剩下年幼贪玩、只能在伙房打个下手的迎儿，以及一生都在背叛天亮的二锅头，再就是两个短工。这两个短工本来也是皇家卫队的材料，可当血斗开始后，他们看到二锅头一个箭步蹿到墙根，猴子般敏捷地逾墙而逃，就军心动摇了，一想自己不过是个打工仔，和主人一道平起平坐并肩作战有僭越之嫌，便一东一西各自脱逃了。往东的以二锅头为榜样，虽没有二锅头身手矫健，但比二锅头顽强。他爬上墙头后，被山西会馆的人揪住，打得嗷嗷乱叫，但最终还是越墙逃走了。往西的跑到墙根，无处可攀，摆了个横扫千军的架势，一看没吓唬住谁，反挨了一个耳光后，就假装保护妇女儿童，一把拉过迎儿做人质，连喊带叫地躲进磨坊，坚决不出来。

只有天亮孤军奋战，结局只能是昏死过去。

3

天亮昏死过去后，山西会馆的人从容地卸掉门板，把迎儿和那个短工从磨坊拖了出来。

迎儿吓得大哭。那短工确实是条汉子，并没有瑟瑟发抖跪地求饶，而是大吼大叫："我是打工的，我只知道下苦力挣钱，我啥都不知道！"

这打工仔的表现让山西王生气，就挥了挥手，门徒立刻扑上来，先给了短工一个耳光，接着对着迎儿挥手时，一看是个小姑娘，就有些犹豫地回头看山西王的指示。

就在这时，人群中忽然爆出一声断喝："手下留情！"

"啥球人？"山西王回头一看，是典当行的神拳杨。

山西王虽然知道神拳杨在"名妓奇案"中栽得很狼狈，但毕竟在古城商界是个头面人物。山西王不能在他面前太过分，便冷冷地说："杨兄这是咋啦，也跑来管这闲事？"

"我不是管闲事，而是维护兄弟你的名声。"

"此话怎讲？"

"你山西王也是西城一跺脚，东门楼子上掉土的人物。如今带一帮虎狼兄弟，打一个小姑娘，不怕让人笑话？"

"我哪儿打这小丫头啦？——是这狗日的不懂规矩，戗我的行！"山西王指了指地上的天亮——他正被人浇冷水。

"这兄弟我看是初来乍到，不懂规矩，戗了您的码头。如今人已打成这样，再踩一脚我看就得死！你难道还非打出人命，到衙门里说事？兄弟，听我一句话，给我一个面子，收兵回营！明天让他到您府上赔罪不就行了？"

山西王想，这个神拳杨没让合富洋行折腾死就不错了，还跑出来管闲事，必有原因。便皮笑肉不笑地说:"杨兄的面子,兄弟不敢不给!"说着朝手下一挥手,鸣金收兵。然后对神拳杨说:"兄弟有一事,想向足下请教,不知可否到通四海酒楼一叙?"

神拳杨一拱手:"兄弟奉陪!"说罢便指示手下两个人,把天亮扶回房中,料理伤情。自己随山西王去了通四海酒楼。

4

昏迷,作为一种失去知觉的生理现象,在天亮的生存史上有着不止一次的重现。

天亮被凉水泼醒后,目光迟滞、神情呆傻像个战败的俘虏。迎儿嘤嘤啼哭,那个最终没逃走的短工絮絮叨叨,神拳杨留下来的人也安慰他。

他却一点反应都没有,只是要出屋去。

人们搀扶着他回到了院里。天亮看到醋坊连同它所在的小院呈现着一种标准的垃圾场的品质——怎么说都不过分,院子里一片狼藉,混战后的破缸碎瓦、烂锅断木还保持着狰狞而刺眼的初始面貌,空气中不仅飘荡着血腥味,还隐隐地翻卷着来历不明的恶臭……

满目凄厉一片,颓废使天亮痛不欲生,他在潸然泪落之余,仰首凝视。太阳一片浑浊,在黑云的裹挟下说不上是红还是青,天亮觉得它像一张被人暴打过的脸,浮肿着,还到处是青伤红印。他让神拳杨留下来的人回去,自己拾起一把铁锨把挂着,步履蹒跚地去把院门顶了。

当晚,驼二婶来过一趟,敲了下门后,见没人应,就把一包跌打损伤药和金创膏扔到了院里。

但迎儿和短工次日天明才看到这包药。

第二节

1

神拳杨的出现和驼二婶有关。当时他正在车马店里喝酒,葱头忽然跑来,说山西会馆的人在砸刘家新开的醋坊。

驼二婶在一百两银子被退回后，就骂天亮不识抬举。听了这话，咬牙切齿地说了句："活该！"

可接着又有人来说，天亮正被"上刑"。她就耐不住了，要跑去看。"这刘天亮好歹是给我当过伙计的，当年又是投奔驼二爷来的。现在被人打成这样，没人管咋行！"她对神拳杨解释说。

神拳杨刚扛过合富洋行的劫难，本该韬光养晦、缓缓元气。但听说是那个和他房顶上对饮过的刘天亮，就犯了些难：这事儿按说得管！可打人的是山西王，一旦翻脸，以后大家不好相处。不管吧，古城子人会怎么看我？会觉得我真是被洋行打趴下了，那以后还怎么在古城子里混？

想到这儿，他就下了决心："你一个女人家，看了能咋着？我去看看。"

神拳杨说着起身出门，驼二婶却就追了一句："咋？要管？——对着哩！儿子娃娃，一个跟头摔不死。"

神拳杨知道驼二婶说的是啥事儿，就应了句："打掉了牙还往肚子里咽呢，洋行那算个屁！"

神拳杨回到典当行，就问师爷王二麻子："知道街上出啥事儿了吗？"

王二麻子明白他的心思，说："这事咱得管。咱遭了洋行这一劫，不能让人觉得咱怂了！杨公义，急公好义的名声不能丢。丢了咱以后在外面站不住，就连行里的伙计们，也会泄了底气。"

神拳杨就走出房子，站在院子当间，对院里的人慷慨激昂地说：

"古城子新开了一家作坊，小老板我见过，是个儿子娃娃哪！现在被人霸凌了！咱不能不管！"说罢，一挥手，就领了些人，坐顶轿子直奔刘家坊院。

2

当天，在通四海酒楼，神拳杨指天发誓："我杨某决不染指你山西王的码头！"

山西王就给神拳杨敬了酒："那您这是？"

神拳杨说:"就是不愿意看到兄弟你被人利用,让人当枪使。我听说洋行一直闹鬼,那个铁老鼠……"

山西王说:"这事儿,和洋人无关。"

神拳杨说:"那和何坨子有关?都说你和何坨子的父亲何三爷是莫逆之交?"

山西王说:"何三爷是我拜下的哥。但这个何坨子是个不肖之子啊!你看,何三爷的家业让他败成了啥样?"

神拳杨说:"何坨子卖院子,没找过你?"

山西王不置可否,说:"来!喝酒。"

神拳杨就不再问,只喝酒。

山西王就问神拳杨:"这个饩行的刘天亮,是你啥人?"

神拳杨说:"啥人都不是。"

"啥人都不是?你咋出来管这事儿哩?就因为你叫杨公义?"

"这说法你也信,我演戏你信不信?我不是管这事儿,是不能不出面。这刘天亮,就是个刚脱了叫花子服的愣头青,你砸就砸了。可你知道那院子还住着啥人吗?当年我爹跟着这人打过仗,守过古城子,那是生死之交!冲着他老人家,我缩在家里装孙子,不行啊。"

山西王想了想说:"这人是谁?"

"钟爷钟则林。刘天亮的干爷爷,大清朝的巴图鲁,林则徐带到这儿来的。当年领着古城子人打阿古柏,一打就是六七年,后来给他管带、县丞都不干……"

山西王说:"这都八辈子的事儿了,大清朝没了。"

"骆驼死了,架子还在。你看看这古城子,谁见了这老人家不叫声钟爷?你就这么跑他院子里去,又打又砸的,不怕让人戳脊梁骨,说你倚强凌弱,欺男霸女呢。"

山西王大笑,又举杯,说:"这狗日的饩行,没人骂,我倒被人骂?就因为他有个干爷爷叫钟则林?"

神拳杨说:"那倒不是。大清朝倒了嘛。就因为大清朝倒了,钟家失势了,虎落平阳被狗欺——我这不是骂你啊,是说这个理儿。啥理儿呢?就是人家有钱有势的时候没欺负过谁,现在失势了,咱就该凡事让着点人家。所以说,您老就该放他孙子一马,权当让了。您让让他的孙子,不栽面,还有面儿。"

山西王说:"那让谁栽面?"

神拳杨一杯酒一饮而尽,说:"姚麻子。"

山西王看着神拳杨说:"我这阵儿谁都不想让!"

3

次日凌晨,山西王看刘家酒坊里并无一人前来道歉,就让朱头三带了十多个门徒,上门问罪。

在山西王看来,自己的人马一去,那个被打得半死不活的贼锤子刘天亮,除了答应尽快认输改行,别无选择。

不料,天亮却举着一把铁锨,威风凛凛地站在院门口,凶神恶煞一般。

朱头三跑回来报告:"昨晚那个再踩一脚就得死的贼狮,没趴下,又站起来了。还举一把铁锨,站在门口不让进。"

山西王骑上快马,跑到刘家酒坊拨开人群一看,果然如此。就笑了:

"嗬,我看你是王八吃秤砣,铁了心不要命了!"山西王摇着头,笑骂,"你爷爷呢?"

"我爷爷不在。但你爷爷我在这儿!今天,只要你爷爷我还有一口气,你就进不了这个门!"天亮慷慨陈词,破口大骂。

"嘿,日你娘的!"山西王被骂火了,正要指挥手下打倒天亮,踏着他的血迹前进。人群中却突然又爆发出一声喝彩:

"好一条汉子!儿子娃娃!"

山西王纳闷,怪了,这两天怎么尽出半路喝道的?就扭头冲人群中那个半路杀出的"程咬金"喝问:"啥球人这么大胆?"

那喝彩者竟然声若雄鸡,毫不含糊地通报姓名:"姚记珠宝店跑堂伙计马三六!"

"怪不得这几日古城子地界上狗叫,原来姚家珠宝店新来了个会叫的!"山西王哈哈大笑。

"您圣明,兄弟今儿就是想把您身边那几条狗收拾了,好让您老人家清静清静。"人群突然散开,人群开处,闪出了姚老板。他从一顶车轿里跳下来,冲山西王正儿八经一拱手,说。

山西王一看,姚麻子身后还跟着四姨太赵银儿,就知道刚才那个马三六是在上级领导授意下,出来炸刺的。

"姚老板,你今天硬是要拆咱爷们的台?"

"打狗还得看主人不是?"

"他是故意炸刺儿……"山西王的小舅子小陈醋一言未尽,便被姚老板骂了个大红脸:"呵呵,这是吗事?谁的裤裆破了,把你给露出来了。"

山西王知道这已不是怎么说话的问题了,他想起神拳杨昨天说的话,知道姚麻子这是有备而来。就一咬牙道:"好大的口气!看来姚老板是专程来指教兄弟的。那好,明日东门外那场地我一早就腾豁亮。"

"承蒙抬举,您定个时辰。"

"午时三刻!君子一言,驷马难追。"

"天地良心,您老尽拣我心坎里的话往出说。"

这事起得突然又蹊跷,甚至连天亮都蒙了,他愣愣地望着姚麻子和山西王各带自己的队伍打道回府,半天回不过神。

第三节

1

许多年前,在丝绸古道上有一种流氓,悍不畏死,讲打讲闹,混一时是一时,人称"混混儿"。他们有组织没名堂,不劳动、不生产,但凭一张嘴一膀子力气在社会上立足,有的竟也能"成家立业",跻身绅士之列。

混混儿即是平地抠饼、空手拿鱼的无本生涯，一旦立业，便有同类存心觊觎，想从他手中夺来享受，往往就弄出许多惊人奇事。

最轰动的一次是：庚子年间，西安河东一家粮栈，主人姓姚，有人谋夺他的事业，他当时慨然应允。到接替的来时，他在门前烧一锅热油，跳进锅中炸死，从此永远无人再敢生心，奠定了姚家子孙永世的衣食根基。

这人就是姚老板的爷爷。

姚家兄弟四人个个虎背熊腰，唯有姚老板的父亲因是偏房所出，无业可承。至中年尚游手好闲，肆纵市井，也成了个"混混儿"。但到了左宗棠收复新疆那年，他在迪化开店的二兄忽然病故，灵柩回来后，姚老板的父亲即遵二哥遗嘱，率一二十个混混儿，租八辆大车，出阳关走河西，到迪化继承了遗业。

那时候内地几乎没个清静之日。有些混混儿混不下去，便陆陆续续前来迪化，投靠老流氓姚老爷子。

姚老爷子本是此行中人，深知混混儿的为人、习性，怕自己的家业早晚被混混儿觊觎哄抢，便明修栈道、暗度陈仓，让姚麻子到子归城，大大方方开了个珠宝行，从此开始把资产逐步往子归城转移。想金蝉脱壳，让身边的混混儿和自己纠缠到死完事。

子归城是强人世界，凡事业显赫者都有两个特点：一是不愿披露自己的真实姓名，彼此私下里均呼绰号、诨号，明场上只叫姓，后缀老板掌柜之类。二是明里暗里都有一股黑社会的势力或干脆就养着一帮看家护院的打手。否则，基业便不能稳固。

姚麻子虽然小时候出天花没出好，落了一脸麻子，但因是独子又能说会道，所以深得父亲喜爱。父亲怕混混儿殃及儿子，虽然姚麻子在子归城野心勃勃，但父亲却坚决不肯把迪化的混混儿拨出来一部分给他。手中没人，姚麻子恨得咬牙切齿。但也无奈，只能在子归城混日子，倒也没惹是生非。

癸丑年夏末，父亲去世后，姚麻子接赵银儿回来，顺便就放出话来：姚家的人还是姚家的人。

子归城

混混儿闻风而动,一窝蜂涌到了子归城。

姚麻子有了打手,又有赵银儿在枕头边上策划烧惑,便踌躇满志。

正在此时,山西王砸酒坊,弄出风波,姚麻子自然闻风而动了。

2

强人世界推崇"打天地"的绿林逻辑。混混儿初来乍到,姚老板为了日后基业的稳定,主动挑起事端和山西王殴战一场,在子归城人看来,这事很自然。

其实,姚麻子还有更深的心思。赵银儿回来后给他制定了一个终将称霸子归城的计划。按此计划,在他称霸的路上,几乎要和城里大多数的行业巨头交手。他知道,为此他要"露露势",省得将来什么阿猫阿狗都想和他过招,耽误他工夫。但国人干事,就算土匪打劫,也得讲个师出有名,得有借口。就在这时,赵银儿告诉了他:那个小醋坊是借了她的高利贷办起来的(这也是二锅头逾墙而逃后没受到大家批判的原因,他说当时他跑到了赵银儿那里搬救兵去了,而且后来也确实搬来了救兵),山西王砸了它,她就有权提前抽回贷款。她算过了,只要她一抽资金,酒坊差不多就只有抵押作价的结局。

姚麻子一听,借口成立,可以兴师。当即就从赵银儿怀里钻出,大喊大叫地喊上马三六、王二五等混混儿,直奔刘家酒坊,找山西王挑衅闹事……

3

翌日清晨,山西王果然让人把东门外的场地洒扫干净,驱逐了行商坐贾、围观群众,在空地上按理门规矩,列成八卦阵势,一声高喝:"铺家伙!"将所有刀枪兵刃,依次排在阵前,人人只操殴斗器械,静候姚老板人马。

那天,苍穹天光明丽、一片光明,地上秋风不燥,岁月静好。

姚老板披着一件混混儿的斗篷蓑衣,一马当先。众人随后,举长杆铁叉等长家伙的在前,拿斧头锄把等短家伙的在后,一概散开,并无阵列。最后是些人兜着碎砖乱瓦,准备在阵后向对方投掷。

人马集齐,双方会面后,山西王忍不住首先骂阵:

"好一群要饭的,就这乌合之辈,也配和爷们弄事争手脚!"

"您老若拉稀装孙子,兄弟自然网开一面。不过,这光天化日,人山人海,您老虽说一身挨打的好肉,怕这脸上的人也丢不起……"姚麻子人称姚铁嘴,话头上自然从来不吃亏。

山西王骂阵不赢,就喊:"午时三刻到没到?"

姚麻子毫不含糊,应声高叫:"正在点上!"

言毕,双方立即开战。

顿时,双方打手乱哄哄、喝哑哑各举家伙,自找对手,猛打疯喊,像炸了马蜂窝般扭成团,撕成片。一时间头破血流,哭爹叫妈,伤肢断体,血肉横飞。

赵银儿一身素白,兴奋得像一枝白芍药在人群中迎风摇曳……

世间的事大都这样:真正精武练功者都懂得谦恭礼让,偏是那不学无术者好逞强斗狠。由此可知,这场混战如何非同一般——山西王的徒子徒孙平日闲暇倒练几下拳脚,打起架来多少会几个招式,花拳绣腿也罢,还有个模样。怎奈姚老板那群形同花子的恶徒,昔日三饱一躺,全无一招半式,一有事便伙斗群殴,清一色的死打死剁,撕扯抓咬。弄得山西王这边英雄无用武之地,也就皮开肉绽、头破血流地剁肉砍骨头,完全彻底没了让人赏心悦目的骑士风度。

但平心而论,这不成体统的打法却也硬是把东门外打成了四海翻滚、五洲震荡的惨烈局面,使满城人兴致勃勃终生难忘。当场就有八人乐得笑掉了下巴,赵银儿更是笑得扶着腰直哎哟。

这场空前绝后的恶战从日出打到日暮(中间双方休战半个时辰,把东门用绳子一分为二各自吃饭)。艺高胆大、一个打倒三个的有。连哭带喊、乱拳打死老师傅的也有。双方打得腿断、胳膊折八个半人(其中一人后来被证实属于关节脱臼,故只能算半个人),鼻裂、嘴歪、眼瞎、耳聋者六人,皮开肉绽、头破血流者二十四人,伤筋动骨、齿落脸青者不计其数。

日落西山,倦鸟归巢。双方打得筋疲力尽,哭爹喊妈者趴了一地。山西王、姚麻子也都饥肠辘辘,就鸣金收兵,脸对脸席地而坐开始清点死伤者,以定输赢。但是弄不成,那边多个死的,这边便会蹦出个二愣子,随便从地上抓起一把大刀、锄头之类的器物，高叫着冲进对方，非打死一人拉平不可。那边多两伤者，这边也会爬出四五个不要命的，非在对方人伙里拉住两个形体无损者，连咬带掐，不弄出两个青伤红印、出血见伤者，决不放手。

山西王、姚麻子见各自人马都打得上了瘾，难听调遣，只得约定双方各自休养一天，后天同一时间同一地点再决胜负。

4

独眼龙和五个短工拉着玉米棒子回到子归城时，恶斗刚刚结束。

大家听说东门外这场恶战，打得如何赏心悦目如火如荼，大家全都后悔得捶胸顿足，恨自己晚来了一步，有一位短工还懊恼得差点哭出声。大家回到酒坊，看了天亮的伤势，才知道这场打斗原来因自家而起。五个短工便都异口同声地问天亮："听说他们后天还要打，到时候我们帮谁打？"

那时候二锅头已经回来了，就训斥短工："打啥打？酒坊成了这样，你们都没工钱了，还打个球？回家去吧！"

短工们又异口同声说：工钱是工钱，打架是打架，单说。我们打架不要工钱，白打！二老板，只要你给个由头，让我们白打架还不进班房，就是他妈的皇上的爹娘老子我们都想打！二老板，求求您，让我们打完了这一架再走吧！只要你同意我们跟着白打这一架，工钱少算点还不行吗？

二锅头看这几个短工阶级觉悟这么高，就同意后天看看再说。

但几个短工好不容易熬到后天，一大早儿刚刚收拾利索，准备去东门外参与打架，金县长的两个差役和姚麻子的管家齐胖子就来到了刘家酒坊。

二锅头问清了衙役老秦的来意后，就兴高采烈地跑到房中把天亮扶到了院中间。

黑胡子老秦当过代典史，看见天亮，就训练有素地展开一张公函高声朗读：

昨日姚记珠宝行与山西会馆发生械斗，系为刘家酒坊产权所致，属事出有因。现已查明：刘家酒坊本为姚记珠宝行贷款所创……

老秦咬文嚼字念了半天，天亮记不住，但知道了基本意思：就是说他的酒坊是借姚记珠宝行的钱建起来的，现在酒坊已经不能继续生产，姚记珠宝行就要连本带利收回贷款。刘家酒坊如果三日内不能还贷，就当以坊内所有财产抵债。同时，对于东门外的械斗，刘家酒坊也应负责，承担一定的经济赔偿。

几个短工一听打架无望，还惹得官府来了人，当即就作鸟兽散，收拾了铺盖，溜之大吉。

天亮本来听了这狗屁文告，立马就要口吐白沫，气昏过去。但珠宝行的管家齐胖子马上就接了一段话，又把天亮气清醒了。

那厮温文尔雅地说，根据钱老三对酒坊做的估价，酒坊全部抵债后，因为有打架的费用需要承担，所以尚有部分资金不足。为此，须请刘家酒坊全体股东积极还款，按股本结构，分摊不足部分的债务。应该恭喜刘天亮掌柜的是：我们姚老板对刘掌柜英勇无畏，坚决捍卫姚家酒坊的行为十分赞赏，故，决定免去刘天亮掌柜所欠债务。至于其他股东的债务，则一律不免。

事后酒坊的人才知道：原来，东门恶斗的第二天，子归城商会的头面人物们就把姚麻子和山西王请到通四海酒楼，在金丁县长的调解下，达成了和平协议。

这个子归城的"慕尼黑会议"在天亮缺席的情况下，就签订了基本协议：

一、刘家酒坊（以招牌为准）归姚家所有，由姚家经营；

二、此酒坊只酿酒，不得酿醋、酱油等；

三、姚麻子给山西会馆付一百两银子，做医药费。

据说，在开"慕尼黑会议"的时候，神拳杨也在。他照样把天亮的爷爷是钟则林，大清朝的巴图鲁，林则徐带到这儿来的，当年领着古城子人打阿古柏，后来给他管带、县丞都不干等等，又说了一遍。想要让金丁投鼠忌器，适可而止。没想到，金丁比山西王还过分，胖手一摆说了句，"大清朝早完了，他钟则林能干啥？"就要往协议上盖大印。

神拳杨又提醒，骆驼死了，架子还在。你看看这古城子，谁见了这老人家不叫声钟爷？钟则林在古城子还是很有威望的，做事要考虑影响，咱不能让人觉得咱在欺负一个巴图鲁。

　　金丁却笑了,把神拳杨叫到一边,神秘兮兮地说:"这种话以后别说了,他的儿子叫什么赵氏孤儿,那是大清朝的乱臣贼子啊。他给取名钟赵孤,就是想着儿子是赵氏孤儿,要好好保护呢。结果,寒冬腊月,让官府砍了头,塞进了冰窟窿里……"

　　神拳杨一听,就闭了嘴。他知道,钟爷隐居沙枣梁子,长期不进城,就是怕儿子的事让大家知道了,议论纷纷,给自己找麻烦。

　　神拳杨不好说话,就看姚麻子和山西王。

　　姚麻子得了便宜,和金丁一个看法。山西王没得便宜,也没吃亏,就不吭气。

　　金丁便在协议上盖了大印。

第四节

1

　　钟爷回到沙枣梁子,自然没看到云朵娘。但他似乎忘了这件事,一进门就供上林大人的牌位,焚香之后,指挥着云朵等人收拾铺盖,整理院子,一副要长期生活的样子。

　　大家觉得奇怪,问钟爷,您这是干啥呢?

　　钟爷说,收拾了过冬。

　　云朵和独眼龙说:咱收了苞米,就得回城。

　　钟爷说:回城?

　　独眼龙说:咱的酒坊在城里呢。

　　钟爷说:哪里还有酒坊?

　　当时,大家都没拿钟爷的话当回事儿。地里收割玉米的活儿,两天时间干不完,还要安排吃住,打扫房间,大家都忙呢,顾不上琢磨钟爷的话。

　　第二天一大早,大家吃了饭下地,却发现钟爷早早地就到了梁子上的那窝沙枣树下，在于文迪坟头上低声唱《无衣》，给四格格坟头烧香。

云朵怕爷爷着凉，拎了个皮褂子跑过去。钟爷穿上却不走，对云朵说，给你爹磕个头吧。

云朵就跑到钟赵孤坟前，磕头。磕完了，去搀扶钟爷。钟爷却坐在地上还不走，叹着气说：当年你爹把你娘娶进门的时候，就是这样一个秋天，梁子上的人也都忙着收割高粱苞米呢。后来你爹死了，你娘想改嫁，带了你哥说是去寻你爹。唉，结果你哥死了，你娘也跑了。你娘是我让走的。你奶奶不让，我偷偷让娘俩走的，我给了她头驴，从苞米地走的。那时候的苞米长得高啊，人进去，谁也看不见。你奶奶老眼昏花就更看不见了。谁知道啊，这下却就害了你奶奶，她一气就躺倒再起不来了。第二年开春，死了……

云朵说："你咋又说这些了？咱回！"

钟爷不动，继续感慨人生："这人啊，不经事儿，糊涂呢。可经了事儿，把人活明白了，就又活得没劲儿了！"

云朵把钟爷拉起来："你这说谁呢？"

"我说我呢，四十几岁时就经了太多的事儿，到现在活得没劲了。"

"那咋样才能活得有劲儿呢？"

"就像你天亮哥一样，糊涂些，看见了财路就往前扑，劲儿大得很。当然喽，太糊涂了也不行，就像山西王、姚麻子，欲壑难填啊。"

"咋说到这两人啦？——那洋行的人闹鬼……这秋天也快过了，铁老鼠倒是这阵儿没啥动静。"

钟爷摇摇头，闭目，忽然说了句："咱回！"

2

当天玉米收割完毕，晚饭后独眼龙等酒工们要回城，却发现钟爷已经和衣而卧，坐在炕上打起了瞌睡。供桌上，牌位前，还焚着香。香烟缭绕。

云朵就去扯着嗓子对钟爷说："爷，大家都要回啦！"

钟爷摆了摆手，对大家说："回吧，回吧。去了别忘把鸽笼子给我提回来。"

大家全都莫名其妙。

众人走后,钟爷又吩咐云朵:"把天亮的房子收拾出来,铺盖放好。"

云朵说:"酒坊那么忙,他可能没空回来。"

"他得回来养伤!"钟爷没头没脑地说了这么一句,坐在那儿居然就睡着了。

第二天上午,酒坊的那些鸽子陆续飞回来了。云朵正奇怪,钟爷却叫着嚷着要让云朵进城去把迎儿接回来。

云朵说:"迎儿这丫头喜欢城里呢,可能不想回来。"

钟爷说:"她不想回来,那她到哪儿去?快去套车,套车。"

云朵就套了个小毛驴车。钟爷一看就喊着让套大车,说:"还要把天亮拉回来呢。车小了,人坐不下。"

钟爷的话弄得云朵心里毛焦焦得发慌,就急急忙忙套了大车,上了路。

云朵刚到东门就知道了:刘家酒坊已经让山西王砸了,天亮也被打伤了。

3

天亮躺在炕上哎哟呻唤,耍赖,不走。

"这事儿咱得往远看呀!炕上有一个拉屎的,坟上就有烧纸的!日子还长着呢嘛!急啥?"云朵边给他擦伤口,边劝,"咱还是先回沙枣梁子,把身子养好了再说嘛!光这么躺着,不知道的人,还以为咱耍赖呢!"

"就是,你现在这样子,一身的伤,也折腾不成事儿啊!"二锅头也说。

"对嘛,留得青山在,不怕没柴烧。先回去养好身子!"独眼龙也说。

大家就这么连劝慰带糊弄,围着炕头,说了一箩筐的话,但收效甚微。最后,是黑肚子跟三背着行李进来,愣头愣脑地撂了一句:"掌柜的,君子报仇,十年不晚,这才哪儿到哪儿嘛!"

天亮闻言,呻吟骤停。他霍地睁开双眼,目光如炬地看了众人一眼,撑起了身子。

"对嘛!这房子院子又跑不了。养好了身子再说!"云朵趁机就扶起天亮,吆喝众人七手八脚把天亮抬到了大车上。

姚家的管家齐胖子，连马号的草料都抵债。但没要黑走马，嫌它又老又矮。结果是黑走马又套了辆车，把天亮和家当行李拉回了沙枣梁子。

那时候，天亮的腿稀烂如泥，嘴肿得像蘑菇，头肿得像南瓜，一条胳膊也肿得像萝卜，青中透着白。

天亮走后，齐胖子就代表姚记珠宝行，接管了刘家酒坊——或者叫刘家醋坊。

之后，赵银儿就来了。

4

独眼龙在酒坊归了姚家后，就逃了。

独眼龙听了老秦的文告后，就挥舞着一把斧头，想把酒坊里的设备全砸个稀里哗啦。但天亮心疼设备，认为随便破坏器物是一种犯罪。独眼龙因天亮反对没破坏成设备，觉得自己没有砸坏设备，多少有点功劳，就在姚麻子的四姨太赵银儿初到酒坊时，谨慎地问："听说，按我们的股份分的话，我得分两股债？"

"对，算下来，有几十两银子呢。你得还上呀！"赵银儿冲貌似魁伟的独眼龙抛了一个媚眼，笑眯眯地说。

但独眼龙对赵银儿的媚眼视若无睹，当晚就收拾行李逃跑了。这个可怜的人，见债就躲已成了思维定势。所以他根本没去想这笔债务有多大，当晚就星夜兼程，逃到了迪化。他的形象在迪化迅速被一家镖局看中，随后他就成了一个其实不称职的、外强中干的保镖。

二锅头也欠债务，而且比独眼龙多五股，但他没逃。他的二十五股债务，不但没还，还由赵银儿做主，算成了"人股"。同时，二锅头又成了"酒大师"。当然，前提是：他奉赵银儿的指示，又去给梦春院的壮阳汤里放了几只癞蛤蟆……

钟家是"金股"，没债务。但钟爷看见天亮被从车上抬下来，干吼了一嗓子，就病了。一病就是一个冬天，后来他的神经就越来越古怪了。

跟三和狗剩也有债。前者不认，跑回了家。后者想挣钱，留在了酒坊。至于那些无债务的酒工，多数也还都留在了酒坊。反正给谁干都是下苦挣钱。他们说，驴都明白这道理。

第六章

诉讼

第一节

1

我的脚从骨子里奇痒难忍,钟宅的医生不知道我自己拆了石膏,在电话里说:"忍住别动!在长新肉。骨头还没长好。"

为了忍住痒,不乱动,我就看电视。电视上的专家在说:今年的14号台风已经形成。他们还给它取了个名字叫"莫兰蒂",说是马来西亚的一种树。而我觉得它更像一个人,那人是子归城里的丝绸商,叫墨兰迪。——专家们还进行数学模型的逻辑推演,说它百年难遇,非常厉害。将以迅雷不及掩耳之势,扑向我国东南沿海,大概率还是袭击闽南地区。

我看了一眼窗外,忍住没笑。窗外的海,风平浪静。

秋天的厦门,万木葱茏,绿意盎然,像春天,看不出一点儿台风要来的样子。可专家们却像秋天的蝉,先是勇士"尼伯特",后说是美女"妮妲", 一直聒噪不止,闹得挺凶。可每次都虚惊一场,像球王贝利的预言,从来没蒙对过。

老妻在打印我已写出的书稿。我的打印机连线太短,每次打印都要停止写作,把笔记本电脑抱到打印机跟前操作，这让人不胜其烦，但她说：稿子打出来才保险。

我不以为然，又无事可做，脚还奇痒难忍，就想出去走走。经历了"尼伯特"和"妮妲"两次虚惊，我产生了一种古怪心理，对专家的话总想逆反一下。

老妻用下巴指了指我身上的病号服说，还是在家待着吧。这样出去，会被人围观。

"那给我换个衣服。"我说。我怀疑她借口吸汗，特意从医院弄套病号服让我穿，目的就是为了提醒我是个病人。

"那你拄个拐杖，也会被人围观慰问。"

我生平最怕被人慰问，那是件最让人无所适从的事情。

我只得放弃和专家较劲儿，坐下来看书——看书如果入迷了，会忘记瘙痒。

我说的书，就是指桌上的那个故纸堆。它们包括当代印刷的《穆天子传汇校集释》《春秋左氏传》等，普遍都散发着一百年前的气息，有些还会有一种秋天的腐叶味道以及春天的泥土腥味。

翻看这些故纸堆，常会使人心惊肉跳，有时候还很想做个链接。比如山西王是子归城黑社会的代表人物，黑社会嘛，就得"罩"点什么，好收保护费。也得时不时打砸点什么，以震慑地盘上的刺头犟驴，否则自己的日子咋过？但盗亦有道，黑社会也得有自己的潜规则。比如打人吧，核心目的是威慑震慑。打法当然得讲究，要想让对方和围观者闻风丧胆，打得血乎流烂，惨不忍睹是必需的，但又得暗合写意笔法[b]，点到为止，不伤根本。如果一个黑社会闷不作声地把人打得筋断骨折，甚至出人命，惹官司，那像什么样子？长此以往，肯定难以稳定立足。

天亮被山西王上了"连环刑"，但没断筋伤骨，这事儿半城人都知道，但大家对山西王还是恶评如潮，这可能也是山西王要的效果。不像我，被人撞断了骨头，还没效果。给谁说，谁也不闻风丧胆。

---

[b] 链接 写意笔法，自古论述者甚多。所谓"逸笔草草，聊泄胸中之闷气耳"，便是经典论述。但不可误读的是：写意打法与此有别，虽也是"泄胸中之闷气耳"，但重点还是要打得入木三分，皮开肉绽，以示教训。而不伤筋骨，则居其次。

不过，疼痛有时候比瘙痒要好忍些（我不是一个痛感迟钝的人，脚踝骨摔断时的剧疼，我现在一想起来，还会战栗），天亮被上了"连环刑"，皮肉损伤面积大，长新肉也应该多。那会痒成什么样啊……

事实上，天亮身上的那些伤疤，头顶上的十字疤呀，屁股上的贯穿伤啊，后来都变得不是那么显著、夺目，就是因为在保卫酒坊的浴血奋战中他被上了连环刑，身上许多地方变得血糊淋烂，其中就包括他屁股上甚至头上的旧伤疤。后来这些血糊淋烂的皮肉，都长出了新肉新皮，使得原来的疤痕也变得面目不清了。

这当然也能勉强算好事。可是，整天大面积的瘙痒，咋办啊？他又不识字，看不成书。

在看故纸堆时，我经常会这样胡思乱想。

2

山西王的"连环刑"很写意，当然没伤天亮的筋骨。在沙枣梁子养了半个月后，虽然双腿看上去满目疮痍，但是就不再稀烂如泥，而是结了痂长了疤。脸部、胳膊消肿后也恢复了正常。他就借口神拳杨救了他，得去谢谢人家，闹着要进城。

云朵、迎儿正在照顾病重的钟爷，走不开，又劝不住天亮，只得去找了趟跟三，回来后拿红纸包了鹿茸、大芸，拿细绳扎成方块状，再取了两瓶酒、两盒茶、一些洋糖、洋烟丝做成礼行，放到毛驴车上。又千叮咛万嘱咐了老半天，才让黑走马拉着天亮走了。

深秋罡风凛冽。云朵给天亮穿的夹棉长袍能把他浑身的伤都裹着，可裹不住他受伤的心。

人心受伤了，脑子就容易糊涂。一进城，天亮无知无觉地就走到了刘家酒坊门口的旱柳树下。

心受伤了，看什么都苍凉。他看到旱柳树上枯萎的牵牛花迎风飘摇，像一树的烂伤疤，就从毛驴车上下来，扒着门缝往院里看。看了半天，越看越想哭。明明院子里边二锅头正带着一帮酒工干得热火朝天，可他视而不见。幻觉中是那样一幅景象：仅仅几天工夫，院里的房屋就已窗歪门斜，墙穿屋漏。房檐下，井台边上长出了一人高的苦蒿芦荻……

这时候跟三就出现了，抱住天亮说："掌柜的！你得去拜谢人家神拳杨。"

3

神拳杨叫杨公义，为人做事，就有些急公好义。平素里一副账房先生模样，但路见不平，小眼一瞪，便有拔刀相助的架势。神拳杨会咏春拳，每天总在天麻麻亮的黎明时分，闻鸡起舞，练拳习武。人们见他人影幢幢，练得呼呼有声，皆不明其拳法，便有好事者问，其便曰："吾老家福建永春，家传数套拳法，不练对不起祖宗。"后来发生了他隔墙击掌打死毛贼的事儿后，古城子人就更乐意叫他神拳杨了。

天亮去拜见神拳杨的时候，神拳杨正在安排典当行的伙计们收拾行装，准备去阿山。

癸丑年是个多事之秋，秋风萧瑟中时不时传来阿山战事吃紧的消息。

神拳杨去阿山开当铺是个冒险举动，也是在商战中被合富洋行给挤压得无计可施的无奈举动。——他爷爷"虎见狼（福建郎）"创下的基业，他不能丢。在战区开人寿典当，就相当于卖人寿保险。士官们买了保险，死了当铺管埋管抚恤。这个生意有风险，但也很赚钱。神拳杨想再次翻身成事儿，就得抓住这种机遇，冒险一搏。

"一身勇气，儿子娃娃啊！"神拳杨放下水烟，指着桌边的椅子，让天亮坐。

神拳杨热情洋溢的称赞，让天亮有些不好意思，"承蒙杨掌柜夸奖，实在咹，不敢当"。

"身上的伤，咋样了？"

"好，好多了。——晚辈不懂事儿，让您操心。咹，这次来，就是登门致谢……这个搭救之恩！"天亮一边放礼行，一边背云朵教他的词儿，很不自然。

神拳杨也不看天亮的动作，只手捻长寿眉，沉吟片刻，说："杨某此去阿山，目下正缺一名帮手，兄弟是否愿意屈就？"神拳杨人瘦，胡子也疏淡，但中年后却长出了多根粗壮的长寿眉，他很得意。

子归城

"谢谢杨大掌柜成全！晚辈天亮，目不识丁，不堪重任，只在醋坊将就罢了。"天亮人模狗样竟不领情。

"醋坊？你还惦记你的醋坊哪……"神拳杨发现天亮神智不对，喟然长叹，"兄弟，听杨某一言，到他乡立足去吧。"

天亮无言。目光却坚定而茫然——这种目光我们紫泉子人叫"倔驴劲儿"，就是说，他已经认定了脚下的土地就是刘家的根居之地。

这天，天亮拜谢了神拳杨后，就到酒坊，把写有"刘家酒坊"的招牌撬下来，让跟三拉回了沙枣梁子。为此，他在酒坊闹成了什么样，他一辈子也没说过，跟三也没说过。

至于当时天亮爷爷是不是浑身瘙痒，也没有谁口头记载。不过，那个老太太妇科大夫告诉过我：人在情绪紧张和神志有问题时，感觉不到痒。

第二节

1

我断了脚踝，许多人问我：抓住肇事者没有？

我说肇事者没跑，但我没抓。抓了人不就是让赔医药费吗？人家要不赔，那还得打官司。

我讨厌打官司。我写书为名誉权问题和人打过官司，掉了九斤肉，耗了三年半，没结果。

但天亮选择了打官司。黑肚子就这样，经常很轴。

天亮拜谢神拳杨掌柜后，抬头看到天很蓝，太阳很红，就想到了王法。王法就是天子定的规矩，看天容易想起。

在他看来，《孙子兵法》无论如何还应该有第三十七计，总不能"走为上"就敷衍了事。"秦州呆，舍命不舍财。"天亮是秦州人，宁可头上顶着一把铡刀，也不愿轻易舍弃自己的财产。

他让跟三把刘家酒坊的招牌拉走后,就从路边拾起一根讨饭棍拄着,步履蹒跚地走进了县衙。

之后,天亮成了子归城的诉讼名人。

那时候的县衙门就是法院。县太爷(正规称呼叫县长)不管懂不懂法律,都是唯一的法官。

县衙门执行法院功能在中国自古皆然,因此即便是在辛亥革命之后,中国的许多地方比如丝路上的县衙,也都沿用着古代某个英明的君主给规定的礼制。县衙无论大小,都得设在一个庙一样的高大殿堂中,名曰公堂或者大堂。堂内坐北朝南有一条公案,公案后面是一把极其沉重的太师椅,后面是个巨大的屏风,上面画着祥云瑞水,中间是个鲜红的圆太阳,还放射着红色的光芒。屏风上面是个大木匾,上书"明镜高悬"四个大字。这个位置通常比其他地方要高出两三个台阶,县太爷就坐在这里,高高在上,居高临下。他的一班差役则分立两旁,手持木棍。

假如你不幸成了诉讼当事人,作为原告,你进入诉讼程序的方式一般是这样:你瞅准一个机会,比如县太爷坐轿出游或者公干时,憋足情绪,冲出人群,拦路喊冤,声音要大要响,越大越响说明你的冤情越深。技巧是,哪怕邻居家的小孩偷了你一块巧克力,只要你决心法律解决,你就要把"冤"字喊得震天价响。他不受理,你就当街哭闹,长跪不起。如果你是女性,那更好,你可以悲声四放,泪洒八方,甚至撒泼打滚。一般而言,那轿子里的当官的,都会出来,问你冤情,收下你的状纸。然后,你就跟着他到大堂上去升堂告状。

另一种方式不是太好,但在当官的不出游的情况下你别无选择,也就只能采取——那就是击鼓喊冤。

按规矩,衙门的大门两侧都设有巨大的皮鼓,还有鼓槌,供人击打,表示要告状。但一般的当官的好像都不爱听这鼓声,听到了这鼓声,他往往得急匆匆地从某个姨太太的房间中出来,换上官服上班;或者放下烟枪,进入公堂,很讨厌。

我之所以说这种方式不太好,就是指当官的在这种情况下,都没有好心情。当官的没好心情,你的待遇也就不会好。差役们听见"升堂"的传唤后,会连推带揉或者连踢带打地把你带上大堂。衙门都朝南开,你从阳光下进入阴森幽暗的大堂中,眼睛刹那间会不适应,会看不清东南西北和当官的。而就在你茫然之际,手持大棒的当班差人会齐声怒吼:"威——武——"声音低沉、雄浑,充满威慑力。他们威武了你当然不敢威武,往往就吓得连滚带爬,跪倒了。

此时,县太爷才会发话:"堂下何人?因何击鼓喊冤?"

比如你叫读者吧,你就得赶快说:"草民姓读名者,家住搜狐网站……"然后要一口气汇报案情,中间不能出现结结巴巴、有气无力等现象。否则,两旁的差役就会整齐地以棒杵地,口喊威武,这就表示要打你的意思。你若不能赶快纠正错误,或者真的为一块巧克力而告状的话,惹得县太爷不高兴,他就会大喝一声:"大胆读者,竟敢以一块巧克力来骚扰本官,实在可恶!给我乱棒打下堂去。"那些差役们就会毫不留情地挥起大棒,打得你屁滚尿流,抱头鼠窜……

当然,如果你在这些地方都没出毛病,县官就会问你:"可有状纸?"状纸是识字不识字的人都要有的,请林拐子那种人写或自己写都行。假如你当时没状纸,只要你的官司赢了,事后补上也行,在这点上倒是不会招致挨打。

一般而言,只要你有理有据,县官看过你的状子都会作大怒状,从案上取一只令箭,扔到地上,让差役带着它去把被告绑上来。

被告的情形要惨一点,比如说我是被告吧,我就得被绑上。而且一被推进大堂,就被强行按倒,跪在地上,不把问题说清楚了不让起来(这时的原告往往都已经不再跪了,甚至还有可能给个凳子坐)。同时,县官同志会一拍惊堂木(一块很结实的小方木板,通常是红木的,拍起来声音脆亮、骇人),高声喝问:

"刁民刘岸,读者告你胡编乱造,居心叵测。可有此事?"

此时,我照例应该立即大声喊冤。假如我稍有迟疑,那县官的惊堂木就会再次响起:"大胆刘岸,已被押上公堂,竟敢思谋诳人之语。快!将读者告你编造小说一事,如实招来!"

我如实招来,说小说就是虚构文体,编造之罪并不成立云云。县官若认为我在狡辩,或者虽然是实话,但行径可恶的话,我就会被当场棒打或者拖下去打板子,直到屁股上血肉模糊再拖到县官面前问话，问到他老人家满意为止。

之后的结果我可能是被当堂释放或者收监入狱，这取决于两样东西，一样是笔，一样是印。比如，当时县官的朱砂红笔正好凑手，他又有写字的欲望，他就会写上几个字甚至一大篇字，让我回家或者蹲监狱。至于大印的使用，则和县官的愤怒程度有关，县官的大印都很大，有两三斤重，如果他气坏了（这时候人的劲儿大）就会解开明黄绸布，双手捧起大印，给我的判决书上狠狠地一按，我就被盖棺定论，一切都成终审判决；如果他没多愤怒，就只让我签字画押或者按个手印了事……

当然，这一套诉讼程序一般都是针对刁民百姓而言，对士绅阶层，县官则需灵活掌握。否则县官自己都有可能被推进同样的程序中去。

2

接下来还是说天亮告状。

像那些被组织上教育就假装提高了觉悟的领导干部一样，壬子年冬，金丁从迪化一回来，就假装痛改前非，停止了拐子街的土木工程。而由此引起的坏账、呆账、烂账，以及满城的烂木头和各家店铺前的半拉子工程，他一概不管。只待在妻妾房里抽大烟、雕木刻花，听她们汇报拐子街工程给家里带来的大笔利润……

其实，金丁的妻妾们一点也不理解他：他真的不是为了钱财才搞拐子街工程的。

春节时，他去迪化给上级领导们进贡拜年。听到了杨都督的最新指示后，立刻赶回子归城，开始了新一轮的土木建设。

杨都督的最新指示就几句，金丁经过深入领会和学习，就进行了丰富和发展：一、伐了的木头堆在那儿，烂了也可惜。二、可以动用一些木料，用于"援科"修工事。三、我看你那个拐子街复修工程还可以嘛，可不能成为烂尾工程。四、当然啦，城门、县衙年久失修也不好，影响政府形象。五、老百姓看到了这些实惠，自然就再不能上告了嘛！

金丁丰富发展了杨都督的指示后，就把它们刻到了八块木板上，漆了油彩，装了边框，挂到了衙门口。然后他就召集士农工商开会，宣传学习。一来以此震慑那些企图乱告状的刁民，二来安排布置新的土木建设工作。

那天，天亮拄着讨饭棍击鼓喊冤的时候，金丁刚开完会，正在木材场检查工作。按杨都督的指示精神，金丁认为拐子街的复修工程，是最大的烂尾工程，不能再拖，必须抓紧完成。为此他又招了大批人力畜力到沙枣梁子、榆树窝子等处天天采伐树木。金丁对工作相当认真负责，每批木料来了后，他都会亲自对原木进行考察，测定它们的湿度、弯曲度、长度、横截面积等等。

衙役来报，有人喊冤。金丁不悦："没看我正忙着吗？让他回去，明天再来。"

天亮就被连推带搡地赶出了县衙。衙役们还折断了他的讨饭棍。

从此，天亮就住到了岳王庙，衙门一上班，就去告状。

五天后，金丁还在木材场。当过代典史的老秦又报：有人击鼓喊冤。

金丁烦躁："把他赶走！"

老秦说："赶了，他不走。说是你昨天说过，让他今天来！"

金丁问老秦："有这回事吗？我说过这话吗？"

老秦回答："县长说过。天天说。说了五天了。"

陕西杆子老秦是个疤癞脸儿，早年当差，被人用菜刀划拉过，满脸疤痕。所以留了大胡子，遮丑。

老秦的模样谁都看不出表情，但他回答的语气相当肯定。

金丁正测量一块原木的横截面，满脑子都是圆周率，他想了3.1415926秒后，觉得仿佛有这回事，就气咻咻地换上官服，去了公堂。

不言而喻，县长气咻咻上了公堂，这就意味着天亮没好果子吃。

三言两语之后，金县长知道这是那个被砸了酒坊不服气的草民，就拍了惊堂木：大胆刁民！本县已对你那破酒坊作了英明正确之判决，你如何不识好歹，竟敢天天来滋事生非，到这光明正大的公堂上来鸣冤叫屈，耽误本县搞惠民工程！难道你不知道这拐子街的再建工程和丝路经济紧密相连吗？

随即，"威武"之声訇然而起。

但天亮不机灵，对"威武"之声置若罔闻，梗着脖子，横着膀子喊冤叫屈，申诉不满。还说他若是不冤，咋会天天来告，都告五天了！

金县长心里装着拐子街的工程大计，哪有工夫听天亮啰唆，每每不等天亮说完，就拍惊堂木，打断天亮的陈述，坚定不移地给予批驳。

金县长的批驳总是简洁有力，锤锤定音，归纳起来大致如下：

一、酒坊卖醋，属挂羊头卖狗肉，且所卖清醋，颜色怪异，味道叵测，不合章程。现今既然被砸，就该幡然醒悟，缘何反倒闯进衙门，咆哮不休？

二、你那个体经济的小醋坊本为姚记珠宝行贷款所建，借债还钱，天经地义。没钱还债，财物抵押，也是天经地义，何冤之有？

三、姚记珠宝行与山西会馆械斗，事出有因，系为你那破醋坊产权所致。纷争因你而起，你不负责谁该负责？既然有责在身，赔偿他人打斗损失，自然责无旁贷。

天亮气得浑身打战，面对金县长怪异的逻辑一时没词反驳，半天才喊出："冤！冤啊！"

天亮的模样把金县长逗乐了："嗬，你咋还喊冤呢？"他一指高悬的"明镜高悬"木匾，说，"看见没有，明镜高悬！本县判案明镜高悬，怎么会有冤案？"

"我借钱是有期限的，和赵银儿说好的是一年为限，到期还贷。现在期限没到，她就把我的酒坊霸占了，你咋能说我没冤？"天亮忽然想到了一个理由。

"大胆！既然如此说话，拿出证据来？"

"借据上写得清清楚楚，借据就在赵银儿手里。"

"混账！拿不出借据，就是没证据。没证据你还敢告状喊冤？刁民刘天亮！本县看你伤体未愈，姑且饶你八十大板。速速滚下堂去，休得再来翻案，翻案不得人心，还要吃板子……"金县长用漂亮的尖嗓子边警告天亮边扔出了一支令箭。

差役们立刻蜂拥而上，架起天亮往外拖。

天亮顷刻间悲痛欲绝。"狗日的驴日的，你是个昏官！天下第一昏官啊……"

他想到双喜的坟,就坠着屁股再骂:"你个贼驴日的,囊狲!你算个啥球男人?你老婆的坟都要被老鼠吃掉了!你活该!"

但天亮的话无人理睬,他最终还是被扔到了空荡荡的大街。

据说那是癸丑年秋天最漂亮的黄昏,阳光中金粉飘荡、彩絮飞扬,紫葡萄色的天穹响彻着动人的鸽子的哨音。以后的民间传说普遍把它当作一次天籁之音加以认定,因为哨音持续到子夜后,一队南飞的大雁忽然在至暗的天空上被一道球形闪电击中,像满天的火把那样纷纷坠落到了大街小巷。

"天意呀,天意呀,狗日的犯了天意呀!"天亮一边追逐着那些烧熟的大雁狼吞虎咽,一边险恶地冷笑。

从此,他就满城悠荡,相信能看到金丁或者山西王忽遭雷劈猝然暴死的情形。

3

天亮硬是和命运叫板,不走,锲而不舍地告状。金县长又总是不肯花点时间把案子彻底断清楚——他太忙了,成天在木材场上醉心于发扬光大鲁班的事业,连想一想天亮案子的时间都没有。因此,天亮一来告状,他就找出状子不合规范、证据不足、原告出言不逊、站姿不雅等等鸡毛蒜皮的理由予以推脱,宣布退堂。

天亮性子犟,认死理儿,非要把官司打出个名堂(还一文钱都不舍得花),你说哪儿不行,我就把这点儿办好,再告。结果,没出半个月,他就以告状而闻名子归城了。

这时候的天亮,在许多人的眼里,已经是一个濒临疯狂的人了。按城中人的话说,就是勺料子!再一培养就成勺子了。

这是天亮始料不及的。

第三节

1

告状之初,天亮本无意把自己打造成一个诉讼名人。

他告状未遂并被拖出公堂后，痛定思痛，就发现了金县长的漏洞：他说我拿不出借据就是没证据，我要是拿出了借据，咹！看他狗日的说甚？

于是，他就跑去找赵银儿，想讨回借据。可走到半道上，忽然意识到这么去找赵银儿肯定得不到借据。就决定去找二锅头，想通过他，骗回借据。

那时候，酒坊已在赵银儿的督促下，貌似热闹地再次开张了。二锅头当着"酒大师"，入着"人股"，又是给自己的相好赵银儿干活，自然十分卖力气。天亮在别处很难找到他，只有去酒坊。

出人意料的是，天亮刚到酒坊院门前，神智就真的出了问题。

当时，他沿着林公渠愤然而行，走到枝叶细长的旱柳树下，看见阳光从树缝间弥漫而出，光芒旋转出金色的光柱，就抬头看了看天。之后，他想去撕扯树上的牵牛花，可刚一伸手，神智就骤然变得恍惚。——他又看见酒坊房倒屋塌，墙穿屋漏。房檐下，井台边都长着一人高的苦蒿芦荻……

于是，他推开院门，冲进工房，对着工人们大喊大叫，指手画脚。指责他们偷奸耍滑，消极怠工。还揪住一个酒工威胁，限他三天之内把院中的杂草刈除干净，把所有的房屋修补整齐，否则就别想得到这个月的工钱！

这次事件之后，二锅头出于对把兄弟的同情——他认为天亮是疯了，就从赵银儿那里偷来了借据。可接着他就后悔了，他发现天亮一离开酒坊，拐过旱柳树，神智就和普通人完全一样。这让他怀疑天亮是在骗他。

天亮拿着借据走上公堂后，金县长金鱼眼一瞪，说缺中保人的证据，就宣布退堂。后来，天亮找来了中保人，金县长又说：当初天亮买何坨子院子的地契虽在，但具保者何人不明，不能认定，宣布维持原判。天亮不服，就把具保人钱老三找来，金县长又说具保人虽在，可原房院主人不在，不能改判。天亮就又去花花沟找何坨子……

一来二去，天亮就成了子归城的诉讼名人。

2

成了诉讼名人的天亮总是在诉讼的空档会下意识地走到酒坊来，而且一到酒坊门口的大柳树下，就骤然神思恍惚，落入臆想之中，从无例外。

这种情形弄得二锅头很苦恼。有一天云朵进城给钟爷抓药，二锅头就劝："给我三弟也抓服药吧！他再这么乱跑，日子久了，可就跑成勺子了。"

云朵那天看跟三一个人回来，就抱住酒坊的招牌哭了。他知道犟板筋刘天亮是不会回来了。后来，她在岳王庙、河边的窝棚里都找到过天亮，可天亮已经成了一根筋儿，咋劝都不回。她就担心天亮的脑子出问题了，为此她还找过孟长寿。

"找过孟郎中了。人家说，人老了糊涂都没办法，二十出头的小伙子就这样更没办法。"云朵说着，眼圈就红了。

二锅头建议：拐子街上的那个英国人叫什么大萝卜琼斯，是倒腾西药的，看看西药咋样？

云朵听了，放趟子就跑到了拐子街。

可罗伯特·琼斯不在，房门院门都锁着。一问，都说这个大萝卜，来去无踪，不知道在外面都弄啥呢。可能在迪化、喀什噶尔都有药品买卖。大萝卜在古城子每年就不住几天，只有大烟花子播种和收割的时候才能看见他的影子……

云朵不甘心，又连续进了几次城找罗伯特·琼斯。孟长寿知道了，就摇头："这个罗伯特呀，他卖给别人的烟花种子，都是头年种了二年就绝收！天亮吃他的药，要是也成了他卖的烟花种子，咋办？"

云朵听了吓得浑身直打战，从此路过大萝卜琼斯的院门，都绕得远远的，看都不敢看。

二锅头知道了这事，嘴上故作轻松："花花子绝种，人也绝种？哪有这么玄乎的事儿！"

可心里还是后怕，幸亏大萝卜不在，否则，刘天亮要是真断子绝孙了，那我的小命可就悬了啊。

自此，二锅头和云朵就都死了给天亮治病的心。

3

神情异常的天亮以一个主人翁的姿态，一会儿指责酒窖拌料不对，一会儿埋怨灶火太猛。狗剩等酒工同情天亮的遭遇，全都默不作声，听之任之。有的还望着二锅头窃笑。

二锅头碍于天亮是自己的"老领导"、把兄弟，不好说，就采取糊弄孩子的政策，想办法把天亮骗出酒坊了事。因为天亮只要一走出酒坊，拐过旱柳树，神智就会恢复正常。但两次之后，天亮就像长大了的孩子，骗不了了。他不肯轻易走出酒坊。

哄不住天亮的二锅头更吓唬不住天亮，束手无策，只能听之任之。

天亮进了酒坊，所到之处，不但瞎指挥，而且随意喝酒。更有甚者，他还乱喝"酒头"。"酒头"都是高价买进的内地名酒酵头，比如山西汾酒、泸州老窖，甚至茅台、五粮液等。它们是勾兑酒的引子，一大缸酒里也就滴几滴，起调味作用，很金贵。可天亮全然不管这些，抓起来就喝。有一次，二锅头看到天亮又要喝"酒头"，就举起一把木锨，试图吓唬一下。结果被天亮一脚踢翻在地，捂着肚子半天起不来。

这事发生之后，赵银儿发现二锅头男根乏力，雄风不再，大为恼火，逼问他是不是去了梦春院。二锅头无奈，只好吞吞吐吐闪烁其词地给汇报了天亮常来酒坊，还踢了他一脚的事。赵银儿骑在二锅头的肚皮上，边拧他的耳朵，边给他下达指示：明天你到混混儿里去，选几个会干活儿的，让他们连干活儿带看院子。

二锅头依令而行，就挑了马三六、王二五等人到酒坊。

马三六、王二五这几个混混儿，干活自然不行，但看家护院确是行家里手。一见天亮来，便寸步不离地围着天亮调笑取乐，不但使他没法瞎指挥，甚至连"酒头"也喝不上。天亮不高兴，就给了一个混混儿两耳光。结果混混儿们开了杀戒，将天亮暴打一顿，扔到了街头。

可这并不能制止天亮常来酒坊。而且来过几次后，混混儿们也想开了，天亮若不来，他们就没事干，二锅头就会让他们下力气干活，还不如天亮来了好玩呢。混混儿们都是玩家子，没有忠于职守的。哥儿几个一商量，索性就他妈的不管了。只要天亮不喝"酒头"，混混儿就陪天亮四处"巡视"，逗乐子。有时，天亮逮酒喝，他们也跟着喝几口，把账赖到天亮身上。如此，大家倒也相处得其乐融融。

第七章

《如匠酒经》

第一节

1

酒坊的生产情况一直十分糟糕：二锅头总把酒酿成醋。按当初和山西王的协议，姚麻子不能卖醋。虽然二锅头酿出的醋品质不错，但卖不成，毫无效益可言。

赵银儿气得要命，为了惩罚二锅头，每次二锅头把她伺候舒服了，她就爬起来骑在二锅头肚皮上，打他的耳光。据说赵银儿因此在二锅头的脸上练出了铁砂掌，能一掌下去，拍碎一个男人的睾丸。不舒服那就更惨，要脱掉裤子，让赵银儿用扫炕笤帚打屁股，完了还要去男茅房偷换木板……

二锅头在赵银儿那里受了气，也要报复。报复的方式便是拿赵银儿的银子上妓院，也打妓女的耳光。据说，梦春院最著名的妓女伉儿、俪儿，也都被二锅头打得有了硬气功，脸皮上一运气，刀枪不入。

当然这都是谝传子的话。我们子归城人爱谝闲传子，就是闲极无聊时爱传播些瞎话谎言。这些闲扯通常品位不高，谝的内容也比较庸俗，比较离奇，不可当真。事实上，二锅头拿了赵银儿的钱逛妓院，还冒充自己有气功，给妓女们教练真假难辨的气功,这事儿是有的。但要是谁真的就练出了气功,那就是谝传子了。因为二锅头不要说气功,就连糊弄人的花拳绣腿都不会。至于说二锅头让赵银儿不舒服,要被笤帚疙瘩打屁股,还要去茅房换木板之类,那是他俩之间的事儿,外人谁能说得清楚?

言归正传。

一个落了雪的日子(应该是秋后的头场雪),二锅头把赵银儿伺候得面若桃花,春心荡漾,舒服极了。但完事后赵银儿还是拿起笤帚,想打二锅头的屁股。二锅头不乐意,赌气说:"我是山西人,就只会造老陈醋。你想要烧酒,就去找尕阎王刘天亮嘛。"

这话对赵银儿的启发太大了,她立刻命令二锅头去找天亮,软硬兼施,"让他当酒大师"。

2

二锅头对天亮说:"赵银儿请你到酒坊去干'酒大师'哩。"

"你说甚?"天亮揪住二锅头的脖领子,"他们霸占了老子的酒坊,还想让老子给他们当酒大师,放他娘的驴屁!"

二锅头一听此话,知道没戏。只好摇头叹息:"当初,我们在沙枣梁子烧出的那些酒,味道多好啊。现在咋就成了醋?"

"少胡说!那时候没你。咹?"

"对对,是没我。当时没我你们咋也能造出酒来?"

"没你咋不能烧酒?我们就照着《如匠酒经》——"天亮说到这里,忽然一拍脑门子,"哎呀,我是让这些狗日的气昏了头。这么长时间,咋把我的《如匠酒经》给忘了呢?"

"《如匠酒经》?在哪儿?"二锅头的眼睛瞪得有牛蛋大。

"就在酒坊。"天亮说着便拉起二锅头直奔酒坊。

那天正好是个什么节日,混混儿和酒工们都不在酒坊。

3

天亮顺利地从磨坊的底盘下面,挖出一个陶罐,从中取出了《如匠酒经》。

二锅头干看着,当然后悔万分,心如刀绞。但事已如此,只好用缓兵之计,"兄弟,让我看看,是不是说酒的?"

二锅头一看,就入了迷:"对,是说酒的……对呀,曲子,嗯,是曲子的事儿……不是二十一天的事儿!"

"咋着?"

"兄弟,你看,这《如匠酒经》上说,酒成了醋,主要是五沸汤,放凉了才能……"二锅头话没说完,天亮的酒已经醒了。他一把夺过了《如匠酒经》:"不看了!你看明白了就给赵银儿烧酒去了。"

"兄弟,你?兄弟,我是说,这《如匠酒经》可是个宝啊!"

"是个宝。"天亮说着把《如匠酒经》塞进陶罐,抱着就走。

"兄弟,你哪儿去?"

"我找个地方,把它埋好。唉!"

二锅头恨不得追上去两脚踢翻天亮,抢过《如匠酒经》。但他知道天亮一身蛮力,他根本不是对手,只能愤恨地以脚跺地。

看着天亮出院儿后,二锅头急中生智,喊过小伙计狗娃,吩咐:"悄悄跟上!别让他看见,看他把怀里的陶罐埋到哪儿。"

之后,二锅头就去了姚记珠宝行,找赵银儿。

第二节

1

姚麻子和赵银儿刚拿到了梦春院的股份,正在策划把业务拓展到城外去。他们看好东门外福建八行的一片地,想搞个小梦春院或者赌场。

姚麻子听了二锅头的汇报后,很烦躁:"那贼狲既然不肯当酒大师,你又烧不出酒来,干脆把那院子卖了,拿了钱咱就在城外开小梦春院!"

二锅头一听慌了,他虽然假冒着裁缝的身份,但还是热爱酿酒事业。就急忙给姚麻子解释:"刘天亮虽然不干酒大师,但他手里有本《如匠酒经》,那是个宝!"

"有了那《如匠酒经》,你就能酿出酒来吗?"

二锅头怕姚麻子卖酒坊,急忙点头说:能,能,一定能,必须能。弄出来的还是好酒。

赵银儿笑了:"既然是个宝,他能轻易给你?"

二锅头傻了,不知说啥好。

赵银儿还是笑,问二锅头:"这个刘天亮平日里最在乎啥?"

"最在乎钱。还有云朵。"

"云朵?就是那个海娜姑娘?——卖酒丫头?"

"是。"

"嗯。那丫头是蛮漂亮的。"赵银儿略一沉吟,对姚麻子抛个媚眼儿,色眯眯地说,"正好啊,要是咱们的小梦春院开张,不是缺头牌吗?这云朵……我看这样,若是刘天亮不给《如匠酒经》,我们就这么办……"

赵银儿到底说出了个什么计谋,不得而知。总之,二锅头听懂了赵银儿的毒计后,后悔得又摆手又跺脚,赌咒发誓说会把《如匠酒经》弄到手,会酿出美酒来。

之后他就擦着额头上的虚汗,跟头绊子地跑回了酒坊。

2

伙计狗娃说:他看见前掌柜刘天亮拐进了林公渠,再拐出来,手里的罐子就没了。

二锅头拉着狗娃就往渠边跑。

早些年间的雪大,头场雪就把地面盖上了。二锅头赶到渠边,沿雪地上的脚印走了一圈,没看见一处新土。他怀疑上当,问狗娃:"人呢?"

狗娃说:"顺拐子街走了。"

二锅头骂了一声娘,撒腿就往城门跑。

正是傍晚时分，东门夜市一片灯火。炸油饼的，卖热汤面的，吆喝羊肉串的，难以细数。最热闹的还是耍钱的，围得里三层，外三层。二锅头跑过去，打眼一瞅，就见天亮正站在人堆边，袖着双手看人赌博、玩牌九。

二锅头想：今天你要是赌了，输了就好了。让你拿《如匠酒经》抵债。

3

任凭二锅头咋劝说哄弄，天亮袖着双手，就是不伸手抓牌。

二锅头急了，说："日他妈，我这是为你好哩！"他说这话时，眼前浮现着云朵的倩影。

"咹，日你妈！有让人赌博是为人好的吗？"天亮说罢就走。

"我就是为你好哩。"二锅头无奈，只得请天亮吃了羊肉臊子面，带到自己住处，休息睡觉。

天亮把棉衣棉裤卷起来，枕在头下，睡得鼾声如雷。二锅头却睡不踏实，他怕天亮半夜溜走。

四更过后，二锅头实在熬不住，迷迷糊糊入梦乡。一觉醒来，不见了天亮，二锅头心里叫一声苦，穿上衣服就满街找。

天亮无影无踪。

早饭时间，二锅头正对着小伙计狗娃连打带骂，天亮却回来了。

二锅头知道，这回天亮是把《如匠酒经》藏严实了。

原来二锅头虽然知道天亮喜欢把值钱的东西埋藏在地里，而且埋的地方恶心吧唧，出人意料。但他不知道，自从天亮丢过那二百两银子之后，人就鬼了许多。他再也不在白天埋藏东西，哪怕是一两银子。他如果决定把啥埋藏起来，会等到深更半夜。

当时，天亮从酒坊出来，走了一段，感到抱着陶罐不方便，便拐到路边，把罐子里的《如匠酒经》取出来塞进袖口，顺手把陶罐挂到了树上。二锅头不知道天亮的这一习惯，带着小伙计狗娃满地乱转，没抬头看树，自然也就上了当。

天亮的新习惯是，要埋东西，就白天看好地方量好位置，然后晚上趁夜深人静，偷偷埋藏。所以他直接出东门，到了那个废弃的猪圈，仔细认真地看了地方，量好了位置后，才心满意足地折回东门来，袖着双手看赌博。

早年间天冷，下九流一个习惯性的一个动作便是把双手揣在袖口里御寒。因而无论是在看牌九时，还是在路上，二锅头都没有对天亮袖着双手产生过一丁点儿怀疑。二锅头更不会想到，天亮睡觉时，《如匠酒经》就在他头下面的棉袄袖子里。

天亮是典型的中国农民的习惯，早睡早起。一觉睡醒，二锅头才刚刚入睡。天亮便带着《如匠酒经》出门，从路边树上取下陶罐，双手抱着出了东门。来到废弃的猪圈后，他挥锹挖土，十来锹，就挖出了一个半米深坑，把《如匠酒经》装进陶罐，埋进了废弃的旧猪圈。这时候，天才麻麻亮。

头场雪，还冻不住地面，挖个坑埋东西很方便。

第八章

球形地牢

第一节

1

天亮成为诉讼名人,是因为他的酒坊被人霸占,他咽不下这口气。

他咽不下的另一口气则是被姓王的山西王砸了他的酒坊。

"贼驴日的,让姓王的人,给砸了,亏先人呢!"在紫泉子,有一次他喝多了,悄悄对我说,眼圈还红了。

天亮爷爷这辈子对他的姓氏是相当满意的,不无骄傲。据说,他老家秦州,民风强悍,他所出生的那个小村庄以前叫刘王庄,庄上世代都是刘王两姓。后来,山上的柴火没了,水也少了,养活不了一庄子的人,两姓人为了温饱就打架。打到后来,这刘姓人硬是把王姓人都打服了,大家就都姓了刘。所以,天亮骂家人不争气,就有个口头禅:妈者皮,哪像个刘家人,恐(he)怕是王家人转世的吧?

可那年秋天,姓王的山西王,却砸了刘家的酒坊。这让天亮觉得是"亏了先人",祖宗的脸都让他丢尽了。

跟子归城人一样,天亮是很在意祖宗的。

为此，他成了诉讼名人后，也常跑到山西会馆，找王家人闹事儿，要为祖宗争脸面。

2

也是在天亮爷爷喝多的这一次，他喝多了话也多——他教育我要好好读书多认些字儿时，还特别给我讲了山西王砸酒坊的一些细节。他说：山西王那贼狲枪法准，三枪都打在"酒"字的三点水上，当时就赢得了一片喝彩。所以在他骂山西王砸他招牌时，有人还跟着山西王怼他。说人家砸的是酒坊招牌，你这是醋坊，咋能说是砸你招牌哩？

天亮说，这招牌是我花钱做的，挂在我院门上。被人砸了，咋不是砸我招牌？

朱头三就冲他伸着拳头叫嚣：你挂着酒坊的招牌，卖醋，是挂羊头卖狗肉。你这是自找的，该砸！

天亮说：你狗日的少胡说！谁挂羊头卖狗肉啦？我是个黑肚子，不识字儿。

朱头三仗着自己识字儿多，就指着他的鼻子，欺负他。说那酒字是三点水，醋字是二十一日成醋，连这都不懂，还跑来饯行！不亏先人吗？

天亮一听朱头三骂他先人，就急了，把手里的醋条篓砸到了朱头三身上。

山西王就怒了，骂天亮"真是榆木疙瘩（死脑筋），找死！"说着一挥手，山西会馆的人便冲进刘家院子，稀里哗啦地开始打砸酒坊……

这事儿我得忠实记述。因为您也看到了，按我前面的叙述，山西王是个啥样的人？以强凌弱，欺行霸市。没说几句话，就下令砸起了酒坊。这不怪我，这是紫泉子人一边倒的说法。对此，他们还恶评如潮了好多年。我不那样写，谁能答应？而天亮爷爷却能在这种情况下，主动讲出了上述细节。这不仅说明他老人家即使喝了酒，也是个诚实的人，不说假话。同时也说明，山西王没那么霸道野蛮，他是和天亮爷爷争吵了半天，才下令砸酒坊的。而且还是天亮爷爷先对朱头三动的手。

事实上，上述情形符合天亮爷爷的性格，也符合山西王的性格。

性格决定命运。因此他俩后来并没结下深仇大恨，也在情理之中。

子归城

3

山西王砸了刘家酒坊,却让姚麻子得了酒坊,觉得窝囊,心里也泼烦。更泼烦的是:郝大头让合富洋行整成了穷光蛋,没钱还贷。他派了小陈醋去追债,父亲知道了,还和他闹,骂他不孝还不仁不义。他躲开,父亲又找他姨太太七闺女的茬儿,骂她不生养。山西王和郝大头都是五台山人,当初就是看同乡份儿,他才听了父亲的话,给郝大头借了款子。现在贷款打了水漂儿,父亲没颜面,却在家里找碴儿闹事儿,山西王能不心烦?

泼烦中的山西王一听是那个刘天亮来了,就喊:"打出去。"

小陈醋就拎了棍子要带手下去打。七闺女见了,急忙拦住说:"那也是个要钱不要命的货。你说打就能打出去?出了人命咋办?"

山西王说,"一个勺狲,打死算球!"

七闺女满脸忧戚地说:"你想想,你砸了酒坊,打了江山,却让别人摘了桃。这为啥?"

"为啥?"

七闺女就慢慢启发山西王:

那回在通四海酒楼,大家调解两家子械斗,话里话外就透着那意思:你山西王人多势众财大气粗,去砸一个刚刚开张的小作坊,以强凌弱仗势欺人了。结果人心向背,姚麻子就得了酒坊,占了便宜。如今姚麻子野心勃勃,觊觎咱的赌博业,要是这节骨眼上打死这个秦州人,姚麻子乘机上手,咱们岂不又被动?再说了,那个当铺的杨掌柜说的话,你也不能不往心里去呀!

山西王说,就是他说的那个钟则林?那咋了!漫说他是这个秦州呆的干爷爷,就是亲爷爷又咋了?他是大清朝的巴图鲁,还打过阿古柏,还林则徐带来的,牛得不行,给他县丞都不干……可这清朝不是早没了吗?现在是民国了,他那算是前清遗老遗少,余孽!

七闺女说,我听说他那个儿子,叫什么赵氏孤儿,是戊戌那年,让官府砍了头。那算是乱臣贼子,逆反的罪吧?可是你看从戊戌年到民国这些年,咋就没人株连这个钟则林呢？

山西王也倒吸了口冷气说：对呀，他不就是待在沙枣梁子上的一个干老汉吗？说起来他儿子那是大罪啊！你说这是为啥呢？

"我也说不好。但你看看，这北丝路上有钱有势的，哪个不是从清朝过来的？马麟原来是清兵管带，张虎青是讨诏使，就连杨增青不都是前清的大官吗？所以我想，这钟则林虽说就是个干老汉，但说不定在迪化，甚至在南京、北京，都有人。"

"有人吗？"

"明哲保身，最好的办法就是宁肯信其有，不可信其无。砸酒坊的时候，不知道他是啥底细。现在知道了，就别再惹了。已经结下的梁子，能化解就化解[j]。"

"嗯，这他妈的，惹了个泼烦货。要在可可托海，老子早把他塞到废矿洞里去了！"

"那倒是。可这是古城子，咱得学会动心眼子……"七闺女笑着说。

山西王一想自己当年在可可托海是蹲了死牢的，也就不好意思地点了点头。

随后改变策略，吩咐管家朱头三：只要他不杀人放火，要来就让他来吧。来了要吃给他吃，要喝给他喝。估计这贼狲是没地方去了。他要是不走，就让他睡到马棚去。

山西会馆的院子大，正门分三层。朱头三就把天亮挡到头道院，管了吃喝，还让他睡到了马夫瓦刀脸的马号。

可天亮天天来。来了就大喊："让姓王的出来说话！"

七闺女说："让闹。闹上一阵儿他就没心劲儿了。"

朱头三就天天去挡天亮，陪他说话，安排吃住。

到了第四天，会馆有活动，天亮没来。朱头三长舒了口气，心想这勺狲肯定是没劲儿闹了。可就在这当口，天亮不知怎么的就自己进了二道院，还狂敲内院大

---

[j] 链接　还有一种说法是：七闺女让山西王善待天亮，说他是烧酒的，会做醋。可以来当大师傅，就不算饯行。山西王听进去了。

子归城

门:"姓王的!出来说话!"

那是个圆月夜,月明风清。天亮的声音格外刺耳。

那天是"理门斋口",就是收徒弟的日子。山西王是掌门领众,坐在神厅,主持了一天"下参"[×]仪式,累得够呛。刚洗了脚,想睡觉。听见这声音就恼怒了,"狗日的!不识好歹!"

他骂着就摔了茶杯,令刀斧手列队准备,然后传令天亮到神厅前见他。

"深更半夜,敲我院门,是何道理?"山西王左腮上的黑痣有点发红,上面的灰毛也在微微抖着,这说明他很生气。山西王的意思很明白,老子不是吓唬你!你要说不出个道理,你就去死吧。我没耐心跟你玩。

不料,天亮答得还挺工整对仗:"光天化日,砸我酒坊,是何道理?"

山西王听了,被天亮的机智和胆略所打动,心中就有了英雄惜英雄的情绪,脸上不由得一笑,就挥退左右,请天亮坐下来细细说话。

4

1977年,我父亲给了我许多资料,诸葛白的《北丝路记考》,刘壮志、杨增青的著作,以及林拐子遗失的老皇历等等。

我明白他的意思,他认为我既然是紫泉子唯一会写作的人,就应该写子归城,让天下人都知道,刘家祖根上出过个刘天亮,很了不起。

可我不想写,我当时在读大学。我不想让这事儿浪费我的时间。何况子归城里那些头绪繁杂的人和事,在我看来,意义都不大,有些无聊。

遗憾的是我很快就发现上大学更没意义,更无聊。我上的是理工学院,可它的必修课多数是关于海上丝路文化的。不仅如此,这个师资力量匮乏的大学,还把中学教师调来,当我们的教授。

结果,我实在无聊透顶,就开始写起了《子归城》的一些篇章——林子非那时

[×] 链接 理门公所供奉观世音菩萨,又称白衣大士或南海老佛。避讳五字真经不直呼观世音菩萨。"下参"是拜佛的一种动作,形同磕头。动作前仪式,趴下后不是用前额叩地,而是用头鼻撞地。并按"下参"动作默念五字真言。

还是个清纯的中学生,我不想伤害他,就只写子归城里的部分故事片段,不想完整地写一部书(我给林拐子答应的是写一部书)。

我记得我用小说体首次试笔,是在一堂哲学课上。那个白发苍苍的女教授,本来是个高中政治老师,她把中学讲义原封不动地搬过来,换了个名字,叫哲学,然后就唾沫星子四溅地讲了一个学期。

她讲黑格尔,讲费尔巴哈也就罢了,还用假装恐怖的语调,抑扬顿挫地朗诵:"有一个幽灵,在欧洲的上空游荡……"

我实在憋不住,笑了。但紧接着就发现这样很不礼貌,于是埋头假装做笔记,开始乱写。

女教授讲了一个学期,我就乱写了一个学期。

我写出的第一个精彩桥段就是刘家酒坊被砸后,天亮和山西王首次见面的情形。当时,女教授在讲黑格尔的《小逻辑》。

5

天亮坐下后,山西王说:我砸你的醋坊,是因为你戗我的行。

天亮说:唉,谁规定古城子人民天天都得喝你的山西老陈醋,都啥年头了,世界都讲究多极化发展了,你还要搞大一统的山西老陈醋。我造点古城子醋,让人民群众的生活用品更加丰富一点,在吃醋的时候有更多的选择,这符合市场经济的竞争原则。

山西王说:你别给我玩那个里格愣!谁不知道,你那个酒坊借的都是姚麻子的骚婆娘赵银儿的钱,我砸的是她的财产,你着什么急?

天亮说:这是怎么说话呢?你怎么连形式逻辑的常识都不懂,这里有个因果关系。你要是不砸酒坊,那骚婆娘就没理由要回贷款。她要不回贷款,我到了年底还上贷款,酒坊不就是我的吗?

山西王说:罢!我不懂形式逻辑,但我懂存在主义。萨特说了,存在的就是合理的。现在事情已经这样了,就是合理的。再说,你这些天还在我府上又吃又喝,一高兴还占个马棚睡觉。这些我都不言语,你还想要干啥哩?

天亮说:我在打官司你知道不知道?打官司就得花钱。我现在没钱,连律师都请不起，难道你不知道吗？我不在你这儿吃住，在哪儿吃住？事情因你而起，所以你要承担这个让我吃喝的责任。哎？

山西王说：你既然在打官司，就该搞清谁是被告。姚麻子抢走了你的酒坊，你应该去告他，他是被告。

天亮说：我当然要告他，但我也不承诺放弃对你的控告。

山西王说：我管你吃管你喝管你住，你还告我，太没意思啦。

天亮说：你是管我吃管我喝，但你给我的地方那叫睡觉的地方吗？一点都不爽！你让我和牲口同床共枕，这符合人道主义精神吗？

山西王说：兄弟，你看过《与狼共舞》没有？人家一个女人……好啦，不说这个了。我让你和牲口同床共枕，本来是件好酷好酷的事情，现在既然你不领情，那就算了。从今天起，我按《联合国宪章》的精神办，保护你的人权，对你实行人道主义援助。

山西王说着回头招呼下人：把你们的房间给他腾一个，让他想住的时候就住。席梦思就免了，但也不能用干板麦草将就，给他支个大学生宿舍里的那种高低床吧……

——现在是2016年的一个秋夜，我把三十九年前写的片段给您看，就是想告诉您，在一百年前的那个圆月夜，天亮和山西王争论过，吵闹过，进行过类似对话。

注意，是类似。就是说：原话不一定如此，原话肯定免不了攻击山西王的姓氏，赞扬刘家祖宗。我认为，把那些写出来，不太合适。

这也是我没打引号的原因之一。

6

这次对话之后，天亮再去山西会馆，就经常能见上山西王了。他们有时候会争论一下酒坊易主，责任在谁？刘王庄的族人争霸，到底谁家赢了等等不太联系实际的问题。

一个阴霾天——这种天气容易出事，眼神再好的人，在这样的天气里，视野也会不好，天亮想起自己被打伤这么久了，皮肉都长好了，山西王还连一两银子的医药费都没给他赔过，不合理，就想去理论一下。

那天山西王正生气。山西会馆的正堂高大，复式两层。天亮看见山西王站在二楼的天窗下，举着个瓷坛子，气得腮帮发红，上面的灰毛颤抖……

山西王的父亲王寿山早年有妻有妾，山西王的母亲是妾，在山西时就总受气。后来她跟着山西王到了子归城，才开始享福。老太太拜佛心善，前几年听说王寿山年事已高，又死了妻子，怕他孤独受苦，就让山西王派人把他从山西接到了子归城。名义上说让指导醋坊工作，实际上也不干啥[m]。

可老头儿性子怪，不省事儿。一见面就嫌弃七闺女，说她是何坨子的典妻，还不生养。要把小陈醋的姐姐扶正，做山西王的大老婆……后来他又做主，给郝大头放贷，结果弄得上千两银子打水漂。山西王就找老头儿合计："爹！你不让我找郝大头要债，那咱放的贷，就收不回来了！"

老头儿王寿山一拍胸脯，说："这事你不用管了！"就背着手，去了郝大头家。

郝大头家里不能说一贫如洗，但也离家徒四壁不远了。

王寿山转了一圈儿，看见了大柜上的一个插鸡毛掸子放字画的瓷坛子，就抱了起来，说："我看上你这个坛子了，想拿它抵咱们的债，你看成吗？"说着就把贷款票给了郝大头。

郝大头感动得流泪，说不出话，就差跪地上了。

老头儿王寿山就这么抱着坛子，哼着小曲，回到了山西会馆。

这是个雾霾天。

但雾霾再大，在家里，还是能看清东西。

山西王一看那个坛子不过是咸丰年间的一个德化外销瓷，就急了："爹，你就抱回来个这？"

老头儿王寿山说："郝大头是真败家了，家里就没个值钱东西。"说着就进了

---

[m] 链接　山西王的醋坊是父亲王寿山打理的，搞得不太好。让烧酒，老头儿坚决不干，说这是戗酒坊的行。王寿山说："人家做醋你不让，砸了。你再做酒，咋说，啊？"

山西王无言以对。

后院。

山西王抱着坛子，上了楼梯，在二楼的天窗下，就着天光看坛子。越看越生气，最后是大叫一声，举起坛子，朝楼下大堂狠狠地砸了下去。

不料，老头儿王寿山却又悄不蔫地从后院折了回来。那坛子不偏不倚，正好砸到了王寿山的脑袋上。老头儿当场昏倒，脑袋开了瓢……

——这事儿在当时很轰动，牵动了半城人的激情。有人说山西王是为了女人，想要打死父亲。因为王寿山要他休了七闺女，扶正小陈醋的姐姐。还有人说山西王是为了钱，因为王寿山仁义，免了郝大头的巨额欠款。山西王心生愤闷，居然就想杀父……

我想象不出一百年前的人，是何等的激动和愤慨，只能把相关史料记载在此，供您参考。

《古城图志》记载：山西会馆会长王某，误伤父亲，致使群情激奋，满城风雨。许多不相干者，出于义愤，竟将王某告上县衙大堂。而馆内诸人，多从理门，以此为大罪孽。全馆上下，竟无一人出庭做证。最后倒是王某的冤家仇人刘氏天亮，当时在场，出面做证"王某系误伤父亲"，才为之洗冤昭雪……但即便如此，王某企图弑父的流言，依然不胫而走，四处流传。致使王某面临众叛亲离之危机，被迫辞了会长一职。

不说你也能猜到，此事儿发生后，天亮成了山西王的恩人，进出山西会馆，待遇就非常人能比了。他平日里骚扰酒坊醉了，去衙门击鼓喊冤累了，便到山西会馆混吃混睡，山西王还隔三岔五地给他酒喝。喝多了，两人还勾肩搭背，各自吹擂祖宗先人，像是刘王庄的刘家人和王家人又伙在了一块儿了。

第二节

1

二锅头领着酒工，常把酒酿成醋。但断断续续地也还是酿出了一些白酒，只是糟气十足，打头烧胃，喝起来蜇舌头辣嗓子，还有股酸白菜坏了的怪味。闻起来当然更糟，连酒工们也同意赵银儿的看法：这酒闻起来像阳光下的臭狗屎！

为此，赵银儿极不喜欢到酒坊来闻这种味道。

但对于天亮来说，白吃枣儿就不能嫌核大。何况他对酸臭本来就不敏感，就像许多人专爱吃臭豆腐、猪肥肠一样，爱吃就不觉得臭。天亮喝酒，图的是那种腾云驾雾的感觉，所以酸点臭点自然不在话下。

一个有风的日子，天亮在酒坊中喝得大醉——他是这一时期让"酒大师"二锅头的产品唯一弄醉的一个人，因为在此期间，二锅头一将产品搬上街头，人们就被臭狗屎的味道熏得满街乱跑，不敢靠前一步。没有饮者，焉有醉者？

醉了的天亮走在拐子街上，很嘹亮地唱歌：

出了嘉峪关，

两眼泪不干。

往前看，黑石滩。

往后看，鬼门关。

……

唱着唱着，他到了古城车马店，一头栽倒，不省人事了。

谁也不敢想像这种情形：驼二婶让伙计把天亮按到桌上，用一根裹了棉布的筷子往他的嗓子眼捅，直捅得天亮哇哇乱吐。

吐过之后，驼二婶让伙计收拾残局，自己揪着天亮的领子，把软兮兮的天亮拉进了客栈。然后，倒出一碗清醋来，说："喝！喝你自己酿下的醋。"

喝下了醋后，天亮开始慢慢清醒。

遗憾的是，天亮一醒来就冒出了蠢话："有贼娃子！"他指了指窗外说，"哝，我看见有人……钻到你屋里去了。——神拳杨掌柜不是去阿山了吗？这人……哝？"

驼二婶不管屋外北风如何咆哮，挥舞一支小扫帚把天亮赶出了店门。

子归城

看着天亮在北风中趔趄,还频频回头。驼二婶余怒未消又添新火,转身从伙房里拿了把菜刀就要追天亮。这时,合富洋行的胖厨娘像一团翻滚的白棉花,挡住了驼二婶,"您好!您怎么和一个醉鬼真生气呢?"她假装吃惊地说。

2

林拐子成了白石头楼里的魑魅魍魉,来去无踪,折磨得铁老鼠魂飞魄散,精神崩溃。胖厨娘看在眼里,急在心上。可她苦无一策,抓不住那个鬼魂。

秋去冬来,铁老鼠已经灵魂出窍,成了行尸走肉。但白石头楼里依然怪事不断,传单不止。胖厨娘看着老情人形同废物,叹息之余,忽然又想起了传单和驼二婶的神秘关系。她忍无可忍,就顶着大风来找驼二婶了。

"狗日的勺䜣!给脸不要脸。"驼二婶看着天亮远去的身影说。

"噢,是这样。"胖厨娘礼貌地点点头,又礼貌地说,"我想和您进行一场女人间的私密谈话。"

驼二婶知道她要说什么,急忙摆手:"不说了,不说了,我听着头疼。你说的事儿,我记着呢。"

胖厨娘说:"可这么长时间了,流言并未停止。而且就在巴赫·铁尔森先生的床头,又出现了传单。我想知道,这是怎么回事?"

"咋会这样哩?"驼二婶愕然。

"我们都是女人。你为你爱的男人做了什么事儿,你心里清楚。我也要为我喜欢的男人做点事情,不能让他失望!"胖厨娘坚定地说。

"这和我真的没关系。"

"但和你有关系的事情你也没有做。你想为此吃官司吗?"

"你别吓唬我行不行?——你先去,我答应的事儿会办的。"

胖厨娘不走,倒要驼二婶跟她去洋行。

驼二婶无奈,只得跟去了合富洋行。

驼二婶没在合富洋行拟好的文书上画押,也没要合富洋行给的那几两银子。她回来后,找林拐子另写了一个状子,托老秦递给了金丁,状告刘天亮私藏传单,陷害他人。

3

天亮成了诉讼名人，著名的勺狲，云朵焦心如焚。但钟爷卧病在床，她又总走不开。

时间进入年末，趁给钟爷抓药的机会，云朵进了趟城。

当时，钟爷说铁老鼠活不过秋天这件事儿，在大家看来，并没灵验[1]。谁都知道。自从洋行闹鬼，铁老鼠就再没露过面。传说很多，勺掉了，瘫掉了，傻掉了，疯掉了，等等，但人还活着，却是个不争的事实。对此云朵问过钟爷，可那时的钟爷神智时好时坏。坏的时候没法问，好的时候又一副闻所未闻的样子。云朵心里不踏实，就总想把天亮弄回沙枣梁子。

其时，天亮因为给山西王做证，已成了山西会馆的座上客这事儿路人皆知，云朵当然也知道。找孟医官抓了药后，她就直接去了山西会馆。

云朵到了会馆门前，仅凭容貌，没费劲就进入大院找到了天亮。——看家护院的男人看到她，都成了水里的石头，由着海娜花在水里漂游，谁也没动。

天亮正和马夫瓦刀脸坐在炕桌前，就着一壶老酒吃一只老母鸡。脸上一副乐不思蜀的样子。

云朵怒不可遏，骂道："你还算个儿子娃娃吗？咋这么没出息了？跑到仇人家吃喝来了？"

不料，醉意朦胧、厚颜无耻的天亮，竟然嘴里不干不净地骂起了云朵。

云朵羞恼交加，说了声："我早咋没看出，你是这么个没出息的狲货！你就不

---

[1] 链接 过了癸丑年秋天，铁老鼠看上去的确没死。对此包括云朵在内的一些人都对钟爷的谶言，产生过动摇和怀疑。这其实都是他们没文化的表现。钟爷的谶言，一共三句，一个意思。原话如下："贪夫徇财！这人的魂儿，过不了秋天了；贪夫徇财！秋天，这人的魂儿就散了；鬼魅缠身，贪夫终将灵魂出窍。"

注意到没有，钟爷说的是，铁老鼠的灵魂活不过这年秋天了，没说他的肉体。事实上，我查了许多文献和民间传说，从中发现，铁老鼠的确是在这年秋天，灵魂出窍，魂魄散失，成了行尸走肉。但这个行尸走肉死亡的过程比较缓慢，过了一年多，才枯萎、干缩成了一具小动物的尸体。

怕丢你先人的人！"一抹泪，转身跑了。

天亮愣了一下后，问旁边儿的瓦刀脸："刚才那女子是谁？她敢骂我先人……咹？！"

瓦刀脸说："你醉了！都不认识她了？就是钟家的大丫头云朵嘛。"

天亮一听，一头撞到桌上，眼泪就流出来了："云朵？啊，她说我丢了先人的人！她说我不是儿子娃娃。云朵说，我不是儿子娃娃！啊啊！咹咹！啊——"

他嘴里的一块鸡骨头，影响他哭诉时的表达。他啊的一声，用力一吐，那块骨头竟然打破窗户纸，飞到了院子里。

之后，天亮抓起插在正堂上的一把长柄大刀，一摇一晃地就要去衙门。瓦刀脸拦都拦不住。

天亮抓起的那把大刀，是练武用的典型意义上的大刀，模样和关公的差不多。他又喝多了酒，脸涨得通红。因此他走在拐子街上，就让人想起关公。那架势，也有关公的威风。

许多人看见子归城著名的诉讼人出来了，而且成了关公的模样，都欢呼雀跃，跟在天亮身旁身后。

天亮在一大帮人的簇拥下，到了县衙门前，用拳头猛击大鼓，同时高喊："呔！我要告状！"

里边的反应一如既往：金县长忙着指挥工人们锯木头，衙门里没人。

这回天亮没像以往那样，擂鼓不止，而是挥起大刀，大吼一声："老子告状！"然后就后退一步，将身体拉成反弓形，把关公刀抡成一个半圆，然后高高举起，猛力朝大鼓砍了下去。

大鼓在被砍成两半的同时，发出了一声巨响，把围观的人吓得前仰后翻，好一阵骚乱。

但没有任何人像金县长那样对于这个巨响感受深刻。当时他正在骂一个拉大锯的工人，改一块原木时没合上他画的墨线。忽然听到耳畔一声嘹亮的尖啸，像大锯撞上了石头崩了钢齿，声音悠长，刺耳钻心。从此他就耳鸣，长达十日有余。

金丁忍着耳鸣，赶回衙门。发现是天亮劈了大鼓，立即下令："抓住他！抓住这家伙！"金丁的语调很像《地道战》里的那句经典台词：抓住他！抓住李向阳！

龟田队长没有抓住李向阳，但金丁抓住了天亮。因为天亮压根没动。

金丁县长抓住天亮后，由于耳鸣的影响，眼珠子转了半天，在衙役老秦的提醒下，才想起了天亮的罪名：破坏国家设施、蔑视法庭器物罪。

金县长宣布以此罪名逮捕天亮后，把他投进了自己亲手设计的球形地牢。

第三节

1

长期以来，包括钟爷在内的许多人都认定了金丁就是个混蛋，糊里糊涂就把天亮关进了球形地牢。其实，天下人都冤枉金丁了，事情另有原委。

那天，老秦呈上了一个状子，说古城车马店的老板娘驼二婶状告刘天亮。

"这个刘天亮，就是精沟子断贼的那个？他是该尝尝蹲笆篱子（坐牢）的味道了。——啥罪名啊？"金丁正在做一扇雕花窗户。

"说是私藏传单，还让人放进皮斯特尔的铜卣中，诬陷他人。"

金丁一愣，停了手中的活儿："传单的事儿，事关政治，弄不好是死罪。这个驼二家的，不懂啊？看来老娘们是不懂政治。"

"这个刘天亮，自从他的酒坊被砸，就一直在找您告状……"老秦说。

"是可恶！不过，这狗日的也孽障，酒坊那么一摊子就都成了姚家的……"金丁想了想，接过了状子，说，"行啦，让驼二家的女人消停些吧。这个刘天亮，我给她收拾，但死罪没有！我看将来古城子人喝酒，还得指望这个贼狲呢。"

金丁言而有信，大鼓事件一发生，他就把天亮关进了地牢。

2

金县长的地牢，又称球形监狱，巧夺天工、妙不可言。

金县长初到子归城上任，子归城的监狱是衙门后面的两爿破败不堪的旧班房。

子归城

四方四正，破败不堪。每当抓了犯人，就需要三个差役看管，一个负责把门并掌管钥匙，门扇虽然上了半斤重的大铜锁，但如果没人看管，罪犯也往往能破门而出。因为那时候的房门都是做了榫、臼、门墩结合，镶套上去的，力气大的罪犯可以从底部抬起门板，卸门而走。另一个则需要站到房顶上去，以防罪犯爬上房梁，捅破房顶逃逸，同时还要负责瞭望远近，防止罪犯的同伙前来劫狱。还有一位是巡逻兵，很辛苦，要昼夜沿着房边巡逻，以防罪犯在墙上挖洞，破墙而出。

金县长对这陈旧的监管设施不屑一顾，他认为监狱就是监狱，其基本功能便是天下最牛×的罪犯一旦进入监狱，也绝无逃跑之可能，为此他天才地设计了一个球形监狱[q]。

金县长组织砍伐队，伐掉了官道上的那些歪脖子树。从中精选出一些弯曲度符合标准的老杂树，用他特制的大木锯将它们解剖成弯曲度相同、形状像瓜瓣的曲面板，然后打磨，抛光。又让人挖了个直径丈二的大圆坑。将这些曲面板置入坑中，相互拼接后形成了一个西瓜状的空心大圆球。让人叹为观止的是，金丁的图纸精确到了分毫不差，这些曲面板的圆周率都算到了3.1415926，它们形成的空心圆，自然严丝合缝，锥插不进。

值得一提的是，木质圆球上下两端各有一个圆洞，上大下小。上面的牢口做天窗，艳阳高照时，天窗上会投进一束灿烂的阳光。下面的是地洞，直径一尺，上面有盖。罪犯掀开盖子后，可以在此拉屎拉尿。天亮掀开盖子认真研究过这个地洞，最终发现这个圆洞从上到下直径都只有一尺，而且深不见底。如果想以此为起点，挖洞逃走的话，得有把地球挖通，作从另一端出来的长期打算。

如果想从球壁处逃走的话，更不可能。那些曲面板都是百年老榆树、老桑树等硬杂木，结实厚重，一般的斧子都劈不开，何况入狱的罪犯都手无寸铁。

牢口的天窗是唯一的希望，但它是可望而不可即的。每个被用绳子吊入球体内

---

[q] 链接　这个设计是不是受了雀仁庄子那位王爷地牢的启发，众说纷纭，但我以为它应该是金丁的自主设计。因为那时代的干部并不像我们现在的领导，可以四处考察，到处交流。金丁虽然是子归城县长，但好像没机会去雀仁庄子公干。

的罪犯，一进去首先会失去方向感，会发现自己往哪个方向走都是错误的，都在爬大山。而且，那些曲面板的剖面都经过了抛光打磨，走不了三五步，就会朝前或者向后滑倒，一直滑到地洞盖子上。只要你心存逃意，你就会整天重复爬山，滑倒，从头再来的悲惨过程，永远到不了天窗口，除非你有壁虎的本事。

但即便你有壁虎的本事，也只能到达天窗，却绝难逃走。

因为在天窗上还悬着一个用一整块原木做成的大塞子。它上大下小，小处也和天窗直径相当，被用三角形支架悬挂在天窗上方。一旦看守天窗的差役发现地平面出现了一个不应该出现的脑袋，他只要一拉刹把，高悬的大木头就会飞落下来，把你砸回球体内去，并因此塞住天窗，让你过上好些天暗无天日的日子。——这还是对那些手脚灵便者而言，如果当时你躲闪不当的话，很可能还会被砸断手指或者一条胳膊。

因此，所有被投入球形监狱的罪犯，在经过最初的努力——几十次的爬山，滑倒，最终鼻青脸肿后，都会绝望地坐在地洞盖子上，望着天窗上悬着的大木塞子提心吊胆：担心它直径尺寸不够，或者经过风吹日晒变细了，会掉下来塞不住窗口，而直接落入球内，砸在自己头上。这种担心，使许多罪犯都竭力想避开地洞这靶心。但不可能，你只能在球壁上撑一两天，第三天你就会精疲力竭，还会滑到球体的最低点——地洞盖子上。

身处这种险境，你除了望着高悬的大木塞子提心吊胆，担心系它的绳子突然断裂，不可能再有心思考虑其他逃跑方式。

金县长用两年时间，一口气做了十个这样的监狱。官道上的歪脖子老树被伐光了，小的又没用，他就让砍伐队一路延伸作业到榆树窝子，把里面那些七扭八歪的老树砍倒，晒干，拉回子归城（仅这些老树就拉了四十八马车），再锯开，抛光，镶入地下……榆树窝子的老榆树因此被伐掉一大半，子归城里的犯罪率也因此下降了一小半。劫狱事件更是从此绝迹，因为所有劫狱者都知道，那十个球形监狱，虽然只有一个差役看守，但只要他听到风吹草动，一拉刹把，十个天窗就会被悬空落下的大木头塞住，使你无从下手。即便是策划完美，先杀了差役，再到窗口吊人，

子归城

也极其危险。因为窗口附近还有许多自动机关，手忙脚乱中，一旦碰上了其中一个，大木塞子飞落而下，很可能连自己也一块砸进球形监狱。

天亮身体好，在球壁上比别人多撑了一天，但最终还是滑到了地洞盖子上。

和所有的犯人一样，天亮也望着天窗上的悬木提心吊胆，但他比别人多一份希望：他盼望金丁快点给他过堂，一过堂他就答应赔大鼓，那样他就再不用担心头顶上的大木头了。

但金县长很忙，把他投进球形监狱后，一直顾不上开堂审问。

第九章
癸丑之冬

第一节

1

冬天,皮斯特尔突然回来了。

他是坐着一辆漂亮的英式四轮马车回来的。车上还坐着一个欧罗巴女人,穿着貂皮大衣。有人说那就是红胡子雅霍甫的遗孀,也有人说长得不像。后来城里的高层人士才知道,她是迪化领事伊万的夫人。

伊万夫人跟着皮斯特尔在子归城街上转了两天就走了。临走,她给合富洋行的高层撂下了两句话,一句是说皮斯特尔是冤枉的,应当官复原职。另一句是:我这两天看了山西会馆和梦春院,皮斯特尔的想法很有趣,回去后会向伊万领事报告。

就这两句话,皮斯特尔给她的英式四轮马车上就装满了古城子土特产。

伊万夫人走后,皮斯特尔就以合富洋行襄理的身份,带着希卡,傲慢地招摇过市,四处访查与"卤案"有关的线索和人物……

云朵很紧张。她知道驼二婶状告天亮了[t],怕皮斯特尔一查传单来源,天亮首当其冲要倒霉。驼二婶也紧张，她偷偷把车马店里剩下的传单全烧了，还逼着葱头等人发了毒誓，保守秘密。就这，她心里还是不踏实，神拳杨去了阿山，她就去找了王二麻子。王二麻子分析后也认为：皮斯特尔肯定怀疑"卤案"[y]的发生是车马店和典当行使了计谋。兹事体大，不可不防。他必须焚香沐浴，推演八卦，制定一个万全之策。

谁也没想到，就在这时，合富洋行却突然觊行博彩业，向山西王发起了挑战。

2

山西王是子归城的地头蛇，一般而言，一座城里的黑社会总是控制着博彩、倡优这类利润丰厚、竞争激烈的行业。子归城也不例外，山西王因为有理门的帮会背景，自从在城里立足后，就一直是笼罩在这些行业头上的最大势力，既照应着也分享着这些行业的经营和利润。

本来，珠宝行的姚麻子一直觊觎子归城的赌博业，但总是蠢蠢欲动地试探，不敢贸然下手。可皮斯特尔回来后，合富洋行忽然在北门外开了一家赌场，取名"发财门"。次日，姚麻子立即改变在东门外开妓院的计划，把福建八行当货栈的那片地搞成了赌场，还放炮剪彩，庆祝他的金银门赌场开张。

此事对山西王而言，明显是挑战。山西王自出了"弑父案"后，一直是虎卧荒丘，收起犬牙忍受。对外假装让贤，辞了商会会长；对内针对各种明里暗里的挑战和不敬，施展手段，收买、贿赂人心，进行尊师爱徒的理门教育，以稳定核心，巩固会馆。因此，根本无意也无暇惹是生非。

可没想到，躺着也中枪。合富洋行和珠宝行抢起了他的博彩业、娼娱业……

---

[t] 链接　天亮入狱后，云朵去找金丁，送了银子，想捞人。金丁就让云朵看了驼二婶的状子。那一阵儿，云朵还担心天亮被合富洋行迫害，也去找胖厨娘，给送了块花绸子布，但胖厨娘啥都没说。胖厨娘在子归城没啥口碑，但在这点上显然比金丁县长有素质。

[y] 链接　众所周知，"卤案"发生是因为皮斯特尔的扁口卤里被查出了反政府传单。他辩称：扁口卤是刚从典当行买的，之后他就去了驼二婶的车马店，肯定是在这期间有人给他的卤里塞进了传单。谁都知道皮斯特尔不会反政府，但谁都假装不信，皮斯特尔就被抓到了迪化。众所周知的还有：当初合富洋行和典当行的商战正打得惨烈不堪，驼二婶和神拳杨又关系暧昧。所以，皮斯特尔一回来，这两处的人都紧张。

小陈醋报告说：姚麻子的赌场和洋行的好像商量好了，分工明确，互不干扰。发财门主要是纸牌、诈金花、魔轮、中彩盘、老虎机。而姚麻子的金银门赌场则主要经营麻将、牌九、骰子、十喜、红宝等。两家几乎把山西王"罩"着的业务各自分一半经营，他们是井水不犯河水，但却和山西王撞车戗码头。

山西王气得腮痣上的灰毛乱颤，对七闺女说：我咽不下这口气！

七闺女这回一反常态，说：咽不下，咱就不咽啊！

山西王就叫来了朱头三、小陈醋等说，咱控制的各赌场也是流血流汗，由会馆兄弟们搭了好几条人命才从别人手里夺来的。现在，有人开赌场，还开这么大，这是在抢咱的半壁河山！

山西王一番话，立刻凝聚起了不少人心。当时大家就决定先礼后兵，让管家朱头三带了人去质问姚麻子。

一问才知道，这个金银门赌场却是赵银儿在经营。赵银儿态度挺好：我看人家洋人在北门外开了赌场，害怕咱中国人的地方让洋人占了便宜，所以也就开了。

赵银儿还让朱头三给山西王带话：洋行的老毛子若是同意发财门停业，只要王会长给予适当赔偿，金银门也可停业。

山西王知道这背后的黑手是合富洋行，就在被窝里给七闺女说：这回老子是碰上硬茬儿了！

七闺女说：是啊，前番典当行的神拳杨和洋行的人斗，栽了！这回珠宝行的姚老板显然是和洋行的人暗中沟通好了。不过事已如此，咱就是把破伞也得硬撑着。说啥这面子也不能丢，要丢了，山西会馆就完了！

山西王听了，一早儿就披了大氅，亲自带人到发财门和合富洋行的人交涉。

3

这时候的铁老鼠很可能已经被林拐子折腾成了狂想型神经分裂症。他愈来愈神经质，怀疑射进窗口的阳光是一把谋杀自己的利剑，担心煮沸的咖啡有氰化物，怀疑希卡们在偷他的金器……

正当人们被铁老鼠的神经分裂症弄得也要发疯时，皮斯特尔回来了，他和铁老

子归城

鼠经过半宿长谈后，铁老鼠就彻底崩溃了。他举着手枪，赶走所有人，让胖厨娘给他烘烤了三百普特的面包，准备了充足的水后，把洋行其他的金银财宝也集中到铁窗子卧室，给门窗挂上黑布帘，用铁床顶上房门。然后自己爬上金银器皿堆成的小山，像进入阵地的战士一样，一手握着勃朗宁手枪瞄向房门，一手抓着一块面包慢慢咀嚼。

自此，整个三楼都沉入了末日的死寂。

非常明显，铁老鼠的这种自我绝缘的做法帮了皮斯特尔的大忙。他乘机就糊弄胖厨娘，以守护主人为名给三楼加了岗哨，让希卡们轮流值班。还对内营造铁老鼠神灵附体，在闭门修炼，不理俗务的假象。对外则假借铁老鼠的名义，召开股东会议，假传圣旨诱骗股东，说是领事伊万派夫人来就是要让大家投资发财门赌场。并借此攫取大权，当上了发财门的赌场经理。

皮斯特尔和铁老鼠的状况如斯，可皮斯特尔的保密工作做得好，铁老鼠不能视事，山西一无所知。

4

山西会馆的人马追到合富洋行，希卡们传出的话是：我们老板病了，不便见客。他让给您回话：我们是懂规矩的，你是在城里管赌场，我们在城外开赌场。没有侵犯你的利益，这个很公平。

那时子归城的概念早已不是城墙内的概念，由于经济发展迅速，无论是官方还是百姓，所说的古城子或者子归城，都是指城内城外的大片地方。实际上，城东、城北的市井繁华，已经和城里相当。

山西王心想，铁老鼠这样说话太操蛋，便唤皮斯特尔出来说话。

皮斯特尔出来了，也是一脸的冷相：老板做的决定，没办法。——我被人诬陷，差点儿丢了性命。我得学乖点，听老板的话。

山西王说：你的意思，这事非得我们自己想办法了？

皮斯特尔耸肩一笑，竟转身走了。

山西王气得肝儿乱颤，咽不下这口气。回来后就磨刀霍霍，还吩咐门徒们也都磨刀，预备好跟他去发财门把皮斯特尔的"蛋"割掉。

正在此时，梦春院的汪妈派人来照会：打今儿起，梦春院里给山西会馆的保护费，要减半再减半。送信的人说：汪老鸨说了，合富洋行的老毛子要保护费。我们无可奈何，只好请王会长减少保护费。

山西王不知道赵银儿已经是梦春院的大股东，是她想要改换"门庭"，借合富洋行的势力打压山西王。山西王还让小舅子小陈醋去梦春院，警告汪妈：保护费如数缴纳，否则我们就砸你这婊子楼！

那汪妈却叫了起来：你敢砸老娘的梦春院，有人就会砸你们的会馆。

话音未落，婊子楼里就跳出个希卡，傲然说：她说的是真的。

小陈醋仗着人多，正想耍横，十几个希卡却从天而降，个个高头大马，腰挎马刀，肩背钢枪。

山西王的理门徒众也都是打斗出身，不甘示弱，正要摆开架式。不料，这些希卡们却真的放起枪来。朝天一排空枪响过之后，又齐刷刷将枪口对准了人。小陈醋一看情势不妙，派人快马回报山西王。

山西王一听，知道这场恶斗无可避免，便一马当先，招呼会馆全体人员，倾巢出动。

洋行的人像是有准备，山西王的人马刚把十几个希卡围住，洋行的全部希卡就人喊马叫、荷枪实弹地到了梦春院……

幸亏马福山闻风而动，率领一小队骑兵赶到现场，制止了一触即发的流血冲突。随后，姚麻子就把山西王和皮斯特尔请进通四海酒楼，坐下来谈判。

皮斯特尔声称：今非昔比，随着丝绸之路经济带的发展，各国商人来子归城的越来越多，他们带着财宝和梦想，也有很强的性欲，因此给梦春院创造了大笔财富。合富洋行是帝国在子归城的商约所在行，从保护侨民的角度出发，本行有责任有权力收取梦春院的保护费。

山西王恨合富洋行得寸进尺，欲壑难填。先开了发财门，现在又要收取梦春院保护费，便针锋相对，寸步不让。

子归城

姚麻子一看，就请了金丁从中调解。

山西王依然目赤口沸，义愤填膺。

金丁收了姚麻子的贿赂，急得头上出汗，就把山西王拉到隔壁间警告：伊犁口岸刚发生了两国边民械斗，杨都督严令防止此类事件发生。在此之际，你和洋行发生冲突，若是出了人命，惹得各地洋人再次闹事，杨都督定然对你严惩不贷[d]。想想神拳杨的下场，我看，你就忍个肚子疼吧！

山西王气得腮痣发紫发红，正想掀桌子，管家朱头三却失急慌忙地跑了进来，说老太太请他回家，有要事相告。

第二节

1

山西王的母亲王老太太自山西王"弑父案"发生后，就大门不出，二门不迈，只在家精心伺候王寿山，怕他出了意外，儿子以后没法在古城子立足。可这回山西王磨刀霍霍的声音太大，吵得老太太心烦心慌，就迈出了二门。

山西王急匆匆地赶回家，却见老太太坐在房檐下，在观看那枚秤砣。

"娘，这外面风急火起的，我正忙……"

王老太太一摆手，制止住山西王，说："那马福山，是我让朱头三去求的。带了我的手信。"

"娘！您咋打我脸呢！这合富洋行和姚麻子开赌场，本来就让我栽面子了，你这再一弄……"山西王一听就急了。他平生最怕丢面子，年轻时在可可托海械斗血拼，进了死牢都没认过尿。

王老太太又一摆手，说："我听说金县长从中调节，你给县长面子没？"

---

[d] 链接　辛亥革命前，子归城没有武装。知县于文迪办事，多依赖山西王的理门中人，两人私交甚笃，不分尊卑。山西王做事也全由性情。于文迪死后，山西王没了官方依靠，也知道马麟通过一顿酒成了辛亥革命后的新武装，他和衙门里的人打交道也就开始注意分寸了。

"娘！这不是给金丁面子的事儿。合富洋行欺人太甚！金丁让我忍下这个肚子疼。可我忍不下呀！"

"忍不下？我生你的时候肚子疼不疼？我要忍不下，哪有今天的你！"老太太说着眼圈就红了，又哭又骂，把山西王从小到大那些陈芝麻烂谷子的事全数落了一遍。

山西王被骂得满头冒汗，急忙应承了，说立马就去找金丁，接受他的调解。

老太太这才收了哭骂，让人把七闺女叫了过来，和山西王站成一排立在她面前。

"洋行的那个皮斯特尔回来的时候，带了一个洋女人，这事你们知道吗？"

七闺女知道，但不敢回答。山西王不知道，但想回答，却被老太太厉声呵斥住了："我在问她！没让你说话。"

七闺女一哆嗦，赶紧回答："回妈的话，我平日里不咋出门，就听人说过几句。"

"听说过？那你知道这个洋女人是迪化那个领事伊万的老婆吗？"

七闺女的腿哆嗦了，"妈，这个……我真不知道。没听人说过呀"。

"那你知道吗，这女人和皮斯特尔在咱会馆门前走了三趟！——回话！"

"回妈的话，不，不知道。"

"不知道？那以后就别再撺掇自家男人啦！小心成了寡妇还不知道为啥！"

七闺女实在腿哆嗦得站不住，便干脆跪下了。

山西王也暗暗吃了一惊。

2

金丁的调解很简单：一、合富洋行的发财门赌场，只能就现有规模进行营业，不得扩大。二、梦春院的保护费由山西会馆和合富洋行各收取一半。三、姚记珠宝行的金银门只对本城本地开放，不扩大规模，不接纳外客。

山西王被迫接受调解后，合富洋行的发财门不但高调营业，希卡们也彻底明目张胆地骑马挎刀在梦春院耀武扬威。

子归城

山西王又栽了跟头，脸上无光，虎威再次大减，甚至连门徒也不如从前听话卖命了。他给老太太请安时，就免不了微词抱怨。

"儿啊，我知道你呀，心里不服。可是你看这会馆里暗流涌动，人心浮动，犄角旮旯都是流言蜚语。你是不是想着这时候要是我不拦着，你就能振臂一呼，再聚人心，再整旗鼓？"

山西王承认："儿子是这么想过。"

"可你那天在梦春院，不是也见识了吗？合富洋行的希卡，个个钢枪，有的还是连发枪。若真打起来，你能占上便宜？君子报仇，十年不晚哪！"

山西王承认母亲说得对，可还是心里恨得牙痒痒。

痛定思痛，分析情况，山西王发现这一切都发生在皮斯特尔回来之后，绝非偶然。就起了杀心，想要择机暗中除掉皮斯特尔。

七闺女看山西王又磨刀霍霍，还擦盒子枪，就猜出了山西王的心思，便似劝非劝地说："咱理门中人，凡事讲理说礼。这不是你当年在可可托海的时候啦！你无凭无据，就要杀人。别说外人，就是馆里的门徒恐怕也不服吧！"

"这姓皮的，鬼太大，留着早晚是祸害。"

"我觉得娘说得对！就这个皮斯特尔，他鬼再大，不是还得靠那帮希卡吗？这希卡厉害个啥，不就是人身子抵不过枪子吗？"

"你啥意思？——我娘说啥啦？"山西王听出了话里有玄机。

"你娘不是说了吗，'洋行的希卡，个个钢枪，有的还是连发枪'。我的意思是，你盒子枪耍得再精，可就一把呀！如今世道变了，咱会馆里天天练武，可武艺再精，也挡不住枪子儿啊！咱不如多买些枪，学那洋行的希卡，动不动也朝天放上几枪，阵势上就赢了。到了那时候，别人鬼再大，就算有上几个皮皮特尔还是特特皮儿，他能把咱咋的！"

山西王听了这话，深以为然。从此不再迷信武艺，而是派人四处购买起了钢枪。

3

屋漏偏逢连阴雨。福无双至，祸不单行。好像说的就是山西王。

山西王在博彩、倡优业上刚栽了跟头，父亲王寿山忽然头部伤口崩裂，血像一把红雨伞，气势磅礴地喷射过后，死了。

当时王寿山的伤口已经愈合，能下炕了。他听到山西王在院子里赫赫嘈嘈，怕他又hold不住，惹是生非，就颤颤巍巍地扶着墙，出门来看。一看，却正碰上山西王吆喝着人，在卸一箱刚拉来的毛瑟长枪。山西王兴奋，肩上背着一支，手上还拿着一支，正给门徒们慷慨激昂地作训词："大家好好练！练好了，跟我去杀……"

老头王寿山一看那阵势，以为山西王又要出去打架斗殴，就指着山西王斥骂："孽子！孽子啊，这哪像理门中人……"说着便朝后仰倒，喷血如注，一命呜呼了。

别人是倒霉了，喝口凉水都塞牙。山西王是没喝水，就塞了牙。

子归城舆论再次大哗。许多人情不自禁地开始了对山西王的口诛笔伐，甚至在坊间的传说中，山西王直接就被描绘成了一个杀父禽兽，不肖之子。说他为了钱，为了七闺女，拿瓷坛子砸开了父亲的脑袋，怕人不死，还断吃断喝，不给疗伤……而且还把情节描绘得逼真传奇，就像人人都是目击者、亲历者一样。

当然这些描述大多来自赌场牌桌和梦春院的妓女床笫。

悲痛中的山西王怒不可遏，亲自骑马带刀，冲到梦春院和一些赌博场所，想抓造谣生事者和流言传播者。

可到了梦春院，他就愕然止步，不知该咋办了。

梦春院的楼门上，赫然挂着块牌子，上面写着几个大字：弑父者，不得入内。下面还有一行小字：女人再好，也不如父母好。

山西王气得挥刀去砍木牌，却被两个希卡拿毛瑟枪挡住。汪妈则慌忙跑出来，连连道歉："不知道哪个狗日的写的，哪个狗日的挂的。"说着就把那牌子摘掉了。

城里的那几家赌场也同样挂着块"弑父者不得入内"的牌子，只是下面的小字略有不同:"钱再好,也不可杀父母。"

山西王愤怒地砍掉一块牌子,命令门徒手下进去砸场子。可回头一看,跟在他后面的人,竟然跑了有一大半,剩下的人都畏畏缩缩地看着他不动。

山西王愧愤难当。回到家中,披麻戴孝地跪在父亲的灵位前,磕头烧香,再不出门。

更糟糕的是:山西会馆内部人心彻底散了。七闺女面对压力,先崩溃了,竟然要悬梁自缢。未遂后又成天往外跑,说在家里总看见老头儿王寿山的冤魂。

管家朱头三是山西王在可可托海的拜把子兄弟,这时却也趁机辞职,自立门户,寻一瓦舍勾栏处,开杂耍园子去了。小陈醋则成天对山西王横眉冷对,背地里骂他不遵父训,立妻不正……

手下门徒更是人心浮动,礼崩乐坏。甚至有人公开扬言,理门出了弑父恶行,已经无理失信,罪无可赦。大家应该各奔东西,另寻高枝;或者重设盟约,再推盟主!

山西王见此情形,就在祭奠了父亲的"头七"之后,想清理门户,改造会馆。

他母亲王老太太却不同意。给他另指出路:让他带上七闺女,自愿去阿山"援科"戍边,给人以负荆请罪,自我赎罪的印象。

"你不是'兵联'的会长[h]吗?阿山有事,就该去。"老太太看着黑胖子山西王消瘦的脸庞说。

山西王一听,母亲说得对,太对了!此时去阿山,既能给人"援科"的好印象,又能抖出"兵联"会长的威风,收罗些阿山故旧和可可托海的老弟兄,凝聚人心,提振士气。于是就暗地里积极准备,在过了父亲的"三七"之后,主动请缨,遵命而行,带了夫人七闺女和一些忠心尚在的门徒去了阿山。

---

[h] 链接 早在壬子年"腊八"时,马麟就召集商界,出钱出资,购置刀枪,成立了一个"兵马援(助)科(布多)保境安民联合会",名字太长,就简称"兵联",由山西王出任会长,马麟任总指挥。任务是对外支援科布多战事,对内打击捣乱分子。

第三节

1

山西王走的时候，云朵刚好在东门外。

当时她进城给钟爷抓药，看到林拐子在赖家茶店的外廊处摆摊，就急忙搭讪套话。——皮斯特尔回来后，林拐子出入合富洋行已经不自如了，但还是知道许多洋行内情。

林拐子呜呜啦啦，故意前言不搭后语。云朵只能隐约判断他的意思：铁老鼠确实勾掉了！合富洋行现在实际上是皮斯特尔控制着一切。

"皮斯特尔……"云朵呢喃着，冲林拐子点点头，就转身看廊外。她看见山西王的人马在雪地上黯然而去，无端地忽然就感到了一种从里到外的寒意。

这时的云朵，已有了从地牢捞出天亮的办法。她怕夜长梦多，就急忙转身，去了姚记珠宝行找赵银儿。

2

据说云朵和赵银儿的初次会面，竟然是从谈女人的脚开始的。

云朵说：咱是穷人家的丫头，要干地里的活，没办法，才放大脚的。您可是大家闺秀，咋也是天足呢？

赵银儿说：钟则林先生是林则徐的弟子，当世大儒呢！您这是书香门第。我们才是命苦呢，从小要跟着父亲跑外做生意，在这丝路上奔命，哪里能缠足呢？

之后双方就互夸对方漂亮，夸得彼此心花怒放，喜不自禁。

赵银儿假装遗憾地说：我现在是开赌场了。前一阵儿，我还想在城外开一个小梦春院，把汪妈比下去呢。你看看，我要是开个小梦春院，你往那儿一站，就是一朵海娜花呀，不知道的人还以为是我的头牌呢。

云朵一听，脸上不由得作色。她知道这赵银儿暗含着威胁，但很快就喜笑颜开："不管姐姐是夸我还是骂我，我都当好话听了。其实姐姐要是往那儿一站，才是活脱脱一朵白牡丹。"说完拿眼瞧赵银儿。

赵银儿一听这话，眼里也有了戾气，但也很快转为淡然一笑："你这丫头是不是话里有话啊？看来你不光聪明，还厉害！要是个男人，我会让你不得安生……这古城子里的男人没一个好人！说吧，找我来啥事儿？是不是想让我把精沟子断贼的那家伙从地牢里捞出来？"

"姐姐真是冰雪聪明。我听说你一直在找那本《如匠酒经》，如果我给了您，不知能不能换他一命？"

"他的命，跟我没关系呀！他是不服气，非要告状，还砍了人家县衙的大鼓。"

"他是个犟驴嘛！我是担心别人会要他的命。您也知道，皮斯特尔回来了，他还找过驼二婶和林拐子——哦，林闽嘉先生……"

赵银儿厌恶地摆手，不想听。

见云朵一脸歉意地住嘴后，赵银儿才吐了个烟圈，说："其实我对那个酒经呀酒坊呀，已经没兴趣了。不过我试试看，能不能给你帮这个忙。在古城子，我还是头回给人帮忙。——好在你是个女人哦，要是男人我绝对不帮！"

那天，云朵特意涂脂抹粉，化了淡妆。

赵银儿也同样。

3

翌日，二锅头奉赵银儿之命去县衙送了银两后，天亮没过三天就被保释出来了。

金丁忙着锯木头，把天亮关了半个多月，没顾上过堂，所以放天亮前就要过一下堂。

一过堂，他才想起来这人就是把大鼓劈掉的那家伙，就问刚刚签了具保书的二锅头："我那大鼓咋说？"

二锅头说："明天珠宝行就把新的给您安上。"

金县长很不乐意："这古城子哪有好木匠？这大鼓一定要圆，三圈都要圆、正！他们知道圆周率是多少吗？知道3.1415926是个除不尽的数吗？——这样吧，你明天把银子给我送来，我自己做两个大鼓，让草民们看看本县长的手艺。"

天亮还惦记他的酒坊，不失时机地告状："他们砸我的酒坊，又霸占了我的酒坊……唉？"

金丁一挥手，用漂亮的花腔女高音再次重申了当初的判决要点：刘天亮以全部财产作抵押偿还姚记珠宝行债务，并赔偿山西会馆与姚家殴斗所造成的各种损失——虽然不够，但本县替你做主，余额两家都不得再行追讨！

"狗日的，你就这么坑老子呀！"天亮声音嘶哑地骂。

"你说啥？"金县长耳畔的轰鸣还余音未消，又听不大懂天亮的秦州话。

"他说，小狗子谢谢您栽培！"二锅头迅速把脖子上的汗巾塞进天亮嘴里，朝堂上高叫。

"哦，他叫小狗子？"金县长乐了，"传保人领小狗子走吧！"

天亮就被二锅头拽出了县衙。

4

二锅头是从县衙侧门把天亮拽出来的。一出来就上了拐子街一家狗肉汤面店。——二锅头对这家店很熟悉，他奉赵银儿的指示，给这家面店的肉汤里放过死老鼠。为此，他很羞愧，就常来这家店吃喝，以示弥补。

二锅头给天亮喝酒压惊。在白话（huo）够了自己的功劳后，才转入正题，对天亮说："咱又把酒酿成了醋。"

"对着哩，就给他们酿成醋。让山西王回来，再和姚麻子打架去。"

"可赵银儿不答应嘛，也还是要让我把醋酿成酒。"

"不给他们酿。"

"就是。我也这么想呀。但我入了股子，没办法。兄弟，你帮帮我……"

"唉？你又打《如匠酒经》的主意哩？球的话，门都没有！"

二锅头一看，只得实话实说："兄弟，你这《如匠酒经》恐怕藏不住。"

"唉？为甚咧？"

子 归 城

"是赵银儿想要《如匠酒经》。她花了银子把你从牢里保出来,你要是不肯给她《如匠酒经》,珠宝行里的那些混混儿能放过你?"

"鸟!他们能把老子咋样?"天亮撂下饭碗,推门就走。就在这时,一声霹雳,子归城出现了后来据说是昭示灾难的奇异天象:平静的云霄忽降冰雹,其大如拳,铿锵有力,绵绵不息……

天亮惊讶之余,发现云朵忽然就站在了店门口。

"你,你咋来了?"天亮结巴了。

"你让我这顿好找!我在衙门口等你哩……"云朵不理二锅头,边说边把天亮揪到了店外,"快!快往城外跑。东门外有咱家的黑走马,就拴在桃树下!"

"咹?到底咋了嘛?"天亮边看骇人的冰雹,边问云朵。

"皮斯特尔回来了。还有人把你告下了……出去先躲一躲。"

"那,咱爷的《如匠酒经》我带上?——这狗日的追得紧哩!"

"你快走吧!你走了,就啥都保住了。"

5

天亮跑出东门外,冰雹已经戛然而止,代之而起的是飘飘荡荡的雪花。

天亮看到孤零零的桃花树下,被冰雹砸倒的黑走马,正哀鸣着死去。那是他花二十八两银子买来的,原主说它个头矮,年龄又大了,但迎儿喜欢,说它毛色漂亮,像黑缎子一样。

——天亮在之后的一天一夜里始终能听到黑走马凄厉的哀嚎。它透着一种无以言传的悲凉感。后来,官道上豪雪骤来,茫茫千里一片浩渺,黑走马的哀鸣才像个溺水儿童的呼叫那样渐渐在天亮耳畔寂灭。

当时,天亮看到黑走马遍体鳞伤,忍不住向它走去俯身观察。不料它却人立而起,冲着杀气勃勃的长空长鸣三声,才目光忧郁、神色庄严地哮喘而死。

天亮惊悸之余,大叫了一声。

良久之后,镇定下来的天亮再次转身,就看到赵银儿带着一帮混混儿朝他围了过来。

"哎哟，这是个善良男人啊，给死马收尸。"赵银儿不像一般的姨太太那样穿着丝绸旗袍，走路扭扭捏捏。她像留过洋的摩登女子一样，戴着一顶白色贝雷帽，身穿白西服，黑色马裤，脚蹬长筒皮靴，说话的时候摇晃着手里一把精巧的马鞭。

赵银儿身边的混混儿，多少都带着被冰雹打击过的狼狈。而她的这身行头，超然尘外，让天亮很迷惑她是坐轿还是骑马来的。

天亮没见过这么漂亮的姨太太，也没骂过这么漂亮的阔太太。他望着赵银儿，咳了几声，还是不知说甚好。

赵银儿轻摆丰臀，扭腰送胯，走到天亮跟前，故意眉目传情，眼含幽怨地说："你看你这人，多没良心？我花银子把你从大牢里保出来，你不来谢我，就走啊？"

"哼，你霸占我的酒坊，咳！我还没找你算账……"

"哎哟，这话是怎么说的？你要开酒坊，没银子，我给你借银子。让你开起了酒坊，到头来你怎么反来怨我？"赵银儿故意笑嘻嘻地撇嘴，"真是古城子的男人啊，狼心狗肺！个个该死！"

赵银儿这么说话的时候，看到云朵和二锅头正急急忙忙地赶过来，就指着云朵说："慢点，小心摔着。"

云朵气喘吁吁地过来，问："姐，这是咋了？"

"没咋呀，"赵银儿说，"我就是想看看你花那么大本钱，让我捞出来的男人是个啥模样。"

"那您这也太辛苦了吧？——这又是冰雹又是雪的。"

赵银儿哈哈大笑，"不辛苦呀！"她指了指身后的金银门赌场，冷笑着说，"我就在自家赌场门口呀。"

云朵看了看桃树下的黑走马，有点儿激动地说："这，是您把它打死的？"

赵银儿说："我家门前就这么一棵树。你把它拴在下面，我看着不爽。"

云朵说："我原本是让天亮骑马走的。"

"古城子的男人不配骑马。我讨厌他们骑马时高高在上的样子。"

"那就让人走吧！我们俩不是说好了吗？"

赵银儿转身指示天亮："行了，古城子男人，你走吧！小心这种天气冻死在路上！"

云朵也朝天亮大声喊："走吧，快走！到了地方托人捎个信回来。"

"哎？"天亮满脸疑惑，但从云朵的语气里听出了某种坚定不移的命令和焦急，就撂开双腿朝官道几步一回头地走了。

望着天亮远去，赵银儿转过头对云朵说："接下来咋说？"

云朵取下身上的包袱，递给赵银儿道："说好的事儿。"

赵银儿把包袱撇给二锅头。

二锅头心领神会，急忙打开包袱。看到里面是《如匠酒经》，就取出来匆匆浏览了几页，便举起来说："是真的。真的。"

赵银儿不语。

二锅头就翻开一页，读："其春酒及余月，皆须煮水为五沸汤，待冷浸曲，不然则酸。——对呀，嗯，是这上面的事儿……"

"行啦！"赵银儿烦躁地打断二锅头的诵读，对云朵说："这个该死的古城子男人！摊上你，便宜他了。"

说罢，很不忿地转身走了。

云朵当天把黑走马埋到了乱坟岗子。

6

天亮走后没几天，一场持续多日的大风就来了。

那年有闰月，天气不正常。天上刚落过冰雹，下过雪，还没干透，地上就开始大风起兮土飞扬，一连数日风尘滚滚，昼夜不息。大风还刮走了钟家的两只鸽子，直到又一场大风来袭时，它俩才疲惫不堪地游子回归……

钟爷在大风呼啸的那些天，神智突然清醒了许多，能听懂人说话，还能断断续续地和人交流。云朵就边给他喂药，边讲故事：

从前，有本经书，很金贵，谁有了它谁就能烧出最好的美酒。这经书是爷爷您当年带人修古城子的时候,从地里挖出了一个陶罐子,陶罐里啥都没有,就这么一本书。后来,您的孙子蒙冤入狱,一个叫云朵的女孩儿为了救你孙子,找了好多人。最后发现全城只有一个叫赵银儿的女人,能把您孙子从地牢里救出来。可这个赵银儿也是全城最想要得到经书的人。而您孙子为了防备她,早就把经书藏进陶罐,埋了起来。

"《如匠酒经》。"钟爷忽然口齿清楚地说。

"对,爷爷,您的记性真好!是《如匠酒经》。"云朵高兴地笑着,赶紧又给钟爷喂了勺药,继续说,为了救您孙子,探监的时候,云朵就跟您孙子问明了藏《如匠酒经》的地方。趁没人的时候,把它挖出来,带到家里,没日没夜地抄。抄好一份后,又把原本的《如匠酒经》去掉了最要紧的几页,给了赵银儿……赵银儿就把您孙子从地牢里捞出来,让他远走高飞了。

"我孙子,姓刘,不姓钟。"钟爷突然说。

云朵听了这话,脸倏地红了。

沙枣梁子的冬天很寂寞。刮大风的那些日子,做不成事儿。风停之后,也没多少事儿做。云朵就反反复复地给钟爷讲这个故事,讲得越来越美,越来越像个童话。

后来,钟爷也能完整地讲述这个童话了。甚至,到了春天的时候,钟爷的病情大为好转,他都能补充这个童话了。

钟爷说,《如匠酒经》是当年八百户佥妻从海边带过来的。他们的祖先以酒为药,百毒不侵。

云朵就把钟爷的话,修订到了童话中。

第十章
惊蛰前后

惊蛰,古称"启蛰",农历二十四节气之一,标志着仲春时节的开始。《月令七十二候集解》:"二月节……万物出乎震,震为雷,故曰惊蛰,是蛰虫惊而出走矣。"此前,动物入冬藏伏土中,不饮不食,称为"蛰";到了"惊蛰节",天上的春雷惊醒蛰居的动物,称为"惊"。故惊蛰时,蛰虫惊醒。古代分惊蛰为三候:"一候桃花,二候杏花,三候蔷薇。"

——刘壮志《"一带一路"国家风物志》

第一节

1

甲寅年有闰月,春天就来得早。二月,杏树就绿了,杏花也开了。姚麻子在家院里喝茶、品酒、赏杏花,有人进来,刀光一闪,姚麻子的头就没了。

姚麻子之死是个谜,像"添仓奇案"一样,随着历史的风尘日积月累,就湮没成了一个难解之谜。按说,姚麻子之死在子归城是个大事件,依照当时的警力完全有可能破案——金丁的衙役虽不足道,但马麟的靖安营一直充任着城里的警察,人手也够。

可实际情况却是,无论是县衙还是靖安营,都无所作为,连一个嫌疑犯都没抓,案子最终就不了了之。事后看来,形成这一结果的因素内因外因都有。从内因上讲,是姚麻子死后,一帮混混儿趁火打劫,分赃后一哄而散,几个姨太太又为家产、地位,大闹不休,无人关注缉拿凶手一事。从外因上讲,则和大家的默契有关。

姚麻子在赵银儿的撺掇下,轻狂张扬,四面出击。最终,他的低成本扩张几乎侵犯到了子归城整个商界的利益。这就使得城中上层人物暗中普遍对姚麻子达成了共识:姚麻子该死!

既然有了这样的共识,姚麻子被杀一案最终不了了之,也就顺理成章天经地义了。

姚麻子之死是在农历二月二这天。民谚曰:二月二,龙抬头。家家户户都有剃头、理发的讲究。但那年的二月二,那人(堪称侠客)却把姚麻子的头直接砍掉了。他大概觉得从去年到今年都在疯狂扩张的姚麻子,不能算条龙,不能让他"抬头"吧。

2

关于刺杀姚麻子的凶手——或者叫大侠,可供选择的怀疑对象很多。

众所周知,山西王为刘家酒坊和姚麻子结了梁子,金银门赌场的开张又让山西王栽了面子,丢了人,简直就是身败名裂。这仇恨能小?加上山西王本身又有理门的帮会势力,他从门徒中挑一个苦大仇深者,刺杀姚麻子,应该说是一件极正常的事情。何况,人们都知道,山西王在家连姚麻子的名字绰号都不叫,只呼"那狗日的"。既然山西王认为姚麻子是狗日的,那就不是人。不是人的东西,着机杀之,也符合逻辑。

合富洋行也有重大嫌疑。该洋行曾是姚麻子的盟友,但在打败山西王之后,两家迅速分裂,商业竞争的原则决定了两家的赌场最先"兄弟阋于墙",摩擦起电,迸发出的火花,有几回差点形成燎原之势。其次便是"花花沟事件"。姚家趁洋行的铁老鼠不能视事、人心浮动之际,悄然涉足古城子的鸦片生意。甚至混混儿们还偷走了合富洋行运往花花沟的一麻袋罂粟花籽,企图破坏当年的播种。事发后,合富的希卡在拉孜的带领下,包围珠宝行达三小时之久,并鸣枪示威……

洋人一向跋扈,姚麻子的行径让洋人不高兴,按惯例,他们当然会给中国人一点颜色看看,这颜色当然指的是血的红色。

同时,靖安营也有嫌疑。阿山形势紧张后,杨都督电令马麟提兵前往。马麟趁机把姚麻子请到靖安营,摆了一桌酒席,要求姚麻子出资赞助三十条火药钢枪。但直到马麟带兵启程,姚麻子才让混混儿给他送来了六条老式抬枪。据说,马麟当时脸阴沉得像锅底。谁说马长官就不因此记恨姚麻子呢?恨则杀之,也符合军人的行事特征。

甚至二锅头都是怀疑对象。

二锅头在浏览了《如匠酒经》几眼后,就不再把酒酿成醋,而是回回都能酿成酒。只是这酒里有一股鸡屎味道,无论怎样都去不掉。按当初和山西王的协议,姚麻子不能卖醋,而酒又把人熏得乱跑。姚麻子很生气,有一天忍无可忍,就让人把二锅头揪来,弄到了一个鸡窝旁。

"你闻闻,这是嘛味道?"姚麻子吼。

二锅头在酒坊里待惯了,闻不出鸡屎的味道,傻傻地说:"我,我没闻出啥味。"

姚麻子怀疑二锅头是在故意气他,吼了一声"这就是你酿出的酒味",伸手就把二锅头的头往下按。

幸亏赵银儿及时赶到,否则二锅头就得被按到鸡屎上。

赵银儿对姚麻子说:"要爱惜人才。"

那段时间由于赵银儿在商务运作中总是策划得当,指挥有方,姚麻子听赵银儿的话听惯了,听了这话也就有些疑惑,犹犹豫豫地问赵银儿:"把酒弄出鸡屎味道的人,也算人才吗?"

赵银儿一指二锅头说:"让他说。"

二锅头见赵银儿来了,脑子就活泛了许多,赶紧解释说:"凡是好酒,刚酿出来,都有这么一股子味道。这味道是有些臭,但放的时间长了,这臭味就会变,慢慢地变成香味。当初越臭的,最后越香。"

"越臭的最后越香?"姚麻子愕然。

"就是。越臭的最后越香。要不咋叫陈年老酒哩！就像地里的瓜，粪越多越臭，瓜越大越甜。"

姚麻子不知道二锅头胆子那么大，敢骗他。他会喝酒，但不懂酿酒。听了二锅头的话虽然疑惑，也不好再继续追问，显得自己太外行，就悻悻而去。

士可杀，不可辱，姚麻子差点儿把二锅头的嘴脸按到鸡屎上，二锅头能不仇恨？还有，二锅头越臭越香的理论，能蒙蔽姚麻子一时，岂能蒙蔽一世？一旦事情败露（这是必然），二锅头就得吃不了兜着走，他能不惧怕？惧怕至极，铤而走险，杀人自保的事例，古今中外，不胜枚举。二锅头仿效一次，也不稀奇。

何况，姚麻子还是二锅头的情敌……

此外，混混儿中被姚麻子打过骂过的王二五、钱八，一直觊觎姚家财产的马三六，甚至在金银门赌场输得家破人亡典妻卖子的地主潘大头、浩罕旧军官克洛克（他输得一贫如洗，从东门城楼上跳下去自杀未遂后，在乙卯年的夏天抢劫时被人剁成了肉酱），他们都有报复杀人、图财害命等作案动机和可能。

但从历史情况来看，上述各色人等，都未受到应有的审查和追查。

姚麻子之死的情况就是这样。

3

姚麻子死得突然。突然的变故往往会使一个蒸蒸日上的群体陷入茫然和惊慌失措，甚至导致分崩离析。姚家的情况正是如此，几乎就在给姚麻子举行葬礼的同时，姚家四个寡妇间你死我活的斗争便展开了。内部纷争引来的自然是外部灾难。结果，姚麻子尸骨未寒，混混儿们疯狂地盗窃和哄抢就提前开始了……

对于姚家这场残酷程度不亚于《红楼梦》中各色人物钩心斗角的复杂斗争，我在我的另一部小说《你死我活》中有详尽的描述，在此只作简单介绍。

二锅头在认真研究了《如匠酒经》后，经过五次实验，终于酿出了好酒。不臭不酸，味道醇正。就差人赶紧送到了姚府上。

那天是二月二，下午，春暖花开。

姚麻子在院中一边呷茶品茗，一边悠然自得地欣赏暖风戏蜂蝶，阳光落杏花。

子归城

下人送上新酒,姚麻子一尝,不错。酒香味美,甘醇可口,就想起了那句诗:"借问酒家何处有,牧童遥指杏花村。"

于是,姚麻子就朝屋里喊:"银儿啊,老四!这酒不错。你看咱那酒坊改个名儿,就叫杏花村咋样?"

他的话没说完,突然一个人就出现在他面前,一言不发,挥刀就把他的头砍掉了。整个过程迅速而神奇,姚麻子至死都没发出一声绝唱。因此,杀手已经无影无踪后,家人才发现躺椅上的姚麻子肩膀上没脑袋,只有一个尚在渗血的脖子,而他的麻脸正闲置在旁边的地上,上面的眼睛正若无其事地望着举(zhou)了自己几十年的血脖子。

那年是个暖冬,还有闰月,天气反常。可姚麻子一点儿都不注意,还悠然,还得意,还去操心什么酒坊改名的事儿,这就让人不由得感慨良多了。

姚麻子一死,姚家大院立刻陷入了一片空前混乱。这种惊慌失措的混乱持续三天后,性质就发生了变化。悲痛中的妻妾们不约而同地在给姚麻子出殡的葬礼上,发现了自己的生存危机并由此展开了激烈的明争暗斗。混混儿们参与其中,显然起了穿梭挑拨、搬弄是非的不良作用。一时间,三个姨太太指桑骂槐的,公开挑衅的,撒泼哭闹的,各显其能,闹得天昏地暗。管家齐胖子就差跪下来跟她们求情了。

此时,一个早该出现,但直到此时才出现的人物挺身而出,一改常态,破口大骂:"畜生们,人还没有入土呢!闹,我看你们能闹出啥玩意儿!我告诉你们,只要老娘还有一口气,你们就休想动姚家院里的一针一线!"

此人便是姚麻子的结发妻子,所谓的原配夫人。

——我在前文没有对姚夫人这个人作足够的铺垫和描写,这属事出有因。因为姚夫人在此之前,从未走出姚家抛头露面过。姚夫人比姚麻子大三岁,是姚老爷子和人指腹为婚的结果。姚夫人嫁到姚家后,一直没有生育。无奈之下,只得容许姚麻子纳妾。姚麻子雷厉风行,当仁不让,一口气娶了三房姨太太。除赵银儿外,其他两位姨太太,共计给姚家生下了二男一女。

姚夫人望着姚家的后代茁壮成长和自己逐日人老珠黄，不等姚麻子将其打入冷宫，便主动隐退。终日在自己房中吃斋念佛，两耳不闻姚家事，一心只念佛家经。

但正像许多女人亡夫后，无奈中方显才干一样，姚夫人看到丈夫尸骨未寒，三个姨太太便在混混儿的帮助下，为家产、继承权等问题开始上演苦肉计、美人计、鸿门宴，玩起了釜底抽薪、指桑骂槐、登高抽梯、笑里藏刀等把戏，管家齐胖子又肉头肉脑、胸无韬略。她就丢开佛经，抛头露面了。

有些人是放下屠刀，立地成佛。而姚夫人是丢开佛经，便成悍妇。她是热河人，热河女人本就厉害，她又多年身处逆境，练了些城府心劲。因此一走上台面，就不择手段地修理众姨太太。这种修理当然带有报复性质。结果，到了当年初夏，二姨太便上吊自杀了，死前还亲手掐死了自己的儿子。三姨太则被迫将自己的一儿一女，交给姚夫人后，含泪告别子归城，回了内地。只有赵银儿，还在姚家与姚夫人为伴，但也只是虚顶名分，韬光养晦，暗中大搞名堂。

赵银儿是姚家姨太太中最有见识和头脑的，早在葬礼上，她就看出了姚夫人是个歹毒而心理变态的女人。为了报复，她什么事会做出来。赵银儿的才干在外边，闺房中和女人相斗，无论经验能力和姚夫人相比都相形见绌。但她毕竟是有头脑的，审时度势，立即改变策略，开始韬光养晦，收敛气焰。一边对姚太太虚与应对，一边暗中给两位姨太太出谋划策，让她们和姚夫人斗得你死我活，而她却做出超然的模样，对姚家的事不管不问，不争不抢。但私下里紧锣密鼓地转移金银细软，变卖家产财产。其中当然包括酒坊。

在出卖酒坊这件事上，二锅头起了积极作用。一生都在背叛天亮的二锅头，这回没有背叛。相反，倒是背叛了赵银儿。

赵银儿在姚麻子入土的当天，就忧心忡忡地给二锅头谈了自己的看法："妈妈的大老婆，啥事都做得出。她又和管家齐胖子狼狈为奸。我担心，酒坊会落入她手中！"

二锅头听了这话，和赵银儿讨论了一夜，最后得出结论：姚夫人一定想把酒坊抢走。

子归城

"与其让她抢走,不如你卖了酒坊,先把银子拿到手再说。"二锅头建议。

赵银儿同意,但不同意马上转卖酒坊。

二锅头说:"反正姚家要完了!我先去找云朵,让他们凑钱。等时机成熟的时候,就让他们把酒坊买回去。"

赵银儿给了二锅头一耳光。打得不重。她是笑着打的,表达的是赞赏。

4

二锅头是对的。事实上,在对姚家未来形势的判断上,二锅头像一只缩在山崖上的秃鹫,有一双千里眼。他一下就清晰地看到了遥远的未来和姚家注定衰败的事实。

姚家的衰败最初是由几个姨太太之间的内讧引起,随即外患从天而降。就在姚麻子入土后的第三天,二姨太正在姚夫人房中,以死相争金银门赌场的继承权,混混儿们的哄抢便开始了。他们先是锁住夫人和姨太太们居住的后院大门,然后发一声喊,开始拼命朝天打枪,吓得姚夫人和几个姨太太坐在房中,瑟瑟发抖。

随后,混混儿们疯了一般,你争我夺,集体哄抢。

金银门赌场的管家齐胖子带了几个有良心的混混儿赶到珠宝行制止哄抢,结果却被打得遍体鳞伤,剁掉了一根手指,扔进了柴房。而齐管家的出现却又唤醒了一部分混混儿,马三六立刻带上几个兄弟直奔金银门赌场。进门之后,见人便打。赶走了所有赌场工作人员和几个无家可归的赌客后,开始了有秩序的抢劫。

赵七和钱八赶到赌场后,被拒绝入内,大怒,混混儿们之间的火拼便开始了。

追随赵七的混混儿冲进赌场,和马三六的人挥刀相向,打得你死我活。钱八发狠,干脆关上赌场大门,四处放起了火。金银门是老房子,新装修,用的是金丁的设计,木料多,油漆多。一时间金银门赌场成了火葬场,黑烟滚滚,火光熊熊。里面的人鬼哭狼嚎,外面的人尖叫狞笑。

好在那天晚上月明星稀,微风轻柔。黎明时子归城上空又飘洒了一场短暂的雨夹雪,火势因此没有扩大,金银门赌场也没有因此完全毁于一炬。但王二五、赵七等十多个混混儿,或者被烧死,或者被闷死在了金银门赌场。

在这个疯狂的哄抢之夜，有四个不愿意参加哄抢的混混儿也被关进了柴房。有三个胆小的躲了起来，另有三个夜不归宿的，天明才闻讯赶来。正是这三个人，救出马三六，联合前七个人中的两个人，对姚家进行了长达一个多月的监守自盗，使姚家失去了摆脱衰亡之路的最后机会。

县衙的老秦等人清晨才小心翼翼地进入姚家。

那时，金银门赌场的大火已经熄灭，哄抢已经结束，混混儿们也已经远走高飞。衙役老秦把管家齐胖子从柴房弄出来后，大家发现，姚记珠宝行的绝大部分财物，已随着大部分混混儿的逃离不翼而飞。参与哄抢的混混儿们掠夺了姚家的所有畜力和运输工具，他们用姚家的车马拉着姚家的财物，奔向了四面八方。

行文至此，关于姚夫人的情况我以为应该提前予以交代。

姚夫人之所以在古城历史上没有留下一个响亮的名字，应该说，并不是她不具备一个"铁娘子"的素质，而是历史没有给她这样的机遇。疯狂的哄抢之夜，在姚夫人的生命史上完全是突如其来，空前绝后。刚刚走出斋房，初出茅庐，毫无力挽狂澜、扶大厦于将倾之经验的她，骤然碰上如此疯狂而恐怖的事件，一时乱了方寸。——她一晚上都在观世音菩萨前哆哆嗦嗦地跪拜求情，希望这一切是一个梦。

翌日清晨，雨雪渐停。她让人把她扶出斋房，目睹了金银门的现实格局后，她就哭了，哭得天翻地覆，她明白自己失去了一个应该有所作为的机会。客观地讲，这样的哄抢过去若是发生过，或者在它之前有过一次小规模的预演，那么姚夫人完全可能应对自如。但历史没有给她这样的机遇，这一次空前的哄抢，一下就决定了姚家一蹶不振的命运。

"抓，抓呀，抓住他们砍头！"姚夫人冲着老秦等差役神经质地喊叫着，连三岁的孩子，都能听出那声音里有一种垂死挣扎的苦涩。因为当时在子归城能为国家机器服务的武装力量，已经虚弱不堪，不值一提。众所周知，当时靖安营主力远在阿山，留在城里的官兵，没有马麟的命令，又都不轻举妄动。等他们拖拖拉拉，慢慢腾腾地介入时，姚记珠宝行的哄抢已经发生很久了。换言之，没有靖安营的子归城，其武装力量事实上是处于真空状态。县衙的那十几个差役，如能追捕逃犯，就能制止当晚的哄抢。可事实上，他们多数都是金丁妻妾家老弱病残的亲戚，什么也不能做。

悲愤的姚夫人，不但把状纸告到了县衙，还告到了迪化。省府也出面抓了两个在黑市上倒卖姚家珠宝的混混儿，并在迪化南门外砍头示众。但对姚家的败落于事无补，失而复得的几件珠宝玉器，还不够姚夫人的诉讼费。

姚夫人在这种情形下，苦撑着整顿家业，甚至还又亲自上公堂打官司。但随着马麟娶走赵银儿，她的残梦破碎，只得在山穷水尽中变卖仅剩的家院，带着三姨太所生的一儿一女去了老轮台的苦水庄子。那里有户开客栈的热河人，是她的远房亲戚。

据说，姚夫人在老轮台，也还是卧薪尝胆，想要伺机东山再起。但后来时势变化，始终没给她复兴的机会。再后来，子归城的灾难降临，一落千丈的姚家，就永远失去了振兴的可能，成了紫泉子人教育子孙的典范。——每当有人给不肖子孙讲一个集体一种事业"兴也勃焉，亡也忽焉"的道理时，就举姚麻子家为例。

第二节

1

姚麻子的死讯成了那年的第一缕春风，很快就吹到了镇西。

天亮离开子归城，并没走多远。当时他顶着鹅毛大雪走到木垒驿，就遇到了一间草料棚，这是镇西一家草料铺开的临时分店。后来天亮就到镇西，给这家草料铺扛活儿了。

传说，天亮听到姚麻子死讯时，正在扛草料。他扔掉草料捆子，蹬倒一面火墙，从里面拎出个褡裢就日夜兼程地奔子归城了。

其实，天亮应该没那么鲁莽。他至少是和草料铺老板正式告过别，还在牲口市场上买了匹马，又在街上给钟爷买了上好的武夷山红茶，治老寒腿的雪莲、虎骨等名贵中药。还给云朵、迎儿买了花布绸缎、脂粉胭脂、两副耳环、一对玉石镯子，以及印度的香料、波斯的薰衣草油等等然后才上路的。

仅仅过了一个冬天，两手空空跑出子归城的天亮就如此阔绰，您一定觉得很奇怪。

这里面有故事。

我在小说《尘土飞扬》中，曾讲过一个北丝路传闻：

说，驼二爷有一年带着一支庞大的驼队行至镇西府时，遇上了一个毛头小伙子，当时正在开草料铺两人相识。驼二爷在草料铺住了一夜，第二天走后，小伙子发现铺里扔着一驮子元宝……

这个传闻刚一出现，就像春天的风一样吹热了许多人的心。一些年轻人还热血沸腾地去镇西查找那间草料铺。可对于故事的主人公——那个毛头小伙子，大家好像是几年后才开始注意的（我现在也觉得这事儿有些奇怪）。

那个毛头小伙子就是刘天亮。

您必须相信这个故事不是我为了写小说而瞎编的，它在紫泉子妇孺皆知，家喻户晓。通常人们都叫它"一驮子银元宝"的故事。

2

事情得从那间草料棚说起。

它是镇西府一家草料铺的聂姓掌柜临时开的。想着阿山吃紧，北上的驼队、马队用料多，聂掌柜就临时开了间草料棚。但他失算了，没等到春节，聂掌柜就不堪土匪骚扰敲诈，撤回了草料棚。天亮也就跟到了镇西，当了草料铺的伙计——铺比"棚"大，相当于总店。

草料铺紧邻一家车马店，来往客人多，驼二爷在丝路上又名气大。有一天，天亮听说有支驼队从敦煌"起场"过来了，是驼二爷的驼队。就跟聂老板借了钱，买了羊肉、白酒请了大师傅做席，要答谢人家当年在戈壁上的救命之恩。这就发生了"一驮子银元宝"的故事。

故事的发生是这样的：

驼二爷的驼队"起场"在丝路北道上是件不小的新闻。天亮得到消息后，就在

子 归 城

木垒驿苦苦等了三天。最终把驼二爷迎进了自己干活的草料铺。

天亮感激驼二爷的救命之恩，倾其所有，还借了老板的钱买了五只羊，炖了五锅清炖羊肉招待驼二爷和他的兄弟。驼二爷在丝路上听说过天亮的酒坊被砸一事，十分赞赏天亮的不畏强暴。席间，曾问过天亮是否愿意跟他去乌兰巴托。天亮婉言谢绝了，说他想在古城子扎根。

同时，在那天晚上，天亮坦率地给驼二爷讲述了自己自到古城子之后，从上当挖煤到最后开酒坊的全部经历。驼二爷听了，就给天亮说了句顶顶重要的话："大侄子呀，不要气馁！我看准了，你将来必成大器。"

同时，一生不知道伤感为何物的驼二爷，还为天亮的不幸经历长吁短叹了好半天。此外，他们还促膝而谈了些什么，就不得而知了。

次日清晨，天亮亲自为驼二爷牵驼，把驼二爷送出大门后，晓风残月，长亭古道，让天亮不禁伤感，就又送了三里地，方才驻足告别。

分手时，驼二爷对天亮说："大侄子，我有一驮子货，搁你的草料铺里了。你用得着的时候，就拿去用！"

之后，他就带上驼队，踏上了远去乌兰巴托的漫漫长途。

天亮回来，发现那一驮子货，原来是一驮子元宝。当时就伏倒在地眼泪流得像在剁大葱。

这个故事在我的家乡紫泉子流传甚广，版本也多，但大体就是如此。天亮爷爷和云朵奶奶也认可，只不过说没那么多。不是一驮子，是一褡裢（也有说是一毡筒或者一皮帽子的，不同时期，两人说法各异），还是小元宝。

3

迎儿正在给钟爷煎药，抬头看见窗外有串大雁在飞，就轻巧地说了一声："刘天亮回来了。"

"嗯？"钟爷听了，就盯住茶壶看，找立起来漂的茶叶。——按云朵奶奶的说法，钟爷的脑子就是从这一刻起，忽然好转的。

正炒菜的云朵听了，扔下炒勺就跑出了伙房。——后来云朵奶奶说她是闻到了一股苜蓿草的气息。

天亮就在这时候推门进来了，还牵着一匹马。

天亮给钟家带了许多礼物。如你所知，给钟爷的武夷红茶、雪莲、虎骨，给云朵、迎儿买的花布绸缎、脂粉胭脂、耳环、镯子，以及印度的香料、波斯的薰衣草油，等等。

但这改变不了云朵的决心。

她语气坚定地说："你吃了饭要么赶紧走人，要么就在院子里赶紧挖菜窖。以后凡有人来，你就躲到菜窖里去。"

天亮当然受不了躲到菜窖里去，就答应了赶紧走。

不过他表示了极大的困惑，要求云朵把道理讲清楚。

结果他当天没走，第二天没走，第三天还没走。直到第四天傍晚，他才骑马登程，告别而去。

其实云朵的道理十分钟就能讲清楚，但天亮不认。结果三天来云朵就是哭哭啼啼，闹个不休。

云朵的道理归纳起来，大体如下：

一、皮斯特尔天天都在找你。他已经厘清了一个基本思路：他被诬陷是因为那些传单。那些传单你们这些黑肚子写不出来，只能是别人写的。从传单的内容看，应该是俏红他们一伙儿写的。而你在黑沟暴动时就认识俏红。事发前又在驼二婶那里打工、住宿……这事儿你咋说？

天亮对此很吃惊，问云朵咋知道皮斯特尔的思路？云朵说，她在福建八行的陈记茶叶店碰上过皮斯特尔，他纠缠了她半个多时辰，她也就听出了他想干啥。

二、白石头楼一直在闹鬼。林拐子说红胡子的鬼魂儿给铁老鼠带了话，说他的一个侄子吗外甥，叫七锅豆腐的家伙要来复仇……红胡子死的时候你在现场，铁老鼠能放过你吗？

天亮对此也很吃惊，问云朵：林拐子不是个疯子吗，他咋会给你说这些？他是真疯子还是假疯子？

云朵说：人嘛，真疯有真疯的道理，假疯有假疯的道理。

三、驼二婶已经在县衙把你告下了。说整皮斯特尔的传单是从车马店房顶的狗棚里找到的，那里正是你睡觉的地方。金县长可能怕麻烦，没有派人去找你。谁知道他哪天不高兴了，把这状子拿出来，你咋办？[z]

四、所以说你的麻烦，根本就不是姚麻子死不死。而是这么多的人，这么多的事儿，都摊在你头上呢。

五、好在现在这些人除了驼二婶和胖厨娘，其他的人彼此都尿不到一个壶里。如果他们一旦相互通气，你不死也得吃官司，让人家扒层皮！

天亮不服气，就一会儿埋怨驼二婶和驼二爷在一个锅里搅过勺子，咋做人的差距就这么大呢？一会儿又骂皮斯特尔：我刘天亮又没有往你壶里塞传单，你找我麻烦干甚？接着再骂铁老鼠：老子不是给你说过了吗，你写的那个鬼画桃符的信，我早就丢掉了！你咋这么脑残，自己都勺掉了咋还要跟我过不去！

云朵说，你说这些有啥用呢？你就是个到处惹是生非的贼大鬼。山西王砸死他爹，你偏偏在场！还是个证人。赵银儿现在磨盘子压手着呢，等她翻过身来，要是拿山西王他爹死了的事儿折腾，说你是同伙，你不又是麻烦吗？还有，你手闲得很哩，那双喜的坟有个洞，关你啥事儿？你还骚情得不行，拿个铁锨去给人家填上。现在有人就说着呢，双喜的那个坟上闹鬼着呢，躺在棺材里的是鬼，不是人！你说你惹的这个麻烦大不大？

天亮吃惊地看云朵："你是人是鬼，咋知道这么多呢？"

云朵说："摊上你这么个倒灶鬼，不操心就得累成鬼。"

---

[z] 链接　驼二婶状告天亮，病歪歪的钟爷知道大家都愤怒，就在说话都不利索的情况下，提了要求：驼二婶年轻时也是拿了锅盖敢套狼的人，她这么做必有难言之隐。大家要有心胸，不乱说，不计较。

钟爷的话，大家不能不听。可心里头，多少还是有些不忿，想不通。

钟爷看出云朵最愤怒，就把她叫到炕前，反复叮咛：一个女人家，支撑个车马店，要自保，不容易。女人嘛，总有害怕的时候。

云朵想到自己也经常害怕，就点头允诺不计较了。

那一阵儿，由于赵银儿暗地里出让酒坊，云朵和二锅头来往多，从二锅头嘴里知道的可靠信息也就多。但她怕天亮不听劝，就啥也不告诉天亮，尤其是赵银儿要卖酒坊的信息。

天亮无奈，只能浩叹："人都说，进了古城子，跌倒拾银子。我咋跌倒一泡屎，爬起来还是屎一泡。唉，我倒灶，我走！走远远的。去阿山。你不叫，我不回！"

云朵说："你跑那么远干啥？就回镇西府去嘛。"

正在踢毽子的迎儿却突然说："去迪化。为啥不去迪化？"

天亮和云朵都愣愣地看迎儿。

迎儿说："去迪化，找杨都督告状嘛！"

天亮一拍脑门儿："就是。我咋没想到哩！唉？"

第三节

1

天亮走的时候，要留下那一褡裢银元宝，还厚颜无耻地对云朵说："你在这达（这儿）哩，我的根就在这达哩……"

云朵臊红了脸，但还是充满幸福感地揶揄天亮："你是不甘心。想把钱放下，等着将来赎回酒坊吧？"

"就是。"天亮坦言，"咱的酒坊，早晚还是咱的。"

"咋就非认下何家那院子了？别处开一个不行？"

"那院子的那口井水好啊！"钟爷拄着拐杖，忽然出现说。

天亮急忙说："哎，就是，就是。"说着赶紧去搀扶钟爷。

"可喝那口井水的人，命苦啊！"钟爷说着竟然扔掉拐杖，双手抱拳，举过右肩，一边晃着祈天，一边热泪长流……

子归城

2

云朵看着天亮远去,心很疼。暗自下决心:要替这个男人把他的酒坊赎回来。

可见了二锅头后,她的决心又动摇了。

二锅头把赵银儿出售酒坊的消息告诉云朵时,很是兴奋。但没几天他就发现赵银儿在和福建八行的黑老陈谈酒坊转让。为此黑老陈还把云朵约去,认真了解相关情况。二锅头正为此焦急,又发现赵银儿在和粮行的曹大拿谈转让。后来又发现赵银儿和马麟的管家杨干头在谈,价格还很便宜。杨干头还派人去了阿山,请示马麟……

二锅头对赵银儿说:你这是货卖几家呀?我不是跟云朵都说好了吗?她在凑钱呢。

赵银儿说:卖给她不好玩儿。

后来二锅头发现皮斯特尔也知道这事儿,那厮在忙着追查陷害他的人,对此兴致不高,出价更低。赵银儿却上赶着要卖给他。

二锅头说:上赶着不是生意。

赵银儿说:谁说我要做生意了?现在古城子最有钱又有枪有人的不就是合富洋行和马麟的靖安营吗?要是这两家打起来是不是很好玩啊?

二锅头就劝赵银儿:你别折腾了!要不你把酒坊当嫁妆给我吧?

赵银儿说:大老婆说我克夫。

二锅头说:她说的话是狗屁!我就娶了你。我不信你克夫。

赵银儿却发出银铃般的笑声:"但我信呀!我真的克夫!"

二锅头害怕了,就去找云朵。

那时候天亮已经回来过了,一褡裢元宝就埋在钟爷房的曲子缸里。云朵正想着通过二锅头先把酒坊盘下来,等太平了,再叫天亮回来重新干。

二锅头给云朵说,赵银儿要把酒坊卖给皮斯特尔。这个皮斯特尔可不是东西了。刨绝户坟,敲寡妇门,打瘸子,骂哑巴,缺祖宗八代德的事他都干。驼二婶是寡妇吧?他这次回来,天天跑到车马店去敲门砸窗,蹬桌子踢板凳。弄得驼二婶没办法，要花钱请人给她看店守门！还有林拐子是瘸子吧？他这次回来查陷害他的人，先就把林拐子抓到合富洋行打了一顿！

云朵叹口气，说："这些……你上次都给我说过了。"

"是，我是给你说过。但最近的事儿，我还没给你说过吧？前些天在发财门，皮斯特尔又把林拐子吊到房梁上，打得半死，非逼着林拐子去刨了双喜的坟啊……听说，那晚上，林拐子吓得半死，刨过人家的坟，再回来，就又不会说话了！这不，你看'骂哑巴'也让狗日的占上了！"

云朵浑身觳觫，却还是问："他刨人家坟干啥？"

二锅头说："不知道啊！这金丁、何坨子又没惹他。可能是他听说双喜的坟上闹鬼吧？好奇哩。"

"那刨出啥来了吗？"

二锅头说："也不知道啊。他逼着林拐子一个人去的。林拐子坟没刨开，人就吓瘫了嘛……朵儿啊，你得赶紧想办法呀，酒坊可千万不能落到这人手里！"

云朵想不出什么办法，她脸色煞白，也不愿意想办法了。她甚至不想赎回酒坊了。她怕天亮一回来就得面对皮斯特尔这种毒蛇。

回到家，云朵就把自己的新想法给钟爷说了。"那酒坊就是个祸。"她说。同时她还额外提醒钟爷，"您的脑子刚刚恢复，要是不能想这么复杂的问题就不要想，以免把脑子再累出毛病。"

但钟爷好像赌气了，一出口就从最复杂的地方开始，还用了文言文："祸兮福所倚，福兮祸所伏。昔者恩公林则徐林大人曾为吾推演《周易》，曰：殷商之鉴，皆在于……"

云朵一看要坏事儿，急忙喊："爷，爷！咱不管商周的事儿。咱说现在，啊？酒坊，就说酒坊——"

可钟爷刹不住车了："酒池肉林，非纣王之过，乃天道承运……"

还是迎儿机灵，冲过来赶紧喊了一句：爷！您的意思是不是说，酒坊咱们可以不要，但不能落到皮斯特尔这种坏人手里？

"然也。"涨红了脸的钟爷这才闭嘴,喘着气,点着头不说话了。

云朵表里如一地盛赞钟爷说得对。之后,就盘算着去找赵银儿认真谈谈:可以不要酒坊,但也不能给了坏人。

正在给钟爷捶背的迎儿突然说:你为啥不去找她姐姐呢?

云朵愣了一下,问:她姐姐是谁?

迎儿哭丧着个脸,半天才嗫嚅着说:我也不知道。

3

无巧不成书(古书里常说,紫泉子人都懂)。翌日,云朵和迎儿去孟长寿的中药铺给钟爷抓药,正碰上林拐子疗伤出来。为双喜的坟,他被打得太惨了。

云朵就把林拐子推到了一个没人的角落。

云朵揪住林拐子的耳朵,不敢肯定地问:"我想问你几句要紧的话,你要是装疯卖傻的,我就说。你要是真傻,我就不说了。"

林拐子一愣,闭上眼,狠狠地说:"你说,你说。"

云朵说:"赵银儿她姐姐是谁?"

林拐子一愣,"她叫赵银儿……那她姐姐就该叫赵金儿吧?——我怎么知道?"

"赵金儿?有这么个人吗?"

"我怎么知道!"林拐子扒拉掉云朵揪他耳朵的手,突然声音清晰而有力地说,"你找她姐姐干什么?"

这回该云朵愣了,不知道怎么回答,就拿眼看迎儿。

迎儿躲闪不掉,只得喃喃地说:"有些事就该让人知道嘛。"

"知道啥事儿?"林拐子问。

"啥事儿?"云朵突然发现了问题,"是我在问你,还是你在问我?"

"那你问。"

"你是不是前些天被皮斯特尔又打了一顿?他为啥打你?"

"唔、唔……"林拐子又要装傻,云朵就伸手作势要揪林拐子的耳朵:"他把你逼到双喜的坟上去干啥了?"

林拐子一看躲不掉了,一把打掉了云朵的手,说:"他逼我去刨坟!刨坟!我刨了双喜的坟。你知道我看到啥了吗?"他说着居然抹了把浊泪,"那棺材里只有个头!连身子都没有。可怜啊这个双喜,落得个死无全尸。"

"此,此话当真?"

"真不真?你到乱坟岗子上看去!不用挖,一脚就能踏空的坟。"

"喔,喔。"云朵吓得连连摆手,转身想走,可又站住了,"这事儿,你给皮斯特尔说了吗?"

林拐子摇头。

"那你给谁说了?"

林拐子又摇头:"我谁也没说。古城子人都知道我吓瘫了,不会说话了。就你例外。"

云朵想了想,忽然有了哭腔:

"我咋这么倒霉呀,不是,是你咋这么倒霉呀,不!是我们俩咋这么倒霉呀!"她说着就把自己和迎儿身上所有的银钱和值钱的东西收拢起来,用头巾包了,塞给林拐子,"你赶紧走吧!逃得越远越好。你知道的事儿太多了。不光皮斯特尔不会放过你,还有好多人可能都不会放过你。快跑!回你的福建老家去。别在这儿找死……"

4

林拐子拿了云朵给他的盘缠,人却没走。他先跑去给黑牡丹说了双喜的事儿。

"呸!你个丧门星,还不快去给何坨子说?"黑牡丹对林拐子吼道。

林拐子哦哦地点头。

黑牡丹就招手把林拐子叫到跟前,说:"让他来找我。姑奶奶我给他证据!记住了?"

"记住了!"林拐子回答得很干脆。

"那你还不快滚!"

子归城

林拐子就瘸着个腿跑了。

5

有闰月的年头,天气不正常。甲寅年惊蛰前后,天上一直春雷滚滚,惊天动地的炸雷不断。野地里的罂粟冬花被惊醒后,像打碎了阿拉伯魔瓶,一夜之间就破土而出,疯生疯长……

到了惊蛰那天,子归城又发生了地震。——惊蛰的意思是地里的蛰虫惊而苏醒、出走,可那年子归城的大地也苏醒了。

苏醒的大地像在过电。剧烈而急速的颤抖闪电般地袭击山川、河流,苍莽大地被电击后,骤然开始痉挛、打激灵。树叶无风而动,房屋东摇西晃,像醉了酒。大地深处滚动着雷鸣,蓝天白云间回荡着刺耳的长啸。路上的老人突然跌倒,摔得鼻青脸肿,有些还骨折脱臼了。家里的孩子也滚下了土炕,委屈得号哭不止。牛马猪羊从倒塌的圈厩中冲出来,漫无目标地乱跑乱叫……

一天之内,苏醒的大地震动了三次。大南山里还发生了雪崩,雪崩腾起的雪雾,站在城墙上就能看到。

子归城有十八家民房和手工小作坊倒塌,除了大商巨富的高宅大院外,一般民居也都受到了不同程度的损伤。比较著名的事例有:

勺猴牛二被塌死在了牛圈中。不过,圈中的三头牛都完好无损。它们提前跑出来了。

山西会馆的前管家朱头三在杂耍园子被房梁砸伤了腰,断了一节脊梁骨。下不来炕了。

县衙门前的坊匾掉下来把一个试图告状的老女人生生地劈成了两半。她是骆驼行黄大胆儿刚休掉的原配。她对休妻不满,非要告状,结果把命丢掉了。

东门城楼上滚下了一个石质垛头,把正欲进城的一辆马车砸得稀巴烂。车主是半截沟里的一个户儿家,姓马,他哭得像个泪人儿。

还有铁老鼠,他在地震时跌进壁炉,烧焦了屁股。从此就趴在笨重粗大的铁床上,动弹不得,噩梦联翩,看什么都说是雅霍甫的红胡子,是地狱之火。甚至连天上飘过的红罂粟他也看成是漫天的火星子，嘴中昼夜不息地絮叨，叫嚷着："火呀！不妙呀！"

金县长则失掉了一颗门牙。当时，他正由一位姨太太陪着抽大烟，地震突然发生，金县长猝不及防，晃动中玉石烟嘴，一下撞崩一颗门牙，这颗门牙就痛苦地离开了培育他五十年之久的牙床。

……………

据统计，惊蛰地震使四人死于房倒屋塌，十五人伤残，还有七八个人失踪。

之后，天地开始发烧出汗。骤然升高的气温，一夜之间彻底融化冰雪，还下了两场毛毛雨。结果，正在疯长的罂粟花、马兰花，就馨香四布，蜂飞蝶乱，跟着报春花一起漫山遍野地含苞怒放，迎风摇曳……

  雨，雨。大大地下，

    蒸下的馍馍车轱辘大……

春雨贵如油。正当有人以为这是吉兆，让孩子们高唱童谣的时候，一场空前的大风暴却来了。罡风撕开苍穹，恣意纵横，搞得风雷激荡，乱云飞渡。地上则沙尘飞扬，摧枯拉朽，遍地的马兰和盛开的罂粟，也被弄得草末与花瓣齐飞，新枝与败叶一色。涅槃河虽然水少却浪大，风高浪急地冲断了老河桥……

人们这才惊慌失措，发现新的灾难来了。

第十一章

罂粟花开风满天

第一节

1

甲寅年的惊蛰大风，是许多人的黑色噩梦。

但从紫泉子人的描绘来看，它又是红的。漫天飞舞的罂粟花是红的，四处燃烧的火焰也是红的。当然，血也是红的。

它是一场灾难。

灾难来临时，金丁的木材料场首当其冲，一片狼藉。三个很有责任感的工人，在抢救备料场木材的过程中，一个被倒下的三脚架砸碎了脑袋，一个被滚落的原木碾成了肉饼，而他们的同伴，则被飞落的大锯割掉了一条胳膊，那大锯还同时砍进了他的大腿骨，尖锐的锯齿是一排倒刺，人们望着他束手无策，不敢把锯片抽出来，怕锯断他的大腿骨。此人整整哭了一天，才来了一个叫王二傻子的人指挥大家把他身下的土地挖了大坑，算是把人救了出来。不过，那腿后来还是锯掉了。

此人便是老李杂碎汤店的店主老李。他看金丁重修拐子街，想借机扩大门面，自己跑去做工备料。结果丢掉了一副手脚，成了半边人。这事儿告诉我们，开店的不专心开店，跑去做工，是抢别人饭碗。就像天亮开醋坊一样，后果通常不好，教训自然深刻。

曹记粮行也损失惨重，大风吹掉了他们家的一个粮仓顶棚，面粉被吹得一干二净，满天飞扬。黄风都变成了白的，像城里起了大雾。他家的玉米、黄豆，则被吹得满院子满街，引得城里许多鸡鸭老鼠，不顾死活，跑出来抢食。铁匠麻子孙的老婆，可惜粮食，拿了个簸箕跑出来跟这些小动物争抢，结果滑倒摔断了尾骨。为此麻子孙后来还把曹大拿告上了大堂，要他赔老婆的尾骨。曹大拿当过县主簿，哪儿受得了这气，不干，非要麻子孙的老婆脱了裤子，看看尾骨摔断了没有。最后还是孟长寿出面，隔着裤子摸了摸麻子孙老婆的屁股，证明说尾骨是断了。曹大拿没办法，只好赔了银子。这事儿把曹大拿气歪了嘴，从此有人就叫他歪嘴子曹大拿。

当时，有好多人正在街上奔跑回家，突然黄豆、玉米粒子落下，脚下一滑，摔得跟头绊子，哎哟呻唤。可看曹大拿损失也大，就都没有告上县衙。可麻子孙告了，大家对他的印象就变得不好了。

林拐子经常落脚的马寡妇家也出事儿了。她冒着大风，跑到城外和人约会。那男人却没去，结果她在大风中迷了路，失踪了。当时人们都以为她被野狼吃掉了，可过了几个月，她又回来了，不过人痴痴呆呆，勺掉了。

罗阿满家损失也惨重，一股旋风把他家的条篓刮得满天飞。结果有一阵子，子归城天上往下掉条篓，一些平时很珍惜条篓用它来装酱油醋、清油和白酒的人家，一下捡了许多条篓，用不了，甚至拿来当夜壶。罗阿满是小本生意，遭此一劫，条篓铺一下子就因此衰落，没钱进柳条等原料了。后来条篓铺变成夫妻店，两人辛辛苦苦，编篓度日，日子很是恓惶。

合富洋行也有损失。皮斯特尔让拉孜提了库存的一批优质罂粟花籽，准备运到油坊去加工、榨油，做烟花膏子。马车刚装好，索拉西回来了，不让运，非要铁老鼠的签字。可当时铁老鼠刚在地震中烧伤屁股，疼得吱哇乱叫不见人。而且之前还为此杀过人，谁都怕。两人没办法，就吵。一吵，就耽误了工夫。结果，大风骤起，一下就把一车罂粟花籽刮得满天乱飞。后来，子归城一带，城里城外，方圆百里，经常会无缘无故地开出许多野罂粟来，就是当年合富洋行的那一车罂粟花籽种下的祸根。

不过，这些跟何坨子放火相比，都微不足道。

2

何坨子放火，起因在皮斯特尔。

皮斯特尔在迪化身陷囹圄的日子里，他眼前总浮现出添仓节前夜谢尔盖诺夫看那个出殡小队伍时的眼神……

后来他经过那些昼夜的分析，终于有了巨大的思想收获。柳芭被分解的尸体被扔了多处，偏偏没有头……他骤然顿悟：谢尔盖诺夫这个可怕的刽子手，肯定是他当天晚上刨开了双喜的坟墓，肢解了她的尸体。把她的尸块抛到了城外的荒野上……这也就是柳芭为什么会被大卸八块，却没有头的原因。

皮斯特尔在这可怕的想象中越想越兴奋，越想越激动。甚至抑制不住，有了想跑到乱坟岗子上挖开坟看看的冲动。——后来，他有了机会，就逼着林拐子去了。当然，这是后话。

癸丑年冬，皮斯特尔回来，合富洋行正闹鬼。皮斯特尔误以为是双喜的鬼魂在作祟，就把这惊天的秘密告诉了铁老鼠，想把他彻底吓死。

铁老鼠听得目瞪口呆，浑身觳觫。

皮斯特尔一看，陡然狂喜：此人竟然怕成了这样！看来离死不远了。于是，他开始进一步给铁老鼠描述、分析：这就是说，那个安集延人当天晚上搞了个狸猫换太子，用双喜的尸体换掉了柳芭，他欺骗了全世界的人。现在，这两人应该都在这个世界上，可能就在迪化、镇西，甚至子归城。这是多么可怕的一对男女啊，简直就是中世纪的吸血鬼、僵尸！我的老板，您可真是不该得罪他们，无头案发生的时候，您真是应该给谢尔盖诺夫钱，让他快快滚蛋，滚到天涯海角。这种人太恐怖了，得罪不起的，可您却得罪了他们，现在怎么办哪？想想啊，这简直就是一个魔鬼，敢在半夜里一个人跑到乱坟岗子那样的地方，刨开一个女人的坟墓，打开棺材，割下她的头，再把她的尸体分解了……

"火，火呀！"铁老鼠莫名其妙地狂喊着，口吐白沫抽搐了过去。再醒过来，神志就彻底混乱了。他举着手枪，赶走了皮斯特尔，赶走了拉孜，赶走了佣人。让胖厨娘给他烤了三百普特的面包和充足的水……当然，这些您都知道了。

您不知道的是：皮斯特尔一看没吓死铁老鼠，他倒自我隔离了。就顺水推舟，给铁老鼠派了执勤希卡，变相封闭了三楼。之后，去忙别的事儿了。

皮斯特尔要忙的事儿很多，其中之一就是给胖厨娘献殷勤。因为他很快就发现洋行闹鬼与双喜的鬼魂无关，可能与胖厨娘有关。

胖厨娘自称：她对铁老鼠忠心耿耿。癸丑年时，她还曾浑身打着战请来过巫师，给铁老鼠招神灵卜问凶吉。结果当天楼里却忽然闪进一个白衣恶鬼。她召唤了狼狗和希卡们抓鬼，那鬼单腿起跳，却逾墙而走，骑上一匹白马飘然不见，从此杳如黄鹤。

这事儿吓得她大病一场，再不敢替铁老鼠抓鬼了。

但皮斯特尔不信。他一回到洋行，就发现胖厨娘早已偷偷投进了索拉西的怀抱。他怀疑洋行闹鬼是索拉西和胖厨娘导演的一场戏。于是他重新对胖厨娘大献殷勤，试图掌握这场戏的主动权。

可胖厨娘善玩风情，始终没让他看出她是多么憎恨一个脖子上挂金钥匙的男人，结果他在胖厨娘的卧室挨了两个耳光。夺门而出的胖厨娘事后又告诉他说：当年铁老鼠为了追到她，把妻子儿女都赶回了希瓦，尚且没把她弄上床。

皮斯特尔以为这个傻女人回心转意了，就又把胖厨娘带到河滩的马兰花丛中，试图进行一次暴力野合。结果，她又给了他一串耳光。而且就在他要施暴时，有五个希卡从苍苍蒹葭中走了出来。皮斯特尔发现，他们都是胖厨娘的暗恋者……

皮斯特尔挨了打，还是在几个希卡面前，当然又臊又怒。回到发财门喝了半瓶伏特加还浇不灭满腔怒火。正巧，林拐子从门前路过，还贼眉鼠眼地偷窥。皮斯特尔看他一瘸一拐的样子似曾相识，恍惚间就觉得他就是那个在白石头楼里神出鬼没的黑影。皮斯特尔越看越气，恶由心头生，怒从胆边起，抄起一根威仪棒就冲出去，照着林拐子的好腿疯狂抡了几下。

子归城

林拐子翻滚在地，惨叫不止。众赌徒蜂拥而出，一看是林拐子，有几个输红眼的就大喊：怪不得今天点儿背，原来是个瘸子在这儿晃悠。边喊边就帮着希卡打手把林拐子吊上了房梁。当然，他们不白干，皮斯特尔免了他们的赌债。

皮斯特尔让免了赌债的赌徒们把胖厨娘打他的那一串耳光，一个不少地打给了林拐子。末了，灵机一动，又扔给林拐子一把铁锹，让他去挖双喜的坟。理由是他要看一下林拐子的胆有没有被打坏。

林拐子哭得像个妇人，捂着心口胸腔子说："坏了！我的胆被打坏了。"

但皮斯特尔说："我不信，要剖开看。"

林拐子没办法，只得一瘸一拐，一路拉着哭腔去了乱坟岗子……

挖坟刨墓这种事在北丝路人人都恨。不久，林拐子的坏名声就在官道长路上长了脚，不但穿城入巷，还慢慢散入了乡村户儿家。

花花沟是乡村，信息传得慢。可何坨子闻讯大怒，行动很快，当天就跑到子归城放起了大火。

第二节

1

林拐子应承了黑牡丹去找何坨子，但他挖了双喜的坟，不敢去。挖坟掘墓，是缺德带冒烟儿的大恶行，遭人恨，他知道。

林拐子也不想就此离开子归城。他对人说：皮斯特尔无端暴打他，他咽不下这口气。其实，他是舍不得羊脂玉枕。1972年，在厦门，他就给我祖露心迹：他在报复铁老鼠的过程中，无意中发现了一个巨大的秘密——真正的羊脂玉枕还在，就藏在白石头楼的夹墙中。

但当年的福建八行外廊，紧挨着发财门，他怕自己不走，再被皮斯特尔顺手抓去挨打挖坟，就缩到了县衙门口对面的街角，那也是他常去的代书点。他觉得衙门口安全些。他想，双喜是金丁的小老婆，她死无全尸，金丁不会不管。他还想等着机会合适时,给金丁告皮斯特尔的刁状。

2

林拐子不敢去找何坨子,何坨子却找上门来追打林拐子。

林拐子挖双喜坟的事儿风传到何坨子耳朵后,他暴跳如雷,怒火冲天:"我家祖上,从龙入关,那是杀过朱家皇帝的……"何坨子怒不可遏,立刻跑去找了尕老汉——他们以前是上下级同僚,上次顺利解决了"何三喜绑架案"后,他们又成了烟友。

"一个瘸子,你还收拾不了?还要我们一伙子土匪去?"尕老汉不屑地说,语调里充满了职业自豪感。

尕老汉的傲慢显然激怒了何坨子,他连招呼都不给家人打,就骑了匹骡子独自赶到了子归城。在福建八行门前,他听人说林拐子在县衙门口,就顺手抓了草料垛上的一把铁叉直奔县衙。

林拐子眼尖,远远看见何坨子提着铁叉,怒发冲冠地跑了过来,立刻意识到大事不好。他知道自己瘸着个腿,要逃跑肯定跑不过何坨子,就不顾衙役老秦等人的阻拦,从人家的裤裆下连滚带爬,钻进了县衙大院。

"狗日的亏先人的,我赫伦多尔,跟你前世无冤,后世无仇……"何坨子连喊带骂,也强行冲进了县衙大院。

可林拐子躲进一间门房,还扣上了门闩。他想得没错,衙门里是安全些。

老秦拦不住林拐子,更拦不住何坨子,但又不能不阻拦。

正闹得不可开交,金丁捂着腮帮子出来了。他在地震中碰掉了一颗门牙,牙龈还肿着,疼。

何坨子就跳着脚给金丁告状:"林拐子挖了双喜的坟!你知道不知道?当年我家祖上,在福州城,那是抓过朱家皇帝的……"一着急,何坨子又说起了从前爱说的话。

他以为金丁也会愤怒,但金丁朝老秦挥挥手,说了句:"这事儿本县正在查。"转身就走了。

子归城

金丁牙疼，不想多说话。

可何坨子不理解。

"查？日你妈！罪犯就在这儿，你还查？狗日的，我让你查，我让你查！"何坨子认为金丁傲慢，就狂怒了，对着门房又踹门，又咒骂，还拿铁叉戳了两下门。

他要戳第三下时，被老秦抱住了："何巡检，可不敢胡闹！这是县衙。前一阵儿，那个精沟子断贼的刘天亮，砍了衙门的大鼓，让关了地牢，你不知道吗？"

就在这时，惊蛰大风来了！先是飞沙走石，垃圾乱飞。后来便是沙尘汹涌而至，横扫天地如卷席，把子归城淹没进了沙霾之中……

何坨子看到大风中有许多罂粟花瓣在飞舞，老秦却把它们看成了红辣子。他又想起自家窗户上挂着一串晾晒的红辣子，怕被大风刮跑，就急急地赶回家去了。

留下的那个小衙役看老秦走了，正不知所措，何坨子冲他怒吼了一声："快滚！"

小衙役便忘记了何坨子是早已离任的前上司，按何坨子手指的方向，跑了。

接下来的事情，没人看见，却是真的发生了。何坨子不知道怎么着，就找来了些引火柴，点着了小门房。

林拐子吓得从烟火中钻出来，跪在地上求饶："坨爷，坨爷啊！我是被皮斯特尔逼的……他把我吊在发财门，打了一晚上，打得死去活来！非逼我去刨双喜奶奶的坟呀……呜呜！"

何坨子怒火冲天，骂了声："皮斯特尔——我操你祖宗！"就一脚把林拐子又踢进门房，转身直奔合富洋行。

林拐子连滚带爬地从门房里爬出来，看着何坨子消失在风尘中后，回头一看小门房的火已经烧到了衙门正堂，就急忙一瘸一拐地跑了。

3

何坨子冲进合富洋行的时候，洋行院子里已乱成了一锅粥。

大风忽至，一马车烟花籽儿被刮得满天飞，谁都心疼，谁都着急。那时候不管洋行还是华商都一样，实行的都是股份制。老板、伙计、希卡都在行里有股份，行里受损失,分红人人受损失。所以,大家都在忙着抢救罂粟花籽儿,没人注意何坨子的到来。

而洋行的那几条狗,也因嗅觉过于灵敏,被罂粟花的气味熏得晕头转向、昏昏欲睡。而且,大风还吹得它们睁不开眼,只能趴在窝里不出来。

还是何坨子主动抓住一个希卡,追问皮斯特尔在哪里。

皮斯特尔在哪儿,有人知道,有人不知道。而何坨子抓住的那个希卡就不知道。因为他是个新诞生的"反皮分子",就是反对皮斯特尔的积极分子。

反皮分子的诞生和小阁楼的秘密有关。

大家都知道,合富洋行的小阁楼藏着行里的最高机密,是股东董事们做最高决策的地方。在这个小阁楼里,有一张圆木桌,放置着许多绝密物件,比如主司鸦片、粮草、皮货的毛发啦、进出货的账本啦、股本底单啦等等,外人绝难看到。可有一天胖厨娘忽然发现上面多了一封信[x],告发皮斯特尔在发财门赌场监守自盗,把黑钱洗白,白钱洗黑,搞虚假账目套现贪污,还拿股东的钱跟赵银儿做秘密交易,试图收购古城唯一的那家酒坊……

此事发生后,合富洋行内部大哗,立即发生了内讧。二十世纪初,无论华商还是外商,其经营模式都是股份制。一旦牵扯到钱,人人都激动。于是,索拉西带头罗列皮斯特尔监守自盗、渎职贪污、挪用公款等多项罪名,不但要弹劾皮斯特尔,还要追究其法律责任。

皮斯特尔则疾呼:有人捣鬼,这是陷害。事情非常明显,这个小阁楼,长期以来,除了巴赫·铁尔森(铁老鼠)与厨娘,其他人根本无法私自进入。因为小阁楼的钥匙只有两把,一把在巴赫·铁尔森身上,一把在那个胖厨娘身上。这封信从何而来?而此时巴赫·铁尔森正在闭关打坐,与上帝沟通,生命处于隐匿状态,没谁能拿到他的钥匙。谁想进入这个阁楼,只有通过厨娘的这把钥匙。

---

[x] 链接 其实,这是林拐子搞的鬼,他在被皮斯特尔吊打后的次日,就偷偷潜入小阁楼,放下了这封信。百年前又没监控没录像,谁知道啊。

子归城

皮斯特尔还说：有趣的是，我们这个风骚的胖厨娘，在我回到合富洋行之前就和索拉西公开打情骂俏，成了准情妇，这已经是有目共睹的事实。

这就是说，皮斯特尔把矛头指向了索拉西和胖厨娘，怀疑他们偷偷搞了鬼。

索拉西大怒，把一杯伏特加酒泼到了皮斯特尔脸上，皮斯特尔则大骂索拉西是头狐狸猪，把靴子扔到了索拉西脚下。

合富洋行由此分成了两派，诞生了反对皮斯特尔的"反皮分子"。

4

那个希卡因为是反对皮斯特尔的积极分子，一看何坨子满脸杀气，是来找皮斯特尔算账的，就主动积极地指点何坨子四处搜索。还暗中掩护，不让别人注意到他。

何坨子从一楼到二楼再到院子，各处搜寻了一圈，没找到皮斯特尔，就骂骂咧咧地下了地下室[d]。——注意，合富洋行的地下室不是第一次出现，我在前面不做链接，而在这里特意做了一个，就是说，此时它很重要。地下室有甬道，还有许多房间。何坨子听到一个房间有动静，就过去大喊大叫："皮斯特尔，狗日的，给老子出来！"

那房间的人却始终不肯出来，何坨子想起自己刚才逮住林拐子的情形，就抓起了一盏洋油灯，砸到了房门上……

"狗日的，再不出来，我放火啦！"何坨子连喊了三声，看见灯油已经流到了门缝儿，房门依然不开。就掏出一个曲曲板，划着火，扔了过去。

后来，何坨子一看见洋油灯就摔碎，掏出曲曲板点一把火——抽大烟的人，身

---

[d] 链接 一百年前，贸易圈子并不像人们想象的那样辉煌宏伟。甚至子归城首屈一指的合富洋行的白石头楼也只不过是一个外型粗笨的两层半建筑（三层只占一半面积），门面很不讲究，有一种随时迁徙他方的仓促感。值得一提的是地下室，我敢打赌，斯拉夫民族对地下室的重视程度举世无双。因此，一伙举止粗野、喜欢酗酒的人（被称作希卡），住在那儿并不觉得比楼上的人地位低下，唯一的区别是别人的窗户开在墙壁上，他们的窗户开在地面。

合富洋行的地下室很宽敞，至少有十间房，但没前后门，进出都走侧门。希卡们除非得令，通常他们不贸然到楼前来，更不进楼——老板们怕他们的形象影响楼里的买卖交易。

上永远不缺火种。

5

地下室的火已经烧到了一楼,满院子的人看见白石头楼起了火,都惊呼怪叫着跑去救火。那个反皮积极分子,还拦着何坨子追问:"你找着皮斯特尔了吗?你真的没找着他吗?"

那时候何坨子因为放火,已经满身烟气,两鬓苍苍、十指黑了。

"狗日的!老子烧死他……"何坨子完全没有纵火犯的心虚,还狂笑着。

反皮积极分子听了,不仅喊了声好,还挥臂握拳,做了个加油的动作。"嗯,对了,先生,皮斯特尔负责赌场,这家伙肯定在发财门。发财门,您知道吗?"

出离愤怒的何坨子啥时候丢了铁叉,他全然不知。他看见反皮积极分子身上的马刀,就一把抓住,想抽出来,带着去发财门。

反皮积极分子急忙按住刀柄,说:"先生,这个不行,你拿这个!"他说着就变戏法似的,递给了何坨子一根木杠。那是马车上用来绞紧货物绳子的,很重很结实。

这时何坨子肯定是犯了烟瘾,他突然打起了哈欠,接着开始流泪流鼻涕。

何坨子就这么扛着木杠,摇摇晃晃,脚步不稳地出了合富洋行。

那个反皮积极分子,看他走远了,才慢慢地关了院门。

6

人们对惊蛰大风最直接的记忆,就是何坨子一把火烧掉了发财门赌场。

关于这场惊心动魄的火,子归城县志是这样记载的:

"火借风势,顷刻便成规模……时熊熊燎天烈焰,冲霄回旋,火舌舔空,浓烟蔽日,金蛇乱舞而炽风狂喷,火龙飞腾而红光闪烁……洋人赌场,倏忽间屋倾墙倒,檩飞土崩,而其中争相逃亡者,鬼哭狼嚎,咒骂互殴一时不绝。翌日火泯,目光所及,竟为灰烬……"

刘壮志在他的著作中,说何坨子放火烧发财门这事儿,跟他在这里赌博,屡战屡败有关。我以为刘壮志作为一个学者,这样说话属于治学不严。何坨子抽大烟,但不赌博,这是众人皆知的。在我看来,何坨子就是怀着复仇的心理,想打死皮斯特尔。可那个反皮积极分子给他的木杠太大太重了,他又犯了大烟瘾,身上没劲,抡不动。就扔了木杠,掏出火种,给发财门接连放了几把火,结果就把它烧成了一片灰烬。

何坨子火烧发财门的时候,风已经小了许多。到了烈火熊熊、不可收拾的时候,大风已经变成了微风,差不多快停了下来。

但发财门还是被烧成了一片灰,这又和福建八行的黑老陈有点关系。

当时发财门火光冲天,黑烟滚滚,喷出了几个火星子,殃及池鱼,引燃了福建八行的陈记茶叶店,掌柜黑老陈就大呼小叫。跑去救火的人便都敲盆打水,围在茶叶店的现场救火,仿佛那是主火场。

这就耽误了发财门的救火。

当然,另一个原因,我认为也和发财门的房屋结构有关系。它不是白石头楼那样的砖石结构,而是土木结构,是一片平房互通连缀形成的大通堂。而且皮斯特尔为了赌徒进出方便,还弄了四个大门,它们都是通风口,火借风势,自然很快就烧塌了屋顶。

当然,四个门,赌徒逃生也方便。因此,发财门虽然灰飞烟灭,但没死人。有两个人被烧伤,伤情也不严重。

"发财门"自此便成了一片垃圾场。

第三节

1

自从合富洋行闹鬼,索拉西就经常回来。

最初,索拉西看到铁老鼠的那副样子,焦心如焚,四处寻找医生、郎中,还去找过常年捣鼓大烟种子的药品商罗伯特·琼斯。但铁老鼠反而对他疑心重重,无端地说索拉西想让他断子绝孙，还怀疑他是契阔夫或者谢尔盖诺夫派来的密探杀手。一见他就色厉内荏地逼问他契阔夫到底在不在科布多，问他谢尔盖诺夫搞什么鬼，为什么要到迪化，是不是现在还在迪化，会不会再来古城子，等等。索拉西使劲解释自己是从黑沟煤窑回来的，从来不知道什么契阔夫，也没找见过罗伯特·琼斯，手里没有让谁"断后"的药，更不是谁的密探杀手。但铁老鼠还是问个不休。还说，他知道阿廖沙没死，是被你们藏起来了……

慢慢地，索拉西也就失去了耐心，不再关心铁老鼠，而是一回来，就忙着钻胖厨娘的被窝。

后来，皮斯特尔回来了，索拉西正好把铁老鼠甩给了他，让照顾，自己落得省心。皮斯特尔又说要给洋行抢地盘，饻行开赌场。赌场辛苦，投资小，利润高。索拉西听了很高兴，就由着皮斯特尔当老板，自己准备坐享其成。不过，他不放心胖厨娘，还是时不时地回来。

回来的次数多了，索拉西就发现三楼不但有希卡值班，铁老鼠的寝室前还立了个屏风，上面写着"老板修炼，禁止入内"。好奇之下，竟还有点想念铁老鼠。就让希卡搬开屏风，他要见见表哥。

那个希卡竟然面有难色，说这得皮斯特尔同意。最后是索拉西拔出了枪，他才战战兢兢、不情不愿地挪开了屏风。可就在那一刻，那扇死寂无声的卧室门，突然一声爆响，冒出了一道青烟，这个希卡就此饮弹身亡了！

从此，不管是上帝的召唤还是魔鬼的诱惑，都没人敢向铁窗子迈出包藏祸心的一步。

索拉西吓得三魂荡荡、七魄悠悠了好些天。不过，此事带给他更大不安的是，事后有若干个希卡在议论：这个倒霉鬼，不听皮斯特尔老板的话，白白丧了命。

索拉西闻出味道不对，怀疑皮斯特尔已经在收买人心，攫取权利。于是开始和皮斯特尔明争暗斗了。

2

作为黑沟煤窑的矿长，索拉西是个专制粗暴，飞扬跋扈的人。同时又是个一旦

子归城

工人举起铁镐要去敲他脑袋的时候，就吓得战战兢兢哆哆嗦嗦的胆小鬼。但正像许多当领导的人一样，无论自己是多么昏庸无能，也不管自己是何等胆小如鼠，一旦涉及对权力的攫取和争夺，他们总是充满激情和勇气。古今中外，这类角色比比皆是，像安禄山啦、袁世凯啦、墨索里尼啦，就是代表。

索拉西看到铁老鼠勺掉了，不能视事，合富洋行权力的天平在他和皮斯特尔之间左右摇摆，就开始隔天跑一趟洋行，还常常住在洋行。

两人之间的斗争也就你死我活，争分夺秒。皮斯特尔诡计多端，假仁假义，又是雅霍甫的拜把子兄弟，在合富有一定群众基础。索拉西则仗着自己是铁老鼠的表弟，长期被洋商圈子的人认同，享有合富二老板的地位。加上利欲熏心，两人在经过短暂的明争暗斗后，权力之争便进入了白热化。本来，皮斯特尔依靠自己的诡计多端和发财门的现金优势，拉拢到了一些支持者。可不幸的是，索拉西是一个没道德信仰的人，皮斯特尔善用的伪善外衣，在他眼里一钱不值。

一个不信奉啥的人，啥事做不出来呢？皮斯特尔固然足智多谋，但架不住索拉西不顾合富大局，凡是皮斯特尔提议策划的，他都只认准一条：NO！一概说不！

这就使得皮斯特尔的智慧无用武之地。

气急败坏的皮斯特尔有秀才遇见兵，有理说不清的愤怒。同时也感到前途未卜，危在旦夕，就纠集那些忠于自己的希卡，想以武力捍卫权利和生命。可一动作他就猛吃一惊：那些可以称之为他心腹的希卡已经所剩无几。他们或者被派往山区、牧场，改行当了小头目，或者干脆就被遣散了。

"这个狐狸猪！"皮斯特尔气得秃头上的青筋根根暴突，为自己的疏忽和漫不经心沮丧不已。

其实，皮斯特尔把索拉西看得过高了，索拉西这个人和当下我们身边的那些尸位素餐的官僚没多少区别，他只是凭着本能党同伐异、排除异己。在这方面，索拉西具有和我们身边的腐败官员同样的敏感：只需要根据对方的一言一行，甚至看上一眼，就能判断出对方是否属于他这个圈子。

结果，皮斯特尔就这么无意中被索拉西釜底抽薪了。

恰恰这时，发生了一件事，又让皮斯特尔雪上加霜。这件让人惊心动魄的事儿，就是何坨子放火。

3

何坨子放火，好多人都说铁老鼠早预感到了。

铁老鼠在金银器的小山上持枪趴着，其情形到底如何，谁也没看到过。但爬在那些玩意儿上面肯定不稳当，所以惊蛰地震时他就跌进了壁炉，烧焦了屁股。但人们对那位希卡的死还是心有余悸，没人敢进去。胖厨娘就弄了条狼狗，每天把烧伤药衔到寝室。至于接下来怎样，就没人知道了。

烧伤了屁股，铁老鼠就趴在笨重粗大的土耳其铁床上，手持短枪，不分昼夜地噩梦联翩。梦见雅霍甫的红胡子像火一样燃烧，梦见契阔夫掐着他的脖子，把他往壁炉里按。"火呀，疼呀！"他在壁炉前挣扎着，喊叫着。一睁眼却又看见身边有骷髅闪着灵光，正举着火把在他的床头下点火……

"不要啊！火呀！"铁老鼠不分昼夜地呓语、喊叫，连他自己也无法控制。

起初，有人还以为他的寝室铁窗子真的起了火，哆哆嗦嗦地贴着二楼的隔板听动静。发现是铁老鼠在发呓语，就各忙各的去了。

何坨子放火那天，铁老鼠的叫声比平时凄惨很多："火呀！快呀！"

可是风太大，人们真的听不清楚。

后来，何坨子已经在地下室放了好几把火，希卡们才意识到麻烦来了，一边相互指责推诿，一边开始救火……

那些天，索拉西正好在洋行。他和皮斯特尔一样，大风一来，两人便就近躲到了大马车下面，还相互拉扯抱成一团，怕一个人的体重不够分量，被大风刮走。可罡风稍弱，两人一钻出马车，便立刻开始相互指责。索拉西还扯着嗓子诬陷皮斯特尔，说铁窗子门前的屏风是皮斯特尔故意搁的，目的就是让大家听不清老板铁老鼠的警世恒言。结果，大家都没有听到老板让灭火的指令，没有曲突徙薪，没有未雨绸缪，酿成了火灾。

等有人来报告发财门也发生了火灾，众人赶到现场一看，就认为无须分析论证，大火已经无法扑救了。索拉西等人听说是何坨子放的火，在烈火熊熊的现场就开始了对皮斯特尔的严厉批斗：

这个疯子赫伦多尔火烧发财门，就是因为你这个姓皮的家伙，缺德带冒烟的，吊打瘸子林拐子，让一个瘸子去扒双喜的坟！中国人最恨的就是扒人家坟。现在知道了吧，复仇者的一把火，就烧掉了我们合富洋行十年的财富。你，姓皮的布哈拉人，就是你毁我长城，害我合富。姓皮的没好人！打倒罪魁祸首皮斯特尔！打倒罪不可赦的皮斯特尔！

不过，谩骂代替不了战斗，口头上的批斗也并不能真正打倒谁。在合富洋行，还是有相当的民众支持皮斯特尔。他是洋行的襄理，大权在握，还是发财门的经理，有油水可蹭。当然就有支持率，并且还在危险的30%之上。

可就在这时候，又发生了一件事儿，一下子让皮斯特尔失去了最后逆袭的机会。

这事儿就是何坨子又放火了，这回更厉害，彻底烧掉了黑沟煤窑。

第四节

1

发财门火光冲天，烧了一夜。何坨子就坐在双喜的坟头上，遥望火光。

何坨子放火的时候，明火执仗，还喊着"我家祖上，从龙入关，谁敢欺负"等等豪言壮语。很多人都看到了他出出进进地纵火，可谁也没抓他。甚至郝大头还假装救火，给他披了一件大氅。汪妈端了一盆救火的水，却硬是给他洗了脸，还给了他两个馍、一壶酒。

何坨子一抖肩膀，抖掉了大氅。他也不饿，就扔掉了馍。只带着酒，上了乱坟岗子。

他把那壶酒全都洒在坟头，祭奠了双喜，自己一口没喝。

何坨子发现，满天都在飞舞着"彩蝶"。它们在火光的映照下，红得绚烂如花。可一落到自己身上，就死了。何坨子摘下落在身上的一枚，放进了嘴里。

自此他这个动作就停不下来了。

后来天渐渐亮了，他发现遍地罂粟，红得像血，一望无际。而苍穹依然像飘洒鹅毛大雪一样，飘落着红色的罂粟花瓣。它们在灰暗的天空中，轻盈地漂浮，像无穷无尽的彩蝶。

何坨子发现自己的嘴是红的，像有无穷无尽的血在源源不断地渗出。何坨子就又抓起了地上的罂粟花瓣，慢慢咀嚼。

朝阳也红得像血，它从雪山深处升起，很快就染红了半边天。后来在这血红的清晨，何坨子看到了他的那匹骡子。

林拐子在任何时间、任何地点出现都不稀奇。他牵来了何坨子的那匹骡子。

林拐子告诉何坨子：黑沟客栈的老板娘黑牡丹，知道双喜为啥要寻短见，她会告诉你实情。

何坨子一语不发，从身上掏出两枚银坨子，彼此敲了一下，拿起一枚放在耳边听。

大风过后的清晨很宁静，林拐子听到那银坨子发出的声音，悠长悦耳，像天籁之音。

"你该去见见黑牡丹。"林拐子说。

何坨子就站起来，接过缰绳，骑上黑骡子，缓缓地走下了乱坟岗子。

2

就连林拐子也没想到，就在这个落英缤纷、罂粟花飘飞的红色清晨，何坨子又放了一回火。

这回他是骑着黑骡子，从县衙开始放火。一路喊着："我家祖上，从龙入关，杀人如麻，谁敢皮蹭（不服、叫板的意思）？"然后突然消失的。

他不知道从哪里弄了些条篓，往里面装上了松油和稻草，驮在骡子上，点着了就隔墙扔进去。

他往县衙里至少扔了五个条篓，往合富洋行扔了七八个。但这个清晨，没风，

子归城

所以两处都没有燃起熊熊大火。

后来是合富洋行的希卡和靖安营的骑兵都出动了，分别从东门和北门追出去，抓何坨子。据说他们分别都看到了何坨子的身影，听到了他的声音："我家祖上，从龙入关……"可当他们追出城后，却发现四野里阒无人迹，只有满天的惊雷滚滚，爆炸声此起彼伏，让人心惊胆战。

还有飞舞的罂粟花瓣，轻盈地飘落，像天地间在落血雨……

再后来，狂风又骤然而起，大家只能赶紧各自收兵回城了。

3

何坨子和黑牡丹是怎么见面的？又咋谈的？无人知晓。只知道黑牡丹给何坨子出示了证据，证明了双喜是在出嫁的前夜，被索拉西给糟蹋了。地点就在黑沟客栈，黑牡丹留下了双喜染着血迹的贴身内裤……

这时候的何坨子可能彻底崩溃，疯了。

"赫伦多尔知道了双喜的遭遇后，他怒不可遏，钻进煤窑，连续放火，还引起了瓦斯爆炸……"刘壮志的书上是这么说的。

4

索拉西对何坨子烧煤窑，或许也有预感。他带着希卡们追何坨子，顶着狂风，一路追到了黑沟煤窑。

索拉西看到煤窑已经被迫停工。狂风把生活区吹得房倒屋塌，工棚的顶棚像杜甫在千年前哭喊过的那样：漫天飞舞。窑上的设备也被刮得东倒西歪，大的断裂弯曲，小的连飞带跑，没了踪迹……

索拉西暂时忘了何坨子。他下令所有工人上井抗灾，抢救设备。自己则躲在办公室，一会儿暴跳如雷，一会儿喝酒压惊。

大家都忙得乱七八糟，谁也没注意到何坨子赫伦多尔。

何坨子钻进坑道，满腔怒火地四处放火。

他连续放了三天火，最后把自己也烧死在了坑道中。

这个后果很严重。

史载：黑沟里的明火、暗火烧了一年多方才停息。而煤窑半个月后就彻底塌方，废了。数十名矿工四散逃离，不知所终。同时，煤窑的塌方和暗火后来还引发了大南山山体崩塌。巨大的泥石壅塞涅槃河，导致河水改道，进入沙漠。

黑沟煤窑属平行矿，建矿开采几十年，连续不断的开发早就掏空了山体。一场大火，使刚经历了地震的煤窑塌陷，山体滑坡，甚至一度淤塞涅槃河道，也在情理之中。问题是，有几十条生命由此成了冤魂，而无论是子归城方志还是民间传说，对此的描述都轻描淡写，模棱两可。让人觉得它像一个遥远的故事在北丝路上飘忽着，时而惊悚，时而平淡。唯一的解释只能是：那些矿工煤黑子都是西出阳关的流浪汉，死就死了，没有家人为他们啼哭，更没有社会的舆论为他们鸣冤叫屈，他们的命运交响曲是自演自唱，自生自灭的。

我怀疑，一百年前的那批矿工，很可能全部丧生在了坍塌的山体之中。因为黑沟煤窑坍塌之后，作为矿主的索拉西，带着他的随从逃回到了子归城。而直到现在，我还没看到一点蛛丝马迹证明索拉西回城后，有某个黑沟煤窑的原矿工或家属前来给索拉西制造麻烦。

第五节

1

煤窑起火，日夜不息，这是黑牡丹始料未及的。望着黑沟里大火冲天，浓烟蔽日，她哭了。哭得悒惶泪掉，神思昏幻，不由自主就走到了窑上。

没心没肺的索拉西刚从烟火中逃过一劫。看见她，很疑惑，问她哭什么。

黑牡丹说：这煤窑是我们赵家的，我当然要哭。

索拉西这才发现她就是当年的赵金儿，立刻紧张起来了："你，你是赵金儿！我认识你⋯⋯"

黑牡丹说："我也认识你。你化成灰我都认识你！当年就是你把我爹逼上绝路的！"

子归城

索拉西就大喊着:"来人啊!"一边拔出了勃朗宁手枪。

"你要做甚?"黑牡丹还在哭,对索拉西的动作没多大反应。

索拉西看到围过来的"来人",多数都是站在黑牡丹的一边,就哆哆嗦嗦地说:"我,我要救火!还要,要抓赫伦多尔。"

黑牡丹说:窑里面的火一旦烧起来,是救不了的。你们洋行的产业马上就要落到皮斯特尔手里了,你不快去抢,还在这儿救火?还要抓何坨子?

索拉西听了,恍然大悟。

当天,他干脆把煤窑炸了,带着手下赶回合富洋行开始了和皮斯特尔的火拼。

2

索拉西回来,皮斯特尔认为逆袭的机会来了。当即指责他玩忽职守,毁掉了煤窑,让大家蒙受了巨大损失。年底分红,肯定没钱,还要倒挂。他想以此挑起众怒。

索拉西大怒,再次把一杯伏特加泼到了皮斯特尔脸上。还骂皮斯特尔让人刨了双喜的坟墓,导致何坨子发疯,烧了煤窑,是毁灭洋行、毁灭煤窑的罪魁祸首。该死,罪该万死。该下地狱!

皮斯特尔则大骂索拉西是头狐狸猪。最后,观战的胖厨娘怒火陡起,抓起一把菜刀,把皮斯特尔从二楼直接赶到了罂粟花飘舞的街上。

还有一种来自《北丝文史·12》的说法是:索拉西炸了煤窑,带着残部跑回洋行后,他们人多势众,一下就把皮斯特尔围到了院子里。索拉西叫了两个和自己沾亲带故的希卡,唆使他们侮辱皮斯特尔,并随即提出了要为名誉而战的决斗要求。只会动脑子不会动手舞剑的皮斯特尔知道这是阴谋,但也无可奈何。面对灭顶之灾,知道败局已定的皮斯特尔只得骑上一峰瘸腿的母骆驼,在合富众人嘲笑的呼啸声中,狼狈地离开了白石头楼。

但不管是哪种说法,都有人目睹了皮斯特尔离开子归城的情形:他对着洋行的白石头楼指指点点,掏出脖子上的金十字架(其实是金钥匙,子归城人没机会细看,都以为是十字架),发誓说他要回来报复。

皮斯特尔离开子归城的时候，天上还有绛紫色的罂粟花瓣在飘飞。

3

皮斯特尔被赶走的当天，希卡们也分成两派在地下室火拼起来。

先是两个因赌博而结怨的希卡对打起来，随后一个总想和胖厨娘上床，总不能得逞的希卡抓起一个铁板凳，一下打烂了支持索拉西的希卡的头。另一个喝多了酒的，则干脆拔出手枪，打死了这个失恋者。另一个正起哄的，则突如其来地拔出腰刀，朝醉鬼捅个没完。于是，众希卡一哄而起，有打醉鬼的，也有猛砸那个已经碎了脑袋的。后来是大家很不确定地简单分成两派，刀枪棍棒一起上，很负责任地打了一夜。

索拉西在这种时刻一如既往地胆小怕死。虽然地下室里枪声不断，喊叫声、叫骂声、大呼小叫连续不断一个通宵，他却只能躲在二楼上瑟瑟发抖，一直不敢出来制止拼杀。

胖厨娘倒是勇敢，楼上楼下地跑，观察火拼进程，乐得像那是她的新婚之夜。

天明，她看到支持索拉西的希卡取得了完全胜利，就用菜刀剁开门，硬是把索拉西拉到了地下室。

索拉西脸色煞白地看了一会儿连天花板上都喷溅着血污的场面，看清那些支持皮斯特尔的希卡多数已经死了，只有三四个已成血人的家伙还在地上惨叫呻吟时，忽然狞笑着转身出来，敏捷地反锁上了房门。随后就仿照铁老鼠的办法，叫来泥瓦工，结结实实地彻底封掉了地下室。虽然那里面的呻吟者中间，明确地还有几个支持他的希卡。

地下室的呻吟声，从甲寅年的春天一直响到了夏天。

第六节

1

望着苍烟烈火中的黑沟煤窑，黑牡丹先笑后哭，一哭就再也止不住了。

子归城

她策划并启动了一切……她告诉何坨子双喜之死的真相并成功激怒了他；她让索拉西回去与皮斯特尔争斗火拼。可她没想到的是：煤窑毁了，煤黑子没了。

煤窑的人走后，黑沟客栈也人去楼空。黑牡丹独自盘腿坐在宽大的土炕上，大敞门窗，望着漫天飞舞的罂粟花瓣飘落眼前，一动不动，像个打坐的高僧。

长空里，惊雷阵阵，却没一滴雨。

雨，全在她的脸上，那是她的泪。

大火烧了半个月，黑牡丹哭了半个月。

赵银儿闻讯，便坐了辆马车轿子，赶到黑沟客栈看望黑牡丹。

赵银儿兴奋得面若桃花，看着泥塑般的黑牡丹说："姐，这么多年，你没白忍。"

"我忍了这么多年，可我没想到会是这样啊……"黑牡丹忽然以手蒙面，放声大哭。哭得全身颤抖，无法抑制。

赵银儿劝了半宿，没用。只得回了。

听人说，在这半个月里，林拐子也去看过黑牡丹。

林拐子像立了功的狗，一瘸一拐地跑过去报信："姐，合富洋行的人都疯了，在互相打杀。咱复仇了……"他兴奋得满脸涨红，差点儿满地打滚儿对着苍天磕头。

黑牡丹半晌无语，突然一口唾沫吐到林拐子脸上，吼出一句："阉猪！不许叫我姐！你给我滚开！"

林拐子愕然。

黑牡丹朝林拐子伸出一根指头："滚开。否则打断你这条好腿！"

林拐子连滚带爬地跑了。

半个月后，黑沟煤窑彻底坍塌。坍塌的瞬间，滚滚的尘烟和煤灰，弥漫了整条黑沟。被天上的惊雷炸飞的罂粟花瓣，就在沟里此起彼伏地飞翔……

黑牡丹大哭着掸掉飘落在身上的干罂粟花瓣，站起来一把火烧了客栈。之后，她就在后山上搭了个庵子，当起了尼姑。

她说：沟里死了那么多人，得有人给他们超度。

子归城人说：对着呢，煤窑上死了的汉子都上过她的炕头嘛。

2

金丁县长在惊蛰地震中，被玉石烟嘴撞掉了一颗门牙，成了豁牙子县长，半边脸肿得倭瓜一般大，但在大风暴中，他毫发无损，安然无恙。

金县长门牙被敲掉，心情十分不好。没了门牙，抽大烟走风漏气，这让他郁闷又烦躁。地震过后，气温回升，艳阳高照。他让人搀扶着去看灾后的县衙，顺便在拐子街上转了半圈，就兴奋起来了：地震也是好事呀，这个问题要辩证地看。子归城房倒屋塌，一片狼藉，正该大兴土木，重建家园！

他回到县衙，立刻召开了"重建家园"的动员大会，捂着肿痛的腮帮子，给商会耆老、四乡八村的土豪劣绅下死命令：有人出人，有钱出钱。在一月之内，备足建筑木材和砖瓦，按县衙的规划和图纸，掀起轰轰烈烈、全民参加的"重建家园"运动。

会议正在进行，忽然狂风骤起，哗啦一声刮断了县衙旗杆，很多的罂粟花瓣还随风飘进了大堂。金丁立即宣布散会，一溜烟儿跑回了家。

从此他就缩在家里，躲大风，捂腮帮子，喊牙疼。

可就在这种情况下，何坨子还怒闯县衙，金县长当然没有好态度好心情。

可他没想到何坨子会放火，而且还放得那么突然。以至于他被人搀扶着逃跑时，还不慎摔了跟头，把红肿的腮帮子摔得更肿了。这让他大为恼火，当即就给老秦等衙役下令："去抓纵火犯。风再大，也要抓！"

当晚，老秦来报："那个纵火犯有眉目了。他不但在县衙放火，还给洋行也放了把火。接着又跑到发财门，也放了火。现在，那里已经烧得一塌糊涂……"

"啊？这贼狲叫啥名字？干啥的？"

"叫赫伦多尔。就是何坨子，双喜他爹。"

"啥？"金丁倒吸一口冷气，"人呢？"

"现在还不知道跑哪儿去了。"

子归城

金丁立即让人关了县衙大门，宣布风灾期间停止办公。他怕何坨子找他报仇。

但当晚他还是寝食不安，担心何坨子会潜入县衙。次日风过天晴没多久，他就亲自带人搜索衙门各处。就在这时，却看见若干个燃烧着的条篓，飞进了衙门大院。随即，老秦来报："何坨子又放火了！"

"抓！抓住他。"金丁急忙抓起一根令箭，扔给了老秦。

金丁给老秦下达了抓纵火犯的命令后，就一头钻进太太房中，再不出来了。

后来，因怕何坨子再次放火伤及自身，金丁又在太太房中挖了个地牢那样的圆坑，还朝东南西北四个方向安装了通气管。然后，自己钻进去，再不出来了。

外面不断来报：一会儿是洋行内讧了，一会儿是煤窑烧塌了，一会儿又是官道上来了灾民……

他一概都是一句话："双喜他爹抓住没有？"

后来是老秦报了最新情况：赫伦多尔烧死在煤窑中了。

他才改口说了一句："活要见人，死要见尸。"

老秦的疤瘌脸木无表情，说："人都烧成灰了，哪儿有尸体[s]嘛。"

"真的？"

"真真的！"

金丁这才从地坑里爬出来，抖落身上的土，说："通知开会！"

"开会？开啥会啊？"

"重建家园，刻不容缓！马上通知，开会备木料。"

自此，子归城里就流传一句话：豁牙子县长开会——要木头。

3

大风过后，金丁连续开了十几个大小不同的会，要掀起灾后重建运动。

金丁县长是木匠出身，设计的图纸，三分之一都得用两尺以上半径的原木。按力学原理，抗风抗震都没问题，但耗材巨大。本来，因为重建拐子街，子归城附近

---

[s] 链接　何坨子放火的故事在丝路上流传甚广，影响深远。至今在木垒驿的一面高坡上还能看到他的衣冠冢。这也说明当年老秦没胡说，何坨子的确是死不见尸的。

的沙枣梁子、榆树窝子等地的木材已被砍伐殆尽，人们得雇人雇车，进山采木，还得雇木匠。据说，当时来自丝路各地的木匠达三百人之众，新开的木工厂有二十多家，可木工还是不够用。

费厄泼赖（鲁迅语，我没打引号）应当缓行。许多人都这么说。有人还用各种商会、联合会的名义，给县衙递交请愿报告，请求实事求是，让人喘口气再说。可干什么事都优柔寡断的金丁，一旦碰上土木建筑就刚愎自用一意孤行，谁说也不听。而且还派出差役四处巡视、监工、验收。谁家的建筑偷工减料，不合规范，一经查出立即查办。不是投进球形监狱，就是发配大南山的原始松林峡谷，采伐木料。许多人忍无可忍，联名上书，弹劾金丁，还有人专程赶往迪化，控告金丁。

但那时中亚的民众暴乱此起彼伏，影响波及整个丝路。弄得杨都督日理万机，无暇他顾。何况，杨都督还认为重建家园，即便做法上有偏激之处，总的来说也是造福百姓的一桩好事。

故而，金丁大搞土建的劲头始终未遇挫折，还天天一副方兴未艾的架势。有些草民没办法，就采取了消极怠工、不作为等不适当的做法。

第十二章
重生季

第一节

1

索拉西赶走了皮斯特尔后,怕皮斯特尔卷土重来,就加高加固合富洋行院墙,重新装修了白石头楼的内部格局。之前,由于恐惧铁老鼠,希卡们就在三楼堆了些柜子,不值班了。索拉西一想到那个希卡在屏风前毙命的情形,也害怕,就干脆让工人砌了一道墙,彻底封堵了铁窗子的廊门——他晚上听到过铁老鼠微弱的呻吟,吱儿吱儿的,很瘆人。

最重要的是,他还借鉴自己在黑沟煤窑监视煤黑子干活的办法,在楼顶上改造烟道,修了个瞭望哨楼。结果无意中封死了林拐子进入合富洋行的秘密通道。

可即便这样,林拐子还是冒死进入了合富洋行。那传说中的羊脂玉枕,对他的诱惑太大了,他几乎是不顾死活地进来了。在此之前,他天天趴在马寡妇家屋顶的烟囱上,披着麦秆芦苇草,冒充吓唬鸟类的稻草人,目不转睛地盯着合富洋行的装修和改造。两天后他就发现,为了修哨楼,索拉西在改造壁炉烟道。如果等到改造完毕,那他绝无再进入白石头楼的可能。于是,他找来了绳子、梯子,趁着黎明前最黑暗的时候，爬上了白石头楼的高墙，甚至差点爬上瞭望楼。

可是索拉西装修白石头楼，防御功能大于商业功能和装饰性，结果林拐子就在离楼顶不到半人高的地方，处在了一个很滑稽的状态：上不去，也下不来。最后是在拂晓的阳光下，被瞭望楼的希卡半夜撒尿时发现，浇了一头脸的尿液后，像一只壁虎那样让人家抓住了。

情急中的林拐子甚至学了猫叫，企望让那个希卡像铁老鼠那样，无法动弹地痉挛。但希卡对他的猫叫置若罔闻，掐着他的脖子，把他扭送到了楼里。

索拉西认识林拐子，当年他暗地里害过林拐子一家。辛亥年，还让人把林拐子扔进了废矿井。

林拐子说自己爬上来是因为想看早晨八九点钟的太阳。它在白石头楼上冉冉升起的美丽景象，让他充满乡愁，无限怀念鼓浪屿的老房子。

连最傻的希卡都被林拐子的谎言逗得捧腹大笑。

但索拉西看了看林拐子身后的绳子和梯子，却满脸沮丧。他对自己的装修感到失望，就再次命令加高院墙，封堵白石头楼的各个死角。同时开始鞭笞审讯林拐子。

林拐子从小长在海边，没受过牛皮鞭蘸盐水的痛。一鞭子后，他就浑身觳觫，恐惧得要死，甚至哭了。三鞭子后，林拐子就把啥都说了。包括他挖双喜的坟，导致何坨子放火，以及他让何坨子找了黑牡丹，结果何坨子知道了双喜被糟蹋的事儿，何坨子为此火烧煤窑，等等。

索拉西听得很惊心，后来做的决定也很惊心：他让人把林拐子放到地下室去。

那时候地下室里的呻吟声已经微弱了许多。要让林拐子死在里边，就要先把封死的地下室挖开。但是索拉西不放心，怕里面将死未死的人垂死挣扎，回光返照暴动越狱。若是门挖大了，他们冲将出来，后果堪忧。所以他让工人们只挖一个柳筐大小的圆洞，拟把林拐子塞进去。他还怕里面的恶魔在洞口挖开的瞬间爬出来，就让希卡们荷枪实弹，端着长枪举着马刀守在洞口。

而林拐子呢，则让赖黄脸临时拴在狗窝旁，等着洞口挖好后被塞进去。

子归城

　　这个安排有漏洞，说明索拉西做事粗枝大叶，工作作风不扎实。他只知道赖黄脸跟了自己多年，像个忠心耿耿的仆人。但没考察赖黄脸当年为何来古城子，更不知道赖黄脸曾经就是林拐子家的仆人。而且这两人都是闽南人，会讲闽南话。

　　闽南话是一种出了闽南没人能懂的方言，更遑论像索拉西他们这些半土不洋的中亚洋人了。林拐子一看索拉西的安排，就用闽南话指示赖黄脸：你得快想办法，等他们把洞挖好了，就来不及了！

　　赖黄脸不理林拐子。只管让人把林拐子五花大绑，按倒跪在狗窝前。自己还不放心，手脚并用踩着林拐子的后背，反复拽拉绳子，拽得死紧死紧，使之手脚完全不能动弹。

　　林拐子被勒得吱哇乱叫，骨头嘎嘎响。他看出赖黄脸居心叵测，动机不对，就转而哀求赖黄脸，让赖黄脸放了他。他说他知道合富洋行的藏宝地点，等他出去，他俩想办法合伙盗宝。

　　赖黄脸这才说了闽南话："你还想着宝藏呢？你把啥都说了。你死定了！"

　　林拐子说："我死了，就没人知道羊脂玉枕在哪儿了。那可是价值连城，够咱俩三辈子妻妾成群，享受荣华富贵……"

　　赖黄脸听了，就犹豫了："你想怎么办？——我不能当着他们的面，再把绳子给你解开！再说，你也跑不掉。"

　　"我腰带上有把小刀。你把它拿出来，塞在我手里，其他你就不用管了。"林拐子窃笑，眼神里竟然透出了得意之色。

　　林拐子很幸运。他在折腾铁老鼠的过程中，偶然从小阁楼的吊柜上发现了一把小刀。取下来一看，正是当年他扎破洋行胶轮大车的那把英吉沙小刀[d]，就顺手揣到了怀里。皮斯特尔暴打他，并且逼他刨了双喜坟墓后，林拐子为了防身、壮胆，

---

　　[d]　链接　英吉沙小刀种类很多，林拐子的这把属于最小号。锋刃很小，不到一寸，杀人不足，但戳个胶轮、撬个门锁、割个绳索、吓唬个女人绰绰有余。林拐子能在合富洋行的小阁楼里发现这把英吉沙小刀，说明铁老鼠虽然把郝大头搞得倾家荡产，家破人亡，但他对当年扎破他马车轮胎的作案者还是耿耿于怀，至死不想饶过。

便给小刀找了个皮套，绑在了裤腰带上。他万没想到，妈祖保佑他，小刀在这时候派上了用场。

赖黄脸好奇，就蹲下来，趁人不备，把手伸到林拐子的裤腰带上一摸，果然有个皮套。这一刻，赖黄脸又犹豫了，手停在那里，半天没动。

林拐子急了，说："君子一言……"

没等他说出"驷马难追"，赖黄脸就闪电般抽出了英吉沙小刀，塞到了他手里："等洞口挖开，你再跑！"

之后，赖黄脸便假装愤怒，抽了林拐子两个耳光。再喊过两个希卡，说自己要到地下室洞口看看热闹，让他们盯紧林拐子，别让他跑了。

林拐子不等洞口打开，就偷偷割断毛绳，攥在手里。还伴装紧张地盯着挖洞的工人，大喘气，乱惊叹，引得两个希卡也引颈张望。

后来洞口开了，里面冲出的恶臭，逼得人惊呼后退。

林拐子趁机甩掉毛绳，就跑了。

那两个希卡看着跪在地上的林拐子突然猴跳而去，愣了半天才嗾使狼狗们去追去咬。

他们不知道洋行的狗都是被林拐子喂熟的，它们无动于衷地看着林拐子影子一闪，溜到马号后，顺竿而上爬到牛棚上面，三蹦两蹿，就上了院墙。之后，逃走了。

索拉西设计的院墙，难进好出，从里面逃走比进来容易得多。

索拉西自知忽略了这一点，所以他才让人把林拐子拴到了狗窝旁。

但索拉西不像铁老鼠、皮斯特尔之流，心思缜密得像个知识分子，办不成利索事儿。他做事简单，立刻命令全体希卡，荷枪实弹，扬鞭催马，公开追杀林拐子。

2

惊蛰地震，钟家没有房倒屋塌，但随踵而来的大风暴，掀掉了两间房顶，推倒了半堵院墙，打坏了两扇门窗，刮走了一些生活、生产用具，积下了半院子黄土。另外，地里的庄稼也瞎了。

子归城

风灾过去，云朵就三天两头地往城里跑，雇请零工，修墙补房，清理垃圾，补种庄稼。还要采购那些被大风刮走的锅碗瓢盆、坛坛罐罐。二锅头也就总见云朵，免不了给她递话，说赎回酒坊，已经瓜熟蒂落，水到渠成。

云朵知道，经历了何坨子放火、煤窑坍塌的合富洋行，今非昔比。索拉西赶走了皮斯特尔，铁老鼠成了一个活死人，这些对天亮都是好消息。加上姚家也灰飞烟灭，彻底败家了。这时候从赵银儿手里赎回酒坊，让天亮回来再起炉灶，似乎能行。

但她还是犹豫，想等钟爷哪天脑子清醒时，请示一下爷爷。

心里有事儿，还是大事儿。云朵晚上就睡不着，起得也晚。

甲寅春夏之际，早上多惊雷，就在人头顶上炸。入暑那天早上，云朵被雷惊得睡不着，出来看天。却见迎儿站在房顶上唱歌：

天亮了，人来了。

古城子里骑大马……

云朵叫她下来，说：一大早儿的，你这是咋了？

迎儿说：没咋呀，我就觉得我们过一阵儿要搬到古城子去住了。

云朵问：为啥？

迎儿说：没咋。刘天亮该回来了吧？

云朵说：你梦下了？

迎儿说：我梦见我们进城了。

云朵听了，思忖半晌，对迎儿说：老钱今天进城，咱们也跟着去。买粮食，抓药，再给贼大鬼刘天亮捎个信儿，让回来。

迎儿的梦很灵。云朵和天亮都信。

3

林拐子逃出合富洋行，出了北门就一路向北，路线完全是当年刘天亮的逃跑路线。但是索拉西派出的希卡们行动很快,林拐子刚刚跑下河滩,博望渡的老河桥上就已经出现了骑马的希卡,他们东张西望,四处搜寻。

林拐子知道自己连何坨子都跑不过,更跑不过马,就战战兢兢钻进了芦苇滩。

涅槃河两岸在这个季节,长满了高高的芦苇和零散的罂粟花、马兰花。

林拐子就在芦苇草滩中,躲藏了一天一夜。其间希卡的头目拉孜还在芦苇滩上放了几把火。但初夏的河水宽,芦苇滩小,苇子还是青绿的,火烧不大,也就对林拐子没构成真正的生命威胁。相反,他还借机偷挖了人家的土豆,烤着吃。

后来,林拐子看到了云朵和迎儿。那时候,希卡们已经收兵回城,河滩上被火燎过的萧萧芦荻和野罂粟,一片狼藉。衣着靓丽的云朵和迎儿,坐在老钱家的毛驴车上,走在这样的背景中,很显眼。

林拐子蓬头垢面,从苇子丛里冲出来,拦住了驴车。

云朵大吃一惊,说:"你?不是让你赶紧跑吗?"

林拐子说:"我跑过了。但被洋行的希卡抓住了。现在,又逃出来了,可身无分文。"

云朵就把买药的钱,给了林拐子。

林拐子还是不想走,对云朵说:"我能不能去沙枣梁子,躲一阵子?"

云朵看着烟熏火燎的苇子滩,说:"你躲得了初一,躲得了十五吗?"

林拐子朝后看了一眼子归城,想起了蘸盐水的皮鞭,后背骤然剧疼,眼里立刻充满恐惧。

但他还是有点舍不得梦想中的羊脂玉枕。

云朵看了一眼河滩上泠泠抖动的野罂粟和被火烧黑的芦荻,叹了口气,就把车上买粮食的五十银圆也给了林拐子,说:"我想开个茶叶店,你就回你老家厦门,替我进一趟茶货吧。顺便也找找迎儿的家人。她是同安人,姓陈。"

林拐子就收了钱,看见路上有支商队过来,便追上去搭上了人家的马车,一招手,走了。

老钱看了就摇头,说云朵:"开个茶叶小店,不用专门派人到那么远的地方去进货。在福建八行里进点货就行。"

云朵笑而不答，收拾包袱。

这时，路边上传出了一个声音："丫头这是想救人一命哪。"

云朵一看，却是岳王庙的郭瞎子。他在两边河滩上开垦了几片小碎地，还搭了窝棚，种些蔬菜瓜豆，有收没收，自个儿够吃。现在，庄稼遭了风灾，他的窝棚也塌了，正在摸索着侍弄整修。

云朵问郭瞎子能看清不？要不要人帮忙？郭瞎子摇头说："你当我真看不见！——那瘸子，你托付不了事儿。"

云朵说："我也没指望他。"

"对着呢！救人一命，胜造七级浮屠嘛。"郭瞎子说着就又弯腰弄起了他的窝棚。

迎儿对郭瞎子还能自己搭窝棚很诧异，就叽叽喳喳地跑到郭瞎子跟前，端详人家的眼睛。云朵不悦，觉得小丫头不礼貌，就喊迎儿上车快走。

迎儿边上车边嘀咕："给爷爷抓药的钱没了，买粮食的钱也没了。我们还急着进城吗？"

云朵说："找艾山江送信儿呀！你不是梦下了吗，说那个贼大鬼要回来？"

郭瞎子又扬起头说："艾山江送不成信了，让金县长抓了。"

4

云朵急匆匆地找到艾山江，才知道金县长并没抓人，只是把艾山江叫到县衙训诫了一番，签了保证书。原因是城南蒙学堂的堂主张元培老先生写了篇檄文，贴在城门上，骂金丁借灾后重建之名，滥伐树木，贻害无穷。一些对灾后重建心怀不满的人，就闻风而动，不但骂金丁是豁牙子，还对金县长的决策鸡蛋里挑骨头，造谣生事，妄加议论。其中还有些人写了告状信，交给艾山江，让送到迪化省府，告金丁不听杨都督的训示，还故意歪曲，是高级黑。

艾山江汉语水平不高，不知道写的啥，备了马正要出发，老秦等衙役及时赶到，没收了信函后，把他抓到县衙，进行了训诫，并签了保证书：以后再不乱跑，再不跟着诬告父母官。

艾山江很庆幸地说：这事儿金县长很生气！这些天他把那些写了信的家伙们都集中到了县衙，让认真学习八块木板上的杨都督语录。学过了还要签悔过书才放人回家。

云朵听了就发愁，不知道写给天亮的信咋办。

艾山江说：活人还能让尿憋死？上有政策，下有对策。明天丝绸店的墨兰迪老板要去迪化办货，是金县长同意的。你托他把信带去不就行了？

云朵就去找了墨兰迪。

第二节

1

墨兰迪找到天亮时，他正在迪化一间车马行当大伙计。由于阿山战局诡异，战和不定，人心惶惶，往来丝路的商队就都避开北路。杨都督便官办了一个车马行，专门负责组织、联络往来阿山前线的军马车辆及粮草辎重的运输。天亮在这儿当伙计，挣钱不多，却很忙碌，规矩还大。天亮不喜欢，但由于是诸葛白介绍的，他也只能勉强干着。

天亮在车马行听墨兰迪讲了何坨子放火、皮斯特尔逃走，以及赵银儿要转让酒坊的事儿。他连云朵的信儿都没拆，就立马辞工，去找独眼龙了。

独眼龙一到迪化就被一家镖局看中，当了镖师。

但没过多久，他就被镖局公认为是混饭吃的了。人们发现他徒有其表后，找他出镖的便寥若晨星。

独眼龙终日无所事事，找不到活计也没什么收入。但听了天亮的打算却断然拒绝："不行！我不能回古城子，我还欠着赵银儿的银子呢！"

独眼龙的话一下提醒了天亮，他愤怒地大叫起来："你他妈脑子让驴踢了吗？咱咋会欠她的银子？是她讹了老子的酒坊！"

独眼龙不假思索,说:"那赵银儿在哪儿?"

天亮朝他头顶上砸了一拳,说:"贼驴日的!你欠老子的钱!"说着就从怀里掏出了一封公函说:"看看,酒坊是老子的。"

独眼龙认几个字,看了半天那公函,一拍大腿说:"兄弟,咱走!"

2

天亮提着俄罗斯方块糖、洋油灯、马蹄表等稀罕物件,出现在钟家小院时,云朵虽然内心的喜悦无以复加,但还是一背人就指责天亮:"我在信里咋说的?先来家里,把酒坊的事儿商量好再说别的。你咋一回来,先跑到城里去了?"

天亮无言以对。——独眼龙一进钟家院子就自豪地说了这事儿。

经历了姚麻子之死、何坨子放火、洋行内讧和煤窑大火等一系列事变后,刘家酒坊耸人听闻的血斗已在人们的记忆中逐渐褪色,变得清淡。天亮却突兀地出现在了子归城街上,还牛烘烘凶哼哼地给人出示了杨都督手谕:"刘氏冤案,理应平反,所属财产,酌情返还。"

许多人新奇骇异,咋舌相告。这的确让天亮和独眼龙颇为得意,狠狠地满足了一把虚荣心。

但天亮进城的确不是为了满足虚荣心,而是想——也仅仅是想看一眼他的酒坊。

就为了这,他们穿越了大半个子归城,也就遇上了许多惊诧的熟人,并在他们的追问下掏出了杨都督的手谕,牛皮烘烘地晃了好几回……

天亮经不住云朵追问,就说了实话。

云朵听着,眼圈却红了,"就是为了去看一眼酒坊?"

"就是。就走到柳树下,没进去,就折回头,哦,来这达了。"

云朵擦了把眼泪,卷开了炕上的褥子。下面正是那块"刘家酒坊"的牌匾,已油漆一新。

天亮的眼圈没红,鼻子却酸了,他抱起牌匾说:"我看了,酒坊的门头没换。这招牌能原封不动地再安上。"说着就又骂狗日的山西王,把他的酒字打了三个枪眼。可仔细去摸，却发现那枪眼已被精心修补，抹了泥子，看不出来了。

"早知道你这么张扬，我就该把三个洞留着！也让你长个记性。"云朵说着就拿了掸子，边掸天亮身上的土边絮叨，"我在信上都跟你说了，酒坊的事儿，还在谈！你一回来就跑到拐子街上轻狂，还张扬成那样。你让人家赵银儿知道了，心里舒服？"

天亮忽然想起来自己是有理由的，就嚷："我不识字你又不是不知道！我又没看你的信！我哪知道你说了这么一堆麻烦话？"说着就又横了膀子，"再说，我现在手头有杨都督的手谕，你还跟那个赵银儿谈啥谈？"

云朵就放下掸子，要过那公函看了一遍，若有所思地说："人，得讲诚信吧？我给人家已经说了，是咱要掏钱赎回酒坊的。"

天亮说："那酒坊本来就是咱的。杨都督都说了，让她要还给咱。"

云朵说："可酒坊是咱借人家赵银儿的高利贷买的，高利贷你总要给人家还吧？你算算，那是多少钱？"

天亮不识字，但算账很精明，眼珠子转了转，就垂头丧气地蹲到了地上："和你要赎回酒坊的价，差不多。可杨都督手谕……"

云朵说："你有个都督的手谕，就想仗势欺人了？将来你就准备这么做酒做买卖？"

天亮脸红了："不！咳，我是说，她要不让咱赎，我再拿都督手谕。"

3

相传，甲寅年的大风过后，很长时间，有许多的日子天上都挂着彩虹。——天天雷声隆隆，又总不下雨，再不挂点彩虹也说不过去。

云朵就是在这么个日子，去找赵银儿的。

云朵去的时候，带了一瓶薰衣草精油。那是天亮从一位土库曼商人手里买的，很昂贵。这种生长在伊犁河谷的香草，有着浓郁的芳香气息，能驱蚊虫老鼠，因而被中世纪的土耳其宫廷妇女率先用来作为熏染衣物的香料使用，随后又成了贵妇人的香水，传遍中亚细亚。

子归城

天亮回来的时候，买了两瓶，一瓶给云朵，一瓶给迎儿。

云朵把自己的那瓶送给了赵银儿。

赵银儿立刻就被薰衣草精油熏晕了，答应了天亮的报价。

对此大家都觉得奇怪，后来在紫泉子，云朵奶奶才告诉我其中的奥妙。当时，赵银儿根本就无意出卖酒坊，她是想以此为诱饵，在各个商家之间，制造矛盾挑起事端。因此她的出价很高，就想谈崩。

云朵就在薰衣草精油的高雅香气中，给赵银儿展示了杨都督的手谕，并实言相告自己的苦衷。

赵银儿当时已处境危急，虽然因丢掉了酒坊这个诱饵而失望，但也只好认同了这桩买卖。

不过，天亮爷爷从来不这么说。

应该说，由于为酒坊浴血奋战、长期告状，天亮爷爷在酒坊的问题上精神受了刺激。在我的童年时，我记得相当清楚，每当有人谈起这件事他总是直着脖子一嗓子把人家冲到南墙上："咋啦？酒坊本来就是我的！唉！"

他说这话时，甚至连借了别人（赵银儿）的高利贷都只字不提。好像他天然就有一个酒坊，被人讹了后，他去迪化讨了都督手谕，又要回来了。

事情就这样被天亮弄得隐隐乎乎，缺乏坚实感。

不过，据我推测，由于有诸葛白这层关系[g]，杨都督某一天在情绪好的时候，就刘家酒坊的问题做个小批示也合乎情理。

这里我得多说两句，杨都督的批示看似严厉，实则暗含玄机。"酌情"二字就可作千万种解读。金丁的解读就是：把赵银儿的高利贷及其利息以及这段时间的投资成本等，折算成银两，由天亮一次性支付给赵银儿，酒坊归天亮。结果这一"酌情"，便和重新买下酒坊所花费用相差无几，赵银儿当然也能接受。

---

[g] 链接　关于刘天亮和诸葛白的关系，我在后面会给你讲一个故事，故事的名字叫"天亮撒尿去迪化"。你看了后，就会懂的。

此外，我还得再多说一句：云朵去找赵银儿那天，天边惊雷滚滚，还挂着彩虹，这是事实。但这也不是谁挑的日子，它就是天亮和独眼龙回来的第二天。云朵怕夜长梦多，又怕身边的男人们轻狂坏事，就自己去了。

第三节

1

天亮燃着鞭炮，把"刘家酒坊"的招牌重新挂上院子门头时，天空也挂着彩虹。从这个日子开始，天亮所干的一系列事情中最正确英明的应该说就是他让独眼龙担当了创业初期的酒大师。

按说，二锅头在重新收回酒坊上立有头功，又长期在赵银儿的酒坊里担任着酒大师，并且实实在在酿出了偶尔会有鸡屎气味，但毕竟是酒的烈性白酒，天然有担当酒大师的资格。相比之下，独眼龙当保镖不称职，酿酒也不内行，可作为掌柜的老板（二锅头的股份只是红利），天亮装了个糊涂，就宣布独眼龙当酒大师，一下奠定了他的技术权威地位。

天亮的理由是爱看天的独眼龙在进城那天，首先看到了天空中的彩虹，看到了事业的好兆头。没人觉得天亮的理由不荒唐，可后来的实践证明：这一决定为勺娃子酒"古城春"的问世奠定了最遥远最深层的基础保证。

这事还不能说是歪打正着。

朋友们应该还记得《如匠酒经》这部奇书吧？当初，二锅头仅仅是粗略浏览《如匠酒经》其中的一部分，便一下子解决了酿酒成醋的问题。而天亮在从云朵手里接过《如匠酒经》后，转手就把它交给了独眼龙。那可是手抄的全本啊，独眼龙当然独得技术秘籍。

"你比咱识字，好好读。咹！"天亮对独眼龙说。

独眼龙也很感动，当时就和天亮击掌为誓，不将此事告诉二锅头。并且还像要高考的孩子对父母一样表态：一定读好此书，学以致用。

子归城

结果，接管酒坊之后，上任之初，独眼龙的精辟见解就让二锅头发蒙。随后的实践又更是注定了独眼龙总是与成功相伴。

首先是发酵用的"窖"。独眼龙在指出二锅头把酒酿成醋的原因一是水质不洁，二是灶火太猛，三是选料粗糙后，初步奠定了自己的技术权威。一天，他正蹲在鸽堂子上看毛驴拉磨，忽然心血来潮，手舞足蹈地指着院中最低洼处大叫："嗨，咱就用这个当酒窖！"

天亮和二锅头都吓了一跳。那低洼处是如此之低，以致全院的雨水（应该还有那场恶斗的血渍）都毫不含糊地灌在其中。最糟糕的是最低洼处竟有一长方形土坑，坑中隐隐可见已风化的草末和兔粪——若干年前，这里曾是院主人何坨子挖入地下的一个兔窝。而今，因为水浇血沃，风吹日晒，坑壁已经皱裂干缩，在暮春的清早翻卷着滚滚白浪。天亮凑近一嗅，一股人血的恶臭冲得他打了个激灵，一下想到了酒坊被砸后他在院中闻到的腥臭气息。

惊蛰地震，老窖垮塌了。天亮刚新挖了一个。独眼龙这一喊，窖要重挖不说，还得重盖窖房，这功夫就花大了。二锅头就骂独眼龙脑残，给掌柜的添乱。

可独眼龙不理二锅头。

"好，好！"他脚上像安了魔轮，围着土坑转了一圈又一圈，仿佛他老婆正在坑中生孩子。天亮无奈，就真重盖了窖房。后来大家都承认，刘家酒中有一股沉郁的馨香，就是来自窖中的泥土。

其次是那眼老井。天亮当初就是看中了何坨子院中的这眼老井才玩了手段，买下何家大院的。迁居入主后，天亮就发现这个井边础石被磨出了八道深深的沟槽的老井，水质奇特。它昼间浑浊苦咸，夜间清澈微甜，清晨泛白，傍晚微黄。这回独眼龙经过研究发现，老井水水质黏稠如油，其含微生物之丰富，非一般井水、泉水能比。之后，他就迷上老井并逐步发现了它的非凡作用。

起初，独眼龙拌料发酵时发现：用半夜三更的老井水制焙，其周期只需三天而发酵充分程度高达百分之九十五。后来耽迷于制曲事业的独眼龙又发现：用中午的老井水制大曲，在发酵时配合"滴窖降酸"，会使酒醅的糖化、酒化过程更迅速更彻底,大大提高了酒精浓度——刘家酒在北丝路大受欢迎的原因就是酒度高达六十八度。再后来,独眼龙发现,老井水混以猪血,涂于窖壁,发酵成焙,蒸馏成酒后,其酒香可饮之留舌,三日不绝。

在此,我之所以不厌其烦地讲述独眼龙在"井"和"窖"上的发现,原因十分简单,它们共同构成了酿制"古城春"的基础。也许更重要的是它们还隐含着这样一个悲哀的事实:自子归城沧桑巨变,天亮离开它后,就再也没有酿过哪怕一瓢酒,个中道理显而易见,他老人家断定天下再也不会有那样好的"井"和"窖"了。

2

天亮刚回来时,去城外的猪圈里没挖到《如匠酒经》,急得满头大汗,问云朵。云朵没办法,就说了实话。说《如匠酒经》早被她挖出来了,原本给了赵银儿,家里还有个手抄本。

天亮大怒,和云朵又吵又闹,说她外泄了酿酒秘籍,是个败家子,钟家的不肖子孙。云朵嘤嘤啼哭,无言以对。后来是迎儿对天亮说,这是个买卖呀。

天亮说:"这叫啥买卖呀?咳!"

迎儿说:"姐姐给了赵银儿《如匠酒经》,赵银儿把你从地牢里捞出来,放你走人。这不是买卖吗?"

天亮听了还是捶胸顿足。直到云朵告诉他说:她送给赵银儿的《如匠酒经》,把其中要紧的几页取了下来,是重新线装的。天亮的怒火才慢慢平息下来。

这事儿说明天亮对《如匠酒经》是很看重的。

云朵把手抄的全本《如匠酒经》给了天亮后,他转手就交给了独眼龙,让他刻苦钻研。这事儿说明,天亮对独眼龙也是很看重的。给了《如匠酒经》,就等于给了核心技术。

但独眼龙的酒大师最终还是被二锅头取代了。——虽然独眼龙从理论到实践上的努力以及由此取得的成就让天亮大为赞赏。

如果你不能透过现象看本质,或者说你不具备这种能力,你一定会认为这事蹊跷。但您如果能冷静地坐下来细细想一想，你和你周围的环境，想一想在你的单位和你的同事中见那些善于挑拨离间、搬弄是非，向你的领导大献殷勤和大进谗言的家伙们，你就不会觉得蹊跷。二锅头正是这样的一个进谗言、弄是非的非常人才。因此，没出三个月，二锅头就又成了酒大师。

这事发生的那天，天空平静，没有雷声，但也挂着彩虹。更有趣的是，二锅头取代了独眼龙的位置后，独眼龙不但不恨二锅头，反而对自己在酿酒方面的能力和智商也自信不足了。

这证明二锅头在某些方面确实比独眼龙智商高。

3

鲁迅先生说："捣鬼有术，也有效，然而有限，所以以此成大事者，古来无有。"这就是说，二锅头谋取酒大师的崇高位置，也不是绝对靠捣鬼，还有其他原因。

我在国外的女儿知道我摔伤了脚，打来越洋电话慰问。说了没三句话，就犯了女博士的通病，和我探讨起了中国人的劣根性问题，同时还批判我说：您对二锅头这类人的看法过于偏颇。她判断说，您肯定是被周围的小人折腾得够呛，所以才放出偏激的语言。

我坦率地承认，在我的周围，的确存在着许多的小人。他们假扮成我的朋友，在和我握手言笑之后，转身就向我投石头。打中后，又身手敏捷地跑到前方拐弯处伺机准备再打我一石头。结果，我这些年就总是在迎接着形形色色各种各样石头的打击。

哇！好惨呀。女儿在大洋那头儿说。

不过，她还是劝我从一个小说家的良心出发，公正地评价二锅头。

我想，女儿说得对，我应当认真探讨一下二锅头取得酒大师位置的其他原因。

结果，我把甲寅年的事儿一梳理，就发现二锅头取得酒大师的地位，与姚夫人挑起的那场纷争有关。

第四节

1

酒坊开张后没几天，天亮就被姚夫人告上了公堂。

当初，姚夫人在完全制服了二姨太、三姨太后，大病了八天。八天后，她头上扎着一条白布巾从炕上坐起来，第一件事就是把赵银儿叫到了自己的房间：

"四姨太，我记得酒坊是在你名下经营的，现在咋样？"

那时赵银儿已经领教了姚夫人的手段，不紧张，就有条不紊按照和二锅头事先商议多次的伪辞，从容回答：

"那破酒坊一直不景气，赔着钱哪。老爷生前就跟我说过，说这个作坊是个赔钱赚吆喝的东西，让我赶紧地把它卖掉。我一直忙赌场的事，就没顾上。"

"不能卖！如今，姚家除了这宅院，就是那么个酒坊了。咱姐俩得指着它过活呢，你说对吧？"

赵银儿那时候已经和二锅头商议好了要倒卖酒坊。心想，就你还想打酒坊的算盘，不要脸，想得美！但表面上还是假装乖巧地点了点头。

"我听说，烧酒规矩大，不让女人进？"姚夫人说。

赵银儿说："就是呢，天下酒坊，都这规矩。要是咱姐妹去了，人家酒烧坏了，落埋怨不说，赔的还是咱的钱。"

"我老了，又吃斋念佛。你还年轻，就劳烦你，和那些男人们多周旋着点，好歹让男人们把咱的酒给烧好。——我看见那个叫二锅头的，就蛮听你的话。"

赵银儿心虚地说："他是酒大师，我不抓住他，酒坊就更赔钱了。"

姚夫人点头说："就是就是，劳烦妹妹呀。"

之后，她便由着赵银儿在宅院和酒坊间跑来跑去，半明半暗地和二锅头在房间里幽会。

正如您所知道的那样，赵银儿的心思多是放在拿酒坊作诱饵，兴风作浪，挑起商家之间的争斗上的。对姚夫人她就没多想,还以为自己骗过了她,就越来越放肆地和二锅头行苟且之事,在各个商家之间释放诱饵,制造事端……

她没想到姚夫人心机很重,老谋深算,正在斋房里偷着笑呢。

姚夫人早就盘算好了,她和赵银儿都没有生养,都是以姚家媳妇的身份继承着姚家财产。依着赵银儿的风骚劲儿,她不是跟二锅头,也会跟其他什么男人苟合成奸。她就等着赵银儿和某个男人到了不能自拔时,诱使赵银儿改嫁。那时候,姚家的宅院和酒坊也就自然而然全归到了自己名下,赵银儿只能被扫地出门……

可她万没想到,赵银儿没急着改嫁,倒先把酒坊卖了。

"吗?你把酒坊卖了?"知道酒坊换了招牌,姚夫人直接追到了赵银儿房间,脸都是青的。

"那酒坊总做酒成醋,赔钱。我又不敢跟您说。只好按老爷生前的嘱咐,让原主赎了回去。"赵银儿假装害怕地说着,还叹气,"金银门遭了劫后,您不是也把那摊子都卖了吗?"

"吗?金银门那是被火烧了,烧得就剩了几间烂房子,留着没用!"

赵银儿装糊涂:"就是就是。姐姐说得对!这酒坊也是一院烂房子,留着没用。"

"我?我说吗啦?——说来讲去,这酒坊你到底卖了多少钱?"

"那能卖啥钱呢,本来就欠着伙计的工钱、粮铺的料钱,还有衙门的税钱,合计有一千二百多两银子呢!现在好了,这些烂账都让那个傻小子刘天亮背上了。这人是个睁眼瞎,不识字。我给他七折八算下来,反而要了他一百二十两银子!"

"你说的是吗话?那么大一个酒坊,卖了一百二十两银子?"

"是啊,我给您全收好了,就搁在葛记钱庄里。你看,这是银票。您得藏好了,说不定哪天就又有混混儿来抢呢。"

"你个黑了良心的小姨子呀!"姚夫人高叫一声,扑过去抓住赵银儿的脖子,又哭又叫又拧又掐,要不是老妈子及时拉开,赵银儿就有生命之虞。但即便如此,赵银儿也被掐得满脸满脖子青伤红印,半个多月不敢出门见人。姚夫人还捏住子归城第一风流娘们的一只乳房，左拽右扯，疼得赵银儿哭爹叫妈。

可赵银儿还是铁嘴钢牙，一口咬定，酒坊只卖了一百二十两银子。

姚夫人一怒之下，就把赵银儿和天亮一同告到了县衙的公堂之上，罪名是两人合伙，掠夺她的财产。这个罪名大致相当于现在的化公为私，侵吞国有资产，和皮斯特尔的罪行相似。

2

姚夫人到县衙告状的时候，金县长正忙得不可开交。

他在组织那些告状者学习杨都督的"八木板语录"，以提高对灾后重建工作的认识。同时，他还让告状者天天来县衙劳动改造，以端正他们的思想（告状者都爱妄言，乱发议论，脑子有问题）。县衙里当然没啥活儿干，金丁就让告状者把一棵根深叶不茂的老桑树连根刨掉，为灾后重建备料。那些告状者为了早日回家，干活就很卖力，还使上了牛马畜力。结果，坑挖得太大，大树被刨出根时，大坑里就坦露出了涅槃古城的一个遗址——准确地讲，是核心戍堡里的一个将军署旧址。根据古籍文献得知：此署衙建于汉代，当时的遗存为一个七丈长、五丈宽的平台遗址。告状者们还发现：遗址前三十米处有一个直径五米大小的圆坑，经考证乃是当年的掘井之处。这个平台位于县衙前院中央附近，这证明了自古中国的"中央"概念是多么历史悠久。

当时，平台附近出土了很多各种纹式、形状的陶器残件，包括：酿酒的大缸、彩釉瓷器，以及古代的阿拉伯银币和玻璃等。但真正引起金丁兴致并思考的是平台上有一大石墩基础，它的南面有隘道进入墩里，容一人爬上墩口。石墩四周有石质的低围墙，约四丈乘五丈。围墙上有很深的臼孔，直径都在三尺左右。

据告状者中最有学问的人推测，这些臼孔实际上是用来固定许多粗大的木柱的，那么这些木柱是干什么的呢？金丁和那些最有学问的告状者共同研究后得出了结论：这些柱子实际上构成了古代的瞭望塔。而根据臼孔直径来看，这些柱子至少搭成了一座高达七八丈的塔。作战士兵，或者古代的将军、大官，就是通过墩口，然后逐级爬上瞭望塔观望四周的。

子归城

金丁想象了一下自己在七八丈的高处鸟瞰全城的感觉,十分愉快,就赦免了众告状者。自己情不自禁地坐在家里,画起了古代的瞭望塔。

等到草图画好,他一拍脑门儿,发现自己原来是想建一个比古人更有气魄的塔楼。

"我要建一个可以鸟瞰全城的衙门。"他兴奋地搓了搓手,一项伟大的工程就定下来了。

按金县长的设计,这个高高在上的衙门,有八丈高,像他的球形监狱一样,有升降机关,县长一旦升堂,随着"威武"的呼喊,八个差役转动下面的绞盘,县长以及他的虎皮椅和大案就会缓缓上升直到塔顶。严格说,这不是塔,而是一座楼。因为塔顶处的设计面积要达到和地面同等宽敞,以做审判犯人的公堂。同时四面还有围廊,供县长和其他要员在这座四方楼上,漫步巡游即可鸟瞰全城。其方便程度和二十世纪五六十年代中国的许多城市高高耸立的119火警观察塔相近。

这样一座堪称伟大的建筑,依据当时的建筑条件,当然只能采用木质结构。这就使得本来就紧张的木料变得更加紧张。而当时的草民们,都懒得要命,采取上面有政策,下面找对策的方针,软抗硬磨,消极怠工,甚至还有张元培之流,编出打油诗来骂这是劳民伤财。气得金县长不得不身先士卒,以身垂范,不断深入大南山深处,对采伐工作进行现场指挥和监督。

姚夫人就是在这样的情境下,把状子告到县衙的。她的做法无疑是给领导添乱,金县长自然不会有好心情。

3

金县长没有好心情,听原告的陈述时当然心不在焉,目光就时常飞出大堂,眺望他的八丈楼。

八丈楼有个设计,是受三十六计中"登高抽梯"这一计的启发弄出来的。那就是原告、被告进入县衙的途径分别是两个七丈三的云梯,从地面一直到塔顶。也就是说无论原告或者被告上衙门告状,都要爬上二十多米的云梯才能进入顶部公堂。而县长在原告或者被告爬楼梯的途中,就可以开始问案。如果原告或者被告让他感到是泼皮无赖在撒谎，那么他一伸脚，就可把立陡立峭的云梯弄得摇摇欲坠，仿佛随时都有翻过来的可能。原告或者被告在这千钧一发之际，当然不敢不说实话。

我想，金县长在听姚夫人的陈述时，一定想象过伸脚一踢云梯，把姚夫人吓得半死的美妙情景。

不过，当时八丈楼刚破土动工，云梯还只是个蓝图。金县长只能在原来的大堂里，一边痴迷地想象八丈楼未来的壮观情形，一边听姚夫人啰唆——您知道的，姚麻子死后，姚家几乎可以用灰飞烟灭形容。人穷遭欺，马善遭骑。姚夫人这时的哭诉在金县长看来就是瞎啰唆，是假冒窦娥找麻烦。

金县长听完了姚夫人啰里啰唆的原告陈述后，就把目光从八丈楼收回来，貌似公正地先问赵银儿后问天亮：姚夫人的控告是否属实？

这一对狗男女自然大声喊冤。

金县长就对姚夫人说："既然夫人认为这对男女合伙欺骗了姚家财产，夫人可有证据？"

姚夫人不悦："这是秃头上的虱子，明摆着的，还要啥证据？"

金县长一翻金鱼眼，一副大人不记小人过的神情："夫人，这道理很简单！你告这对男女，就该有证据的。空口白牙地一说，让本官如何判案？"

至此，姚夫人也明白姚家已今非昔比，在子归城吆三喝六的日子已经一去不复返了。她回到家中，跳着脚骂过娘后，只得忍气吞声地和老妈子带了些银两，当晚赶紧去找金县长疏通。

但为时已晚。赵银儿早给县长过了"水"。

4

姚夫人不依不饶，撒泼乱闹，威逼赵银儿交出变卖酒坊的款子时，曾威胁过赵银儿，说要把她和刘天亮告到衙门，关进球形监狱。赵银儿聪明，她在打斗撒泼方面不是姚夫人对手，但心计比姚夫人高，看出姚夫人此言不虚，有言必行、行必果的决心，就派二锅头在夜深人静时潜入金厂家中，做了必要的金钱铺路。之后，赵银儿又趁金丁在木材场忘我工作之际，跑到木材堆料场，和金丁在一间简陋工房里，深刻地做了半天的露水夫妻。

结果当然是，金县长收了姚夫人的礼行，没给姚夫人办事。

二次过堂之时，金丁本打算装模作样，继续磨蹭。但看到赵银儿不耐烦地给他频频打飞眼、抛媚眼、娇嗔地翻怒眼，就草草结束了对姚家两夫人家庭纠纷的法庭调查，转而冲着天亮大拍惊堂木，想给天亮定个欺负人家孤儿寡母的罪行，安慰姚夫人。

不料，天亮慢悠悠地从怀里掏出了一张发黄的公文纸件，请金丁过目。

"大胆！搞他妈啥名堂？"县长大怒。差役们立即捣动威武棒，齐声恫吓。

天亮却不慌不忙："哎！杨都督对小民的酒坊有手谕，请县长过目。"

我在前面写过都督的手谕是："刘氏冤案，理应平反，所属财产，酌情返还。"其实，杨都督的批示原文，我也没在文献中见过。我之所以引用这十六个字，是因为金县长当时在大堂上惊愕、皱眉、咧嘴了数分钟后，又把姚夫人偷窥了好几眼后，眼珠子还转了十几个圈后，突然间念了这么一段话。天亮不识字，但他说自己记得很清楚。

之后，他对姚夫人说："都督手谕在此，本县理当照办。此案一审如下，姚夫人息讼，带四姨太回家，好好调教。本案诉讼费用，由刘氏天亮一人承担，三日内交到本县大堂。"

案子就这么莫名其妙地了结了。姚夫人气得半天喘不匀气，但听说是都督批示，也不敢太放肆地指桑骂槐，只能望着金丁，手指乱颤。

金丁就留下姚夫人，安慰："都督批示如此，谁能不办呀，夫人！打掉了牙往肚子里咽吧。你看，我现在是个豁牙子，就是把牙咽到了肚子里嘛。"几句话，说得姚夫人连去迪化上诉的念头和勇气都没了。

顺理成章的是，所谓本案诉讼费用，天亮不但三日内没去缴，就是三个月后也没去缴。而金县长似乎也忘了此笔费用，直到他死，也没有派一个衙役追缴过这笔费用。

此案在当时的子归城民间有过一阵轰动。许多对金丁动辄大兴土木不满者，以为找到了一种新的告状途径，就借进出货物、探亲访友、婚丧嫁娶等机会，往迪化跑。想着机缘巧合，碰上杨都督就告金丁县长的刁状。但不久，这些能写几个字儿的家伙们就明白了——告官是愚蠢的这个基本道理，子归城的社会也就安定了下来。

和姚夫人的官司打赢后，二锅头就成了酒大师。怂恿把酒坊卖给天亮的是二锅头，打官司时给金丁送钱的是二锅头。诉讼期间，两头跑着让天亮和赵银儿统一口径，铁嘴钢牙地说是卖了一百二十两银子的，也是二锅头；官司打赢后，不让天亮交诉讼费的还是二锅头……为了干这些事儿，二锅头还摔了跟头，把嘴摔烂了，半个月后才长好。

这些事儿天亮想假装不知道都不行，二锅头每干一桩就在他耳根子边上喊着叫着呢。

5

赢了姚夫人的官司后，经过一个短暂的妊娠期，刘家酒坊的事业就天遂人愿，热热闹闹进入了它的鼎盛期。

史载，当年仲夏，丝路匪患渐少，边贸大开。子归城碰上了又一次繁荣的好时机。而天亮占尽天时地利人和，一下就把刘家酒推上了繁荣昌盛的康庄大道。

相传那时"旅人尚在十里外，即闻一城熟酒香"。而年轻气盛的天亮也毫不客气地在门上赫然题楹："祖传佳酿，遐迩闻名。"

不言而喻，这是他一生最风光露脸的时期。几十年后，他老人家忆及此时的辉煌景象，依然神采飞扬，孩子似的手舞足蹈："嘿，那时候，我真是比县长还威风哩！"

他说这话时双眼眯成一条缝，像两个回味无穷的月牙儿。

第十三章
甲寅之夏

第一节

1

2016年中秋前夕的这个夜晚，没月亮，海岸上的灯塔闪烁着忽明忽暗的白光。我的腿脚不再奇痒难忍。

台风"莫兰蒂"完全重复"尼伯特"的行动路线，到达了原来"尼伯特"画问号的海域。专家们说，要防止"莫兰蒂"绕过台湾、金门，忽然北上，给厦门打一个下勾拳……

我哑然失笑，拄上拐，关了电视。台风要怎么走是人能防止得了的吗？它又不是我的腿，会受大脑支配。

但就是这帮混账专家，扰乱了我的思绪，导致我一不留神，煮咖啡时烫伤了手指，敲键盘生疼，只好埋头于桌案上的故纸堆。我的故纸堆里有林拐子的老皇历，诸葛白的《北丝路记考》，还有杨增青的《云过斋文牍》《云过斋文集》等等。这些您都知道。

现在是深夜，老妻看我无法写作，就要打印稿子。她说："我看你写了一大堆，打印出来保险。"

"深更半夜，影响邻居休息。等我把这一部写完再打印。"我讨厌打印机的吱吱声。

"可是台风要来了啊……"她说罢，可能也觉得自己的理由荒唐，便去卧室睡了。

窗外大海漆黑，天空漆黑，楼宇和草木也都漆黑一团。虽然有街灯，还有一些莫名其妙的广告灯牌亮着。但我知道，它们只是在装点这个城市的一角，灯光下什么人都没有。

这多少会勾起人对黑夜的恐惧感。

坦率地说，我害怕黑夜。

在黑夜里，翻阅林拐子、诸葛白的遗墨，让人有种阴森森的感觉。甚至有时候我不慎手指尖触摸到他们的墨迹，会不禁打个寒战——故亡者的气息，总在那一瞬间会击穿我的身体。所以我在写双喜的坟、林拐子复仇、洋行地下室的火拼之类的情节时不看它们。我也害怕，尤其是晚上。

杨增青的文集、文牍，是由一家文史资料馆出版的，印刷体。读它，让人能感觉到书香，而不是亡者气息。

我就读《云过斋文牍》及文集。

杨增青在他的文牍、文集中，对甲寅年春夏这段时间所发生的一切并没有一个完整系统的记载，但基本的史实在只言片语中，都有记载。

这年，蒙古高原发生了新的政治变革，乱世枭雄黑喇嘛后院起火，被迫接受迪化领事馆斡旋，与杨增青达成各自撤军协议，退出了科布多城。

杨增青笑到了最后。而契阔夫的人马则驻扎在科布多城，成了"维和"部队……

这年夏天，被当时人称为"欧战"的第一次世界大战爆发。驻军科布多城的契阔夫本来就向杨增青提过请求，想去古城子祭拜舅舅雅霍甫。此时则正式照会新疆当局，他奉中亚区总督之命，要借道新疆离境出国，去参加"欧战"。

子归城

2

甲寅年仲夏,天上没了惊雷。阿山战事结束,马麟返回了子归城。

他看到了迷人的罂粟花。往年一入夏,罂粟就熟了,茎叶饱满,能割浆。甲寅年多灾,天象诡异,该坐果的时节了,四野里的罂粟花籽却还没结荚,依然在疯生疯长,开着如火如荼的花。

马麟驻马眺望,看到忧郁的涅槃河水像弯刀,闪着白光。河滩上罂粟花张牙舞爪,随风摇曳,像燃烧的火,又像殷红的血。

马麟看着看着就看见罂粟花丛中飘出了一朵白牡丹。她冉冉升起,摇曳着向他飘来。

近了,马麟看出那是个女人。一个风姿绰约、姿色姣好的女人。

"马长官呀,您咋才回来?让人家等得好苦哦。"

"等我?为啥?"马麟闻到了一股特殊的女人的体香,他隐约记得这个女人叫赵银儿。

"咦?不是说您的管家派人去请示您了吗?我那个酒坊您想不想要吗?"

马麟依稀记得有过这么回事儿。但他记不清了,他对实业没啥兴趣。他就转头看兴冲冲跑来迎接他的杨干头。

"你那酒坊不是让原主给赎回去了嘛?"杨干头对赵银儿说,语气很不客气。

"那要是马长官要,我就再赎回来哦。"赵银儿不理杨干头,只娇娇弱弱地对马麟说。

马麟就挥手让杨干头等人走开。

赵银儿就小声地浪笑,还拔了棵罂粟花茎,递向马麟说:"你闻,空气中有花香。"

"哦,好嘛。今年的花花子开得真好!"马麟接了花茎说。

"河滩里开得更好。要不,我陪你去看看好吗?"赵银儿说着就到了马麟的马跟前,"我咋上去呢?"

马麟笑了,一把将赵银儿拽到了马上。

"你们先进城！"马麟朝队伍吆喝了一声，就搂着赵银儿策马扬鞭，驰向了涅槃河畔……

后来赵银儿说，他们是误入花丛。

3

马麟回来之后，兵联的山西王，还有骆驼行的黄大胆儿也都陆续回来了。这两个人一回来，就遭到了省府的审查。那年头，干部腐败也多。阿山前线对峙了那么久，供粮草搞后勤运输的人从中做些手脚也确实难免。省府就派了诸葛白带人来。进行审计。

杨增青做事严密，有教养，来审查干部，却不说审查干部，他让诸葛白打了个幌子，说是来勘察邮路，顺便考察干部。

说起来那时候子归城也是有邮政的。布鲁特人艾山江夫妇就住在林公桥边，有三匹老马。丝路太平、没事儿的时候，别人给钱价格合适，他们也会到木垒驿、老轮台、阜康送点金贵的小货品，传个要紧的家书。但最远东边也就到镇西府，西边到迪化城。

杨增青知道，动乱之年，这样的邮政形同虚设。就花大价钱，从那拉提草原购了八匹伊犁良马，俗称伊犁汗血宝马。还有两个邮驿员，让诸葛白带到了子归城。

诸葛白带来的两个人，一个叫杨修，一个叫蒋干。名义上是邮驿所的驿员，实际都是洋务课出来的精英，学过莫尔斯电报码。

杨增青在子归城设邮驿所，还准备置建电报机[d]。故而饬令当地武装要对邮驿所进行特别保护。此举可谓用意很深，既有远虑，又有近忧。远虑说明，他目光长远，看到了丝路风云变幻、风雷激荡的未来。近忧则是，他对马麟的靖安营不放心。

---

[d] 链接 那时候，电报机传到中国还不到十年。杨增青已经有了一台，是一个英国商人送给他的。根据《云过斋文牍》记载，杨增青看过这台电报机后，马上就明白了它的价值和意义，接着就请洋人给办了一个电报培训班，弄了些上过洋学堂的年轻人学习，以便将来在各地建立有电报机的邮驿所。平时民用，战时军用。

子归城

由于要保护，诸葛白就需要和马麟商讨如何建立邮驿所，如何保护邮驿所，而在这商讨的过程中，诸葛白就可以对马麟进行认真的考察，这便是杨都督真正的用心所在。

诸葛白考察审计山西王、黄大胆儿是假，考察马麟是真。

第二节

1

诸葛白初到靖安营，看到全营齐装满员，士兵每天操练，又听说马麟营长不贪污军饷，相反，倒常常拿出银两，购买先进武器。十分欣慰，大加赞赏："实不相瞒，现在各地驻军皆吃空饷。唯有你马营长的官兵，忠于职守。"

马麟十分得意。

诸葛白就审计山西王、黄大胆儿去了。他的审法很奇怪，总是指东问西，声东击西，主题不离靖安营。结果两天后他就明白了：马营长不让士兵叫他营长，而叫长官。长官没大小，叫杨增青都不失礼。他的士兵常常谈的也不是守土保国，而是水涨船高，有天马长官当了省都督，他们也都可以捞个师长、旅长、县长的干干。还有，马麟对山西会馆这样的帮会力量不但不加遏止，还说："一旦有事，这些人都是可资利用的。"最过分的是合富洋行的希卡，像一支军队，装备精良，在古城子耀武扬威、喧嚣尘上。马麟营长不管不问，毫无戒备不说，还与合富洋行来往甚密。同时，马麟营长还和杨都督深恶痛绝的哥老会、青洪帮会明勾暗结……

诸葛白再回来，就直接去了马麟营长家中做客。他发现内堂之中，挂着台湾明郑时期文王郑经（国姓爷之子，袭封其父延平王爵位，谥号文王）的画像，两边的对联颇引人注目：

孤悬塞外如隔海，
独霸一方亦如公。

"马兄,您这是胸怀海内外呀!"诸葛白故意装糊涂。

马麟急忙解释:"家母姓董,与文王郑经之母董氏,乃是同一祖宗。"

"哦哦……厉害!这古城子藏龙卧虎啊!"诸葛白明知马麟是在胡扯掩饰,却装作信以为真,看着画像上道士模样的那个人,大肆恭维了一番马麟乃是名门之后,不得了,了不得。

马麟赶紧说:"只是祖上与郑家沾亲带故而已,微不足道。"并急忙转移话题,问诸葛白屈尊登门,所为何事。

诸葛白便单刀直入,问马麟:"如今建立邮驿所,杨都督饬令邮驿所要军事保护,这咋保护?"

马麟爽快地说:"那不简单?就设到我的靖安营里边去,谁还能咋着?"

至于草民邮政所需,马麟认为都督还考虑这个,纯属多余。

诸葛白也说:"我也觉得多余。"

两人就都同意:百姓邮政还由林公桥头的艾山江夫妇负责,公家不管。

之后,两人就时局进行了亲切友好的谈话,谈得心心相印,英雄所见略同。

诸葛白发现,马麟十分关心时局。尤其是喜欢探听迪化兵力部署如何,城防如何,等等。而这一系列问题,又是建立在这样的一个基础上:若果疆内发生大内乱,迪化出兵戡乱镇压,城内还剩多少军队?这些军队对付一个团的兵力,能够持续多久,胜算如何?

听其言,观其行。诸葛白偷窥一眼郑经画像,感到了不安和忧虑。

2

从《北丝路记考》的记载来看,诸葛白用了三天,就跟马麟成了"知己"。第四天的晚上,他们就同上东门城楼,对酒当歌,纵谈古今天下大事了。

当时,马麟营长以为见到了知己,纵酒放谈,显露了全部才华[m]。

---

[m] 链接 杨增青在《云过斋文牍》中对马麟的评价是:此人志大才疏,草莽一个。但既有谋反之心,便有作乱之时。当防之剪之。

子归城

诸葛白问马麟，对建立邮驿所有何看法。

马麟说：建立邮驿所，保障商贸。在这丝路上是古已有之的事情，有啥可说的？

诸葛白就知道，马麟对杨都督建立邮驿所的用意，并无察觉，但他还是有些担心杨修、蒋干的安全。后悔同意把邮驿所放在靖安营，

诸葛白问马麟对杨增青这人如何评价。

马麟说："三四五"便可概括。

诸葛白问：何为三四五？

马麟说：都督在新疆的军事，就是三个字：空城计。新疆的军队无力抵抗任何外敌。空城计只是吓唬外人，内部若有一个团的兵力哗变，都督就得倒台。只是这要有机遇，要等到"有事"的时候。马麟营长说，都督的政治就是四个字：羁縻牵制。以此平衡各方力量，达成均势。但是若有一只强有力的力量——比如说哥萨克骑兵进入新疆，那么均势就会被打破，天下就大乱了，而乱中取胜者，只需要有一支好的军队就行，一师一团的兵力就可处理。在这一点上，马麟对当年杨都督的上台耿耿于怀。马麟营长认为，杨增青当年就是抓住了这样的一个机遇：蔡乐善[c]只是一个营的人马，在迪化哗变后，就迫使袁大化仓促东归，把都督的宝座让给了杨增青。这说明只要机遇好，时机对，取得新疆都督宝座易如反掌。马麟营长说杨增青都督的经济政策是五个字：小康过日子。马麟营长批评：都督在新疆一不抓军队建设，二不搞设施建设，三不库存银两。这是不能应付大事变的，一旦有了大事变，省府既没有多少军队，又拿不出多少银子，必然风雨飘摇，一触即溃。

诸葛白听了马麟营长的高谈阔论，暗暗吃惊，没想到都督说此人"志大才疏"，果然不虚。

两人纵酒到了明月初升时，都有些喝多了，诸葛白舞剑，把酒问青天。马麟让人搀扶着指点丝路，鸣枪示威。

---

[c] 链接 这是个历史过客，无须深究。好像连杨增青都督后来都记不清他的下落了。

马麟的一声枪响,把诸葛白吓醒了。他忽然想起临来时的一件事,在科布多休整的契阔夫曾致信省府:既然停战,就是睦邻,他请求同意率众入疆前往古城子祭奠舅舅雅霍甫。杨都督考虑古城子城坚兵强,不怕骚扰,拟同意契阔夫这一请求。

诸葛白担心契阔夫来子归城祭奠,一旦和马麟勾结,后果堪忧。

于是,借故与马麟告辞,回到住处,赶快拟了一封给杨都督的公函:子归城靖安营长马麟,颇有野心。前清知县于文迪之死似与其有关。故,契阔夫借道子归城省亲,似不适宜。若彼此勾结,丝路不稳。……

在这份密件中,诸葛白还详细汇报了马麟招募兵马,人皆不知有省府、只知有马长官。建议从速"削藩",分解其力量,以免其作乱谋反,阻遏丝路,祸害军民……

写完密件,诸葛白松了一口气,走出居室,就想找随从杨修、蒋干,伺机把密函连夜送往迪化。

却不料,马麟带着两个马弁,就站在门外。

3

原来,马麟酒后阔论后,回家躺下抽烟,经赵银儿一提醒就吓了一跳:诸葛白是省上来的人啊。就爬起来去敲诸葛白的房门(诸葛白被安置在靖安营吃住),一看灯下有人,正犹豫,诸葛白出来了。

"诸葛兄深夜出门,不知有何紧急公务?"马麟像换了一个人,脸上阴阴地问。

诸葛白不习惯撒谎,脱口而出:"给都督写封公函。建议他不要让契阔夫来古城子祭奠雅霍甫。——累了,出来胡乱舞舞剑。"

"哦?这又为何啊?"

"我看合富洋行的希卡气焰嚣张,怕他们来了彼此勾结,滋扰地方。"

"诸葛兄,刚才在城楼上兄弟酒后乱说,千万别当真咧!"

"哪里哪里,彼此彼此。我也是酒后胡言,马营长也不可当真啊。"诸葛白也像换了一个人。

"哈哈，不当真，都不当真！"

"哈哈哈！——马营长，您这是……"

"啊，您是上面来的人，我得负责你的安全。你如在古城子出了点啥事，小弟就是失职之罪啊！"

"啊，真是感谢，感谢。"

"诸葛兄的公文，不知写好否？若是写好了，尽可给小弟言语一声，小弟安排专人，快马去送。保证万无一失！"

"快好了。今天夜已深，劳烦马营长明日派人来取，如何？"

"好，好。一定。"

第二天，诸葛白另写了封信，交给马麟。然后，秘密指派杨修，把自己昨晚夕写的密件送往迪化。

自此诸葛白发现，自己不管走到哪里，都有人或明或暗地跟踪。

有一回，他从房间出来，差点就和听窗的一个靖安营马弁撞个满怀，那马弁叫丁三，吓得脸色苍白，大呼小叫地引来了一群靖安兵吵吵嚷嚷，问发生了什么事，马弁丁三才趁机逃走……

诸葛白知道马麟已对自己产生了怀疑，便思谋着要尽快脱离险境。

第三节

1

正像迎儿说的，天亮回到酒坊时，天上挂着彩虹，响着惊雷。原野上马兰花开，罂粟摇曳。院门前的旱柳树上还开满了黄色柳絮。这些都是好兆头。

天亮赎回酒坊，接来钟家爷孙三人，带着原班人马重新开张后，也是气象一新，生意兴隆。可就在这欣欣向荣的局面刚刚开始之际，作为老板的天亮却忽然失踪了，丢了。

那天，天亮和独眼龙从半截沟拉了一车高粱回来。傍晚走到东门，碰上了波斯绸缎商墨兰迪。这个大胡子扑上来就拥抱天亮,说迪化一别,多日不见,天亮白了胖了。还说他有个朋友叫马四海,在阿力麻里做酒生意,生意做得很大。他正想找天亮,弄一批酒到阿力麻里去试销。

天亮很高兴,就让独眼龙先回,自己和墨兰迪就近进了福建八行的赖记茶店。

独眼龙回到酒坊说了情况,就连钟爷都很高兴,说有订货,就有销路,有市场,这是好事。还夸波斯商人墨兰迪,在古城子很多年了,人好,买卖也做得好。

可到了晚上,天亮没回来。二锅头和独眼龙都说:肯定是生意谈成了,跟墨兰迪喝酒去了。云朵还说:喝酒,咋不到家来拿酒?

临近子夜,天亮依然没回来。云朵不放心,就让跟三、狗剩去福建八行问问。

赖水旺掌柜却说:人早走了。

两人就又跑到波斯商人墨兰迪的丝绸店去问。

墨兰迪说:他没回酒坊去吗?

两人说:没有啊。

墨兰迪说:那就怪了。

跟三就问:咋回事?

墨兰迪说,当时他们在一块儿谈生意,喝茶。生意谈得很好,天亮说他尿憋了,要出去撒泡尿。可出去就再没回来。他以为天亮可能觉得生意谈好了,就回酒坊去了。

大家这才慌了,满城乱找到半夜,却没有任何音讯。

第二天,大家又分头去找,依然毫无音讯。

2

诸葛白让杨修去送密件,杨修没送出去。临近黄昏才回来,诸葛白问怎么回事?

杨修说他刚到博望渡,就被四个靖安兵挡住了,领头的是杨干头。他觉得情况不对,止巧官道上来了一个商队,又是骆驼又是马的,杨干头他们不敢动手。杨修趁机就把密件塞到一匹骆驼的褡裢里了……

子 归 城

商队走过之后，杨干头说奉了兵联和马长官的命令，缉拿要犯。搜身之后，没发现可疑物品，众人便对他不断盘问，甚至以谩骂、殴打相威胁。后来看实在问不出什么，就扣住他不让走，非要在沙窝子里喝酒、玩牌九。直到太阳快落山了，才推搡着他，一起回到了城里。

诸葛白听杨修说，杨干头他们扣住他的时候，大部分时间都在追问诸葛白何时离开古城子？是不是回迪化？

诸葛白叹口气说，看来马麟是想杀我灭口了。

大家分析，认为马麟不敢在城内刺杀诸葛白。省里的特派员在城里被刺，马麟罪责难逃。但马麟可能在离城较远的郊野荒山地带拦路刺杀，那样他可以说是土匪所为。

诸葛白着急，想要尽快去迪化，详细报告马麟的情况。

杨修、蒋干则力劝诸葛白：不能贸然出城，以免招来杀身之祸。

诸葛白抚剑思谋良久，想出一个没有办法的办法。他给两人交代之后，就直接去找马麟抗议，说：马麟你不仗义，扣我的手下杨修。我心里很是不爽。等等。

马麟听了，就把杨干头叫过来大骂，让他们给杨修先生赔礼道歉。

诸葛白还假装生气地说：我本来想等邮驿所建成之后再走的，现在我一天也不想待了，马上就走。我还得去绥水河，看那边的驿站！

没想到马麟点头哈腰地笑着说：您是钦差，来去自由。想住就住，想走就走，这是自然。但你要走，咋着也得给兄弟我赏个脸。我想就在通四海酒楼订个桌子，一来给您赔罪，二来给您饯行……

马麟的行为出乎诸葛白预料，他于是将计就计，顺坡下驴，说：我咋走？你总不能连辆车都不给吧？

马麟就赶快招呼马弁：备车！

3

马麟要请几个城里的名流作陪，给诸葛白饯行。诸葛白说公务在身，不便张扬，最后就只请了金丁县长，办了个家宴。酒宴结束后，诸葛白拜别金丁，上了车,刚出东门,却又让蒋干把车赶回来,拴到了门口的大树下,还让蒋干卸了马。

马麟疑惑:这,这是啥意思?

诸葛白说:今天酒喝多了,头疼,不想走了。

马麟说:那,就明天走?

诸葛白说:饯行酒已经喝过了,你别管了!我觉得能走就走了。

马麟无奈笑着说:好好好,好。

诸葛白回到住所后,真的就呼呼大睡起来。杨干头带人忙乎了一天,见是这么个结果,也很无奈。马麟说:"看这贼犽的样子,肯定是今天不走了。散了吧!"说罢,就去睡赵银儿了。

杨干头坏,临走,还把马也牵走了。

4

半个时辰后,诸葛白起来了,抽出佩剑挂到了门外。蒋干、杨修看到信号,立刻从邮驿所牵出了一匹壮硕的伊犁汗血马……

套好了马车,三个人便静悄悄地离开了靖安营。

杨修想要将功补过,马车到了拐子街他便激动地扬鞭催马,赶着马车冲出了东门。

遗憾的是这两个书生型的人,驾驭不了那匹杰出的伊犁汗血马。汗血马不堪鞭打,出门便仰天长啸,不肯驾车。汗血马是坐骑,不喜欢拉车走套。

此时,天亮正好从赖记茶店出来,想要撒尿,见此情景,自然冲了上去。他当过车夫。

收拾住了烈马,天亮就骂杨修、蒋干:"咋这样赶车哩?懂马吗?唉?生瓜蛋子!"

这时,地上有人说话了:你是刘天亮吧?

天亮才发现,被从马车上摔下来、头破血流的,竟然是诸葛白,他在跟自己说话。

诸葛白简单给天亮讲述了两个生瓜蛋子为何要驾车的原因。

天亮鄙夷地一挥手："你们俩，没用。回、回吧。这种事你们干不来，我去送诸葛先生。唉！"

诸葛白就又给天亮强调此次出行的危险性，野外可能就有靖安营的杀手在等着。

天亮笑着说："添仓节那回，不是也有杀手吗？能把我咋的！"

话虽这么说，他还是同意了杨修、蒋干的请求，让他们持枪护送诸葛白去迪化。

然而，车过黑沟，天亮就找了个借口，强行把二人赶了回去。在他看来，这两个人再跟着，就过于可笑了。

对此诸葛白也有同感。

第四节

1

确实，就算是百年之后，我写这件事儿，也觉得当时的情形荒唐可笑。

天亮赶着马车上了官道后，按计划要求他应该快马加鞭，马蹄嘚嘚，一路奔逃。实际的情况却是，天亮夹着泡尿两腿不敢用力，只能坐在车辕上慢慢腾腾驱赶伊犁汗血马。而诸葛白呢，他的脑袋受伤了，经不起震荡，马车一颠就疼得要命。而杨修、蒋干坐在车上，一个平端毛瑟枪，枪口始终瞄着子归城方向。另一个也同样，平端毛瑟枪，忽左忽右，动作极其认真地搜索道路两旁，生怕路边蹦出一个不速之客。

那天恰好是月满之日，皓月当空，万里无云。月光普照的戈壁滩，安详宁静，一览无余。天狼星高高地挂在银河之上，像灯。

蒋干却对着旷野一惊一乍地大喊：呔！贼人出来，我看到你了！

然后迅速转身，对着另一边再喊：别动，再动，我打碎你的脑袋！

然后再转身：放下枪！不许动，再动没命！

天亮开始还紧张,随着蒋干忽高忽低、忽粗忽细的喊声左顾右盼,后来就苦笑了:"我说,你能不能不这么一惊一乍的?马都被你要吓惊了。"

蒋干一边答应着,一边还是喊:"有胆子出来!我看到你了,我认识你⋯⋯"

又转身向前喊:"爷爷我来了,挡我者死,避我者生!"

车过黑沟,万籁俱静,风清月朗。蒋干还喊:"哈哈,你们趴在地上,又能如何?我乃三国名将荀彧(他念狗货)之后。"

"荀彧!"诸葛白实在听不下去,双手抱着裹了纱布的头,高声纠正。

"对对,是荀彧。贼人!你们听见了吗?我是熊遇(荀彧)之后,想活命就躲开!"

"荀彧哇,"诸葛白跪在车板上,对着蒋干连连作揖,"我求你了,念荀彧好不好?我命不足惜,荀彧成了狗货可让人受不了!我宁可去死。"

杨修自作聪明,给诸葛白解释:老蒋也是有道理的,他是怕张飞、赵云之后名号太响亮了,说出来别人不信。蒋干之后说出来又没威慑力⋯⋯

诸葛白因刚才的那声大吼崩裂创口,脑袋上又流出了血,他一手捂着伤口,一手指着子归城方向,"行了行了,你们俩赶快下去吧!真受不了你们这些个学电报的理科生[1]。"

两人重任在身,还不放心。蒋干已经累得大汗淋漓,全身湿透,像只落汤鸡了,却还发誓:"蒋干今天就是舍了这条小命,也要护送先生到迪化。"

诸葛白说:"我丢了命不要紧,你们丢了文化太可怕。快下去,该盗书去盗书,该吃酥去吃酥。"

两人还不肯走。诸葛白说:"行了,走吧,你们俩连枪都不会放。——来!放一枪,让我听听,看看。"

---

[1] 链接 理科生,这当然是当代说法。当时叫洋学,我要写成洋学生,您肯定会误会,以为杨修、蒋干之流的是回国留学生。其实,杨修、蒋干之流就是上过几天新式学堂,懂点数学以外的物理、化工,和我们今天的理科男没法比。诸葛白是省府里的洋务科长,精英,工作需要,上过电报培训班,会发电报。但他读的是私塾,国学底子厚。平时就颇为不满学生辈的杨修、蒋干,觉得他们连四书五经都没读过,没文化。

子归城

两人捣鼓了半天，枪也没响。

天亮就夺了杨修的枪，摇头苦笑："快下去！你俩惊马，还压车。咳！你看把马累成甚样子了！"说着一伸手先把蒋干从车上拎下来，扔到了官道上。

2

天亮赶走了杨修、蒋干二人后，才下车痛痛快快地撒了泡尿。那泡尿砸得路边烫土乱冒，声音咚咚咚，传得很远。

天亮后来说，在这之前实际上他三次提出要停车撒尿。但是，杨修和蒋干这两个书呆子，都哭着喊着不允许。说是形势紧张，情况严重，杀手随时会跳出来袭击车夫。一旦如此，他们将无法驾驭这辆马车。杨修、蒋干自己吓唬自己，说得严肃认真，一惊一乍，活灵活现。弄得车夫天亮无可奈何，只能一泡尿憋到了黑沟煤窑。

这便是刘天亮撒泡尿，就跑到迪化去了的故事[g]，它说明了刘天亮和诸葛白的关系非同一般。一般人谁会看见别人逃跑，就急得顾不上给家人打招呼，奋不顾身地帮助逃逸者？况且还是马不停蹄地跑，一直跑到了几百公里外的迪化。

天亮是第四天中午骑着伊犁汗血马回到子归城的。当时，酒坊的人都急疯了。天亮也为赶杨修、蒋干下车时，忘了跟他们说一声，让给酒坊带个话而后悔。所以回来时跑得风尘仆仆，汗流浃背。

但云朵不听他的忏悔，连哭带骂，还拿拳头砸天亮的胸口。

后来，大家听了天亮的完整故事后，又都笑疯了。从此，云朵奶奶就总爱拿这件事打趣天亮爷爷，她对此事的简化，十分幽默：人家刘天亮，能得很呢！出门撒泡尿，就跑到迪化去了。

她的打趣里含着警告。后来天亮就再没出过这种二百五不靠谱的事儿。

---

[g] 链接　您对这个故事的正确联想应该是：马上想到天亮曾给人展示过一个文件——杨增青关于酒坊理应平反的批示。杨都督为什么会给天亮做那样的批示？这里面肯定有人帮忙嘛！那个人，极有可能便是诸葛白。别忘了，天亮在杨都督的迪化车马行当大伙计，就是诸葛白介绍的活计。

3

根据《北丝路记考》的记载，诸葛白回去后，杨都督就带他到文庙宣了誓，让他去阜康当县长了。

而马麟呢，诸葛白记得他详细陈述了这厮已然成了丝路隐患后，杨都督淡然说了一句：祸害丝路者，虽远必诛！何况近在古城子。

诸葛白以为都督会杀了马麟，没想到杨都督是不露声色地给马麟发了一道电文。

当时，伊犁的清廷余孽听到"欧战"爆发，就策动了兵变。杨都督边听诸葛白汇报，边就提起毛笔给马麟写了一道电文，急令他带靖安营前往伊犁"戡乱"。

马麟鉴于诸葛白离去时的状态，担心这是杨都督的调虎离山计，就只派出了一个连做先遣队，花八天时间才到达伊犁河畔。而大队人马则慢腾腾地前进到果子沟就按兵不动了。后来，马麟又上书称阿山有变，可可托海骑匪作乱，恐北丝路不宁，地方土匪或将趁火打劫云云，请求回师安定地方。

杨都督深知马麟贼心，但考虑到当时的形势，契阔夫提出要借道南下，他恐生变故，就同意了马麟的请求。不过，杨都督借口伊犁地处边陲口岸，形势复杂，需戡乱戍边，让伊犁将军强行留下了先期到达的那个靖安连。

马麟气得骂娘，连谋反的心思都有了。但杨都督用兵如神，迅速瓦解了伊犁暴动。马麟不敢贸然行事，只得带着两个连的兵力，星夜退回了子归城。

马麟对这事那样是耿耿于怀，心怀不满，以致靖安营到达子归城东门时，马麟在马上喟叹："他年若得报冤仇，血染子归城头。"

这句套用宋江反诗的诗句，被跟在他身后的一个副官，听得清清楚楚，一字不差。

这个副官叫马福山，是个神秘人物，貌似普通，却多次在《子归城》故事反转时不可或缺。至今我也说不清他的身份，有人说他是卧底。

第十四章
血染洋行

第一节

1

皮斯特尔长途辗转投奔到了契阔夫帐下。这是个噩兆，但子归城人当时毫无察觉。

少校契阔夫知道他有个舅舅雅霍甫当年跟着阿古柏到了新疆，但他是否知道子归城的合富洋行前老板就是他舅舅，不得而知。不过，他致函杨增青都督，要求去子归城省亲，是在皮斯特尔投奔他之后，这大体能说明他在这之前似乎是不知道舅舅雅霍甫在子归城的。

由于诸葛白的提醒，契阔夫的省亲要求被杨都督巧妙拒绝后，他一腔怨恨，本想制造点事端，却不料天赐良机，让他一下子有了率队南下的借口。

甲寅年六月，"欧战"爆发。八月，按《科布多协议》应返回"河中地区"的契阔夫部众，接到了中亚区总督的饬令，将去欧洲作战。为此，契阔夫致函杨都督，要借道子归城，走北丝路去欧洲。

这更是个噩兆，但子归城人依然没有察觉。

杨增青都督很警觉，再次婉拒了契阔夫借道子归城。但他还是有些大意，认为省军在察罕通古的对峙中取得了胜利，已成孤军的契阔夫部众去欧洲参战，不敢节外生枝，就同意了他们经可可托海借道北丝路。

不料契阔夫胆大妄为，铁骑一踏上大牧川，立刻哗变，直扑子归城……

看诸葛白的手绘甲乙图，我觉得契阔夫才是突然打了子归城一个下勾拳。

2

现在，是甲寅年的盛夏。子归城一带芦花盛开，加上罂粟花也在怒放，涅槃河两岸就变成了红白相间的织锦，在微风中披靡起伏，伸向大漠。

按和省府达成的协议，契阔夫部众沿规定路线行进，枪械装在后面的八辆辎重马车上。但他们穿过将军戈壁到达烽火台后，突然一声呐喊，包围了押送武器的省军，强迫他们缴械后，开始分发马车上的刀枪……

随后，他们把省军三十多人分别绑在榆树窝子的老榆树上，由谢尔盖诺夫[x]和巴索夫看押着，主力就杀气腾腾奔向了子归城。

相传，山里的一个和尚，在那天忧虑地望着官道上马蹄踏踏、尘土飞扬的这支队伍，念了句"阿弥陀佛"，便就地打坐，绝食七天，圆寂升天。

您可能已经觉察到了，我记录下这段掌故，就是想告诉您：元和尚离世了。自此之后，人们礼佛，只能去黑沟煤窑的一个尼姑庵，那个绰号黑牡丹的尼姑主持，解卦也很灵。

这天是农历甲寅年鬼节。我写这段文字时，耳畔有仓央嘉措的诗句在萦绕。

3

杨都督对契阔夫部众及其行踪是密切关注高度重视的。他本来就在丝路上密布

[×] 链接 我对谢尔盖诺夫做过调查，发现他逃离子归城后，居然就穿着哥萨克军官服，狐假虎威地在迪化的买卖圈子做生意，赚了不少钱。不过，他虽然是花钱捐来的骑兵中尉，但还是有军人情结和纪律观念的。所以，甲寅年仲夏，他奉命又召集了当年追杀天凳的那六个杀手，带了伊力的亲笔信和一顶女轿子，还有几车粮草，去榆树窝子迎接契阔夫了。

契阔夫知道，一个捐钱买官的家伙打不了仗，就把谢尔盖诺夫雇来的杀手编入部队，把他留在了榆树窝子。

子归城

了许多细作、斥候[c]。所以,当契阔夫领兵南下时,他洞察秋毫,立刻通过邮驿所给金丁、马麟发来密件,要求他们:"坚固城防,严加防范。若彼等途中生变,必要据城力争,务求将其拦截劝阻使其按原路出疆。"

马麟接到密件,心情复杂,有恐惧,亦有亢奋。巨大的机遇和挑战,让他紧张得汗出如浆,腿肚子发抖。一进家门,就扑通一声跪倒在了郑文王画像前。

前不久,他八抬大轿把赵银儿娶过门,正在宴尔新婚的兴头上,却听到了流言,说赵银儿克夫。杨干头就给他找了一个算命的。那人说,赵银儿桃花运盛,花期不败,大吉,又遇难不死,逢难必发,也是大吉。马麟高兴地给了赏银,礼送算命者走了。到了晚上才发现有问题:那人说的净是赵银儿大吉,自己到底是凶是吉,还是没说。

他就又找了人来算。也是说辞不同,结果相同。都是含糊不清,像辩证法一样,看似明确,实则不知所云。

他想去大南山找元和尚,赵银儿不高兴了,哭,闹,还扬言要上吊。

马麟只得作罢,把娶了赵银儿到底是祸是福的疑惑藏在心里。

现在,哥萨克马刀兵忽然像崩云将临,要借道北丝路,路过古城子了。是祸是福?他不知道。但心里犯嘀咕,怀疑自己刚娶了赵银儿,马刀兵就来了,这两者之间会不会有神秘联系?

心里有病,又不便明说,马麟就想求点儿神主偶像的启示。

可画像上的神主像道行不深的道士,任凭高香缭绕,毫无异兆。马麟跪得双腿发麻,浑身臭汗,依然心乱如麻、毫无头绪,就又想找个算命的给算算。可刚退出小神堂,赵银儿就满面春风地搂住了他。

赵银儿也知道了马刀兵要路过的消息。她认为是大好的机会来了,很兴奋,滚在马麟怀里,搂着他的脖子,边亲边说:当家的,你翻身的日子到了!

---

[c] 链接 斥候,1.旧时侦察敌情的士兵。又称探马、探子。2.指侦察、候望的人。
《释名》曰:所谓"斥,度也","候,即候望。"亦作"斥堠",堠:古代立于道路右侧用于计算里程的小方碑,每五里立一堠。

之后，她给马麟讲了一通借力发力，最终胜利的故事。比如民间传说的借鸡下蛋啦，戏文里的草船借箭啦，等等。

马麟听了，依然忐忑："这帮狗日的马刀兵是奉命去欧洲打仗的。他们要是不来古城子，咱还借个毛的力？不是鸡飞蛋打啦！"

"咋能不来？他不来，你就派人去找他。告诉他：红胡子的坟就埋在城外头呢！他可是让洋行的人给害死的！要是还不来，你就派几个人去打死他几个人，惹得他们来攻城。然后，你就把靖安营撤到干沟里躲着，再派人跟他们谈条件，谈合作。"

马麟豁然大悟，击掌称是。

赵银儿更兴奋，就桃花满面地又说出了自己的憧憬："只要你和马刀兵能联上手，涅槃河就会成为血水河。从城墙上看过去，像开满了一河的大烟花……"

马麟的眼前浮现出了血流成河的凄美，也感到了心惊胆寒的恐惧。

"唔，你说！继续说。"马麟为了镇定自己，点上了大烟。

赵银儿亢奋，一口气给马麟出了许多主意。包括大开城门，把古城子的防务交给金丁，让"兵联"的人去值守各个城门；靖安营整装待发，随时准备从小南门撤往干沟达坂，以及让杨干头等人到榆树窝子、沙枣梁子、将军戈壁，去搜索和接应哥萨克骑兵，以便在第一时间达成彼此之间的合作，然后里应外合，灭掉古城子里的金丁、"兵联"等武装。甚至赵银儿还计划好了，如何在一切成功之后，把马刀兵骗到半截沟，堵住沟口，把他们打死、饿死、淹死在沟里。

"屁话！头发长，见识短。灭马刀兵那是以后的事！要等老子拿下北丝路，或者把杨增青那老贼的交椅抢过来，坐稳了才行。"马麟断然喝止了赵银儿，并在心里偷偷笑了。他为从赵银儿嘴里得来了一套好计划，却在最后没丢失一个男人的面子而感到得意。

赵银儿的计划让马麟在亢奋中感到步步惊心，但他就按这计划去实施了。这时候的马麟已经相信他娶赵银儿是对的，她给自己带来了福气。

子 归 城

4

　　杨都督的密件到达子归城时,金丁的八丈楼公堂刚封顶,正拆脚手架。他一看密件,就坐到一堆拆下的木头中,发呆,无计可施。

　　后来马麟来找他,提出了应急方案:让他组织城防,坚守城池。靖安营届时出城野战,在外线埋伏。若契阔夫部众生变,攻击子归城,城里城外的军民就内外夹攻,一举歼敌。

　　金丁懵懂又无奈,只能同意。他不知道如何坚守,只得去找山西王。

　　山西王牢骚满腹,说自己一回来就受到审查审计,怀疑他勾结可可托海土匪。现在有事了,却来找他,他没办法。

　　说着就进了神厅,要拜老佛。金丁生气,隔着门缝对他喊了一句:"你是'兵联'的会长!"山西王也隔着门缝对他喊了一句:"本会长还没被审查出个结果,背着通匪嫌疑,咋管事儿?你去找曹大拿,他是'兵联'的副会长。"

　　金丁去找曹大拿。曹大拿歪着嘴,倒是想要积极备战。两人商议了半个晚夕,制定了一个分工方案:金丁先负责整修城防设施。如果契阔夫匪徒来古城子,曹大拿就招呼"兵联"的青壮男丁,上城轮流值守。

　　于是,金丁又钻进了一堆堆新的木头中间,忙得不亦乐乎。——城门普遍都破旧不堪,要更换;东门上的城门楼子都脱漆了,难以震慑敌匪,得装修;林公渠进出子归城的西北两个水门,也年久失修,需要用硬杂木制作粗大的木栅栏;还有"兵联"的人都没武器,金丁得组织木匠,给他们做些木制的刀枪,涂上黑漆和银粉,拿在手里震慑敌人……

　　金丁一干起来,就发现备战需要的木工活太多了,他忙得两头见不着太阳。

5

　　由于领导重视,备战充分,契阔夫中途哗变,直扑子归城的消息,及时传到了子归城里。

　　当时金丁刚让人把东门城门卸下,打散了准备加固。听到消息,就慌了,朝郝大头等十几个木匠连连发问:"咋办?咋办?"

木匠们一看，把城门重新组装起来，至少得大半天。装到城门上去，又得大半天，时间来不及。就此起彼伏地喊："空城计，空城计。"

众人的喊声，壮了金丁的胆。他豪气陡生，就回家穿官服去了。

而这时马麟已经秘密下令：全营紧急集合，从小南门撤往干沟。

第二节

1

库力·热西丁是土库曼旧军官，爱出风头抢头功。

可他带着十几个马刀兵前哨，从林公桥上冲下来后，却有些吃惊地勒住了马缰绳。他们看到，子归城东门门洞大开，连城门都没有。

城门前独眼龙等几个彪形大汉脱光了上衣，打着赤膊，扛着上百斤重的大麻袋，在城门前从容不迫地走着。玩健美秀肌肉，显示力量。

而在他们前面，波斯商人墨兰迪和阿富汗商人拉罗沙尔正在耍猴。他们敲着铜锣，领着几个耍把式的街头艺人，正在表演大锤碎石、利剑穿喉等项目。——他俩平时就有这种爱好。商人也不是除了钱，啥都不爱好。

波斯商人墨兰迪店里的一个伙计，一边表演，一边偷窥马刀兵。

城门里面，街无行人，户无犬吠。郝大头带着汪妈和两个老女人，正在佯装安静地洒扫街道。

城墙上，面相凶恶的疤痢脸老秦领着几个"兵联"的小伙正拿着木梭镖，在表演刺杀。

金丁身穿官服，坐在城门楼子上，一会儿学京剧里的诸葛亮唱《空城计》，一会儿弹古琴，一会儿摇鹅毛扇，忙得不亦乐乎。在他身后，哆哆嗦嗦地立着梦春院的俪儿、蓉儿，都是官女打扮，在摇巨大的孔雀扇。不远处，杨修、蒋干身着长袍正在焚香祭奠。

马刀兵不明就里，立马驻足看得莫名其妙。有的目瞪口呆，有的还为大锤碎石

子归城

的成功鼓掌欢呼。

独眼龙没那么大力气，抗不动，就麻袋里装上棉花，假装很吃力地走。巴索夫一挥刀，砍烂了麻袋。独眼龙因为被揭穿了骗局，就尴尬地笑……

后来是库力·热西丁想起来了战斗任务，喊："快快让开，我们要进城。"

他说着就用刀一划拉，拨倒了一个瘦老汉。那老汉是花花沟的一个花客，来卖罂粟花籽油的。他一倒地，油壶也倒了，油就撒了一地。老汉不愿意，跳起来大骂："驴日的，马下的，骡子群里长大的！"

库力·热西丁很生气，挥刀就砍。那老汉却躲闪得快，两下便跳到了马屁股后面。正巧一个马刀兵顺手，就一掌下去，打在了老汉头上。老汉当即扑倒在地，口吐鲜血，号叫了起来。

那天几个"兵联"的值守会员比较负责任。

山西王的小舅子小陈醋是"兵联"小头目，上前抗议，被库力·热西丁抓住左手拎起来，扔到了牛粪堆上。他很顽强，从牛粪堆里爬出来，冲到库力·热西丁面前，伸出一个手指，比比画画：

"你不懂吗？这是空城计！里面埋伏着十万雄兵。你听，你听我们县长唱的是啥？空城计，你懂不懂啊？"

库力·热西丁懂不懂没人知道。反正，他举起刀要砍小陈醋。

小陈醋急忙从马肚子下面钻过去，逃进了福建八行的赖记茶店。

刘家酒坊伙计跟三也是"兵联"会员，他拿的是真枪，要鸣枪示警。被巴克洛夫一枪托砸在心窝上，当时就捂着心口，满地翻滚，喘不上来气，喊不出一声骂。

还有个壮小伙，不是"兵联"的，很不服气，跑到库力·热西丁面前，伸出胳膊秀肌肉。库力·热西丁一刀砍掉了他的胳膊，那人躺在地上大哭大叫。

耍猴的墨兰迪一看，吓得扔了铜锣就跑。

拉罗沙尔等其他人一见，也就哭着喊着往城里拥挤……

库力·热西丁正要指挥马刀兵先锋队追杀过去，传令兵到了——"契阔夫少校命令：集合队伍，整装进城"。

后来，马刀兵果然是集合列队，整装进城的。

2

契阔夫带队进城，没有遇到抵抗，也没有受到欢迎。他不高兴，就下令：兵分三路！库力·热西丁带人去抓县长；巴克洛夫、皮斯特尔带人包围、攻取合富洋行；自己则带着大队人马，直扑靖安营。

靖安营空空如也，县衙里也没有金丁的踪影。契阔夫就让马刀兵占领了全城。

有一件事很奇怪，金丁本来就在东门城楼上，可是无论皮斯特尔还是契阔夫，都没理睬他。可能是因为他化了装，戴了假胡子，打扮得很像诸葛亮，人家便把他当成了戏子，未予理睬。结果金丁就在郝大头等几个木匠同道的掩护下，跌跌撞撞逃出了北门。

金丁出城后，郝大头等人拦住了一辆逃亡的马车。车户要去老轮台的亲戚家，金丁一行也就跟着往西，奔老轮台。

老轮台是汉唐时期轮台城的旧址，随着汉唐路的湮没已成废城。但因位于丝路要道，周围人烟未绝，规模堪比村镇。

不幸的是，金丁在博望渡又遇上了一个砍柴的老汉。那人说，榆树窝子有省军，他亲眼所见。金丁就喊着闹着要去榆树窝子，结果木匠们便日急慌忙地让车户赶了马车掉头东窜。

而福建八行的庄德义庄老板，赶了车出来逃亡。见县长的车正掉头往东，以为西边危险，也就跟着一路东奔。

结果，金丁被木匠们拥簇着、狼狈不堪地一进榆树窝子，就被马刀兵抓了。

抓他们的马刀兵是谢尔盖诺夫带的人，他们迎着马车冲上来，连着放了几枪，就挥舞着马刀，兜了个圈子，把金丁他们围住了。

之后，马刀兵便把他们都绑到了树上。有个木匠吓得拉了一裤裆屎。

庄老板的马车上有女眷，走得慢，离得远。见前面县长的马车出了事，掉头就跑。跑了一段，才想起来让一个伙计阿福下车去看看啥情况。

阿福胆小，哆哆嗦嗦地折回去，那边已经尘埃落定。阿福看到不光是金丁，还

子归城

有三十多个省军也个个都被绑在树上。一伙子马刀兵正围着他们要剖腹挖心。郝大头在苦苦哀求，"你们杀我们干啥哩吗？我们就是一伙子木匠，手艺人！你们行军打仗，我们还能给你们修车，当车户嘛……"

庄老板一听碰上的是马刀兵，二话不说，踢开阿福，就让车户打马快跑。不巧的是，上官道时有个伙计被颠下了车，庄老板灵机一动，就把另一个伙计也赶下车，自己带着女眷朝着哈密方向一路狂奔，逃之夭夭了。

阿福和被从车上颠下来的伙计以及赶下来的伙计，三人无处可去，后来就又回了子归城。

3

契阔夫占领全城后，找不到靖安营的军方代表，也找不到衙门里的官方代表，就来到了合富洋行。

这时候的合富洋行已处在腥风血雨中了。

据目击者称，当皮斯特尔、巴克洛夫带着骑兵铁蹄嘚嘚地来到合富洋行时，洋行的门口还站着几个希卡，在拍手欢迎，嘴里喊着什么口号。可是接下来，不知怎么着，双方就发生了争吵。之后，愤怒的马刀兵就把那几个希卡全捆了起来，还用军刀背抽打他们。之后便有一些马刀兵欢呼雀跃地滚鞍下马，爬上马寡妇家的房顶，朝着合富洋行的石头楼开枪射击。还有几个骑兵朝合富洋行的院子里，扔了几枚硕大的手榴弹。硝烟过后，石头楼里的人就开始愤怒地开枪还击……

由于大门紧闭，合富洋行又刚刚进行过军事化装修[z]，马刀兵无法一下子冲进院内，就四散开来包围了洋行。根据坊间说法，皮斯特尔拥有一个神奇的黄金十字架，他拿着它对着合富的大门念念有词地晃了几下。结果一道金光闪过，大门洞开，马刀兵骑兵就冲了进去。

---

[z] 链接　合富洋行原来在地面上是个"两层半"的石质建筑，略呈L形。三楼包括小阁楼、铁窗子在内只有四间房，单层建筑面积小，子归城人都不太认，说那只能算半层楼。可索拉西就在这半层楼上又建造了瞭望塔，设了射击孔。不仅如此，他还把二楼顶上的平台也修了花墙，拉了铁丝网，四角建了小岗楼。看上去整座建筑居高临下，铁壁森严，很能打仗的样子。

子归城人都说，那些骑兵凶得很，冲进去后连打带杀，从一楼到顶楼见人就杀。直杀得鬼哭狼嚎，一地的血沫沫子嗤嗤作响。连那些大狼狗都吓得缩在洞里，不敢出来。

4

还有一个流行的说法，说马刀兵在袭击合富洋行时，遇到了希卡们的猛烈抵抗。他们在坚固的石头房子里，发动火力，拒绝投降。巴克洛夫一怒之下，纵火烧了这座全城最著名的建筑和它的守卫者。

这个说法不对，真实情况是：最初，希卡们的确进行了抵抗，而且可以称得上是英勇顽强，大有浴血奋斗、殊死搏斗下去的信心和架势。但坚持了不到半个时辰，他们忽然发现，索拉西居然被吓死了，就全部投降了。

希卡们[x]是在皮斯特尔带着骑兵扔了手榴弹后，就奉命冲上二楼，居高临下地开始抵抗的。当时，索拉西正在小阁楼和胖厨娘做爱。听到楼下人喊马叫，胖厨娘还坚持要把爱做完。可索拉西已经瑟瑟发抖，不能人道。胖厨娘怒不可遏，提了一把菜刀就冲出来，指挥希卡们还击来犯之敌。

显然，穿着半透明睡衣，浑身肥肉乱颤，扭着大屁股跑来跑去的胖厨娘很是鼓舞了一阵子希卡们的士气。可惜，勉强出来视察战况的索拉西刚看了一眼楼外的敌人，就吓得瘫倒在地，说不出话来了。并且这个过程还不长，索拉西就不再动弹，僵硬了，成了一尊塑像，死了。

吓死的人都可怖，索拉西脸色青紫，眼珠暴突，黑紫的嘴洞张着，伸着鲜红

---

[x] 链接　合富洋行的希卡是洋行令人望而生畏的保卫者，但他们多数没文化，言行略显粗鄙，就总被人叫成鸡巴。其实，希卡是个准军事组织，有严格的纪律规定，虽然他们酗酒闹事，也整天穿着绸衫马裤黑皮靴，一有闲暇就舞枪弄棒练功夫。但却不像别处看家护院的打手那样锋芒毕露，敞胸露怀，一步三晃地招摇过市，甚至花拳绣腿惹事生非闹乱子。

一般来说，合富的希卡都在洋行有股份，但如果没人请，他们不贸然进楼，干扰里面的买卖交易和经营。通常情况下，他们也不主动过问行里的买卖经营。他们的任务是随时恭候主人的吩咐去做各种微妙的事情。这些事情在给合富带来恶名的同时，也速度非凡地塑造着合富强而有力的形象。正因为此，契阔夫才会下令吸收希卡们加入哥萨克。

的舌头，有一尺长。不怕枪林弹雨的胖厨娘跑过去，见此情形，当时就吓得扔下菜刀，大哭起来。

情况如斯，希卡们当然没了斗志。干脆就听从巴克洛夫的命令，从阳台上把枪扔下去，垂头丧气地走出了白石头楼。

这些个希卡，有些后来成了契阔夫的马刀兵。

第三节

1

正如钟爷所言，铁老鼠活到癸丑年秋天就没魂儿了，成了行尸走肉。到了甲寅年夏天，人们发现他的肉身子也没了，萎缩成了一只小老鼠的尸体。

这就让人很难办，死期说不清。有些人活着，但已经死了，说的应该就是铁老鼠这种人。

铁老鼠自从那回在迪化见了契阔夫部众的嗜血操演，就心神不宁，经常被噩梦惊醒。看谁都行为鬼祟，像告密者。后来，他举着油灯，熬过了无数个不眠之夜，终于在小阁楼的夹墙里发现了羊脂玉枕的黄金盒子，而就在那一刻，他看到了一个鬼影，从窗前一闪而过。鬼影面目狰狞，眼白奇亮。他拔出手枪，想要射击，却发现窗外阒无一人，只有一只猫，在惨白的月光下，瞪着火一样红的眼睛……他开枪射击，枪声却变成了一声猫叫。那只猫也倏忽间变成了一个无头女尸，无声地冲过来把他吞进了口中……

经历了这次昏厥事件后，再次醒来的铁老鼠，便发现告密者诡异的眼睛越来越多，无处不在。它们都有着一双猫眼，白天像火，晚上像血，日夜不息地盯着他，随时写传单、画鬼符，向契阔夫、乌克兰女人、阿廖沙，还有红胡子的鬼魂告密。

而红胡子的鬼魂，则如影随形，不分昼夜，挥之不去。它有时装成一个白衣女鬼，有时又扮成一个一瘸一拐的恶魔，甚至还变形成绿色荧光的骷髅、棺材里的无头女尸等等，伺机给他下毒，抢劫他的羊脂玉枕、金银财宝等。

再后来，红胡子的鬼魂则干脆一找到他就放地狱之火，企图让他万劫不复。

为此他夜不能寐，噩梦联翩。他想尽办法，躲进黑暗的角落，想让那些眼睛看不见他。可是，无论怎样，总有一双眼睛会及时发现他，并立即给红胡子的鬼魂告密，引来通红的地狱之火……

——我猜想，铁老鼠实际上有时候看到的真的是一双人的眼睛，只不过那时候他已经分不清现实和幻想了，当然也就看不出那是林拐子的眼睛还是皮斯特尔的眼睛了。

我还猜想，铁老鼠的眼前终日都浮现着红胡子雅霍甫的鬼魂在追着他复仇，而雅霍甫的红胡子又红得那样让人惊心动魄，像火。铁老鼠也就自然会觉得自己终日被地狱之火包围着。为此，惊蛰地震那天，他被剧烈的地壳运动从金银器堆上震荡下去，跌入炭火正旺的壁炉，从此天天喊"火呀，不妙呀"，很正常。

事实上，自这天起，至死铁老鼠都在凄厉地怪叫着"火呀，不妙呀"，只不过声音越来越微弱，又听上去是吱儿吱儿的，容易与其他小动物混淆。结果，索拉西害怕，就在装修白石头楼时，干脆让人砌了一道墙，彻底封堵了铁老鼠的寝室"铁窗子"。

当时，砌墙的泥瓦工很认真，把封墙砌得像正墙一样。人们听不到声音，看到墙，也就想不起它背后的秘密了。

合富洋行的人，从伤痛和伤感中慢慢恢复过来，已经是初夏了。

那个夏天雷多，被雷劈死的人也多。有人想起了前老板铁老鼠在末日的死寂中已经撂得太久了，应该看看他老人家咋样了。那时，全洋行的人已从日复一日的枯寂中确信铁老鼠早已命归西天。一个好心的仆人觉得有责任收拾主人的尸体，就试图打开那堵死寂无声的墙。可就在他拿来镐头，刚刨了一下，天上忽然一个霹雳，就在合富洋行的楼顶上炸开，把他手中的镐头震掉了。他吓得坐在地上抱头大哭，哀求上帝……

从此，再没人敢动那堵封墙。

直到鬼节那天，三个愤怒的马刀兵不管三七二十一，炸开那道封墙，冲进金银闪烁的"铁窗子"时，才有人豁然想起，那里边还住着巴赫·铁尔森先生呐！

曾经响过的枪声没响，那门上也没冒出一道青烟。

三个马刀兵坦然走进恶臭难当的房间后，大家蜂拥而上，扯开了笨重的黑窗帘——阳光使人们相信，铁老鼠死了，早死了。

铁老鼠死后的情形令人难以想象，看上去他像是一百年前就死了。尸体已经等比例地干缩成了一只老鼠大小，呈紫青色，硬得像块青卵石，其状极惨地爬在华贵的衣服皱褶中，旁边是一只有了锈迹的手枪。

满屋子的金银珍宝自然引起了哄抢。后来它们被洗劫一空后，有个一无所获的马刀兵注意到了铁老鼠呈方形隆起的腹部，就把他的尸体放在壁炉上用铁榔头连续锤击。结果里面崩出了一块黄灿灿的金砖。很明显，他是把它当成了酥油块，误食而死。

"火呀，火来了！"这是铁老鼠留给人间最后的声音，极其恐怖而凄厉。据此，有人说，他像地震前乱叫的猪狗，感应到了大难苍临的天地戾气。

只是直到他死，才有人相信他的呼喊具有预言性质。

2

马刀兵在攻打合富洋行的过程中，死了两个人，伤了三个人。这是他们在攻占子归城整个过程中的全部损失。契阔夫很生气，没遇上军人的抵抗就死伤了人，他觉得很丢脸。就愤怒地打了两个希卡的耳光，让他们供出谁是杀人凶手？可当时希卡们的抵抗是混乱无序的，乱枪流弹，谁知道是谁打死、打伤了哥萨克骑兵？

契阔夫让希卡们在院中一排一排地站好，命令皮斯特尔和巴克洛夫逐个审查，查出凶手，立刻斩首示众。

胖厨娘却从一堆佣人中跳了出来，一手叉腰，一手晃着手里的菜刀，说："这场战争是我指挥的，人是我杀的！"

"战争？"契阔夫被胖厨娘胖乎乎的娃娃脸逗乐了，他忍俊不禁，脸上显出了难得的笑容，"你杀了我的哥萨克？你怎么杀的？"

胖厨娘晃了晃手里的菜刀，说："我用菜刀砍的。"

"她是铁老鼠的厨娘,他的情妇。雅霍甫老爷去世的时候,她在现场——"皮斯特尔想置胖厨娘于死地,可他的话没说完契阔夫就又笑了:"你是说,我们英勇的哥萨克,是跟一个厨娘领导的希卡们,打了一仗吗?"

他的话一下使院里的哥萨克骑兵捧腹大笑,甚至希卡里也有人跟着笑了几声。

"好了,美丽的厨娘,拿着你的菜刀,跟我走。"契阔夫说。

"去哪里?"

"我饿了,你是厨娘,你说应该去哪里?"契阔夫甚至脸上还出了个怪相,耸耸肩说。

"可是,索拉西先生刚刚去世,他应该得到安葬。他是个懂美食的人,看到战争就被吓死了……"胖厨娘说着说着,看到契阔夫一语不发,大概也意识到了自己跑了题,就说,"我的厨房在这里。"她指了指白石头楼。

"不,我敬爱的少校,怎么能在这里吃饭?这里是不安全的。我的上帝啊!您的舅舅就是在这里被他们毒死的……"皮斯特尔指着胖厨娘,语速很快地说。胖厨娘把他赶出合富洋行的情形犹在眼前,他没法不复仇。

"他说得对,"契阔夫指了指皮斯特尔,对胖厨娘说,"快去!一个厨娘,穿着睡衣,在这么多男人面前像什么样子?换上工作服,到我的指挥部去,我饿了!"

赖黄脸不知怎么地从人群里出来,给胖厨娘递上了工作服。

他的那张黄脸,以及黑发、黑目立刻引起了契阔夫的警惕:"你!是干什么的?"

赖黄脸还没顾上说话,皮斯特尔便抢先介绍说:"他是这里的账房先生。"

"你应该受到审查!"契阔夫指着赖黄脸这样说罢,便转身对皮斯特尔说,"马上开始审查凶手!"

皮斯特尔点头哈腰,"是的,尊敬的少校。英勇的哥萨克骑兵的血不能白流!请您放心,我一定查出凶手,将他千刀万剐。"

"查不出凶手,我就拿你来祭奠我的勇士。"契阔夫怕皮斯特尔不尽职,严厉地威胁。

皮斯特尔指天发誓，说他一定查出凶手，绝不姑息。

契阔夫就带着胖厨娘要走。

胖厨娘说："索拉西先生刚刚去世，他应该得到安葬，他是个爱美食的人，看到战争就被吓死了……"

"好吧。安葬这位索拉西先生。你——"契阔夫指了指热西丁说，"你负责。"

热西丁立刻转身，让佣人们去找索拉西的尸首。

皮斯特尔看着胖厨娘逍遥而去，恨得牙痒痒。

3

皮斯特尔追查凶手的方法很古怪，致使后来的许多人，一提到这个名字，便不寒而栗。

合富洋行的希卡有几十人，皮斯特尔把他们分成四组，双手反剪，捆好后，让巴克洛夫等几个骑兵手持军刀，把他们分批押解到楼顶。他就躲在瞭望塔里，透过瞭望孔，让希卡们一个个从孔窗前走过。每当他看见是一个反皮积极分子时，他就学金丁的样子，从孔里扔出一根当令箭的筷子。巴克洛夫和其他骑兵就立刻把这个人推到楼顶边沿，命令他跳下楼去。而这个跳下楼去的人，肯定被摔成一摊肉泥，会被那些大狼狗分而食之。

多数人都拒绝自己跳楼。马刀兵就会挥刀砍掉这个希卡的头，再将他的首级扔下楼去，供那些大狼狗争抢着分而食之。而这个人的无头尸体，就被码放在二楼顶的花墙上，让他的血慢慢地流淌……

后来，天黑了。皮斯特尔就让人点了洋油灯放在瞭望孔的窗台上，让希卡们把脸贴到洋油灯前，供他认真仔细地鉴别反皮分子。谁要是脸贴得不近，让他看不清，他就不管是不是反皮分子，就往外扔筷子。

和希卡比，赖黄脸的那张脸很与众不同。但皮斯特尔想到他殷勤地给胖厨娘递送工作服，就假装没看清，伸手要抓筷子。赖黄脸急了，把脸直接贴在羊油灯罩上,苦苦哀求:"皮裏理,皮裏理!你不认识我啦?我是赖黄脸!你看我的脸?看看,多黄!"

当初,皮斯特尔离开洋行,骑的那匹母骆驼是赖黄脸给的。

但皮斯特尔故意说:这个灯光下看谁的脸都是黄的。

赖黄脸急忙揪住自己的头发:"皮裏理!你看你看,我是黑头发,黑眼珠子……"

皮斯特尔就笑了,向赖黄脸招手,让他进到瞭望塔和自己一同辨认反皮分子。

拉孜没在黑沟煤窑工作过,也不是反皮分子。但赖黄脸想让他死,就把筷子递到了皮斯特尔手中。

赖黄脸想让拉孜死,完全是因为拉孜救过他的命。

您应该还记得赖黄脸从合富洋行把林拐子放走的情形吧?当时林拐子逃命心切,把英吉沙小刀落到了狗窝旁。后来希卡们找到了小刀,拉孜认出这就是林拐子的。大家便断定,当时对林拐子没有搜身,是个疏忽。林拐子是自己掏出了小刀,割断绳索逃跑了,赖黄脸因此没有受到丝毫怀疑。

但赖黄脸觉得人情债还不完,世界上还是没有拉孜这个人比较好。就给皮斯特尔递了筷子。

皮斯特尔不知道拉孜救过赖黄脸的命,但他发现,赖黄脸比自己还坏,就没给拉孜扔筷子。接下来,他对赖黄脸递给自己的筷子,也就变得警惕了许多,往外扔时,也就慎重了许多。

但即便是这样,白石头楼还是被那些无头尸首流出的血慢慢地染红变紫了。

等到第二天太阳升起时,人们发现白石头楼已经变成了红石头楼,像一块巨大的红豆腐散发着果子狸腐烂时的那种腥臭气味。

而合富洋行的狗,据说也就是从这天开始,吃人吃得眼珠子都是红的。

4

鬼节凌晨,下了场小雨。瓦西里在小雨中,望着石头楼上希卡们的血被稀释,慢慢顺着花墙浸淫下来。他实在看不下去,就大吼大叫地冲进了洋行。结果,他被打了出来。

　　瓦西里愤愤不平，跑到粮行去找曹大拿。曹大拿穿着一身崭新的绫罗绸缎，正襟危坐，歪着嘴说："我把脖子已经洗干净了，就等着这个七锅豆腐。看他怎么把我的项上人头割了去。"

　　瓦西里说，你不能这样，你应该把"兵联"的人组织起来，去制止马刀兵的杀戮。

　　曹大拿歪嘴一咧，淡然而笑："有权有势的县长金丁没了，有枪有人的马麟跑了。"兵联"的人都是些百姓，手里能有几杆枪？平时值班巡逻放哨还凑合，你让他们跟这如狼似虎的马刀兵去打仗，那跟伸了脖子让人砍头有啥区别？"

　　瓦西里听了，更加愤怒，就骑了匹马去了干沟，找马麟理论。

第十五章
鬼节里的隐秘桥段

第一节

0

以下文字属于"链接"内容，您回头再看也行。

云朵的奶奶四格格是蒙乾最疼爱的闺女，嫁给钟爷后几乎没过上一天轻松日子。先是一口气生了三个儿子一个闺女，刚想缓缓，阿古柏打来了，她就作为军官家属被质押在了老满城。

迪化即将陷落时，她学曹植，给父亲写了七步诗。蒙乾看了泫然涕下，就徇了私情，让人偷偷放出四格格，安排她独自出城逃亡。她却借口钟赵孤还没断奶，又哭又闹，以死相逼，迫使蒙乾改变命令，允许她带着幼子逃离了迪化。由此她为钟家保住了一根血脉。

四格格是格格，却聪明勤劳能吃苦。在钟爷带领全城老少抗击阿古柏的艰苦岁月中，她一个人支撑着全家，还动员了城内的妇女老幼支援前线。

后来钟爷退隐沙枣梁子，她更是筚路蓝缕，买地拓荒，一手撑起了家里的半边天。

子归城

四格格读书识礼，做事看似平常实则惊人。她知道父亲是被叔叔捆绑在家、被迫自焚之后，肝胆欲裂，赌咒发誓九泉之下亦不会再与蒙坤族人相见。但事后每年又偷偷把自家地里的土特产托人带到迪化，送给蒙坤家人，名曰：人是生死永不相见了，但血肉之情、袍泽之谊，无法相忘。

据说蒙坤吃了几回钟家的土特产后就上了瘾，断了找钟爷麻烦的念头，怕以后吃不上土特产。

四格格更惊人的举动是：钟赵孤到了上中学的年龄，她自作主张，把儿子送到了迪化，还就借住到了蒙坤族人家里。她对钟爷说：这样最安全。

钟爷说：这可是我们钟家的独苗啊！

四格格说，蒙坤也知道啊。

果然，赵孤在蒙家过得很平安。两年下来，蒙坤还放出话来，说有意让钟赵孤做东床快婿。四格格就让送土特产的人带了话过去，说：亲上加亲好，但近亲结婚不好，生出来的儿女都是勺子，科学上不是都在说吗？

后来，钟赵孤自由恋爱，带回来了一个破落户的女儿兰氏，人很漂亮。

四格格却不高兴，说太漂亮了。克夫！

钟爷觉得这说法莫名其妙，四格格却说书上说的。

是你这本书上说的吧？钟爷饱览群书，没见过哪本书上这样说。

可四格格一语成谶。几年后，钟赵孤死在了乌鲁木齐河的冰窟窿里。

钟赵孤是被以谋逆罪处死的。他死之后，钟家却未受株连。有人说，是蒙坤尚念袍泽之谊。也有人说，是蒙坤怕钟家被灭了门，以后自己没有土特产吃。

钟赵孤死后，云朵娘兰氏要带儿子去寻夫。

四格格不同意。

钟爷说：你不是说她克夫吗？就让去吧！

四格格说：我看她，一去就回不来了。

钟爷问：为啥呢？

四格格说：人太漂亮了，走不到迪化就改嫁了。

钟爷不信，又觉得寡妇再嫁也理所当然，就偷偷地把兰氏放走了。

谁知道兰氏没走到迪化，就遇上了暴风雪。不但让狼叼走了儿子，自己也被一股窜匪劫掠而去，从此下落不明了。

正经历丧子之痛的四格格，得知儿媳跑了，孙子死了，说了句："我说咋地？"就一头栽倒。从此，躺在炕上，一病不起。

钟爷面对这一连串的打击，也痛不欲生，不知如何是好。只能羞愧满面地看着四格格，后悔没听她的话。

"钟家从此断了根，嗯，我死不瞑目啊……"四格格不断地这样说着，但还是闭上了眼，在那个春天里咽了气。临终，她也没有指责钟爷一句，只留了句遗言："你就把我埋在家门口的那片沙枣林子里，我得看着你！"

一辈子没流过几回泪的钟爷，听了这话，落了泪。

——以上文字属于陈芝麻烂谷子的历史掌故，您可以暂时不看。现在不小心看了，忘了也没关系。

1

四格格生前与钟爷相敬如宾，从没红过脸，但也说不上生死相许，爱得有多深。后来她谢世了，钟爷却慢慢发现四格格是一本温馨的、值得他永远去读、去回味的书。

四格格是旗人，讲究。但到了沙枣梁子后，过农民生活没法讲究，就只讲究一件事儿了：每年海娜花开的时候，她都要从地里拔些来，捣碎，细心地包在手上、脚上，染红指甲。自己染还要给云朵也染。

四格格是在春天去世的。从那个春天开始，钟爷就亲自操持地里的海娜花，逢旱挑水，遇涝开沟。年年不断，四季不辍。

钟爷家的海娜花期长，花色正，绽放时美轮美奂，远近闻名。每年花季，钟爷都会让两个孙女，去四格格的坟上烧香献花，追思祭奠。有些年份，他还亲自去。

钟爷把这叫"看坟"。

子归城

2

鬼节前一周,钟爷就哼哼着要回沙枣梁子去"看坟",还要祭奠沙枣树下的同窗于文迪。七八月是海娜花开的季节,也是高粱成熟的季节。钟家的地里种着酿酒的高粱玉米,天亮就想正好收割高粱。于是,就安排了酒坊的活计,从城里雇了庄稼把式,提前四天赶了三辆大车,去了沙枣梁子。

鬼节那天中午,正在坟上磕头祭献海娜花的云朵说她忽然心慌得很,要天亮回城去看看。

"咋啦?"天亮正在院子里晾高粱,不想去。

云朵说她闻到了一股马粪和烧焦的臭皮子的味道。

天亮嗅觉迟钝,闻不到,就算闻到了也不以为然。在他看来,芳菲正浓的夏天,天高云淡,遍地海娜花开,高粱红玉米香,清风里都带着泥土丰收的芬芳,哪有什么异味?

后来,路上过来了逃难的。一问,说是城里来了兵匪,都是骑大马挎长刀的。

天亮一听,骑上马,就往子归城跑。

3

天亮跑到东门,看到门洞里没门。马刀兵正乱哄哄地在福建八行一带打砸抢,下意识地就喊了一嗓子。结果几个骑兵过来,疾风般把他从马上打了下去……

当时,马刀兵正奉命占领全城。可没遇上武装抵抗,自己的人马瞎跑,就有些乱了。

天亮再醒来,听到身边有人在说:"嗨,顾命吧。快跑!马刀兵连合富洋行都打……"

天亮睁眼一看,是赖水旺赖掌柜。赖掌柜手里牵着他的马,一边把马缰绳往他手里塞,一边劝他快掉头,往回跑。"还好,打晕了,没伤着。"赖掌柜说。

天亮侧过头,看了一眼没门的东门,觉得自己像陷在了一个豁牙子老汉的嘴里,就说了句:"把我的马看好!"便把缰绳又塞给了赖掌柜。自己捡了根棍子拄着就摇摇晃晃、恍恍惚惚地进城去了。

"真是舍命不舍财呀！"天亮听到赖掌柜说了这么一句，他记不清自己回应了句甚。之后，他就晕晕乎乎进了城。

天亮晕晕乎乎，一切在他眼里自然就像一个飘忽不定的梦，完全失去了逻辑性。

他记得东门一带乱哄哄的，马刀兵见人就打，见东西就抢。城门洞下还站着一排又一排的骑兵，他们骑着高头大马，边打枪边喊着让人们都不许动。可他却像腾云驾雾一样，飘飘悠悠地就进城了。

拐子街好像忽然宽阔了许多，到处都有马刀兵的马队横冲直撞。虽然街道冷清，店铺关门，冰锅冷灶。可却有许多马刀兵手里提着大包小包，啃着烤羊腿，呼喊着各种各样的声音。有一回，明明有个大胡子马刀兵揪住了他的脖领子，可是不知为什么，那个马刀兵却从马上掉了下来，摔得满脸是血。那马也惊了，拖着他朝着一个黑暗的巷子狂奔而去。又有一次，他明明看见老白俄带着几个哥萨克小军官端着枪，在制止什么。可等他到了跟前，他们就像鬼影一样消失了。他记得自己借着火光往南十字走的时候，有几个人挥舞着马刀朝他冲了过来。他撒丫子就跑，脚下被石头绊了一下。他爬起来，却听见脚下的石头突然发出一声凄厉的呻吟，那石头居然成了一个老汉……

天亮不晕乎是到了中门时。当时，马刀兵冲到靖安营又打枪又喊话，里面寂静无声，没一个人出来。契阔夫很生气，就让骑兵们点着了几处房子，烧得烈火熊熊，狼烟鬼窜。这几个纵火兵，大约是上了瘾，到了县衙依然没遇上什么人，看到刚竣工的八丈楼公堂塔楼巍峨高耸，模样古怪，木质脚手架还没拆尽，放火方便。就把县衙墙上的八块杨增青语录摘下来，堆到塔楼下面，准备放火。

契阔夫闻讯，亲自过来了。

当时天亮正晕晕乎乎地想，天还没黑，马刀兵举着火把做甚？迎面却就冒出了一队哥萨克骑兵，大呼小叫，挥舞着马鞭冲了过来。

惊慌失措的天亮一激灵，人就吓醒了，急忙缩到了一个废驴圈的墙根儿下。刚蹲稳，就听到身后一阵马蹄嘚嘚，鞍辔叮当。抬眼便看见一队军容整齐的马刀兵官

子归城

兵出现了。走在前面的是一个身材魁梧,胡子上翘,不断催马扬鞭、傲气十足的军官。

"呀,契阔夫!"天亮脱口而出。

契阔夫还是和前年一样,满脸阴郁,一副标准的军人模样。他默然不语到了一处高地,勒马立定。注视了一会儿金丁的古怪建筑八丈楼,就让传令兵下达了命令:"这是一个通天塔。这个县长愿望很好,肯定想上去听到上帝的声音。现在我命令你们——留着它!"

纵火者听了命令,禁不住都好奇,都向上仰望。

传令兵的声音又响了起来:"契阔夫少校命令你们立即去把所有的城门都烧掉!让我们英勇的哥萨克勇士,从此在这个城市自由进出,随意驰骋!"

纵火者们听了,乌拉一声,就滚鞍上马。而契阔夫却已一手扬鞭,一马当先地飞奔而去了。

众目睽睽,契阔夫无意中展示的高超骑术,让当过车户的天亮惊异地瞪了半天眼。当时他就觉得脑袋上的血十字疤隐隐作痛。

天亮看着契阔夫率众眨眼消失在了合富洋行方向,不禁心慌气短地想:这贼驴日的!比上回在汉唐路时,凶多了。

马刀兵涌向合富洋行后,天地倏地就暗了下来,黄昏到了。天亮急忙缩着脖子,一边东张西望,一边往酒坊疾步快走。

旱柳树出现得很突然,他差点儿撞上。

旱柳树上的紫色牵牛花在夕阳中很耀眼。这个熟悉的图景,让他顿生亲切感。他扔了木棍,靠在树上,左右端详,没看到可疑的人。就舒了口气,上前敲门。

敲了半天,院里阒无一声。没办法他就卸掉了门板闪了进去,等他重新装上门板,找了一根木头顶门时,却被人搂头拍了一木锨。他眼冒金星,本能地回给了那人一拳,再一看竟是独眼龙。他正和三个伙计,各自手中拿着铁叉、木锨、斧头,一动不动地望着他。

"哎,日你妈,是我!"他喊了一声,就彻底清醒了,紧张和眩晕像水一样四散而去。

4

独眼龙汇报说：二锅头又逃了！还有酒工也跟着跑了。剩下的这几个，想躲到邻院海黑子家，人家坚不开门。没办法，才留在酒坊的。

天亮纳闷，问为甚要躲到海黑子家？酒坊的人和海黑子一直没啥来往。

"因为海黑子不喝酒。二锅头说马刀兵嗜酒如命，闻着味儿就会找到咱们酒坊来。"

独眼龙的说法让天亮如饮醍醐。"快，收拾东西，套车！"

天亮脑子清醒了，但还疼得厉害，浑身也软兮兮的。但就这样，他还要套车。

"套车？满街都是马刀兵，你听听洋行那边的枪声，响成啥了？他们连合富洋行的人都杀！你还想把咱的家当拉走啊？"独眼龙吃惊地说。

天亮傻了，看来一天被打两次的脑子就是不好用。那些大型的天锅蒸甑，还有粮食粮料，就是太平日子，装车拉运也不是件容易事。现在，更不可能。

"就是啊，现在就是能把家当拉上，谁敢出城啊？这帮马刀兵，杀人都杀红眼了。听说，把洋行的人都剁成了块块，索拉西都吓死了……"狗剩一说，就有人附和，"唉，那马刀兵的鬼头刀厉害哩，几下就把铁老鼠剁成了碎疙瘩……"

"铁老鼠让剁成了碎疙瘩？咋？人死啦？"天亮听了，心里也惊悸，就问详情。越问却越问不明白，大家都是听人说的。不过，最后他心里倒也略微踏实了些。伙计们都说这伙子马刀兵是皮斯特尔引来的，专门找合富洋行的人寻仇的。

"狗日的，你没胡说吧？我刚才还看见马刀兵烧了靖安营的房子哩。还说，要烧城门哩！"天亮说。

"你不球懂！他们本来就是连靖安兵也打嘛。——马麟抓过皮斯特尔呀！你忘了传单的事儿？现在马麟跑了，打不上。他们就烧房子嘛。"

"咳！狗日的马麟，平时跟咱征粮征草，到了这时候都他妈哪儿去了？这古城子他们不管吗？"天亮听了独眼龙的话，心里安稳了些，就又骂娘。

"这时候还说那些锤子货有啥用！都跑干沟去了！——连金县长都跑了，还让我们唱空城计。他妈的！马刀兵一来，他先就跑得没影子了。"

"咹？那这古城子没人管了？"

"这恐怕是咧。兄弟，没指望了！还是说咱吧，到底咋办？"

从来就没有什么救世主，一切只能靠自己。天亮知道指望不上谁，就习惯性地从潜意识里泛起了一个主意：埋。

主意已定，天亮想起得赶紧给钟家人报个信儿，就把伙计跟三找来，叫他立马去沙枣梁子，通知云朵他们："城里来了马刀兵，反了。千万别到城里来。"

跟三在金丁唱空城计时，丢了枪，还被巴克洛夫打了一枪托，胸口疼。又觉得满街是匪徒乱砍乱杀。有畏难情绪，就弱弱地探问："为啥是我呢？"

"咹？因为酒坊数你最难看。"天亮理直气壮地说。

跟三摸着头，说："最难看？这是啥意思嘛。"

天亮说："你这么难看，一出门，谁不把你当要饭的？一个要饭的，谁会注意？没人注意就好混出城呀！咹，懂了吗？"

"懂了！"跟三恍然大悟，立刻高兴地蹦子嘎子跑了。

跟三是有些难看，一个眼睛大，一个眼睛小不说，还一个眼睛黑眼仁多，一个眼睛黑眼仁少。

第二节

1

酒坊需要埋和能埋的东西不多。大家就找了个大缸，把各自贵重些的零碎物品和碎银子装进去，盖上盖，埋到了墙角地下。

天亮想埋的东西，其实就是藏在房梁上的《如匠酒经》和屋里的现银、账本、票据等——它们都放在一个樟木柜里，只有天亮有钥匙。

但他不想当众干这事儿，就招呼狗剩烧汤馏馍馍，让大家胡乱凑合着吃饭。云朵不在，狗剩做饭，大家只能是胡乱填饱肚子而已。

这时，尜尜等四个没跑出城的伙计，又寻着饭口回来了。他们证实了洋行的铁老鼠和索拉西都死了。还说三个城门都在着火，谁都出不去……

天亮听着问着，心里也发毛。但看大家都心慌神乱，就装镇定，让开了一条篓酒，说喝了压惊。

饭后，天已经黑透了，外面的枪声也零星着停了。天亮洗了手，又喝了几口酒，略微缓了缓，觉得身上恢复了力气。就独自回屋，从房梁上取下《如匠酒经》，又开了大柜，取出现银和票据，用油纸包得严严实实，装进一个条篓封好。然后出屋，吩咐大家看好酒坊，说自己要从西门爬出城，把条篓埋到城外去。

所有人都在心里呐喊：这是个脑残者的想法。

"脑浆子让狗吃了吗？为啥要埋到城外？城西门洞口早堵了，爬不出去呀！"独眼龙真急了，说出了大家的心里话。

天亮不语，只在原地打转，像驴推磨。

就在这时，院门外一阵人喊马叫，火光闪烁。几个马刀兵一边大喊："开门！"一边就用枪托皮靴踹门，声音惊心动魄。

天亮抱起条篓，本能地朝黑暗处跑。

2

天亮在那一刻的想法大约是想把条篓扔到院角落的厕所里，可他刚到井台边，院门嘎巴一声被撞开了。

在一片火把的通明中，天亮看到那些马刀兵足有七八个人，而且来势汹汹。情急之中，便把条篓扔进水桶，一松手，辘轳在绳索牵引下飞速地旋转，落入水井中。

几个马刀兵听见这边的动静，立刻呀呀怪叫地冲了过来："你，干什么？"

天亮毫无准备，没想出词儿，只得缄默。头上的血十字一会儿白一会儿红。

有个马刀兵个头矮小，却野蛮。一把推开天亮，朝井里扔下一根火把。他毫无希望地伸了半天头，火把卜去就熄灭了，井里自然是黑洞洞的，他啥也没看见。

这个瘦小的马刀兵，满脸狐疑地看看天亮，忽然一笑："你！下去！"

子归城

"哎?这是水井。人下去,就没命了。"天亮回过神来,脸红脖子粗地嚷。

此刻院里又进来了一拨马刀兵,听到这里有动静,也都围了过来。

"哎呀,我们好像在哪里见过面?"

听到一个苍老的声音,天亮再定眼一看,发现说话的正是老白俄。

天亮不知道该承认自己和老白俄曾有过一面之交好,还是拒绝承认好。他当年抢了老白俄的红鬃马,那马还死了。

"你很勇敢。"老白俄满脸狐疑,一会儿看看井,一会儿看看天亮。最后却莫名其妙地说了一句话:"你不是想投井自杀吧?"

"我是想打桶水喝。我渴了。"

老白俄好像看出了什么,他朝天亮点点头,对那些马刀兵说:"这里确实是做酒的地方,去喝酒!"

天亮没想到他和老白俄的重逢居然是这样,不急不躁,不咸不淡。

马刀兵一哄而散,举着火把就冲进了各个房间,喝起了酒。

"生产重地,严禁烟火。"天亮一看这情形,立刻声嘶力竭地呼喊起来。——天亮包括独眼龙甚至二锅头,一生都不吸烟,这一良好的习惯大约就是当初他们开酒坊时严禁烟火养成的良好习惯。

马刀兵并不理会,他们在独眼龙的怒视下,抓起一些大碗,打开酒坛子,倒出成品酒,放肆地狂饮起来。一边喝还一边相互碰杯,呼喊口号:"为了前线的胜利,干杯!""哥萨克勇士万岁!"

3

天亮担心得实在忍无可忍,就直接跑到了老白俄面前,给他反反复复,一字一顿、连比带画地讲生产重地严防烟火的重要性,以及一旦发生燃烧爆炸,大家都一命呜呼的道理。

老白俄显然具有一定的威望,他听懂了后,便让马刀兵把火把都集中到院子里。天亮还是不放心,提议他把马灯点起来,请他们熄火。

马刀兵同意。有一个还要让天亮去打桶水来,把那些未完全灭掉的火炬、火把浇灭。

天亮便趁机到井边去，咕噜咕噜地捣鼓半天，算是把水桶里的条篓，倒进了井水中。可惜，条篓封得有些严密，依然漂浮在水面上。

4

契阔夫的马刀兵，后来在许多史记中被称之为"匪"，是有一定道理的。比如说现在吧，契阔夫是在品尝胖厨娘的手艺，但他没有下令放假；巴克洛夫和皮斯特尔正有组织地血洗洋行；热西丁正领着一些马刀兵在烧城门，抢劫粮草，顺便盗窃公私财物，追逐妇女。可老白俄这伙人却毫无组织纪律性自行其是，在喝酒，还喝得没完没了。

我的钦察汗国马呀，
我们走吧！
按恺撒皇的命令，
让铁蹄踏碎敌人的城乡，
在刀尖上闯荡哥萨克的名声……

他们边喝边唱，声音之大，都盖过了洋行里不断发出的哀号。老白俄还吹萨克斯管，声音悲怆凄美。让酒坊的人都觉得新奇，还有些感动。

幸亏有一疙瘩云飘到了子归城上空，没雷鸣也没闪电，就落了一场毛毛细雨。院子里喝酒的马刀兵被落雨惊醒，这才相互搀扶着离开了酒坊。

虽然这是场夜雨，黎明时就停了，但它打湿了地皮，就值得记述。因为子归城是一个降雨很少的地方。

老白俄的这拨马刀兵离开时，已经喝得摇摇晃晃，还一人抱着一坛酒，边走边唱歌。

大亮和独眼龙心疼又愤怒，便上前去阻拦，要求把钱留下。

结果独眼龙被打了几个很响亮的耳光。那毫不犹豫的耳光在微雨中，显得尤其清脆嘹亮，仿佛一个鞭技绝好的车把式有意甩出的鞭花。而天亮则被抽了皮鞭，马刀兵的皮鞭很有力度，几下就把天亮打毛了，举着一把铁锨欲要拼命。嘴里忍不住破口大骂，仿佛一只啼鸣的公鸡。

最后是老白俄提议，马刀兵把一只抢来的老山羊扔给了天亮，顶了酒钱。

第三节

1

老白俄一伙走后，夜雨过去了，天也麻麻亮了。几个伙计在天亮挨打时都躲到了一边，这会儿赶快溜沟子拍马屁，又劝又扶，让天亮回屋换干净衣服，歇息，享受伤员待遇，他们负责修门。——马刀兵撞坏了门闩。

"修个球哩。先把门顶上，都给我到井边捞条篓去！咹！"

天亮下了这个命令后，就自己扛个梯子，搭到房檐上，爬上去了。屋顶湿了，天亮怕踩坏，就立在梯子上，朝外张望。他晚上听到了合富那边传出的惨叫声，隐约而虚飘。但声音穿透雨幕的遮掩，还让人不寒而栗。

城里的枪声已经停了。街道上，偶尔还有马刀兵跑来跑去的马蹄声和呐喊声，但也微弱稀落了许多。天亮看到合富的石头楼在晨霭中模糊而阴森，透着暗红，透着死一般的寂静。

很意外，天亮听到海黑子家有女人、娃娃在偷偷地哭，声音压抑而凄怆，一个男人在轻声喝止。接着有人开门出来，刹那间，女人、娃娃的哭声冲出房屋，响亮而刺耳。而随着房门一关，那哭声又被闷在了屋里。天亮看到海黑子急匆匆地去了马号……

"掌柜的，你快下来，快来！"去顶院门的狗剩，忽然跑到梯子下面，朝天亮低声惊惶地喊。

"喊球哩！"天亮骂骂咧咧地从梯子上下来，跟狗剩到院门口一看，也吓了一跳，惊得张嘴结舌——院门口，直挺挺地躺着一个大胡子马刀兵，浑身是血。奇怪的是，这家伙的马裤裸露在膝盖处，大腚光溜溜地露在外面，像是正撒尿，就被人弄死了。

这时天色已经放亮，中门附近隐隐约约已有人影晃动。

"让人……看见，可就是咱们……杀的啦……"狗剩惶悚不安地说。

"快抬进来！"天亮说罢，四下一望，没看见人。情急之中，一把抓住大胡子的一条腿，嘿的一声，就把这个死人甩进了院子。接着赶紧关上院门，顶上了杠子。

这人一身血和泥水，身上还带着酒气。

井边上，一个伙计已经拽着井绳下到了井里，另两个伙计正抓住辘轳把手不敢放松，独眼龙在一边指挥。他听到这边的动静，回头一望，就跑了过来。

"这是别人杀了人，栽赃哩。"独眼龙说。

"唉？那你说咋办？"天亮也知道此事关系重大，人命关天，头上不禁渗出了细汗。他望望天，东方已晓，鱼肚白上泛着红光。

"天都亮了，要把人弄到别处，是不球行啦！"独眼龙哀叹着，看天亮。

大家都傻着眼。只有狗剩还灵活些，又找了两把铁锨，在顶门。

"全是些提不起来的囊狲！"天亮一急就又骂这个凶手不是个儿子娃娃，敢做不敢当，祸害了自己。骂着骂着，就一跺脚，按他的习惯性思维，下了命令，"看个球！快去挖坑，埋人！"

在此我得解释一个历史名词：菜窖。

二十世纪初，北方的冬季寒冷而漫长，储存过冬的蔬菜是个事儿。那时候，北方人不管有钱没钱，家家都有菜窖。有钱的大户人家，人多嘴多，菜窖就大，往往需在地下挖出房子大小的坑，搭梁盖顶，再将覆土盖得像小山一般保温。这种菜窖都有坡形甬道和窖门，进出要掌灯。一般人家的菜窖就简单，向下挖个二三米的直洞，然后打两三个侧洞，将萝卜土豆埋入其中，白菜、大葱、大蒜，码放整齐即可。这种菜窖没门，但有防风挡雪的顶盖，洞壁上有踏脚的凹龛，供人上下进出。

当然，这是对一般城镇人口而言。在乡村，除了大户人家，一般户儿家是不挖菜窖的。冬天吃的土豆、萝卜多是留在地里，吃的时候，刨开积雪从地里挖就行。白菜一类就放在一个空房子里，盖上麻袋布片即可。比如，钟爷家早年就没有菜窖。

菜窖的一般功能如此，有时也有特殊作用，比如，兵荒马乱时，它是妇孺躲祸的首选；大户人家的菜窖，还常有偷情男女进出。

酒坊的院里原本是有直洞式菜窖的，但何坨子那两年不在城里过冬，所以菜窖就塌得没了形。

坍塌的菜窖土虚，好挖。所以不用聪明人提醒，大家便把坑址定在了废窖口上。

挖坑的时候，大家才发现，大胡子的脖子上插着一只银簪子。显然，正是这东西要了大胡子的命。

天亮把簪子拔出来一看，簪子足有两寸长，他明白了：这是一个妇女在面对大胡子的强暴时，挣扎之际，从头上拔下簪子，一下戳到了大胡子的脖子上。正巧，簪子戳到了他的动脉，大胡子于是血流如注……杀人了！这个妇女或者他的家人或者家里的伙计，惊惶之中，就趁着街上没人，把尸体抛到了酒坊门口。

"活该！"天亮朝大胡子吐了口唾沫，心里平和了许多。

独眼龙还是担心有人陷害，提议把大胡子扔到井里去。因为要是有人陷害，就会让马刀兵知道，那样一旦在院子里挖出了人，大家全得小命玩完。而如果把大胡子扔进水井里，到时候一旦被查出还可以说，是大胡子喝多了酒，自己掉下去的。

天亮一听，就大骂独眼龙："放你娘的屁！把这狗日的扔到井里，将来井水还能做酒吗？咳！再说，这脖子上的血窟窿，人家能看不见？"

独眼龙一听这话，觉得有理，也就带头挥锨挖土。

为了省事，大家把直洞里的虚土掏掉后，就把大胡子直插进去，埋了。应该强调的是：当时，天亮坚持把从井里捞出来的条篓也埋了进去。为了和周围的地貌相同，还泼了几盆水。

2

酒坊里埋着个马刀兵尸体，大家全都心绪不宁。狗剩把老白俄他们留下的山羊，剁了煮了一大锅。可大家心慌，都没什么胃口。

天亮让大家赌咒发誓，谁要是把这事说出去，天打五雷轰。而且活着的人有权利和义务灭其九族。——虽然九族包括哪些人，他也分不清。

独眼龙唉声叹气，担心这事儿是有人有意陷害。伙计们也议论纷纷，黔驴技穷地说废话。

天亮忽然想起大胡子浑身是血，院门上说不定也血迹斑斑。就急忙跑过去，挪开杠子。一看更慌了，不仅院门板，门槛上也有血迹，好在被雨水冲淡了许多。众人急忙打了水来，拿着笤帚连泼水带刷洗。最后，还在门口撒了些炉灰。

大家干这些的时候，天亮始终躲在旱柳树后，探头探脑地四下观察动静。一切清理完毕，天亮检查，看不出任何异样。但心里还是不踏实，便想到街上看看，打听一下消息。

大家说：皮斯特尔认识你，契阔夫也认识你。你头上有疤……

天亮就把小伙计狗娃的毡帽抓过来，扣到自己头上，遮住血十字伤疤，走了。

3

天亮一路躲躲闪闪，走到洋行附近，见一大堆人正三五成群地东张西望，窃窃私语。就踅摸过去，想打听些消息。

人家捂嘴不说，只用手一指。天亮再看，就吓了一跳：合富洋行的白石头楼变成了发黑的红石头楼。楼顶花墙上胡乱地码放着一圈无头尸首，也许是下了雨的缘故，它们有的已经发黑，却还没有结痂凝固，有的还在滴滴答答往下滴血。

天亮起初没有意识到这是人的血液。他只看到一些发黑发乌的茄子色的紫块，与新鲜的泛着粉红色的红色液体在相互交融、浸淫、扩散。后来他意识到了楼顶上那些横七竖八的胴体原来是无头尸首，而染红白石头楼的正是他们流出的血液，那血沿着石质的楼壁向下流淌，像毛毛虫在蠕动。他突然感到一阵翻江倒海的恶心，而且，嗅觉迟钝的鼻腔，刹那间，闻到了带着鱼腥味儿的恶臭……

白石头楼刚被雨水染成赭石色，就又被血染成了红色。

天亮恶心难抑，转身离开人群，还捏住了自己的鼻子。就在这时，他听到一声锣响，有人站到高台子上，大声呼喊：

"哥萨克长官命令！所有人马上到东门听训话。"

天亮纳闷，还训话？就问身边一个人："这是咋回事？"

那人却是山西会馆的车户瓦刀脸，两人熟悉，吃过鸡，喝过酒。

瓦刀脸满脸愁容地望了望血光如火的合富洋行，说："我也不球知道。我也是会长让出来打探消息的。"

"咋？山西王好着呢吧？"

"好着呢。"

山西王从阿山回来，深居简出，内敛厚实了许多。和天亮见过两次面，也全无霸凌主义，天亮对他就又多了些好感。现在见了他的车户，自然话也就多了些。

两人正说话，不知从哪里就冒出了一队一队马刀兵，大呼小叫，挥舞马刀，把众人包围起来，往东门驱赶。

4

东门没城门，但还是被烧了一通，门洞黑黢黢的。马刀兵放了警戒线，被挡在门前的也有一百多号人，包括暹罗米商宾努、锡兰贸易商齐里巴、阿富汗商人拉罗沙尔、通四海酒楼的老板陈胖子、骆驼行掌柜的黄大胆儿，还有江浙丝绸行的吴管家，等等。

还有许多人，正被不断地从四处驱赶过来。

大家全都忐忑不安，相互窃窃私语打探情况。最终天亮大致明白了：皮斯特尔带着马刀兵在洋行的石头楼杀了一晚上的人，可把许多商家吓坏了，他们不知道接下来会发生啥事，全都惊恐不安。凌晨，便有许多人赶了马车，带了家眷，要跑路走人。马刀兵发现后，就放了警戒线，只放走了俄罗斯洋货商巴刹勒夫斯基和印度珠宝商拉吉夫、土耳其商人拉格佐尔等几个人。其他人则被围在了城门洞前，至于下一步要干什么，谁也不知道。

后来，人群中一阵惊慌，随即鸦雀无声。

契阔夫出现了。他沿着内城台阶往城楼上走，走了一半却忽然转身，昂然地站住了——他忽然又牙疼了。

大家正要听他讲什么，皮斯特尔却跳了出来：

"各位乡亲，大家还都认识我吧？你们不要惊慌，我们英勇无敌的哥萨克，是来主持正义的。"皮斯特尔的开场白，立刻引起了一片嗡嗡声，有人低声叫骂，有人趁机放起了响亮的臭屁。

皮斯特尔满怀激情地说："你们知道吗，我们敬爱的雅霍甫商约，是我们英勇无畏的哥萨克少校契阔夫（说到这里时他带头鼓掌，但应者寥寥）——的舅舅！雅霍甫商约笃信上帝，人民衷心爱戴。可是有人却谋杀了他！他们是谁呢？他们就是背叛者铁老鼠巴赫·铁尔森、刽子手索拉西！想想吧，刽子手们还把雅霍甫的亲生女儿、漂亮的公主柳芭迫害致死！这样的罪恶，我们英勇的哥萨克少校怎么能容忍！"说到这里，他伸手侧目，把大家的视线引向契阔夫身上。

契阔夫肃穆地朝大家挥了挥手。

"现在我们欢迎英勇的哥萨克少校契阔夫先生给大家训话！"皮斯特尔高举双手，作激动欲涕状。

契阔夫牙疼，不想讲话了。就威严而简练地说了几句："你们都听着，我，哥萨克少校契阔夫，已接受命令去欧洲维护世界和平。现在途经这里，短暂休整，准备粮秣，去完成我们神圣的使命！……"

契阔夫说一句，皮斯特尔就提高了八度的声音翻译一句，译得抑扬顿挫，极富威慑力。但契阔夫话没说完，却突然捂住腮帮子，龇牙咧嘴地一挥手，简短地说了一句话，就不管皮斯特尔正在翻译，兀自走下了台阶。

契阔夫的那句话是："你们记住！雅霍甫家族的财产，永远只能属于雅霍甫家族！哪怕一草一木，它都是神圣不可侵犯的！否则，我的惩罚将是灾难性的！"

虽然没几个人响应，皮斯特尔还是积极领掌，欢送契阔夫。

契阔夫走的时候，人群惊慌，再次骚乱。天亮就想瞅空子，放趟子跑掉。不料，就在他脚底下，却发出了一个声音："走不成！他们骗人着呢！"

天亮一看，说话的却是他的邻居海黑子。他蹲在地上，一脸的惶恐不安。海黑

子归城

子长得浓眉大眼，有股子正大气象。他蹲在人群里，还蜷缩着身子听人家训话，反倒很显眼，看着别扭。

天亮看海黑子没起来的意思，只好也圪蹴了下去。

海黑子却把嘴贴到天亮耳边，悄悄说："知道吗？金县长在榆树窝子，让马刀兵掏心挖肺了！"

"咹？听倒是听说了，就不知真假。金丁这狗日的，跑到榆树窝子干啥去了？"天亮不自觉地也跟着声音小了许多。他忽然想起了一大早儿，海黑子家女人和娃娃的怪异哭泣……

海黑子蹲在人伙里，却还东张西望，"咱们是邻居。你……都听到啥哩？"他的眼神里透着奇怪的慌乱，"昨夜里，你那儿来了一帮马刀兵，又唱又闹的。天明才走的吧？你没……遇上啥？"

"咹？——你遇上啥啦？"天亮忽然想起了大胡子马刀兵，也紧张了。

第四节

1

天亮的邻居海黑子，名字暂时不详。他本来是开水磨坊的，那年被汪妈骂急了，砸了"回民磨坊"的招牌，改行做鞋。海黑子厉害，他把"牛鼻子"鞋后面加块皮子，就成了"牛蹄子"鞋；把皮窝子缝上布鞋底子，就成了类似现代的系带皮鞋……总之，什么鞋一经他改造都会点石成金，变得结实耐用，还轻便好看。此外他还做毡筒、毡靴。因此后来人们回忆他，总分不清他是个毡匠还是鞋匠。

但不管是毡匠还是鞋匠，他都是和动物皮毛打交道的，属于"臭"皮匠，院里、身上总有股味儿。海黑子自觉，知道烧酒坊怕臭味儿[w]，就很少串门。但两家

---

[w] 链接 酿酒是个曲子菌发酵的过程，怕串味儿，对水呀土呀等环境的要求高。所以刘家酒坊在云朵的料理下，除了食草的驴马、骡子等有棚子的大牲口，猪呀狗呀都不养，甚至连乱飞乱跑的鸡兔都不养，怕污染了工房酒窖。院子里的旱厕也是三四天必要清理一次。海黑子知道这些，不过他有些过于谨慎了。

来往虽少，却睦邻友善，彼此相敬。

海黑子为人安静，规矩，不惹事，但说话办事声音洪亮，倒不含糊，有股子儿子娃娃的利索劲儿。可那天，海黑子一反常态的神叨叨鬼叨叨，一下子拨动了天亮的敏感神经。他由迷惑而紧张，由紧张而警觉。结果两个圪蹴在一起嘀嘀咕咕不断耳语的男人，就暗中斗智斗勇，相互试探，彼此折磨着逐步进入了一起命案的隐秘细节……

甲寅年鬼节，有一起人命案大体是这样发生的：有个一脸大胡子的马刀兵，喝多了，闻着酒味儿找到了刘家酒坊。但他不认汉字，走错了门，叩响了海黑子家的院门。海黑子的姨太太以为去扫听消息的海黑子回来了，就打开了院门。大胡子就把她推进旁边的门房，按倒，强暴了她。

正巧，海黑子回来，见院门敞着，就骂着进了门房，看到了这一幕的尾声。当时，外面在下雨，海黑子没注意他的姨太太把一枚簪子刚好扎进了大胡子的后脖子。海黑子怒不可遏，就去伙房提了把斧头，冲了出来。大胡子见了，就提着裤子，摇摇晃晃地出门走了。

海黑子的父亲胆小。海黑子要追出去杀大胡子，但他的父亲及时锁了院门。

大胡子的脖子上一直在汩汩地冒着血。他大概是觉得自己走错了院子，是个错误，应该纠正，就步履蹒跚地走到隔壁院子，想敲门。结果，他还没够上门环，就倒了。倒在刘家酒坊的门前，慢慢地停止了呼吸，死了。

大胡子还是个军官，把手枪落在了门房。海黑子听姨太太说，大胡子被她朝脖子上戳了簪子，血流如注。他和父亲害怕马刀兵来报复，就忐忑不安地端着手枪，等着拼命。

可大胡子一直没来。海黑子心里没谱，就想出来看看大胡子的动静。却正碰上酒坊的人在洗刷院门，就没敢出来。后来，他听酒坊那边没动静了，就溜出来，乍着胆子扫听街面消息，却就和天亮一样，被驱赶到了东门……

海黑子没告诉天亮这个故事的全部，但他看到了酒坊的人洗刷院门，就试探着问天亮。天亮没有正面回答。但海黑子听出来了，大胡子死了，就埋在刘家酒坊。

子归城

这结果让海黑子有五雷轰顶的感觉，他没想到大胡子会死。他当时腿肚子发软，就坐到了地上。但就是这样，他还是抱拳对天亮说了：海内存知己，天涯若比邻。咱是邻居，有难同当！

"咋个有难同当？唉？"这时候的天亮已经清楚了杀人的银簪子来自哪里，就觉得海黑子的话，有点虚。

海黑子告诉天亮：我想走哩！我走了，有啥事儿，你就全推到我头上！

天亮当即表态：你走，我帮呢。

他们的这些话都是在别人的裤裆下说的。当时皮斯特尔正在大声宣讲，发布命令。人们既愤怒又害怕，没人注意到屁股下面还圪蹴着两个人，在头对头地密谈……

2

契阔夫走后，皮斯特尔就换了嘴脸，连恐吓带欺骗地说了一大堆的话，包括：谁都不许动合富洋行的一草一木！要让血染的石头楼永远留着，提醒那些像铁老鼠、索拉西一样对我皮斯特尔不友好的人记住，这就是他们的下场！那些拿传单陷害我的人，要赶快自首！否则也会被送到石头楼顶上去斩首，喂狗！还有，战无不胜的哥萨克要去参加"欧战"，大家要积极准备粮草，配合作战，谁都不许携带家产逃跑……

大概是契阔夫有指示，皮斯特尔对征集粮草一事，讲得非常详细具体。下令从此刻开始，有钱没钱的人都不能随便离开古城子！每个出城的人只能带走不超过五两银子的钱物。同时出城必须交纳一两银子，或者十斤粮食，或者一大捆马草。

皮斯特尔是首次有机会对全城人发号施令，故而讲得又详细又啰唆，车轱辘话反复不已。若不是他昨晚上血染洋行，杀人杀得人人心惊胆战，听众肯定又会咳嗽起哄放响屁。

最后是库力·热西丁嫌皮斯特尔啰唆，一把推开他，高声宣布：

"今天起，你们全部，不许出城！出城要交钱、交粮食、交马草！不交的人，杀！"

海黑子和天亮蹲在人家的脚后跟处,听清了大意,就再不想听皮斯特尔的车轱辘话。两人一直在密谈。

不过他们对热西丁的话还是听下了。因为热西丁声音很大又干脆响亮,把他俩都吓得站了起来。

3

海黑子知道大胡子死了,心里害怕,一散会就溜回家了。他想要赶紧离城走人,逃命去。

他回来,姨太太已经喝了熟皮子的毒芒硝,死了。

海黑子家备有老人的棺材。姨太太入殓后,全家人就发愁:怕抬着人出殡,被人怀疑。

第十六章
鬼节之后

第一节

1

天亮回到酒坊,大家一听不许出城,出城要交粮草,就骂。再一听皮斯特尔要陷害他的人,投案自首,就怕。一怕就嘀咕,嘀咕来嘀咕去,便有了一致看法:皮斯特尔肯定想借"卤案"收拾些人。这些人里头天亮的排名遥遥领先。皮斯特尔心狠手毒,说不定石头楼的悲剧又要上演……

"他收拾我?我他妈的收拾他!"天亮一跺脚,急中生智,就下了决心,他让狗剩、狗娃、枀枀三个伙计,立即分头去找人,买枪[q]。

院子里埋着大胡子,谁心里都慌。大家就都同意买枪。

2

按天亮的吩咐,狗剩等三人分别去找的是三个人:钱老三、山西王和驼二

---

[q] 链接 大胡子马刀兵这事儿,不但让那个夜晚变得惊心动魄,而且在后来的日子里,大家一想起院里的旧菜窖里直挺挺地埋着个死人,就惶惶不可终日。担心一旦事情败露,大家全都有口难辩,除了小命玩儿完,还会被马踏刀砍,死无完尸,甚至碎尸之后还会没有葬身之地。

婶——天亮认为车马店的骆驼客们有枪。至于其他两人，天亮判定钱老三是可以倒腾上枪的。而山西王本身就有枪，难对付的是这个山西老星儿肯定要高价。

可几个人带回来的消息令人沮丧。

去找山西王的狗剩最倒霉，山西会馆大门紧闭，死了一般。他在门外哭着喊着把山西王都叫成了爷，可最终只见到了一个会馆的下人。那人带出的话是：谁说我山西王有枪？找死！

狗剩说他看到山西会馆的人都在挖地洞，大概山西王想把地洞挖到城外。一旦马刀兵来犯，他们抵抗不住，就钻地洞逃出城。

驼二婶的车马店店门紧闭，里面没人。邻居说，驼二婶带着傻儿子，去阿山找自家男人去了。还说，驼二爷和神拳杨都在阿山呢，也不知道是找哪个。

去找驼二婶的狗娃没找到驼二婶，却带来了她的伙计葱头。

葱头问天亮：酒坊要不要他？

天亮说：你不是给驼二婶当伙计吗？咋不干啦？

葱头说：驼二婶在鬼节前突然辞了他和尕娃子，关了车马店，带着傻儿子三宝去了阿山。

天亮觉得奇怪，问为啥？

葱头说，他也没敢问，因为驼二婶一直怀疑他知道皮斯特尔被捕的原因，还知道天亮坐牢的原因……老板娘说我知道的太多了。

天亮问葱头，那你是不是知道的太多了？唉？

葱头说，当时好像知道一点，现在全忘了。

天亮就笑了，说，是个好伙计。

然后就问他：你已经被辞工了，还在车马店干甚？

葱头说，这不是马刀兵来了吗？车马店没人，我怕马刀兵进去抢劫。就叫了尕娃子，替老板娘先看着点店嘛。

天亮听了，就朝葱头胸口上捣了一拳，说，你回去把尕娃子叫上，今天就搬过来吧，你过来后就当大伙计。

子归城

驼二婶走的时候给葱头和尕娃子结清了工钱，他俩比酒坊的狗剩等人有钱。过来当酒工后，还都分别入了几股本金。

天亮很高兴。

3

狗剩、狗娃两个回来的人都没买上枪，尜尜又一去无踪。天亮心里不踏实，就让大伙把大胡子身边的条篓挖出来，说他晚上要偷着出城，埋到城外去。大家都觉得这想法也很脑残。天亮说，城门都烧了，城门洞开着。把守的马刀兵再凶，老虎也有打盹的时候，你们都不要管。

大伙不放心，葱头就自告奋勇，先去了几个城门看情况。

4

皮斯特尔知道契阔夫的牙疼病又犯了，就想借机巴结上司。一散会便招呼马刀兵想把孟长寿抓来。正在这时，他看到几个马刀兵在城门口盘问二锅头。他就笑了，走过去，捏住了二锅头的鼻子……

二锅头在契阔夫面前赌咒发誓，说酒坊有好药酒能治牙疼。契阔夫就让皮斯特尔押着二锅头去刘家酒坊。皮斯特尔不想担责任，就弄了个保证书，让二锅头签字画押——其实，就算没药酒，他也想找刘天亮呢！——之后，让马刀兵很夸张地把二锅头绑了，押到了刘家酒坊。

5

天亮把挖出来的条篓藏到了房顶的烟囱里。他怕有人上房，就让独眼龙开了窖房门，想把梯子锁到窖房里。

可他刚把梯子扛进窖房，院门忽然就被拍得山响。

天亮急忙放下梯子，关了窖房门，示意独眼龙开院门。独眼龙就喊了伙计让开院门。

院门一开，他听到独眼龙对他说："是二锅头回来了！"

他刚要出门，独眼龙又对他急切地喊了声："快藏起来，皮斯特尔也来了！"

天亮从独眼龙腋下歪头一看，二锅头居然被五花大绑着。押他来的除了满脸奸笑的皮斯特尔，还有四五个马刀兵，都端枪举刀，一脸杀气。

"大家不要惊慌，我是来看药酒的。——顺便也看看老朋友刘掌柜！"皮斯特尔像一只猫头鹰那样笑得让人毛骨悚然。

独眼龙抢上前去说："他不在。前两天就不在了！"

"你看，皮二爷，我说他不……不在吧？"二锅头如释重负地说，"皮二爷，小的说、说过，前几天孬阎王——就是刘天亮这个狗日的，他就出城了，去会他的相好云朵去了！"

皮斯特尔继续笑着，"看来我这个朋友是不知道我回来了"，他笑着冲二锅头点点头，"不过，为了证明你是一个诚实的人，我们还是四处看一看！就像你们中国人在想拒绝接见朋友的时候，常常会撒谎说自己不在。刘天亮说不定也会这样。"皮斯特尔说着，朝四个马刀兵一挥手，搜查开始了。

皮斯特尔有文化，不像老白俄那帮马刀兵那么野蛮，他让独眼龙把酒坊所有的马灯、油灯全部点亮，然后一个坊间一个坊间地搜。

在这件事上二锅头显得十分积极，总是带头撞门，指点搜查。

皮斯特尔显然对二锅头的表现比较满意，就让人给二锅头松绑。二锅头更加积极了，他抄起一根木棍，进进出出，到处戳戳点点。到了屋外也装模作样地敲敲打打，假装积极。

独眼龙担心埋大胡子的地方被敲打出问题，急得浑身燥热，恨不得朝二锅头的屁股上踹一顿脚，但始终没敢。

当二锅头像汉奸带日本鬼子进村一样，一脚踹开窖房门后，独眼龙急了，抢上前去，一脚把二锅头踢得吱哇乱叫。

皮斯特尔变了脸："你，干什么？"

独眼龙愣了半天，不知该说什么。

孬娃子到底是跑堂伙计，机灵，赶紧替独眼龙解释："这酒坊里最不能进人的就是窖房。要不，污染了糟子就出不了酒了……"孬娃子一口气说了半天，一个基本意思就是说，窖房是个顶关键的地方，卫生要求高极了，相当于我们现在的无菌室,是酒精发酵的地方。人进去,会形成细菌感染,云云。

但皮斯特尔听完了尕娃子的长篇大论,更坚定了彻底搜查窖房的决心。——尕娃子刚当酒工,说的都是常识,不专业,吓唬不住人。

所有的马灯和人都进了窖房,里面一片通明。

其实,窖房里是没有什么东西的,除了一眼几丈长的酒窖,就是一些木锨和水桶。皮斯特尔双手抱肩,面对一目了然的场面,左顾右盼了半天,最后把目光盯到了房梁上。他命令人支上梯子,让二锅头爬上房梁,照亮,他自己亲自查看。

独眼龙眼都直了,头上冒出了热气。

"没有!"二锅头说。

皮斯特尔听了这话,亲自爬了几节梯子,还是没看出什么。但一低头,忽然看见了酒窖,就乐了:"你!下去。"

独眼龙大吃一惊:"这,是酒窖啊,人下去了,我的一窖酒就完了。"

二锅头也急了:"这不能下人!——你不是来看酒的吗?"

一个马刀兵不耐烦,一脚把刚从梯子上下来的二锅头踢进了大窖。

掉进酒窖的二锅头像在蹦极,在热气蒸腾的酒糟子上弹了几下。突然就蜷起身子,双手抱拳,苦苦哀求起来:"皮二爷,您这是要活埋我呀!"

皮斯特尔也乐了,说:"上来吧!"转身出了窖房。二锅头从酒窖里爬出来,浑身糟子,酸气四溢,像落水狗,也就不如先前那么积极了。

皮斯特尔仔细察看了四处后,才转身对大家说:"这个人,"他指了一下二锅头,"他说他是这里的二掌柜,是这样吗?"

这时候二锅头忽然来了精神,凶神恶煞地对几个伙计大叫:"咋啦?哑巴啦?都说话呀!"

那几个伙计也就不情愿地都点点头。

"那么,二锅头老板,你所说的可以治疗牙疼的药酒在哪里?"

"有,有有,这酒得煎,做好之后,还要煎熬一晚上,明天才能拿出来!"二锅头急切地叫了起来,"我刚就说了,明天早上,我一定给您送过去。我向我的祖爷爷保证！"

"你的祖爷爷早死了吧？他有什么用？我看这个酒坊比你的祖爷爷有用。就按照您给少校的保证，明天早饭前，把药酒送过来。如果你送不过来，按您的签字，这酒坊就得充公，归我们了。我们就会到街上拍卖它！"

"是是。我言而有信。明天早饭前，我一定给你送到！"二锅头忙乎乎地点头哈腰。

这时，正巧葱头回来了，一探头，看见皮斯特尔，想躲，但已经来不及了。他人机灵，被皮斯特尔一追问，马上就说他是被吓了一跳。"因为刚才我看见哥萨克封了城门，城里的人不让出去，城外的人不让进来。说是契阔夫下了命令，要给他舅舅上坟，祭奠合富洋行的大老板红胡子——不！是雅、雅霍甫先生。我看哥萨克的大头目都在城外集合，以为您也在那里。没想到您在酒坊。您这时候还在酒坊，太让人意外了！——因为您是哥萨克里的大领导啊！所以一看见你，我就吓了一跳，以为见了啥神仙的影子……"

皮斯特尔不等葱头把拍马屁的话说完，拔腿就走。祭奠红胡子正是他抬高身份的机会，他不能错过。

二锅头赶紧迈开小碎步将皮斯特尔等人送出院门。

皮斯特尔上了马，正要招呼马刀兵们策马扬鞭直奔城外，却又忽然停下来，转身冲酒工们说："噢，刘天亮回来，请转告他我非常想念他，请他来见我一面。否则，别怪我不讲交情！你们都知道昨天晚上，合富洋行都发生了什么吧？"

大家噤若寒蝉一秒钟，接着惶恐地点头嗡嗡：知道，知道哩。

皮斯特尔等人的马蹄声远远消失了，大家还是傻傻地望着猴子般生动的二锅头，不知所措。

突然，一个汉子抄把大木锨冲出来，高声大骂着，追着二锅头满院子打了起来。

不用说，这人就是天亮。

6

二锅头虽然躲闪机灵,但还是刚绕院子跑了半圈,就被天亮一木锨打倒在了井边上。

天亮不依不饶,连续几木锨,就把二锅头打得上气不接下气,只有躺在地上哎哟呻唤的份儿了。

"掌柜的,掌柜的,不能再打啦,再打就打出人命啦!"大家一拥而上,抱腰的抱腰,抢锨的抢锨,可还是制不住天亮。

"驴日的,你是要把我的酒坊断送给马刀兵呀!咹?你个贼驴日的,你是要断了老子的生路,你断老子的生路,老子就让你也活不成!"天亮越骂越气,越气越来劲。居然在某一时刻,一下甩开众人,冲上前去,揪住二锅头的头发又是一顿拳脚。

二锅头被打得满脸是血,哭喊了有一分钟:"兄弟你听我说,兄弟你听我说……"天亮这才听到哀求,停下了手脚,"狗日的,你说,你说!你说不出个子丑寅卯来,老子今天就宰了你!咹?"

二锅头要求天亮别骑在他身上,容他从头细说。

天亮容许他从头细说,但依然骑在他身上。二锅头无奈,只得双手护了头,翁声闷气地叙述。

二锅头说,他昨天不是逃跑,而是去搬救兵。赵银儿不是嫁给马麟了吗?他就想弄几个靖安兵来,给咱酒坊压压阵,免得酒坊被抢啊!没想到,靖安兵都去了干沟,他就追到了干沟……今天,马麟派人来城里探情况,他也就跟着回来了——主要还是不放心酒坊。天亮听了,就骂二锅头是个勺子,没出息,但不那么生气了。

二锅头说他没料到,刚到城门口,就碰上了皮斯特尔。皮斯特尔见了他,就追问天亮的下落。结果他替天亮背了黑锅,被带到了老北城。这时候,天亮觉得自己下手重了点。

二锅头说,皮斯特尔那狗日的知道咱有药酒,能治牙疼。到了岳王庙,他就溜沟子,给契阔夫说了。那契阔夫捂着个腮帮子,确实在闹牙疼。契阔夫就让皮斯特尔把他带到了酒坊。

天亮听到这里，怒火又起，揪住二锅头的头发，大骂："你个狗日的，你就不是人吗？你咋不给他们说，我们哪里有药酒给人家治病？咹？"——天亮说到这里，又狠狠地打了二锅头一拳："贼驴日的，你还明天要给他送药。送不上，就要把我的酒坊抵押给马刀兵！你害谁哩？啊？"

二锅头被这一拳打得嗷嗷乱叫，杀猪般地哀求："兄弟，兄弟！你要是还认我这个哥，你就听我说！"

这时候，众人终于拉开了天亮。

二锅头依然趴在地上，一把鼻涕一把泪地说："那年，卖豆腐的王老二牙疼，钟爷不是给开了个酒方子，当天就止住了吗？"

天亮一听，也愣了。是有这么回事，只是有一年多了，他把这茬都忘了。

"可我爷现在人不在呀。"天亮想起了那药方存了底账，被他装到了条篓里。条篓他刚藏到烟囱里，他不想现在就让人知道，就拿这话先搪塞。

"这没啥呀！那方子存了底账，就订在册子哩。"独眼龙很勺头地说。

"咹？狗日的，都惦记啥呢。"天亮哀叹着他这个猪一样的队友，就发话，"还等甚？快领上人，烧火，开灶，烧新酒！"

药酒通常要泡数日乃至数月，但在烧酒坊就方便。酒蒸汽遇冷成液体，流出时依然滚烫。把药材放在甑口让淋，淋上一夜，就相当于药材被放在开水里煮了一夜，啥药性都能煮出来。

天亮看大家都动起来了，就想去搬梯子上房，取条篓。这时候去买枪的籴籴回来了，一进门便嚷嚷着说金丁回来了，金县长回来了！

他声大，许多人听见了，就又出来嚷嚷：不是说他死了吗？在榆树窝子，让人家掏心挖肺了！

天亮也惊讶，但看人都跑出来停下了手中的活儿，便火了："金丁这狗日的活不活，跟你们有鸟的关系？都干活去！"之后便冷着脸子问籴籴："我让你出去干啥去了？你跑了一天，就给我回的这话？"

子归城

朵朵慌忙说:"钱老三这狗日的是个跑街的,东跑西颠,没个准地方。我找了一天,才把他找见。别人说他去半截沟了,我就往半截沟去追呢,结果刚出东门,就在赖掌柜的店门口碰上他了。那狗日的,和赖掌柜谝闲传呢——"

"少放闲屁!我问你:枪呢?"天亮烦了,受不了这种碎嘴子。

"我就说这枪呢嘛!钱老三答应了,说是给找。我这不就跑回来要给你回音吗?跑到半道上,突然想起来价格没跟他说定,就折回头去找他,想把价格问清楚。可等我跑回去,马刀兵就把城门封了,说是给红胡子上坟哩。钱老三进不来,我又出不去。咋办?我只能坐在城门口那儿等。结果,没把狗日的等来,却把金县长等来了。金县长真的回来了,还坐着他那个黑轿子,我远远地就看见了,那就是他的轿子……"

天亮仰天哀叹:我雇的都是啥伙计呀?一个个全是猪脑子。这个,还是猪脑子加碎嘴子!

第二节

1

契阔夫部众借道南下,按协议,武器缴械由随队省军押运,到霍尔果斯出境时再分发。

契阔夫部众人多武器多,仅枪械就装了八马车,还不算他们随身佩戴的军刀,但杨都督却只派了三十多个省军押运。

省军押运队的头目张一德,就是跟诸葛白一块到子归城、处理过黑沟煤窑暴动案的那个巴里坤人。张一德名字听上去挺厉害,仿佛三国时的张飞,其实是个书生文人。

张一德领受任务时,一听只有三十多人,就傻了,望着都督杨增青,半晌无语。

杨都督说:"是不是人少了?再加个零咋样,三百人?"

张一德一咬牙,说:"行!"

杨都督笑了,说:"哥萨克骁勇善战。三百人,也不行啊。"

张一德请教杨都督:"那咋办?"

杨都督就给了张一德一个扇子盒,说,"这里面有一锦囊妙计,生死攸关时,你可以把它拿出来,救大家的命。"

契阔夫在烽火台哗变后,把省军个个绑在了树上。张一德见情形危急,就喊着让人把他怀里的锦囊妙计掏出来。众人一看,却是杨都督写给契阔夫的一封信。谢尔盖诺夫认识汉字,细读,大意是:

本都督知道尔等思乡心切,归心似箭。本都督还知道尔等有舅舅在古城子。人非草木孰能无情!大战之际,祭奠亲人,与之告别,也是常情。故,尔等若是难耐思亲之情,亦可与当地官员沟通,在古城子稍作休整,补充供给,祭奠亡灵,以便长途远动……但不可杀人放火,违法乱纪。所到之处,需秋毫无犯,云云。

谢尔盖诺夫看了,感慨:杨都督真是料事如神。就对巴索夫说:既然行动早在人家预料之中,人家自然早有准备。咱们切不可轻易造次,杀人放火。——我看,此事重要,您亲自去一趟吧,给少校汇报。

巴索夫本来就急着想去城里吃肉喝酒找女人。听了这话,揣上杨增青的亲笔信,就快马加鞭,赶到了岳王庙。

契阔夫看了杨都督的信后,也觉得杨增青真是狡猾,不好对付。就下令部队当天驻扎老北城,不许杀人放火抓女人。

可契阔夫的命令下达后的傍晚,巴索夫就当街扒了骆驼行掌柜黄大胆女儿的裤子,为此他挨了打。

2

张一德是省军中唯一穿长衫的,他是头目,又有杨都督的亲笔信,所以待遇也与众不同。别人都被绑在大榆树干上,动弹不得。他却只是反剪双手,被一根长绳系在一顶女轿子上,有一定的活动范围。

马刀兵的队伍里有一顶轿子,而且还是女轿子。这事儿应该具有强烈的故事

子 归 城

性，可是长期以来，无论是林拐子还是紫泉子人，都忽略了它的存在。以至于我现在面对这件事时，就像面对即将来临的"莫兰蒂"台风一样，觉得很迷茫。我做过调查，很笃定地知道，这顶女轿子和谢尔盖诺夫有关，是他把它弄到榆树窝子的。可他为什么要这么做？是抬了个女人要献给契阔夫吗？可各种资料表明，契阔夫无此爱好。谢尔盖诺夫应该懂的。那么，他是奉了某个上级指令，比如契阔夫的命令或者伊万领事的安排，抬来了一个重大的秘密。可这秘密能是什么呢？除了女人，我想不出还会是其他什么。若是金银财宝，那他雇六个杀手长途相伴，岂不是自找杀身之祸？

可若真是一个女人，当时在榆树窝子的那么多人，金丁啦，张一德啦，郝大头啦，等等，他们怎么从来没说过？

事情太匪夷所思了。

好在女轿子里坐没坐一个女人，对《子归城》的故事发展似乎没啥影响，我们可以不用操心，只记住有顶女轿子最早在《子归城》中出现，是在榆树窝子就行了。

张一德被系在女轿子上，有一定活动范围，视野也宽广。他看到金丁一伙跑进沟里，就被擒住了。金丁瘫坐在地上，呆若木鸡。两个马刀兵就揪着他的脖领子，往树林深处拖拽，官服都被树枝划破了。

张一德忍无可忍，就高声大叫了一声："休得无礼！这是古城子的县长。"

结果，金丁就和他享受了同等待遇：没被绑在树上，也是系在女轿子上。

3

意外抓住了县长金丁，谢尔盖诺夫很兴奋。他深知此事体大，就又从马刀兵中挑了个有文化的，让去给契阔夫再次报信。

这个有文化的马刀兵却是个文艺青年，出生于小资产阶级家庭，爱写诗，身上弥漫着小布尔乔亚的情调和浪漫气质。

小资诗人走到涅槃河畔时，看到夜幕中的涅槃河两岸白色的芦苇花和红色的罂粟花交相辉映，诗兴大发，就写起了诗。之后他在半夜时到达岳王庙，听说契阔夫已经和胖厨娘入睡了，便自作聪明地认为，这两个人都属于梅开二度，冒昧地打扰别人的新婚之夜，很没教养。就把报信的事放下，自己也睡了。

第二天，吃过早饭后，他看到阵雨过后的郊外，马兰花芬芳吐瑞，幽香袭人。就跑到古牧地，采撷了许多的马兰花、罂粟花，把它们编成一个花篮，想献给契阔夫和胖厨娘，祝福他们花好月圆，白头偕老。

可就在他抱着花篮，边走边幻想着给胖厨娘献花之后的美好情景时，碰上了上等兵巴索夫。巴索夫因为昨天傍晚非礼黄大胆的女儿黄莺儿，被骆驼行的人打了个鼻青脸肿。心里不服，正吆喝人帮他去复仇。

巴索夫见了小资诗人，一听是来报告金丁被抓消息的，就一挥手说："我们已经占了县城，还要这个县长干什么？——走，跟我去骆驼行！"

小资诗人认为自己见了上司，报告了情况，任务已经完成。但他还是不想去骆驼行，他想去岳王庙，"那里有一对情人，我要去祝福他们的爱情。"小资诗人说。

"可是我在骆驼行遇到的是一个姑娘！那个胖厨娘算什么？她是谁的老婆？"巴索夫说。

小资诗人一听，认为言之有理，诗人的花篮，就是应该献给美丽的姑娘。于是，抱着花篮，跟着巴索夫，兴高采烈地去了骆驼行。

小资诗人的花篮、巴索夫的无耻嚣张，以及几个马刀兵的凶悍胡闹，当天就把黄大胆的女儿黄莺儿逼得差点儿上吊。而她被巴索夫扒了裤子的事，也迅速在子归城路人皆知，摇了盒盒子（当地人喻铁盒里有石子，一摇大家都会听到响声）。

4

被抓时肝胆俱裂的金丁县长，经过张一德一夜开导，茅塞顿开、豁然开朗。天亮时，竟然嚣张起来，大叫：红日东升，为何还无早餐？

之后又照张一德的分析背书，威胁谢尔盖诺夫：杨都督对你们从科布多出来的行踪，洞若观火，早在沿途布下了十万雄兵，打你们犹如瓮中捉鳖。现在本县安危，更是事关尔等生死大事。尔等亦早作决断，改正错误，免遭灭顶之灾……

子归城

谢尔盖诺夫一辈子没抓过这么大的官,深感责任重大,就亲自爬到烽火台的高坡上瞭望。不见小资诗人踪迹,就又挑选了一个最没文化的黑肚子马刀兵,令他速去向契阔夫再汇报。

金丁又对黑肚子马刀兵强调:阿山战事,省军得胜。本县现在就有得胜而归的靖安兵,个个善战骁悍,正在城外待命。尔等若不速速痛改前非,不但在本县会遭遇迎头痛击,即便是出国路中,也会在各处遭遇我刚刚得胜之师的拦截歼击。到那时,即便勉强出国,必然人马不齐,难以完成沙皇令尔等奔赴欧洲前线的圣旨。届时,尔等生命可虞,凶险难测!

谢尔盖诺夫觉得金丁所言,虽然耸人听闻,但多少也有些道理。就亲自拿了纸笔,将这些意思写成书信,令那个黑肚子马刀兵,快马加鞭,送给契阔夫。

黑肚子马刀兵,办事利索。中午时到了老北城,滚鞍下马,直接闯进了岳王庙。

契阔夫正为没人为他征集粮草而烦恼,一听抓住了金丁,大为高兴,当即命令:既然抓住了这个县长,那就快把他带过来!让他给我想办法解决粮草供应等问题。

黑肚子马刀兵,快马加鞭,一骑绝尘,就把契阔夫的命令传达给了谢尔盖诺夫。

可金丁已在张一德的启发教育下,明白了自己的重要性,坚决不上车。还要让谢尔盖诺夫转达自己的要求:一、保障本县生命安全;二、不可再出现虐杀民众事件;三,释放省军押解人员;四、本县回衙后,契阔夫部众不再驻军城内。

以上条款须有哥萨克具有相当级别之人员签字画押,本县方可接受迎接,回衙办公。

契阔夫看了金丁的要求,先是被逗笑了,后来仔细一想,就生气了。他把条款撕了,扔在黑肚子马刀兵脸上,让他滚出去。

黑肚子马刀兵出去后,很快却又转身回来了,说门口有两个人找他。话音未落,瓦西里便闯了进来,之后是马福山。

他们是代表马麟来和契阔夫接洽的。

瓦西里跑到干沟，指责马麟放弃城池，退走干沟，是渎职，没担当。马麟被吵得没办法，灵机一动，就指定他和马福山为自己的特使，去找契阔夫理论。

瓦西里仗着自己的侨民身份，一见契阔夫就批评他，违背协议，擅自进攻子归城，有违沙皇旨意。契阔夫被吵得心烦，灵机一动，就指定瓦西里为自己的特使，去榆树窝子，迎接金丁县长。

"这个县长来了，我就会把古城子交给他来管理。"契阔夫对瓦西里说。

瓦西里是个卖曲曲板的，没心眼儿，还以为这是自己取得的巨大外交胜利，就和马福山高高兴兴地跟着黑肚子马刀兵去榆树窝子请金丁了。

第三节

1

就在满街盛传金丁被剖腹挖心的时候，金丁回来了。

当时，契阔夫正在古牧地祭奠红胡子雅霍甫的亡灵[w]。城外的人，不明真相，都在林公桥一带偷偷窥探，瞭望。忽然有人喊了一声："金县长回来了！"

大家扭头一看，果然，金丁在一大伙人的陪同下，从官道上逶迤而至。

金丁回来得很有样子。他坐在一辆马车上，高昂着头，跟在他周围的人除了赶

---

[w] 链接　祭奠雅霍甫的活动中西合璧，漫长而隆重，很有仪式感。西部学者刘壮志认为，这是契阔夫为给自己的叛乱和攫取合富洋行财富制造合法性，故意搞的。此言不谬，不过作为小说，您和我应当更关注以下事实：

一、祭祀时墓地上的马刀兵集体鸣枪向红胡子致敬，把马麟吓坏了，他当时刚好带兵走到干沟沟口。他误读了枪声，以为人家在狙击，赶紧下令全军后撤了好几里。

二、靖安营的行动当时没人发现。因为正好金丁回来，吸引了大家的注意力——县长"死而复生"，大家一片骚动和唏嘘很正常。

三、杂杂心细，注意到了金丁出现的时候，在他身边还出现了一顶黑色的轿子。它在一群骑兵的拥护下，去了墓地。抬轿子的有郝大头和他的徒弟陶七等一行六人。

子归城

车的木匠郝大头,还有张一德、谢尔盖诺夫、马福山、瓦西里。他们或者骑马,或者坐车,脸上都荡漾着可疑的微笑。跟在他们身后的还有徒手的省军和几十号哥萨克骑兵。

这种情形,一下子把人迷茫得够呛,不知道金丁是被省军和哥萨克骑兵拥护着,还是押着来了。

有人就往跟前凑,想看个明白。结果,全被赶了回来。

马刀兵不许人靠近。

给红胡子上坟祭奠的马刀兵呐喊一声,打马扬鞭冲出了两个人。金丁和三十多个省军见状,就在林公桥畔停了下来。之后,双方就像开始了一场山地足球赛,不断有人策马扬鞭从山上下来,一会儿这边又有人策马扬鞭,跑上山去……

后来便有人看懂了,说:上下来往的人,都是信使。两军交战,不斩来使。他们是在谈判。

日暮黄昏时,谈判似乎结束了,那些没枪的省军呼啦一下就往西走了。金丁、张一德、马福山、瓦西里等人,则赶起马车开始进城。而金丁身后的轿子却随着皮斯特尔、谢尔盖诺夫以及哥萨克骑兵,缓缓走向了红胡子雅霍甫的墓地……

钱老三自作聪明地说:咱们县长有身份。人不去,只是把自己的轿子让人抬到了红胡子的墓地,以示悼念。这个和曹操割发代首是一样的。

其实,从后来的史实来看,那是一顶女轿子,而且,是黑色的。他比金丁通常坐的那顶绿轿子要小。不过,在黄昏的阳光下,豆绿色的轿子看上去就是黑色的。而在马兰花、罂粟花盛开的漠野上,人们很难分辨出轿子的男女大小。

这就使一个本来很神秘的女轿子的故事,再次被人忽略了。

2

金丁回城后,当即发布了安民告示,说:本县已与契阔夫达成协议,明日清晨,哥萨克便会离开本城,自行筹集粮草。城中居民,宜各守本分,安居乐业,勿再挑衅滋事;勿再背井离乡,另谋生计;勿再放弃买卖,流落他乡,云云。

金丁的告示,语气中充满了自信和自豪感,城中的士农工商,虽然觉得金丁有些吹牛皮，但还是信了他的告示，认为城里要恢复正常，还不用缴粮草了，就长舒口气后，洗澡烫脚，想要睡个安稳觉。

但他们刚刚钻进被窝，就再次被噩梦惊醒了。

皮斯特尔领着一些马刀兵，又开始在合富洋行杀人了！

事情的起因，和契阔夫的一道命令有关。

契阔夫在黄昏时，与金丁未曾谋面，却已达成了基本协议。其中便有他可以以子归城官方的名义，去花花沟收缴罂粟花、鸦片烟子以作军饷。契阔夫被手下鼓舞，决定翌日上午，大军启程花花沟。当晚安排部署时，皮斯特尔询问：合富洋行原先的员工和希卡都被关在白石头楼，大军走后，他们该怎么办？

契阔夫把这事忘了，经人提醒，便下了一道命令：合富的希卡们全部加入大军，追随他们，成为光荣的哥萨克勇士。其他老弱病残、妇女儿童，以及没有受过作战技能训练的员工，必须滚蛋回家，限时离开。

出乎他意料的是：在希卡中竟然有很多人提出，他们也想回家，不想加入哥萨克骑兵。

其中，原来的希卡小头目拉孜就是典型代表。他提出，自己老了，不适合到欧洲打仗，弄得缺胳膊断腿。他要带着妻子儿女们，回印度，去恒河水里洗涤灵魂。

契阔夫大怒，认为这侮辱了哥萨克的荣誉，冲皮斯特尔和赖黄脸大叫：还有谁？

皮斯特尔立刻报上了一份名单，有二十来个人。

契阔夫认定了这些人简直是给脸不要脸，就给皮斯特尔和赖黄脸下令：我看你们两个像是有脑子的人。你们立刻去，让这些可耻的懦夫们，现在就缺胳膊断腿，让他们用自己的血去洗涤自己的灵魂！

皮斯特尔和赖黄脸确实是两个有脑子有智慧的人。半个时辰后，他们便想出了落实契阔夫命令的具体措施：

他们挑了三十个剽悍的马刀兵，把关在白石头楼里的希卡们两两一组抓到楼顶上来，先打断他们各自的一条腿，然后让他们互殴对打。被打死的，就从楼顶上推下去,喂狗。没死的,他们再打断他的胳膊腿,搁到花墙上,拿铁丝网拴住,让其流血,阳光暴晒,血干致死。

一组进行完毕后,再进行下一组……

结果一晚上,白石头楼上希卡们的殴打声、惨叫声,便持续不断,响彻全城,让人闻风丧胆,噩梦联翩。

而白石头楼也就这样再次被血染成了红色。从此,人们说它时就去掉了"白"字,只叫石头楼了。

第四节

1

金丁回来了,还贴了安民告示。天亮就放心地从条篓里取出方子,交给了葱头,让他快去找孟郎中,照方抓药。

原来这方剂却是来自《圣济总录》,孟长寿那里材料很现成。就是将独活、莽草、防风、细辛、制附子几味药碾碎,用酒煎后,去渣,牙疼时热漱即可。学名叫"细辛独活酒"。

"掌柜的,你没听见啥吗?"葱头抱着药材回来时,一脸惊恐。给天亮递药材,手还哆嗦着。

"听见啥?"

"皮斯特尔在合富洋行,又开始杀人了。这次杀的是那些不愿意去当兵的希卡……"

"天天杀人?咹?"天亮嗅觉不行,但听觉很不错。侧耳一听,便听到了隐约的一声惨叫,声音瘆人得厉害。

独眼龙、二锅头等人似乎也听到了惨叫声,都紧张地问葱头:"咋回事儿?"

天亮就暴喊了一声:"都回工房!干活!"

接着就自己亲自跑过去,插上了院门,严厉地补充:"今晚谁都不许出工房!

活干不出来，就滚蛋走人！"

之后，他就上了房。这晚上，他一想到大胡子，一听到点儿响动，就上房，瞭望合富洋行的石头楼。甚至还跑出门去，爬到旱柳树上，看县衙那边的动静。

夜色昏暗，县衙寂静无声。石头楼上到底在发生什么，他也看不清楚。但随着夜深人静，隐约的狂叫声、咒骂声、惨叫声，变得越来越清晰、恐怖。皮斯特尔那张狞笑的脸就在他眼前浮动……

后来，他看到海黑子也出来了，手里捏着把枪。就轻轻地喊了一声……

2

这一夜，皮斯特尔在合富洋行制造出的杀人惨叫声，惊心动魄。

可酒坊的人，谁也没出去，全提心吊胆地煎药酒。有个小伙计，偶然不慎，放出一屁，吓得当即自己掌嘴不已。

二锅头更是战战兢兢，天亮出出进进，他始终不敢正眼看凶神恶煞般的天亮。

后半夜，"细辛独活酒"在拉孜等人的惨叫声中如期煎出。独眼龙尝了一口，说味道和给王老二的别无二致。

天亮却依然担心能不能止牙疼。

二锅头赶紧献殷勤，说："反正我这张臭嘴也让三弟你打出血来了，现在里面的牙床还肿着。我试试，看是不是止疼。"

二锅头一试，还很管用。在嘴里涮涮，痛感顿时消失许多。

天亮这才放了心，把药酒装进坛子封好，脸上依然阴着，说了句："那大伙儿都去歇着吧！"就独自进了窖房。

夜风习习，古城一片黑暗。合富洋行楼里的呻吟声隐约可闻。

约莫过了半个时辰，人都睡熟了。天亮却怀抱条篓，腋下夹上一把铁锨，从窖房出来溜到伙房后面，在垃圾堆边上，黑灯瞎火地开始挥锨挖坑。

他的动作悄静而迅速，不到一袋烟工夫，就把条篓埋到了地下，还往上撒了几锨灰。

他把铁锨放回原处，就搬了梯子爬上房，听了一会儿合富洋行的暴行，露天而眠。

临睡前,他还没忘把那坛药酒抱上房顶,又抽掉梯子,枕到自己头下。

——天亮是有心计的人,他担心合富洋行的惨叫声,诱导人的邪恶心理。别引得二锅头之类的家伙想不开,半夜里爬到房顶上来报仇。

3

翌日天明,晨星隐落。只有天狼星孤悬夜空,像墓地上的磷火,闪烁不定。光芒如雪,幽蓝惨白。

成了黑色的石头楼陷入了寂静。

天亮半夜才睡,早上就醒得晚。早饭后才抱着药酒从房顶上下来,大家都惊讶:"掌柜的,以为你出去了呢。咋还睡房上哩?合富洋行杀了一夜的人,您不怕瘆得慌?"

天亮却淡然解释说:"咹……我去看过了,没啥。"

"啥?你去看啥了?"

"夜黑里,我出城去把咱的条篓埋城外了。条篓里有《如匠酒经》,还有账本啥的,可都是要紧东西。咹,藏咱这儿,一旦马刀兵来搜查,麻烦就大了。"

"你,你夜里出城了?"

"咋?我出城的时候,顺便看了看洋行,也没啥。"天亮说着,便转移话题,问二锅头,"你的牙还疼不疼?"

二锅头趁机诉苦:"昨晚上刚喝上时不疼了,现在又疼得厉害。"

天亮便把药酒坛子启了封,说:"那你再喝上一口看。"

二锅头就舀了一屉子,在嘴里涮,一涮,就喜上眉梢:"真是神啦,立马就不疼了。"

天亮笑了:"那就留一碗给你当药。其余的快快给狗日的马刀兵送去。咹!"

"那边……洋行,没事儿了吧?"二锅头试探着问。

"没事儿了。放心去。"

二锅头就贪婪地倒了一满碗,又舀了一屉子含在嘴里,抱起药酒坛子,左顾右盼地走了。

看着二锅头出了院门,天亮才对独眼龙说:"看来这酒真的管用。"

独眼龙很自得:"那当然。谁酿的东西嘛。——哎,兄弟,昨儿皮斯特尔搜窖房的时候,把我吓得够呛!当时你,你到底藏哪去了?"到了这时候,独眼龙才有了机会探寻萦绕在他心头的谜团。

"能到哪儿去?我就在酒醅子里。"

大家全都愕然。良久,葱头才奉承说:"掌柜的真是神人,那酒窖里又热又闷,气都透不过来,你是不是有瑜伽功?咋能在里面憋那长时间?"

"唛?——小时候学过一点。"天亮说。

伙计们哗然,吃惊地称赞:原来掌柜的会瑜伽功啊,真是神人。有人便满脸崇拜地问天亮还学过什么功。

天亮说:气功,还有铁裆功、开眼功——就是晚上睡觉时,有刺客来,能开眼就杀人,像曹操梦中杀人一样。唛!

大家吓得全都噤若寒蝉。自此,天亮有神功的传说便在古城下三流中不胫而走。

4

其实,天亮是乘机给自己制造了一个神话。当时,他钻在酒醅子里,是嘴里衔了根空心芦苇来呼吸的。——那时候酿酒,为了让窖里上下层的醅子发酵温度一致,采用的办法都是把芦苇的中节捣空,插在酒醅中,以使下层的热气能够及时散发。天亮很轻易地就衔上了这样一根芦苇。

幸运的是,当时二锅头被那个马刀兵一脚踢下窖池时,没有落在天亮身上。否则后果不堪设想,更遑论他编造神话了。

一百年前的子归城还处在崇尚武功的年代,身边有这样一个武林高手,伙计们都激动得有些不能自抑。

"掌柜的,你有这功夫,平时咋就没让兄弟们开开眼呢。"

"你懂个球,掌柜的这是真人不露相。不到关键时候,不露这一手。"

子 归 城

"就是。你看那神拳杨，平时也不露。"

天亮被夸得心花怒放，就由着伙计们胡吹冒聊。

吹着吹着突然有人冒出来一句："哎！早上听人说，昨晚上，跑了好些人哩。这二哥，不会抱着药酒，也跑吧？"

大家一愣，是啊，如果二锅头跑了，那酒坊可就遭殃了。天亮也吃了一惊：是啊，这狗日的，刚让我打过。一生气，脑子混了可咋办……

天亮这时就没了功夫大师的风范，跳起来要去追二锅头。

独眼龙拦住他说："我去！你头上有疤，一去人家就认出了你！"

"快，快！追上二锅头，还要给他把话说死了，不能说老子在酒坊！"天亮跟在独眼龙后头，连喊带吩咐。

看着独眼龙的人影消失在街头后，天亮一瞬间想起了山西王在家里挖地道的事。他备受启发，立即吩咐伙计们全部抄家什，挖地窖。

第十七章

风把墙吹倒了

第一节

1

再次发生在合富洋行的暴行，当晚就吓跑了好几拨人。

契阔夫没想到烧了城门自己方便，别人也方便了。他那几个夜巡的哨兵，根本看不住三个城门。一些人或贿赂或强行，还是跑了。

条篓铺的罗阿满知道自己在给天亮卖条篓时，蔑视过皮斯特尔，怕报复，连院门都没顾上锁，就带着老婆孩子跑了。八闽茶行的林老板，曾经拿惠安土茶冒充安溪铁观音，糊弄过皮斯特尔。他知道此罪不轻，就掏巨资贿赂了谢尔盖诺夫，连夜驾车出城，没了去向。甚至梦春楼的汪妈也想跑出去躲两天，她担心皮斯特尔赊账嫖妓、欠钱不还反而报复她。骂过皮斯特尔的黄大牙不以为然，提议汪妈"先看看再说"，于是两人就在拂晓时，跑到合富洋行去看。

黄大牙和汪妈看到石头楼又变成了黑紫色，而楼顶上依然有惨叫声和呻吟声不断传出。两人就吓得缩到了墙根下。后来，他们看见被打断了两条腿、一条胳膊的拉孜，伸出硕果仅存的那条胳膊，冲着鲜红的太阳，惨叫着："我回不去了，就在这里升天吧!"然后从楼顶花墙上滚落下来了。拉孜落地的声音沉闷而震撼,令人心惊胆战。随后又是尖锐的疯狗的撕咬声和吠叫声,两人便吓得抱在了一块儿——汪妈哭得像个小姑娘。

后来他俩就钻进了皮货商尤其卡拉皮子的货车里,混出城,逃进了半截沟。

还有更杯弓蛇影的。有人想起曾经和皮斯特尔对话时,放过一个臭屁,被对方斥之为"可恶!该死!"就吓得连夜逃亡了。还有人是跟皮斯特尔打招呼,一时叫不全名字,说成了"屁是……你吗?"想想不安全,也逃了。

那天凌晨,不管是有钱人还是穷人,许多人只要一想到自己和皮斯特尔曾有过节,便毫不犹豫地想办法逃跑。

2

独眼龙追上二锅头后,把话倒是说清楚了,可人却被二锅头三言两语就糊弄成了马仔,糊里糊涂地抱着药酒坛子,就跟着二锅头进了老北城。

众所周知,老北城是个破城圈子,四面走风漏气。除了岳王庙,其他地方甚至不适合驻军,更不利于防守。但契阔夫一到子归城,便驻军老北城,证明了他是一个优秀的哥萨克,知道怎样才能最大限度地保持和发挥骑兵野战的优势。传说,契阔夫的父亲曾经是浩罕国遐迩闻名的哥萨克,他最后殒命在费尔干纳盆地边缘的一个小城堡中,就是因为他在遇到敌军攻击时,退入城堡,无意间失去了骑兵的野战优势,结果导致身败名裂……这一悲剧的阴影契阔夫终身挥之不去,以至于他从不在任何一座完整的城池中安营扎寨。

城池破烂,戒备就严。二锅头到了老北城,见了卫兵,依然倒背双手,俨然二老板的样子,朝后一指独眼龙,对卫兵说:我的药酒,治牙疼的,让伙计送来了。

卫兵听不懂,挥起枪托就要驱赶二锅头。

二锅头急了,大喊:"我要去岳王庙,见你们契阔夫长官。契阔夫,知道吗?"

这回卫兵听懂了,但啪啦一声调转枪口,拿枪刺对准了二锅头的胸膛。与此同时,另一个卫兵也对独眼龙做了同样动作。

二锅头一下乖了，点头哈腰，连连揖手。

于是，两人就被寒光闪闪的长刺刀顶着后背，押解到了岳王庙。

3

到了中午饭点，二锅头、独眼龙两人还无影无踪。

酒坊就成了一口热锅，天亮和伙计们都成了热锅上的蚂蚁——合富洋行一夜的惨叫，把人的神经弄脆弱了。有两个当伙计的蚂蚁，甚至还想溜出酒坊去。只是被天亮守着院门，无可奈何。

二人一去不回。酒坊里悲观的情绪就越来越重，除了被派出去探听合富情况的葱头，大家都拼命地挖地洞。原本人人都偷懒，只在旧菜窖的虚土里准备给天亮一人挖个地洞。结果这时人人都想把自己的位置也挖上，洞越挖越大，最后塌方了。天亮一气之下，就让人把大胡子马刀兵挖出来，埋到了塌方的坑里，把埋大胡子的直洞留给了自己。

午饭过后，两人喜气洋洋地回来了，还带着八九个马刀兵，赶着三辆马车。

"你们咋球回事？"当了一上午热锅上的蚂蚁，明明看见了两人喜气洋洋，天亮还是稳不下来，脚上像安了魔轮，焦急地连蹦带跳。

"没事，好着哩。"二锅头说，"那个狗日的什么七锅豆腐，他怕我们下毒，先让我们喝。观察了半个时辰，然后才自己喝了。他后来等到牙不疼了，还请我们吃了顿饭，然后放我们回来了。"

"他请你们吃饭——咹？"天亮有点疑惑。

"就是。他让我们吃了他的牛肉炖洋芋，味道不错。还有一盆甜菜肉汤，味道怪怪的。"

"往下说。咹？"

"往下他就下了命令，把我们的烧酒列为军需物资，不许马刀兵随便来抢劫。他还让我们抓紧生产，生产多少他们要多少。"

"好好。那价格讲好了没有？一坛子多少钱？"

"这个，他没说！"

"甚？他没说？你们咋不问哩？咳！让我们白送吗？"天亮一跺脚，大叫。

二锅头、独眼龙全傻眼了。

4

马刀兵不管天亮三兄弟说什么，进门后，也不和人打招呼，就兴高采烈地忙着往马车上装条篓，搬酒坛子。

天亮忍不住上去招呼，说价格没谈好，咋付钱还不知道。

那伙马刀兵呜里哇啦地叫，一副听不懂人话的样子。装好酒，赶起马车，就要扬长而去。

天亮急了，跳上头辆马车，要出城去和契阔夫把事情讲清楚。

二锅头一把拉住天亮："你不能去！你去了，让那个老白俄或者皮斯特尔看到了你，可就没命了。"

"那你去！"天亮觉得二锅头言之有理，气呼呼地下车，命令。

"还是让老大独眼龙去，他身高马大，比那个契阔夫还有样子。"

独眼龙不吭气，揪住二锅头的领子一把就把他推到了车上。自己一歪屁股，也上了马车。

两人跟着一伙马刀兵走后，又是一去不回。

这回大家有了经验，都能保持镇静。后来天亮看着日头偏西了，就派了葱头、尕娃子去打听。

却原来契阔夫已经去了花花沟。

天亮就又让人打听独眼龙和二锅头的下落，得到的信息却是莫衷一是。

黄昏来临，酒坊就又渐渐成了一口热锅，大家就又成了蚂蚁，团团乱转。

傍晚时，马刀兵撤了北门、南门上的岗哨。天亮就趁夜暗，亲自去了老北城，从郭瞎子那里打听出来了，两人是让抓到了花花沟。

"我的哥哥哎——"天亮吼喊着，就拐到赖掌柜家，牵回了自己的马，还磨快了一把杀猪刀，准备次日亲自去花花沟。

5

半夜，二锅头和独眼龙回来了，脸上灰塌塌的。

一问，说正赶上契阔夫要去花花沟，被临时抓了差，当向导。幸亏他俩命大，没领错路，马刀兵才把他俩放了。

"那拉走的酒哩？给不给钱？给多少？"天亮一看人没事，就又关心起了钱。

"不给钱。说拿烟花膏子换。"

"唉？我要烟花膏子干啥？贩烟花膏子？我成甚人哩？"天亮不满。

"你还想要啥球东西哩？"独眼龙破天荒呛了天亮一句，转身到屋里睡觉去了。

"你个狗日的，说甚哩？"天亮一愣，猛醒后就要追独眼龙，却被二锅头拉住了：

"算哩，兄弟。马刀兵在花花沟开杀戒了，把小螳螂那伙子土匪打得尸横血流的。老大脑子肯定让吓出毛病了，你别计较。——我给你说，碰上马刀兵这帮贼狲，能烟花膏子换酒，就不错了。那也是拿烟客子的命换来的……"

"那……咋个换法？"

"一两烟花膏子换十斤酒。"

"狗日的，这是抢哩。"

"现在谁不是让抢的呢？人家连花花沟都抢了。尸横血流的……"

"那咱要那么多烟花膏子，不遭人骂？"

"骂啥，回头拉到迪化悄悄卖了，还能捞一笔。"

天亮想想也对，就叹着气骂马刀兵把老成酒都拉完了，给的这烟花膏子，还得让人做贼似的偷偷卖。

二锅头说："不骂哩！这事儿除了咱兄弟仨，没人知道。"

可第二天这事儿就传遍全城，摇了盒盒子。

子归城

第二节

1

金丁决定回城，主要是因为皮斯特尔让瓦西里给他带去了一封信。信中说：契阔夫少校很理解县长先生在筹措军饷、支援欧战上的为难情绪。他已经同意了我的建议。最近，杨都督颁布了法令，全疆禁止鸦片交易。那么，花花沟满沟种植罂粟，应属违法。可让英勇的哥萨克去没收这些烟花，以充军饷。

金县长一看信，乐了，这样既可送走瘟神，又免了军饷，便满口答应。

于是，谢尔盖诺夫放开了三十多个省军，让他们随金丁回子归城。

到了林公桥，正赶上契阔夫祭奠雅霍甫。皮斯特尔自然就成了舌人兼信使。

金丁怕见契阔夫，就找了个托词说，自己现在是个豁牙子，和友军见面，有碍观瞻。想借此回避见面。

皮斯特尔故意说：豁牙子没关系，见面时你就抽烟，拿玉石烟嘴堵着豁牙子不就行了。

金丁没词儿了，想耍赖。可皮斯特尔说：契阔夫少校也闹牙疼，他一牙疼就爱发怒。

金丁害怕，就答应了皮斯特尔：即刻让省军都回迪化，以免契阔夫生疑发怒。

那三十多个省军也不含糊，一得令，立刻打马扬鞭，一溜烟全跑了。只有张一德一人装肚子疼，留在了金丁身边。

看着省军离去，皮斯特尔笑了，答应金丁：可以先回城，暂时不跟契阔夫面谈。但要求金丁一回县衙，就发安民告示。

张一德骂皮斯特尔是流氓。但金丁怕生事端，急忙答应了。

谁知，金丁发了安民告示后才知道，马刀兵并不全去花花沟，而是要留一队人马，住在老北城，名义上是"维护古城子治安"，实际是为部队回头西去预留一队前哨人马。

一队人马也足以让金丁心惊胆战，何况这队人马的头目还是巴克洛夫和皮斯特尔。晚上，金丁就爬到八丈楼上瞭望老北城，越望越心慌。

皮斯特尔虐杀拉孜等人后，金丁便借口昨晚合富洋行又杀人了，杀了一夜，吓走了许多人。派蒋干去和契阔夫交涉，希望这一队人也能去花花沟。理由是契阔夫走后，这队人马没人管理，一旦发生抢劫，本县不好向省府交代。

那时，契阔夫已经撤了城门上的岗哨，正要去花花沟。他这两天和胖厨娘云雨过多，身子乏，又牙疼，没休息好。早上命令热西丁带大军去了花花沟后，正好酒坊的药酒送到，喝了后牙疼立止。他挺高兴，又和胖厨娘颠鸾倒凤了一上午，美美地睡了一觉，正要拔营启程，没想到独眼龙和二锅头又来了，还要账。他一生气，就抓了两人做向导，正要去花花沟，蒋干却又来了。若不是想到他是县长的特使，他就连蒋干也抓了。

契阔夫没抓蒋干，但直接给了蒋干一个耳光，说：哥萨克军纪严明，有什么需要都是公平交易的。比如现在，这两个人给我们送了点酒，我们就准备用烟花膏子来当货币支付，你怎么敢说本军会抢劫？

县长特使蒋干捂着火辣辣的脸颊，回来给金丁一报告，金丁就蔫了，怕惹事端。但张一德说，打县长特使和打县长一样，不能忍，就自告奋勇前去交涉。

可契阔夫已经抓了二锅头、独眼龙两人，走了。

这事儿发生后，金丁觉得在张一德跟前自己脸上无光，有些窝囊。抽着大烟想了半晚夕，就找到了迁怒对象——刘家酒坊。要不是他们和契阔夫做了拿烟花膏子换酒的买卖，契阔夫还敢说自己的队伍不抢劫吗？

金丁越想这个理儿越对，一大早就到县衙，扔了令箭，命令衙役老秦等把刘家酒坊老板抓到八丈楼问话。

胡子拉碴的老秦来叩门的时候，独眼龙和二锅头刚睡下还没两个时辰，正做梦。葱头等伙计都误以为是皮斯特尔又来了，就慌手慌脚地让天亮躲进了地窖，还压了口大酒缸。

结果，独眼龙和二锅头就被老秦从被窝里叫了起来。

子归城

二锅头一听是要叫酒坊负责人去，就揉着惺忪的睡眼，对独眼龙罕见地叫了声大哥，说："大哥，你看这事咋办？"

独眼龙就穿了衣服，要跟老秦去。

老秦却摇了摇头，对二锅头说，"这事儿您就别客气了！这阵子连皮斯特尔都认你是酒坊的二掌柜，谁都知道嘛。大掌柜刘天亮既然不在，就二掌柜出马吧。"

二锅头和赵银儿一道和金丁打过交道，并不怎么怕，就咧了咧嘴，从容地穿了衣服，还洗了把脸，然后再让人家反剪了双手，假装是抓到了县衙。

2

县衙的新公堂八丈楼刚竣工，脚手架还没拆干净，金丁就急不可耐地要启用它了。

您知道的，八丈楼有个云梯的设计。这个设计，让我一直感到困惑和费解——其实，我很想说，这是个有问题的设计。首先是爬云梯太艰难，而且很危险。就像姚夫人那样的人，前来告状，恐怕很难战战兢兢爬上去。就算能爬上去，很可能还爬不到一半，自己就会掉下云梯一命呜呼。其次，是它的保护装置不可告人。实际上，金县长是不会让原告或者被告掉翻下去的，因为他在脚下设计了一个机关，可以在云梯翻覆之际，即被两根铁链拉住。可这是个秘密，不能告诉原告、被告，否则就算你在云梯上踹十脚，人家也不害怕，怎能起到审出实话的目的？最后还有一点，按金丁的设计，他是要靠下面的人力绞盘先把自己升上去，再传唤原告、被告的。可这一操作过程太容易暴露云梯的玄妙之处了。像二锅头这种人，一眼就看穿了危险之所在：上面的金丁只要一踹云梯，自己就会从云梯上摔下去！

二锅头看穿了面临的危险和恐怖，就拼命往远离云梯的方向挣扎，边挣扎边高声嚷嚷个不停，说县长要故意杀人。

金丁迷恋他的新公堂，不理二锅头，只管命令人把他和他的交椅升上去再说。

金县长升堂的举动吸引了大批的人。他们看到县长像玉皇大帝一样缓缓升向蓝天白云间，都大声喝彩。

金县长得意极了。

可就在这时，一场大黄风骤然而至，刮得天昏地暗，黄沙弥漫。

当年的人把挟带巨量黄尘的暴风叫大黄风，很形象。因为它风力罡劲，骤起之后，天地倏忽间就浑黄一片。

大黄风带来了弥漫天地的沙尘，人们在风中站立不住，从衙役到百姓都不约而同地涌进了老县衙大堂。而刚建成的八丈楼也在狂风中发出了摇摇欲坠的吱嘎声响。

金丁顽强地还想升上去。可大黄风刮得他像荡秋千，沙砾还打得他脸疼。他只好让人将他放下来，进了老公堂。

新竣工的八丈楼公堂，没有进行成具有历史意义的"处女"诉讼，金丁很沮丧。他坐在大案后的椅子上，脑子就昏昏沉沉，想回家吸大烟。

他有气无力地喊了升堂后，罡风劲烈的呼啸，就把衙役们的威武声压得非常微弱、虚飘、可笑、滑稽，以致金丁刚一张口问话，就想草草结束了。

二锅头却被大黄风鼓舞了士气，在县衙大堂上据理力争：第一，马刀兵拿了酒是事实，但现在还没给一两烟花膏子；第二，如果县长大人认为此项交易非法，就该出面维护法纪，让马刀兵拿钱来买酒坊的酒。

金丁哪里敢再和马刀兵打交道呢，那是引火烧身。

他懒得再审二锅头了，就胡乱呵斥了一顿二锅头竟敢咆哮公堂等，莫名其妙地宣布退堂，回家吸大烟去了。

衙役们不知该把二锅头收入大牢，还是释放回家，都愣着。后来班头老秦想起自己家的一串辣椒还挂在院子里，怕被黄风吹掉，就自作主张，冲二锅头喊了声："快滚！"自己抢在二锅头前面，跑回家收辣椒去了。

大风起兮云飞扬，威加海内兮归故乡。二锅头踏着大风回来，全酒坊的人都拿他当英雄。而这场公堂诉讼，也像个广告，把刘家酒坊以酒换烟花膏子的事当天就宣扬得满城风雨，沸沸扬扬了。

3

二锅头回来，大家光顾兴奋，忘了关院门。结果酒坊院门就被大黄风吹得来回撞墙，最后七零八落，散了架。

天亮看着没有门板的院门，空空洞洞，像个没有门牙的老汉大张着嘴，心里难受，就让伙计们扛了两副床板，去堵院门。

大黄风刮得人出不了门，大家便想了个办法，排成两列，发一声喊，拥成一团，一起冲向院门。

就在这时，风尘中突然窜出了一个人，把人都吓了一跳。

来人是跑街的钱老三。

钱老三在惊蛰地震时，被压在了房子里。当人们把他救出来后，发现他已经没了鼻子——一块写着"恭喜发财"的瓦当，突然一分为二，其中一块锋利异常的，落下来后不偏不倚地削掉了钱老三的鼻子。一个经纪人，没有鼻子，一张脸的正中央只有两个朝天的窟窿，还时不时溢出鼻涕，谁不恶心？因而地震过后，钱老三无论天热天冷，都带着鼻罩[b]。说话时还经常假装深思，拿手挡鼻罩。

钱老三冒着大黄风，来到刘家酒坊，是来开展业务的。所以进屋落座，就直奔主题：

"刘掌柜，枭枭说你找我要买枪？你现在还要枪干啥？"

"还能干甚？兵荒马乱，要枪防贼！"天亮边顶门边说。风太大了，他怕把门栓刮断。

"刘掌柜，您现在还防啥贼呀？您现在是一枝独秀，哪个贼敢惹你！今儿县衙大堂上的事儿，我可是听说了……县长也拿你没办法。"

天亮听了这话，满脸不悦，"你这话我可不爱听。咳，我可是当年从马刀兵手里死里逃生的啊……"天亮伸长光头，让钱老三看自己的血十字疤。

钱老三是生意场上靠嘴吃饭的经纪人，一看话茬不对，连忙摆手："罢罢，兄弟失言，应该掌嘴。刘掌柜，兄弟今天冒着大风前来，是来给您道喜的。"

"我？何喜之有？"天亮想到自己这两天，成天躲在地窖里，不敢见人，不免

---

[b] 链接 鼻罩，样子像一个窄条的口罩。二十世纪初，塞外寒冷，人们用在头脸上的御寒物件也多，除了皮帽子，还有皮耳朵、皮鼻罩。钱老三的这个鼻罩是特制的，用的是黄缎子，不是皮毛。

叹了口气。

钱老三捂住鼻罩大笑，说："这城里有一家子，要走人了。想廉价卖了自己的房地产。价低！"

"卖主是谁呀？"

"远在天边，近在眼前。"钱老三一指海黑子家方向，笑得像只发情的猴子。

天亮听了这话，先一愣，接着就笑了。他想起了埋在地下的大胡子马刀兵，对海黑子卖房院的原因也就明白了七八分。心里有了谱，天亮还故意问："啥价呀？"

钱老三就笑着把手伸进了天亮袖子里。

天亮一摸价格，愣了，"这价儿？我要再还价，就没脸哩。——海黑子是遇上了难心事了吧？"

"我就是个跑街的，只管买卖，不问其他。"钱老三说，"不过，说实话，人家是点着名的要卖给你。说是好邻居，他想走，就把好处给你。怕你不赏脸，才托我探个口风的。"

"可你也知道，我作坊的酒刚走完了，账没结。手头没现银……"

"有句话，刚才冒昧了。现在，不知当讲不当讲？"

"讲呀，有啥不能讲的。讲过了再不提就行了。"天亮知道钱老三要说啥。

"那我说了？——烟花膏子！那不是钱？"

钱老三没了鼻子后，虽然戴了鼻罩，但样子还是怪异，有失体面。因而祖传业务也就一落千丈。如今，碰上海黑子的这单生意，钱老三自然急得要命，想做成。

"这能成？"

"我看能成。烟花膏子比银子轻便，路上带着更方便。"

"那就劳烦你给海黑子回话。若能成，我就开股东会。"

"还开股东会？"

"这得开嘛。兵荒马乱的，谁知道大伙咋想呢。——咳，这壶酒，你先拿着。事成之后，你这中保费我一分不少，都付现银。"天亮说着就取出了一壶好酒。

钱老三听了这话，就捂着鼻子，抱着酒壶，迎着罡风到海黑子家回话去了。

子归城

其实，天亮所谓要开股东会，就是个托词。就海黑子那激动人、感动人的超低价，独眼龙、二锅头这几个所谓的股家，谁听了能不欢欣鼓舞举双手赞成？

天亮之所以最后找这么个托词，是因为他觉得海黑子这么急地卖院子，一定还有其他难心事儿。

晚上，天亮看风小了些，就扣开了海黑子家的院门。

第三节

1

据悉，钟赵孤犯案与一个叫宋伯鲁的人有关。此人曾官至山东道监察御史，戊戌变法后，被革职通缉。他流亡塞外时，曾以花花沟为题，写过劝诫诗：

乡民嗜利不知田，手种罂粟年复年。
一朝拔来丧其利，万户萧然皆罄悬。
天寒岁暮风懔烈，壮者四处为剽窃。
一锣法网哪可逃，敲朴能令筋骨折。

在诗里，他还规劝说：

我原南山民，舍旧图新从耕耘。
我系父母官，劝耕劝种休偷安。

既劝群众，又训领导，可有什么用呢？

据《古城图志》记载："秦陇之人，则不务正业，喜种罂粟为生。他们贪图种罂粟的厚利，多三五成群，渡戈壁、穿流沙、越丛山，千里迢迢，冒险进入新疆大牧川。"甚至，光绪末年，清政府为查禁烟苗，饬令翻犁改种，当时"大牧川聚至万人抗拒,几成大变"。

可见大牧川一带,种植罂粟,人数之多,民风之悍。据考,直到民国初,进疆的陕甘种花客仍络绎不绝。而以此谋生的不下三四万人。

实际上,一百年前的罂粟种植,就像我们今天卖假药的一样,屡禁不止。政府想起来了,就扫一次、打一次。而后,便又听之任之。

鸦片在当时的利润比种蔬菜高八倍,比种粮食高十倍。所以每到收获季节,子归城的花客就络绎不绝,名曰"赶花事"。

在大牧川,罂粟花按照种植季节不同分冬花、春花和秋花。每年十月,大雪铺地,即行播种,来春雪融,烟子入土,不久即发苗,是为冬花。春天,冰雪消融之后,烟子与豆、麦同时下种,这叫春花。在阴历四五月下种,六月可结苞,八月即可割浆,这叫秋花。

契阔夫来到子归城的季节,正是秋花收获的季节,花花沟里,罂粟花红白相间,烂漫沟谷。

2

大黄风刚过,小风还在呼啸。天亮就找二锅头商量要出城了。

二锅头被抓到县衙过了堂,没输,有功。天亮跟他说话就得谦和:"二哥呀,这官司咱算是赢了?"

"赢了。"

"那这酒换烟花膏子的事儿能干?"

"能干。那金丁让我问得没话说嘛!"二锅头说。

"马刀兵能喝酒。我想把酒坊现成的酒全卖给马刀兵,再把欠咱的烟花膏子要回来,抵海黑子的院子钱。咹?"

"对着哩。马刀兵这一去花花沟,城门上的岗哨撤了,人车进出也方便。"

天亮低头看账本,也说"对着哩",就吩咐伙计们搬酒、套车,要去花花沟。

独眼龙不放心,对天亮说:城里到处在风传花花沟里的土匪、花客和马刀兵打了起来,马刀兵已经打死了二三十个土匪、花客,花花沟里满沟是血。

子归城

天亮说：你们去过花花沟，见了？

独眼龙和二锅头都说：当时光顾自家的命了，没顾上看。

"那我去看看。"天亮说。

"球的话！古城子还有这种勺狍，上赶着要看杀人？"独眼龙说。

"海黑子这院子是个好买卖。可没烟花膏子，院子拿不到手。"天亮说。

二锅头说，独眼龙去最合适："大哥长得块头大，威武。"

独眼龙知道二锅头上公堂，立了功，心里不服，也自告奋勇："你头上有疤，去了让人家一认出来，就是个死！"他对天亮说。

"去花花沟跟契阔夫要烟花膏子，谁去都悬。"天亮说。

但独眼龙说，我是大哥，该去。

天亮知道独眼龙此去凶多吉少，就多弄了几个菜，给独眼龙喝了一顿壮行酒，说了许多感人肺腑的话，末了才勉强说了一句："实在要不上，就先回来，咱再想办法。咳，要钱是得抗上哩。但心里要有哈数，不要把命搭上。"

独眼龙满不在乎，说："兄弟，要不上账，我不回来。"

一切准备停当，正要出门，二锅头却突然冒出了一句："兄弟，这兵荒马乱的，要是老大把烟花膏子要上，在路上让抢劫了咋办？"

天亮被当头浇了盆凉水，立刻改变了主意。他让二锅头和两个伙计看家，其余的人都跟上他和独眼龙去花花沟，为他视若生命的烟花膏子保驾护航。

大家都说：谁都可以去，唯独你不能去！因为你头上的十字疤，不管是契阔夫还是老白俄，还有谢尔盖诺夫，一眼就能认出来。

天亮不听，他的黑金子，他不亲眼看着运回来，心里不踏实。

正在争执不下时，望风的伙计尕娃子神色慌张地跑了进来。——天亮挖了地窖，却不愿意待在里面，嫌憋屈，还说能闻见大胡子的尸臭味[w]。——二锅头就想

---

[w] 链接：其实，天亮的鼻子闻不出尸臭味。不过，谁家的菜窖里都会有癞蛤蟆，那东西确实有一股让人不寒而栗的腐臭味。

了个办法，只要天亮在地窖外面，就让个伙计装成乞丐或醉汉，在旱柳树上望风。

"我，我，我看到皮斯特尔带着人，朝咱们这边过来了。"尕娃子是新收的伙计，怕出差池，紧张得有点气喘吁吁。

大家急忙关了院门，敦促天亮钻进了地窖。

3

酒坊新换的门，硬杂木的，厚重又结实。马刀兵放肆的打门声，遇上了这样的门，虽然很沉重但显得不再那么惊心动魄。

门开之后，二锅头就点头哈腰，忙不迭地喊着"皮二爷"。二锅头不知怎么就认定了皮斯特尔排行老二，一见皮斯特尔就喊皮二爷。

皮斯特尔的秃顶冷光四射："你们是酒坊，大白天不卖酒，为什么关着门？"

"皮二爷，您看是这样，这阵子我这酒坊赶着给你们军爷烧酒，哪里顾得上古城子的这些泼皮无赖贼锤子们喝酒？光你们军爷要的酒，就让我们忙得沟槽子流汗，哪有多余的酒卖呀！"

皮斯特尔冷笑了一声，他知道酒的生产工艺并不像烤面包那样，现烤现卖。但他不想让二锅头的胡说八道干扰了自己的思维和判断，因为他发现了新的情况："你，这是要干什么？出门？"

独眼龙望着皮斯特尔，面无表情地说："我去送酒！收账！你们赶着车拉酒，没付一分钱哩！"

"外面在刮风，你去哪里？"

"花花沟。"

"哈哈，"皮斯特尔望着独眼龙的目光意味深长，他嬉笑够了，然后用马鞭一指葱头和众伙计，"你们都去？"

"是，都去。"想去的伙计们说。他们知道皮斯特尔这阵子杀人杀疯了，都怕他，回答的声音都透着胆怯。

"好好。——你们的大掌柜在哪里？"皮斯特尔忽然话锋一转，声音提高了八度。

皮斯特尔忽然的尖叫，让伙计都懵了。

二锅头活泛，急忙又点头哈腰："皮二爷，这不，我给您说过了，尕阎王这个贼狲，到沙枣梁子会他的相好去了。大概也是知道您带着大军来了，吓得屁滚尿流，不敢回来了。"

"是吗？"皮斯特尔目光犀利地打量了一眼院子。——其实，皮斯特尔就是打量三眼，也发现不了什么。因为酒坊挖窖时的新土早就摊平夯实了，再加上大黄风一刮，院子早就被刮得面目全非，新旧一样了。最容易出问题的是窖口，但天亮给它镶了个半截烂缸，上面盖了一口更大的瓷缸，而且这瓷缸的周围又是三溜酒缸，谁能从大小二十多口缸中分辨出哪一口下面有洞呢？

皮斯特尔没有新的发现，但看到几个伙计的神情有些不自然，就转起了眼珠子，转了半天，他突然翻身上马，对独眼龙说："你不是要去送酒收账吗？为什么还不去？"

独眼龙也不吭气，招呼着几个伙计上车。

皮斯特尔却又用马鞭一指二锅头说："你，也去！"

"皮二爷，您看，这……风还没停哩……"二锅头不想去。

皮斯特尔不理他，对留下的伙计又下了道命令："你们以后白天不许关门！"然后就出了院子。

4

狗剩和尕娃子两个伙计性急，皮斯特尔一伙人刚走，便跑来搬开了大缸，报告发生的一切。

天亮纳闷：这个皮斯特尔为啥要让二锅头也去花花沟呢？他这样想着，抬眼看到了敞开的院门，便问为甚大开着门？

狗剩说：是皮斯特尔临走交代的不许关门。

天亮就像皮斯特尔那样也转起了眼珠子，转了三圈后，他突然觉得有甚地方不对头，就对伙计尕娃子说：你去看看，他们到底走了没有？

话音刚落，院外便响起了一阵急促的马蹄声。

天亮急忙跳进地窖，"快，快，把缸盖上！"

狗剩和尕娃子两个伙计手忙脚乱，刚把缸移好，一个马刀兵便飞马冲进院中，随后便是皮斯特尔。

皮斯特尔一挥手，他身旁的三个马刀兵便冲上来围住了狗剩和尕娃子。

"你们在这里干什么？"

两人本来就心慌，被这突然一问，就傻了。说不出话。

"快说！"皮斯特尔大喝一声，他身边的马刀兵就抽出了寒光闪闪的大马刀。

千钧一发，生死攸关，狗剩忽然清醒了："我，我们，是想趁掌柜的不在，偷点酒，卖几个小钱……"

"撒谎！"皮斯特尔翻身下马，亲自抽刀，架到回话的狗剩脖子上。

"没，没撒谎啊！"狗剩不失时机地哭了起来，一副吓坏了的样子。尕娃子也不知是真怕还是假怕，干脆跪到地上求饶。

皮斯特尔把二十多口缸的盖子全部打开，一一观察了一遍，又让马刀兵搜了一遍各个房间，没发现新情况，就换了和蔼的表情，问狗剩和尕娃子：

"你们的大掌柜，真的没有回来过吗？"

"没，没有啊！"两个人异口同声。

皮斯特尔笑了，他掏出几张银票，晃了晃，对他们说："你们不用怕。看到了吗？这是什么？如果你们想得到它，那你们的掌柜一回来，你们马上就来告诉我。那时候，这些银票就是你们的啦！怎么样？"

"行，行！只要让我们发财，干啥都行。"两个人立即笑出了满口的黄牙，说："我们现在做梦就做两件事，一是能发财，二是娶媳妇。"

皮斯特尔也乐了："那好啊，愿财神保佑你们发财，娶媳妇！"

两个伙计都哈哈大笑，一个傻笑一个憨笑。

这两个伙计也是非常人物，直到皮斯特尔出了院子，他们还保持着这种样子：一个傻笑一个憨笑，都保证说，掌柜的一回来，他们立即告密。

5

皮斯特尔刚走,马福山却突然出现了。

我之所以说狗剩和尕娃子是两个非常人物,就是说他们刚才还处在傻笑和憨笑状态,一见马福山带了个靖安兵,滚鞍下马,往旱柳树上拴马,立刻就变换了嘴脸:

"哟嗬——这不是马福山马副官吗?您这可是从天而降啊!"他们满脸激动和兴奋地迎上去,围着马福山和靖安兵便开始调笑,"七锅豆腐的大部队,昨天就走了。你们这时候来,是觉得不好意思装个样子呢,还是真要跟马刀兵打呀?"

马福山一脸羞赧:"长官让我找皮斯特尔,他是不是在里面?"

"他刚走啊。——对对,马刀兵大部队走了,皮斯特尔还带着些人,就在岳王庙。你们快去追,沟子不要尿。一个营的人,打那么几个人,不会害怕吧?"

"要是害怕,进来喝碗酒。酒壮尿人胆。哈!"

马福山气得脸色铁青,用袖子擦了擦脸上的汗,赌气地牵马过来,翻身上去,打马就走。

两人还不依不饶:"对着呢,快追!不管咋说,贼都要走了,乍着胆子,也得喊一嗓子,要不以后咋在老百姓跟前装爷呢?"

天亮一听马福山回来了,也很兴奋,就派了两个非常人物狗剩和尕娃子去靖安营查看动静。一看才知道,马麟的大部队还在干沟,他只是派了几个人,晃了一下,又没影儿了。

"贼驴日的,七锅豆腐都去花花沟了,贼狲马麟还不敢回来?"天亮骂。

第四节

1

独眼龙马到成功,晚饭时拉回了一车罂粟籽,有七八麻袋。

独眼龙没有空手而归,这事本身就属一个奇迹。但天亮一看契阔夫没给烟花膏子，给的是罂粟籽，就又骂开了街。骂契阔夫是狗日的，没信誉。骂马刀兵是驴日的马下的，根本不能跟人打交道。

"叫驴一样的，吼个鸟！"天亮正骂得顺畅，独眼龙忽然冲他恶吼了一嗓子，"这么一车罂粟籽，还抵不上那些烟花膏子的钱吗？"

独眼龙一声吼，天亮懵了。自从马刀兵进城后，独眼龙的脾气见长，这已经是第二次冲他牛吼了。

天亮回过神来正要冲独眼龙发作，猛然想到独眼龙去花花沟送酒、要账，已经属于出生入死，委实不易，就快快地说："做生意，要诚信！咱给海黑子说的是烟花膏子！"

独眼龙不吱声，雄赳赳气昂昂地开院门直接去海黑子家叩响了门环。一会儿，海黑子披件大氅就来了，看了一车的罂粟花籽，反而劝天亮："没事没事，开油坊的王二麻子，和我是同乡，都是泉州陈埭人。我这就去找他，让他把货收了不就行了。"

海黑子走后，天亮才发现酒坊里少个人。

"锅头呢？"他问。

独眼龙、伙计们面面相觑，说：他们出了东门后，皮斯特尔就把二锅头叫住了。两人去了岳王庙，难道二锅头没回来？

天亮一听急了："嗨，你们咋不早说？快，快到老北城去打探消息！"

独眼龙也不吭气，自顾自进伙房吃饭去了。

天亮只得打发了两个伙计去老北城。

两伙计刚走半个时辰，海黑子带着王二麻子到了。

2

二十世纪初，子归城有四家油坊，都生产罂粟籽油，年销量四五千斤。此油可以食用，味香，出油率达百分之五十，价廉物美。但在甲寅年鬼节这一阵儿，能收购罂粟花籽的却只有王二麻子一家。因为四家中有两家是水磨，林公渠那年忽然水小得像要断流，根本推不动磨，只能歇业停摆。另一家在契阔夫刚来时就逃了。

子归城

海黑子高看了他的陈埭同乡。这个开油坊的王二麻子不是那个神拳杨的师爷王二麻子,那个有文化,讲理。这个没文化,人轴。他一副不情愿的样子来了后,海黑子、天亮给他说了一箩筐帮帮忙的话,可他还是发了一通大风天、街上乱、正闹匪患、硬要他来不仁义之类的牢骚,又说了一千个理由一万个原因,强调说他现在收这样大的货,是自找麻烦,是火中取栗,会偷鸡不着蚀把米。一旦被马刀兵一把火烧了,他就倾家荡产了,云云。最后才出了一个逼人抹脖子的价。那时候谈生意都是在袖子里拉手,天亮在袖筒子里据理力争,王二麻子却突然一甩手,给了个死价让天亮考虑,自己拂袖而去了。天亮掐指一算,按那价格下来,这一车罂粟花籽,要比烟花膏子亏近二百两银子,就气得肝都疼了。

海黑子也觉得王二麻子的价太过分,说了句"我明天再去找他,还还价",悻悻地走了。

3

天亮为一车罂粟花籽的价格生气,又为二锅头生死未卜心烦,就点了盏灯,独自喝闷酒。他们三兄弟的关系,一生都很奇怪。结拜时,独眼龙老大,二锅头老二,天亮老三。但在实际生活中,天亮总是尊卑颠倒,不尊礼法。凡事总是他做主决策,二锅头掺和,独眼龙遵命执行。而一旦有了麻烦事,当然也是天亮操心,泼烦。

二更时分,二锅头鼻青脸肿地回来了,他是被葱头、尕娃子等伙计在博望渡右岸的一个河沟里找到,轮流背回来的。

二锅头一见天亮就哭,骂皮斯特尔不是东西,硬逼他带路去沙枣梁子找钟家。

"咳!找钟家做甚?"

"找你呀!我们不是骗他们说你到钟家去了吗?"

"钟家怎样?"

"没人。我们去的时候,梁子上一个人都没有,都跑了,逃难去了。"

"跟三呢?"

"没见人。"

"云朵,也没了吗?——唉?"

"没了,房子里也没啥东西了。"

二锅头说着竟然放声大哭:皮斯特尔这锤子货,不是人呀!没找到你,他就把我拴到马尾巴上,让我跟着马跑。边跑还边拿鞭子抽我……后来,他们又把我关进岳王庙的马厩里,哪个想起来了哪个就过来踢我两脚,扇两个鼻兜(耳光),让我说出你在哪里……兄弟,我可是始终没说呀。到了后半夜,他们干脆就把我扔到了一个阴沟里,说是喂狼喂狗……

4

二锅头哭得凶,伤得并不重。天麻麻亮时,天亮让人请来了郎中孟长寿。孟郎中说二锅头是受了点惊吓,伤了一点皮肉,无碍大事。二锅头也就不哭了。但天亮还是恨得牙痒痒,一遍一遍地念叨,要把皮斯特尔活剐了喂狗。

"兄弟,好汉不吃眼前亏。我看咱们还是跑吧?我现在是死里逃生,皮斯特尔不会饶过我的。你呀,也藏不住。你看,有多少人已经知道了你藏在酒坊里。钱老三知道吧!海黑子知道吧!王二麻子知道吧!现在就连孟郎中也知道了……"二锅头说。

钟家爷孙下落不明,天亮心里焦急,也想跑出去找找。再者,二锅头说得也有理,现在那么多人都知道了自己在酒坊里,纸里包不住火呀。可转眼一想,海黑子要卖院子,这么好的机会,这笔交易要不搞定,坐失良机。错过这个村,可真的就没有那个店了。

天亮正这么想着,一个叫何大傻的花客来到了酒坊,张口就问天亮是不是想买一支枪。

何大傻原来是山西会馆挑泔水的,何坨子家的亲戚。何坨子失势后,他去花花沟当了烟客子。独眼龙从花花沟回来时,在路上两人一聊旧事,就成了旅伴。何大傻从独眼龙的嘴里知道了天亮很想买支枪后,就连连搓着手说:他有一支枪,搁朋友家了。然后半途而返,回花花沟取枪去了。当时独眼龙不以为然,没想到,隔天何大傻还真的抱着一卷席子到了酒坊。

子归城

天亮觉得何大傻面熟，想盘问个来处。可何大傻着急，催着天亮看枪。

席子打开，里面卷着的是一支半新的毛瑟枪。

天亮问这枪是哪来的？

何大傻毫不讳言，说土匪小螳螂，还有花客们为烟花和马刀兵打起来的时候，他杀了个马刀兵。当时怕人知道，就把马刀兵的毛瑟枪藏到了炕洞里。这不，听独眼大哥说刘掌柜想要，就送来了。

天亮听了这经过，二话没说，就按何大傻的要价，二十两银子买下了枪。

有了杆毛瑟枪（还有十八发子弹），天亮的胆子壮了许多，就对二锅头说：怕甚，咱现在有枪！

二锅头以为天亮要去沙枣梁子，就撇嘴：皮斯特尔带着我，一伙子人都没找见钟家一个人，你去就能找着？再说啦，大天白日的，你扛个枪咋出城？不怕马刀兵看见？

天亮说：我应了人，这两天不出门。

独眼龙就指责天亮：不出门你急着买枪干啥？王二麻子这个球样子，咱要买海黑子的院子，正缺钱哩！你这时候还拿二十两银子买了枪，脑浆子又让狗吃了？

天亮说：我说了，我应了人家，要送海黑子出城。没枪，去送死啊！

他的话音刚落，门外的柳树枝条就忽地飞舞起来了，又一场大风来了。

5

大风吹来了钱老三，天亮请他出面找王二麻子来酒坊谈一次。

王二麻子不来，很牛气地带话说：这么大的风，跑啥？就昨天的价，接受了我就过来一手交钱一手接货。

天亮气得头上冒火，下意识地就想上房梁——那里藏着他的毛瑟枪。

有武器的人遇事都有一种冲动：一急就想使用暴力，炫耀他的武器。可天亮刚抱过梯子想上房梁时，猛然想起了当年山西王凭借武力砸酒坊的情形……人都是吃饭长大的，谁是让谁吓大的？他记起了这句老话，脸就红了。就是，吓唬谁呢？当年山西王把自己吓住了吗？这样一想，他就叹了口气。

二锅头趁机劝天亮:"兄弟,卖吧,再贱也卖。我听说,契阔夫他们快回来了!他们一回来,今年的罂粟花籽可就满城都是了。到时候,连这价钱也卖不出咋办?"

天亮不干,还想另找买主。站在一边的钱老三却一个劲地摇头:"算了,刘掌柜!实不相瞒,我把古城子都跑遍了,没下家要!就王二麻子还出了个价。可惜,人心不古,他出价太黑!"

天亮不甘心,要自己上街找下家。大家苦劝:你藏都藏不住,还要上街!匀掉了吗?再说,眼下城里的人是逃的逃,藏的藏,谁还有心进烟花籽!快卖了吧!卖了吧卖了吧卖了吧卖了吧……

天亮蹲在地上,双手捂住耳朵,苦思了一袋烟的工夫。再起来,额头上竟然就多出了三道皱纹,声音也苍老了许多:"那就,请王二麻子来,一手交钱一手交货。唉!"

天亮说过这话,恨不得扇自己一耳光。

6

王二麻子收了烟花籽,可天亮要买院子,还差着近二百两银子。

天亮发动大家,把零碎银子都拿了出来,却也只凑了三十几两银子。天亮没办法,就打发人顶着大风四处去借。本来最有希望的当然是神拳杨掌柜,可他没回来。天亮就让二锅头去找赵银儿。二锅头说,靖安营还在干沟,他见不上赵银儿。

天亮想,山西王当年砸他的酒坊,欠他一笔人情,好歹也该帮这个忙。就让独眼龙找山西王,可带回来的消息却是:山西王连大门都用青砖封了,龟缩在山西会馆里,像缩头乌龟,死活不出来见人。

天亮没办法,就给自己脸上抹了锅黑,亲自去了葛记钱庄。可钱庄关门闭户,歇业。连新挂的幌子都让大风吹没了,也没人管。

傍晚,大风虚弱了些。天亮听说赵银儿偷偷回城了,在通四海楼请皮斯特尔吃饭,就逼二锅头去找赵银儿。二锅头怕再遇上皮斯特尔,不敢去。说自己有伤,大风天出门,会得破伤风。还埋怨天亮不该在这时候买那杆毛瑟枪,把财务窟窿搞得更大了。天亮就擤了把鼻涕甩到二锅头跟前,说:"你就像这东西,提不起来!"

二锅头就骂天亮是阎王。

两人正闹着,忽然听到院里有人高喊:墙要倒了!墙要倒了!

两人跑出来一看,酒坊和海黑子家的那堵隔墙正在风里晃悠着,幅度越来越大。天亮奇怪:这风最大的时候,也没把院墙刮晃动啊?

"咋回事儿?"天亮刚喊出一嗓子,那院墙就哗啦倒了一半。一阵尘土飞扬后,天亮看见海黑子和他的家人在墙边站成一排,顺风而立:

"刘掌柜,我知道你跑了一天,也没借上钱。现在,风把墙吹倒了。正好院子通了,这是天意嘛!缺的银子,我不要了。这院子归你了!"海黑子说完,就招呼家人转身要走。他带着老父亲,还有一妻两妾,五个儿女。

傻子都知道这院墙是海黑子家的人推倒的。天亮急忙叫住海黑子,说:"老哥,咋这么急哩?我这就招呼置办酒席,好歹也是邻居一场,饯了行再走不迟。咹?"

海黑子说:"免了,兄弟。一耽搁,我就走不脱啦。"

天亮一看,海黑子已经把要带的家当都装了车,总计三马车。而且拉车的马也套好了,马蹄子上还包了棉花、布。可能是怕响动大了,招人注意。

"正好,我也有事儿,那就一搭里走。你等一下。"天亮说罢转身,海黑子的父亲却喊了一嗓子:"快些!得趁着风大,马刀兵都缩在老北城里呢。"

天亮回屋从樟木柜里取出王二麻子买烟花籽的一包袱银子,一边吩咐二锅头、独眼龙他走后要注意的事项,一边就取了新买的毛瑟枪斜背到肩上。末了,看见葱头,就让他去抱几坛酒搁到海黑子车上,自己则去牵了马出来。

海黑子一看他背了枪,从怀里掏出了一把驳壳枪(肯定是大胡子的),晃了晃说:"我这玩意儿灵巧。你那长枪,戳天捣地的,拿着扎眼。"

天亮觉得海黑子的话在理,可他瞬间有了别的心思,就对海黑子说:"我把枪藏你车下面,不拿出来。"说着就把一包袱银子递给海黑子,"买院子的钱。我数过了,有短缺哩。"

第二部 根居地

"知道哩。"海黑子接过包袱，数也不数就扔到车上，又往自己女人跟前推了推。

这时，葱头抱了酒过来，要往海黑子爹的车上放。海黑子爹却挡住说："我家里没人喝酒，要这东西干啥！"

天亮正要说啥，海黑子推开了葱头："不啰唆了，趁着大风咱赶紧走。晚了，风一小了，老北城的马刀兵出来，就走不脱了！"

天亮看海黑子一家确实紧张，也就只能作罢。

7

月黑星稀，罡风劲疾。

海黑子一家三辆马车，静悄悄地走出拐子街，顺利出城上了官道。

送海黑子一家过了博望渡，天亮从马车下取出了毛瑟枪。

"这时候兵荒马乱的，你去哪啊？唉？"

"能去哪？想东归，路断了啊。——马刀兵就在东边的花花沟，木垒驿能过？只能往西，先到了迪化再说！"

天亮和海黑子一家人告别，不知道再说啥，就把手里的马缰绳交给了海黑子。

"你这是弄啥？"海黑子显然吃了一惊，"你不是说要去办事吗？没马咋走？"

天亮笑笑说："我没事办，就是出来送你咧。唉，这么多东西，这么多人，路上辕马要换着拉车哩。要不就把马累乏塌了！"

海黑子的父亲说："那这就抵了买院子的款子了。"

天亮说："抵不了，我算过了，有短缺。"

海黑子摆摆手，轻声对天亮说："那棺材房里，我放了一些银子，是抬埋人的费用。"

"嗨，你咋还弄这事儿哩？抬埋人的事儿我应下了，你就再不操心嘛！"

"老哥厾，你心里别笑话……"

"走咧！"天亮朝辕马屁股上击了一掌。他是车户出身，一掌就启动了三辆

子归城

马车。

　　海黑子说了句什么,天亮没听清,风大。但看见三辆马车眨眼间就湮没进了风尘中,他的眼里突然涩涩的,有流泪的感觉。

　　出了嘉峪关,
　　两眼泪不干……

　　他揉了揉眼,刚吼了一嗓子,突然意识到老北城里还有马刀兵,就急忙噤声,取下背上的毛瑟枪,扛着下了官道。
　　这是个大风天。
　　天亮迎风徒步,走到天明,才到了沙枣梁子。

第十八章

本命年

第一节

1

在我的写作提纲中,主要人物都有年表、小传、相貌、特征等。关于马麟,我有多处文字记载,其中一处文字如下:

马麟,原清军管带,子归城守备长官。模样瘦长,身躯不正,故不显高。像蛇,有点女气。高颧骨,鹰钩鼻子。一双小绿豆眼咕噜噜逼人。金牙。干瘪的嘴脸显出凌厉的凶相。抽大烟。家中有郑经供像,地方野心家。志大才疏,经不起打击,面对挫折有时会哭。长期抑郁不得志。甲寅年,是其本命年,事多不顺……

的确,甲寅年的马麟诸事不顺。他从阿山一回来,杨都督就派来了诸葛白、杨修、蒋干等,说是置建邮驿所,实际上就是暗查他。接着伊犁暴乱,杨都督趁机釜底抽薪,生生割掉了他一个连……

他气得让赵银儿扎了纸人,写上"杨增青"三个字,天天拿锥子刺。刺了半个月，也没听到杨增青得了心绞痛一类的消息，反倒听说他又升了官，还兼了省长。

赵银儿说本命年，得辟邪，就到墨兰迪的丝绸店给马麟做了条超豪华的红腰带。她还给自己做了一大包袱的红裤衩，说要让马麟天天"撞红"，红运当头。

马麟天天"撞红"，但没红运当头。倒是听到了赵银儿克夫的谣传，越传越邪乎……

他郁闷得要命，偷着到大南山的庙里求签占卜。元和尚说光扎红腰带没用，本命年要等待机遇迎接挑战。可机遇是天机，不能泄露。他只能闷闷不乐地在一场又一场的黄风中等，等得眼珠子都黄了，才等来了契阔夫鬼节哗变。

马麟觉得这是推翻杨增青的天赐良机，铆足了劲抓住机遇，准备挑战。可结果却是：机遇虚晃一枪，把他闪在了干滩上。他只能钻在赵银儿的怀里，大哭一场。

我看写作提纲，都有点可怜马麟这个遭遇了本命年的人。

2

马麟撤退干沟时，特意让杨干头秘密藏在城里，叮嘱他抓住时机，尽快与马刀兵联络接洽。

可杨干头一看是皮斯特尔引来的马刀兵，想到他俩过节深，就吓得躲在家里不敢出门，只让一个便衣马弁给马麟报来了金丁当天失踪的消息。而且，把失踪说得像是被契阔夫杀了一样恐怖。马麟听得心惊胆寒，但即便如此，他还是没有放弃，在瓦西里跑来找他时，立即任命瓦西里为特使，和马福山一同去找契阔夫，想借机与契阔夫建立互信。

可机遇像条鱼，谁也不知道它下一秒游向哪里。

上天给了他机遇，却有意捉弄他：他派去的特使，还没开展工作，就成了契阔夫的特使。契阔夫不希望马麟的部队回来，提出要等金丁回来后，谈好了粮草供给的问题，下一步再说靖安营是否回城的事儿。

瓦西里和马福山居然就兴高采烈地去榆树窝子当说客，还做中保，替皮斯特尔带信。

马麟听了这消息，气得小绿豆眼成了红豆眼。赵银儿就撺腾：不如咱赶紧出沟！出去了直接派人跟契阔夫联系。这样即便金丁回来，这边也大局已定，蒸馍做成了花卷。

马麟想想也是，就下了出沟命令。

可阴差阳错，他带队到了沟口，正赶上契阔夫带着马刀兵祭奠红胡子雅霍甫。

祭奠雅霍甫的活动，是一场中西结合的祭祀。有烧香、烧纸、打纸幡儿，还有牧师诵经、集体默哀、开枪致意……

注意！开枪致意是军人都喜欢的隆重仪式。

铁老鼠也许是做贼心虚，当初把红胡子的墓地搞得离乱坟岗子很远，在古牧地的最北边，靠山。离子归城很远，离干沟很近。

结果，距离产生误会。

马麟带兵到了沟口，前哨兵刚看清沟口外马刀兵一群一群地在排队，祭奠的开枪致意就开始了！集体动作，长短枪齐放，枪声密集而有条不紊地划破长空，还带着啸声硝烟。

前哨兵吓得掉头回跑，大喊："马刀兵开枪了！马刀兵打过来了！"

马麟抬头一看，长空里果然有一团硝烟飘曳升起。立刻脸色骤变，看见赵银儿从小轿子里出来，正擦汗，就大骂了一声赵银儿："臭娘们！你这是把老子往火坑里推！——快回！"说着自己一勒马缰绳，掉转马头就跑。

马麟率先垂范，一口气跑了几里地才收住马脚，回头张望。

他发现并没有一个马刀兵追来，也没有人员伤亡。这才整顿兵马，安营扎寨，仔细追问情况。问到最后还是心生蹊跷，就派人再去打探沟口情况。

而那几个畏葸不前、胆战心惊的马弁摸摸索索再回到沟口时，已是傍晚，金丁都进城了。

3

那天，马麟和靖安营的行动没人注意。大家的注意力先是在盛大的祭祀活动上，后来就一下集中在了金丁身上。

当时，金丁被破腹挖心的谣言已经传得沸沸扬扬，可他却忽然出现在了涅槃河畔。这当然很轰动。

马麟很不幸。他的两个特使积极从事着接回金丁的工作，唯独忘了自己的使命：尽快实现马麟和契阔夫之间的会晤会谈。马福山、瓦西里这两个勺狮，把金丁从榆树窝子接回子归城，还傻了吧唧跟着别人释放被俘省军，祭奠红胡子，甚至爬上城门，帮金丁贴安民告示……

直到晚上，马福山才想起自己的使命，赶紧骑马进了干沟。

而这时，瓦西里也忽然明白了自己的使命：曲曲板铺的老板应该操心的是卖曲曲板！就坚决回家了。不幸的是：瓦西里回去不久，他的曲曲板店就失火了。

马刀兵祭奠亡灵的枪声，吓得自己后撤几里地，马麟很尴尬。金丁先他回了子归城，马麟很生气，就把火和气都撒到了马福山身上。

马福山承认自己一时糊涂，忘了根本使命，是觉悟不高，原则性不强的表现。并表示自己愿意戴罪立功，连夜回城，去找契阔夫。

赵银儿却抢先发话：深更半夜的，还是先歇歇再说嘛。

马麟只得装仁义，让马福山先去找个地方歇着。

马福山走后，马麟斥责赵银儿：你咋屁话那么多？

赵银儿说：我看此人不可靠，有问题。

咋？马麟问。

赵银儿说不上来，只是说：看他不像勺子，为啥干的这事儿像勺子？

马麟想想，也觉得马福山这回是有些勺，但平时还可以。

4

翌日上午，杨干头突然出现了。挨了马麟一个耳光后，杨干头报告了他的绝密情报：热西丁带着马刀兵的大队人马一早儿拔营远去花花沟了。

赵银儿等人认为，不能再坐在干沟里干等了，金丁回城了，马刀兵的主力也走了，大家再在干沟里做缩头乌龟，不仅会被全城人笑话，也会失去最后与契阔夫沟通会晤的机会。

机不可失，时不再来。赵银儿像条小花鹿那样在干沟里跳来跳去，把这道理喊得像干沟里的太阳，明晃晃的耀眼而强烈。

马麟早就嫌干沟太干，没水，太阳还刺眼。就痛下决心，面对机遇放手一搏。于是，他下令全体集合，出干沟。

马麟拔营出沟，一眼就看到了赖黄脸。他带着三个原合富洋行的希卡坐在红胡子的墓地前，抱着毛瑟枪晒太阳。

他们看见了马麟，不慌不忙，懒洋洋的。

"你们在看啥？"马麟问。

"我们加入了光荣的哥萨克。奉命在此等太阳落山。"

"是看坟吧？"杨干头笑了，为看破了别人的动机而得意。

赖黄脸也笑了，说："人家（皮斯特尔）料定你们会出来。"

马麟一听，滚鞍下马，盘腿坐到了赖黄脸对面："我们喧个慌（聊天）。"马麟说。马麟很高兴，他出沟就是想要寻找机会，与哥萨克人直接沟通，谈合作。

赖黄脸说："今天早上大军刚走。您这时候来，不怕让契阔夫少校生疑？"

马麟："咋？"

"契阔夫少校还在岳王庙和胖厨娘玩呢。他还没去花花沟。您不怕擦枪走火？"

马麟："您是看坟，还是等我？"

赖黄脸说："等你。"

马麟说："谁让你等的？"

赖黄脸说："皮斯特尔。"

马麟一听，滚鞍上马，打马掉头就走。

赵银儿不甘心，从轿子里钻出来就跑。说她三天没洗澡了，人都臭掉了，要回城好好洗个澡。

马麟拦住她，说：人家早就准备好了。进城是找死。

赵银儿说，不洗澡，毋宁死。说着就要往赖黄脸的马上爬。那情形很像当初在涅槃河畔，往马麟的马上爬。

马麟只好把她拎起来，塞进轿子。吩咐马福山和几个抬轿子的马弁："把人看着！带回干沟。"

杨干头也蹿上了马。马麟却让他下马，跟着赖黄脸，去找皮斯特尔。

第二节

1

大家都知道皮斯特尔当初是被靖安营的人逮捕的，而且还被吊着审了一晚上。

大家不知道的是皮斯特尔的那个扁口卣还被杨干头贪污了。

当时，皮斯特尔被吊在房梁上。所有人都认为那些传单是罪证，很重要。杨干头是盗墓贼出身，知道扁口卣是出土文物，更重要，就把它揣在怀里，带走了。

皮斯特尔后来四处暗访，最终断定最大的嫌疑犯是杨干头。

现在，赖黄脸把杨干头带到了岳王庙，皮斯特尔就故意拖延，玩猫捉老鼠的游戏。

"你看，契阔夫少校给我和巴克洛夫的任务是：看守古城子。没给别的授权。我们要是跟马麟发生接触，少校一旦知道，发了火，我们还活不活啊？"

杨干头急忙点头哈腰，连连说是。同时给皮斯特尔解释：去年您被陷害的那个晚上，我一直就想救您。可是一直没找到机会……

皮斯特尔笑着说：我是因为那个"扁口卣"才被陷害的。

杨干头一愣，马上装糊涂，"就是就是，坏人把传单装到里面了嘛！"说着就转移话题，给皮斯特尔和巴克洛夫保证，两位太辛苦啦！马长官说了，他回来后，一定要重重酬谢！

皮斯特尔的眼前就浮现出了杨干头挨马麟耳光的幻想情形，便笑笑地说："你们真想回城？可这样一来，和我们的哥萨克擦枪走火怎么办？巴克洛夫的脾气谁也管不住！"

巴克洛夫听了这话，像要证明自己脾气不好似的，站起来就抽出马刀，把杨干头往外赶。

杨干头喊着:"巴爷,听我说。皮爷,听我说!"可还是被巴克洛夫推搡出了岳王庙。

巴克洛夫不听杨干头说。可皮斯特尔跟了出来,听杨干头喊了几声"皮二爷"后笑了,说:"你这样回去,是不是要吃马麟的耳光啊?"

杨干头只得连忙点头:"是,那是必须的。"

皮斯特尔笑得更快活了,笑够了才说:"你回去给马麟说,我们安集延人能听懂钱说话。我会尽快安排他和少校见面。"

杨干头问:"尽快……能是啥时候?"

皮斯特尔笑着说:"你给马麟回了话,就回来听我的信儿吧。"

杨干头没办法,只得跑回干沟,把皮斯特尔的话带给了马麟。

果然,他又被马麟打了耳光,嫌他乱承诺,先斩后奏费长官的银子。同时,给了他一百两银票,让他立即给皮斯特尔送去,说事成之后,还有重谢。

2

林子非曾讥讽说:古城子的一场风,从春刮到秋。

这话很夸张很恶毒,但也事出有因。金丁伐木,导致古牧地的风越来越多,越来越大,谁不烦?所以古城子人在表述风时,就会把相邻相近的零星小风归入一场大风当中。而早年间的人修志,力量有限,记载简略,又重人事,轻自然,常常就采信民间叙事,把几场风混淆起来,当成一场大风记载。

这种做法,方便了当事人,但贻害后人。——我写《子归城》就常常很苦恼,为确定张三说的风,是不是李四也经历了而查询访问,累得筋疲力尽。就这,还不能确保时空上完全不出错。

不过甲乙年夏天,马麟所遭遇的那场大黄风,我是考证清楚了的,它发生在鬼节之后,应该是那个夏天最大的一场大黄风。

请相信我，这事我查过资料[z]，不会弄错。

3

甲寅年鬼节过后的那场大黄风，文献上记载说很厉害。说它带来的沙尘暴间歇性地刮了两天一夜，刮倒了合富洋行石头楼上的瞭望塔，还刮塌了金县长的八丈楼，塔楼九米以上无影无踪，九米以下剩了几个大木头桩子。八丈楼脚手架上的一块板子还击中了一个女人的三寸金莲，形成骨折，瘸了半年多。——那女人还是金丁的一个小老婆。同时，城里的三棵旱柳树被刮掉了树头，城外的三棵杨树被拦腰折断，还有一家人八岁的小孩也不知去向。

可从紫泉子老人们的回忆来看，大家的感受和遭遇不尽相同。有人说那场风凶得厉害，有人却不以为然。我想原因就在于这场大黄风状态比较怪异。它多次达到过暴风级别，但达到峰值的时间都很短，没超过一袋烟的工夫。也就是说，它像一匹惊马，奔跑预备的时间很长，真正撞到人的时间很短。而且撞过之后，放缓脚步喘息休整的时间又很长。因此一些当时恰好在屋里正搂着老婆睡觉或者干其他重要事儿的人，就没感受到它的威力。而那些不能移动或者能移动而不知道躲避的生物才感受到了大黄风的瞬间威力。比如，风停后人们发现，城里有七家店铺的橱窗板被刮掉，一匹骆驼、两头猪、五只羊、一条狗被刮得无影无踪。前者就是没法移动，后者则是不知道合理规避，人类一般都是知道规避的。

当然也有例外，马麟和他的靖安营就是知道规避而没有规避的人类。

马麟，这个野心勃勃却屡遭日弄的孽张货，我一想到他在大黄风中的悲惨遭遇，就觉得皮斯特尔真的是坏人里的坏人，相当坏。

4

马麟看着杨干头怀揣他的银票出沟后，就像一条干死的蟒蛇，靠着石崖睡觉了。他知道契阔夫去了花花沟，他和此人很难马上见面。

---

[z] 链接　您知道的，甲寅年有闰月，天候异常。各种证据都表明，这年鬼节前后，不止一场大黄风肆虐过子归城。至于哪一场最大，众说纷纭。我是根据大风造成的损失来判断风力的，这场大黄风摧毁了县衙的八丈楼，让它成了半截子废墟，应该算是最大的风了吧？

可翌日凌晨,杨干头汗流浃背地进沟了,说:我的爷哎!皮斯特尔通知,哥萨克首长回来了,说现在就和马长官见面。

幸福来得太突然。马麟激动得仰天尖叫了一声,才问:在哪儿见?

杨干头说:古牧地。他们会插杆白旗子。

马福山不解,问:咋不在城里?这天,看着要起风。

"听皮斯特尔说,好像契阔夫这次回来带人不多,可能是怕在城里遭暗算吧。——我也觉得这老毛子办事儿,想法怪怪的。"杨干头翻着白眼,假装疑惑地说。

马麟见面心切,就没多想,挥挥手,下达了出沟的命令。

山里不知外面的世界。靖安营到了沟口才发现大黄风带来的沙尘暴已经弥漫四野,子归城都看不清了。

"不对吧?契阔夫咋挑了这么个日子。"一个叫武丁的排长,从战术的角度提出了质疑。他怕中埋伏。

但马麟想到前面两次靖安营到了沟口都退回去,错失了良机,就说了句:"事不过三。"便不顾沙尘漫漫,日色空蒙,带了亲兵马弁,迎风出沟了。

到了古牧地,罡风更烈。飞沙走石,天地昏暗。人被风沙打得眼睛都睁不开,更遑论找那面白旗子了。

亏了杨干头道行深,临行前带了几席毡子。马麟和杨干头等几个高层领导,裹上毡子,遮住头脚,才避免了被沙石打得头破血流。

在飞沙走石的沙尘暴面前,人裹上毡子只能像邮筒似的立在辽光滩上,让风捶打,并不敢躺在地上,那样会被黄沙掩埋。

这滋味不好受。而马麟和杨干头等人员,就这么孳张地一直等到了中午过后。黄沙弥漫,沙石飞舞,马弁们被打得鼻青脸肿,唉声叹气,可还是没找见白旗子。

马麟心存幻想。还想着可能这个契阔夫没见过子归城的大黄风,猛然碰上,吓得就躲在老北城不敢出来了。就吼骂着让杨干头脱下白汗衫,举在手里,去老北城联络。

子归城

杨干头畏葸不前，有畏难情绪。马福山觉得自己前面当特使，没把差事办好，想将功折罪，就自告奋勇，陪着杨干头去了老北城。

风在这时渐渐小了下来。武丁排长担心中埋伏，建议进城。既躲风，又能防止野地里忽然冲出打埋伏的兵马。马麟不死心，让大家四散开来，找那个白旗子。心想着契阔夫他们要真来了，遇上这种大风，说不定在白旗下就地趴着呢。

武丁排长说：这白旗子说不定就没有。就是有，也被风早刮没了。

马麟觉得这排长聪明，有脑子，但很讨厌，正要训斥，马福山却从风沙中跑了出来，见了马麟，就跳下马，气哼哼地说：这皮斯特尔不是个东西！我们在岳王庙见到巴克洛夫。他说他不知道这回事，还差点跟我动刀枪！

"嗯？那皮斯特尔呢？"

"找不见人影子。巴克洛夫说，他也不知道皮斯特尔去哪儿了。"

正说着，杨干头出现了，还带来了郭瞎子。郭瞎子是看庙的，在岳王庙成了马刀兵的指挥部后，他就被赶了出来，住在河边的窝棚里。刚才的大黄风吹散了他的窝棚，他想跑到老河桥下避风，却被杨干头抓住了。

郭瞎子说，契阔夫根本没回来。他在花花沟和土匪打仗，打得不可开交。老北城里只有巴克洛夫和皮斯特尔带着一小队人马在看家。

接下来的事情有点好玩。

马麟怒了，下令让马福山等人进城去找皮斯特尔。

而巴克洛夫则在马福山、杨干头走后，忽然意识到事情不对，马麟是带人到了古牧地。这不行，也怒了，带着留守的马刀兵策马扬鞭赶到了古牧地，命令马麟等人退回干沟去。

杨干头急忙喊："马长官是来和你们洽谈的。"

可巴克洛夫不听这些，朝天开枪，还说他喊三声，马麟再不退走，他就要下令骑兵冲锋了。

马麟气得手发抖，也吓得腿发抖，急忙下令退回到了沟口。

第三节

1

契阔夫烧了城门后,每天只派几个哨兵在城门内外巡逻。他去花花沟后,巴克洛夫人手有限,就欺负新入伍的合富希卡,让他们在城门内外巡逻。

马麟让人进城找皮斯特尔的时候,南门一带巡逻的正是赖黄脸和几个希卡。他们在大风中被吹得昏头涨脑,刚睁开眼,就看到马福山、武丁排长带了一群靖安兵到了城门口。赖黄脸害怕,就告诉了马福山:他看到皮斯特尔去了刘家酒坊。

而后他发现这一堆靖安兵,并不是来攻打古城子的,就变了脸,说:"巴克洛夫有令!不许靖安兵进城。"

武丁排长怕中埋伏,很想进城,就拔出手枪威胁赖黄脸。赖黄脸一眼看见马福山穿的是百姓便装,急忙改口说:"老百姓可以出入。"

马福山从进干沟起就没换过衣服,听了这话就对武丁排长说:"找个皮斯特尔,不用那么多人。"

队伍里也还有三个穿便装的,也就被马福山带着进城了。

接下来的事情像演小品。

马福山追到刘家酒坊,遇到了狗剩和尕娃子两个非常人物,说是没人,刚走。

赖黄脸又说:可能在合富洋行。洋行石头楼上的瞭望塔让风吹倒了,很多人都在看热闹。他肯定在。

马福山就又追到合富洋行。看热闹的陶七告诉他说,皮斯特尔回老北城了。

马福山追到东门,却被东门的希卡挡住了。希卡听说是找皮斯特尔,就告诉马福山:县衙的八丈楼倒了,皮斯特尔去了县衙。

金丁正为八丈楼被风刮塌了而痛苦,加之他对马麟不满,就连面都不露,只让老秦没好气地给马福山甩了一句:刚走,吃饭去了。

那一阵儿,皮斯特尔像打了鸡血,精力充沛,到处乱跑。

直到天黑,马福山才在"丝路叫花子鸡"店里找到皮斯特尔。

子归城

2

皮斯特尔正在喝酒吃鸡,见了马福山,一拍贼亮的秃头,说:"啊,抱歉!忘了通知你们了。契阔夫少校在执行紧急军务,已取消了这次会晤。等他从花花沟回来,我再从中斡旋,安排两军长官会晤。"

马福山说:可我们马长官一早就来了,在古牧地的风沙石头里站了快一天了,现在还在野地里。会晤取消,你也该说一声啊!

皮斯特尔很吃惊地吐了个鸡肋说:你们怎么会这么笨呢!没脑子吗?那么大的风沙,把金丁的八丈楼都吹塌了,还有石头楼的瞭望塔,也垮了。你们还在那里站着,一帮勺子吧?

马福山对皮斯特尔在石头楼的暴行有耳闻,气得血往脑门上涌,拔枪的心都有了。但最后还是忍了个肚子疼,带人出城了。

"哈咔……"马麟正坐在山崖下躲风,抽家藏秘制的烟膏子。他没等马福山汇报完毕,就气得一口大烟噎在肺叶里,呛得鼻嘴冒烟,涕泗长流。

给他捶背的赵银儿急中生智,大叫:"当家的,快抬头,快抬头!"

马麟抬头,什么也没看见。天地间依旧灰尘弥漫。

赵银儿说:我让你抬头,是看看山坡上红胡子的墓地。

红胡子的墓碑很大,在弥漫的风尘中隐约可见。

"当家的,你想想韩信,当年要不是能忍胯下之辱,那不就和红胡子一样,躺在地里头了吗?"

"韩信?"马麟咬得满口金牙刺刺响,"你想说啥?快说!"

"我的意思,皮斯特尔不是在吃叫花子鸡吗?干脆,我们请他到通四海酒楼吃。"

"酒宴上杀人?那不如派武排长把他暗杀了省事。"

"不,皮斯特尔不能杀!我们是真的请他。"

"真的请他?"

"当家的,听我细说,这事儿咱得学韩信,先忍了。"赵银儿掰开了揉碎了给马麟讲:皮斯特尔弄这一出,那是成心的。为啥?不就是因为去年从他身上搜出传单,是马福山抓的人吗?还有杨干头借机公报私仇,把人吊打了一晚上。

这两个狗日的!马麟大骂着就把杨干头叫过来,又想扇耳光。杨干头急忙求饶说:这事是个误会,我都给皮斯特尔说了。

赵银儿说:你说了有屁用!咱现在需要嫁祸于人。就是把皮斯特尔请来,给他讲明了,当初抓他和咱无关,全是因为驼二婶诬告!

杨干头赶紧奉承:对对!小夫人说得对!我们现在跟契阔夫见不上面,就是因为有这个死结。只要死结一解开,两军合作的前景无限光明。

可马麟不敢进城,怕出意外,自己生命堪忧,就借口说:马福山不是说了嘛,马刀兵不让咱当兵的进城。这可是一帮脸上长狗毛的杂种,说翻脸就翻脸!

"我去呀!我又不是当兵的。"赵银儿说。

"你?"马麟和马福山都惊讶。

"那咋办?我又没给你们马家生出个一男半女的,再不为你的宏图大志冒回风险,将来咋在你们老马家立足当家?"

"臭娘们!现在就想着要当家呢。"马麟笑了。又指着马福山和杨干头说,"解铃还须系铃人。你们一个是抓人的,一个是吊打人的。你们就各挑几个精兵,穿上便装,陪小夫人一同去!"

那时候,罡风已经停歇,只有阵阵小风还在时断时续。

3

皮斯特尔倒是爽快,一请就到。

赵银儿拍着手欢迎:"对着呢,就您这身份,咋能在那种地方吃叫花子鸡?我一听马福山说这事儿,我就心疼啊,咋着也得把你请到通四海酒楼嘛。"

皮斯特尔是第一次见赵银儿,一见就乱了心智,说话都有些不利索了:"幸、幸会非常!夫人真是、比金子还美啊美……"

赵银儿亲自把盏进酒,还十分体贴地给皮斯特尔点了人参大补汤,又烤了羊腰子。还说皮斯特尔光亮无毛的脑袋一看就聪明绝顶,身边也没个女人照顾,真是让人心疼可怜。

子归城

皮斯特尔被说得眼泪都快下来了,想到他给胖厨娘大献殷勤,如今这个"芭比娃娃"却钻在别人怀里,心里竟然冒出了酸楚之水。

赵银儿看皮斯特尔眼圈红了,就莞尔一笑,给了他一块丝绸香帕。

马福山看皮斯特尔用过后想收起来,就伸手要了过来,还给了赵银儿。杨干头见状,就赶紧讲起了卤案发生时的情形,为皮斯特尔鸣冤叫屈,还绘声绘色地把案件疑点都集中到了驼二婶头上。

皮斯特尔听了,表面上不露声色,心里却恨不能生出一只手来,立刻就把驼二婶掐死撕碎。

皮斯特尔睚眦必报,而且就要现世报。

他没忘记靖安营抓过他,也没忘记他的扁口卤。

前者他不方便说,后者他说了。

可贪污了扁口卤的杨干头还说:不知道那东西。

皮斯特尔就冷笑了,说:贵军没有合作的诚意嘛。

赵银儿听出了问题的症结所在,马上向皮斯特尔保证:等马麟回来,全军找"卤"。就在营房里,咋能找不见呢?

她看皮斯特尔在听她说话时,拿眼睛不断地翻杨干头。就大声宣布:如果找不到那个扁铜卤,我就让马长官把靖安营的人都交给你。你把他们都弄到合富洋行的石头楼上去,一个一个地审!就算再审出一房顶子血,也得查出那个扁铜卤!我就不相信就这么个破铜酒壶能查不出来?

皮斯特尔听了就得意地笑,给赵银儿敬酒。

赵银儿也不怀好意地笑,同时故意给皮斯特尔打飞眼,斜视杨干头。

杨干头擦着汗,急忙站起来,给皮斯特尔敬酒表态。说一个扁口卤,他保证一定能找回来。找不回来,愿自罚耳光。

赵银儿就起哄,说杨干头站姿不雅,先自罚一个。

杨干头就自罚了酒,打了自己一个耳光。

众人哄笑。皮斯特尔趁机就吻了赵银儿的手,说她给自己主持正义,他要以示感谢。

　　当天的酒喝得赵银儿满面桃花，春心荡漾。皮斯特尔也是心醉神迷，望着赵银儿垂涎三尺。要不是马福山声称军务在身，滴酒不沾，始终板着脸，让两人扫兴，赵银儿真不知道会不会假戏真做。

　　最后的结果当然是一切如赵银儿所料，皮斯特尔爽快地答应了等契阔夫一回来，他就安排契阔夫和马麟会面。同时还主动说他到时候会劝说契阔夫，以最低的价格，把那些不好携带的重武器卖给马麟。

　　之后，赵银儿说她几天没回家了，要回去洗澡。就又伸出了手。皮斯特尔立刻抓住，深吻不已。最后两人作出依依不舍状，相送着出楼。

　　皮斯特尔把赵银儿送上轿子后，心神随着离去的轿子迷乱了好一阵，才被夜风吹拂着回过神来。

　　皮斯特尔一回过神来，就唤上门口的马刀兵直奔驼二婶的车马店。

　　他们砸开店门，没见上人，就放了一把火，悻悻而去。幸亏邻居瓦西里大呼小叫，四邻扑救及时，车马店才没被烧成一片瓦砾灰烬。

4

　　谁也没料到，契阔夫从花花沟回来，只休整了一天一夜，就拔营启程了。

　　皮斯特尔这回是真的提了和马麟见面的建议，可契阔夫挥挥手，一言未发地拒绝了。他根本没拿马麟当根葱，何况他听说欧洲前线吃紧，更无心他顾了。

　　皮斯特尔有点后悔，他不想去欧洲打仗，心里也希望契阔夫能跟马麟合作，以子归城为根据地，把北丝路搅个天翻地覆。

　　马麟舍了一百两银子，没赔夫人。难受的是：他的梦就这么吱儿的一声，破灭了。

　　甲寅年是马麟的本命年，他流年不利。我看《近代丝路史话汇编》，上面有记载说，马福山自称：马刀兵走后，他隔窗看见马麟把赵银儿的红裤衩扔得满炕乱飞，还撒泼似的哭。后来是赵银儿把他搂在怀里，塞了根大烟枪，他才慢慢止住哭号……

第十九章
哥萨克走后

第一节

1

钟爷一直念叨鬼节他要"看坟"。结果到了鬼节,他就"看"出事了。

当时,夕阳无限好。钟爷给钟赵孤、于文迪烧了香后,坐在四格格的坟前,想跟她聊点什么。突然,他看到金黄的沙枣花随风而逝,变成了天边的万道金光。他吃惊地盯着那些金光,它们瞬间就湮没了天地万物。他惊讶地看到古城子耸立的东门轰然倒塌,随后全城分崩离析,碎化成粉齑,化入了金色的光芒中……

他惊愕得合不拢嘴,后来他就发现,自己的眼睛失去了感光能力——那些埋葬了古城子的金色光芒,灼伤了他的视网膜。

"我啥都看不见了。"他记得当时他给身边的什么人这样说过后,眼里除了刺眼的金光,就什么也没有了。再后来,就是一片黑暗。

"末日来了。"他在黑暗中发出了恐怖的叫声。

云朵惊恐地冲过来,问他咋了?

他睁不开眼,一睁眼就流泪,不知说什么。迎儿说:"爷爷就是看夕阳了。"

"看夕阳？这会儿的太阳那么刺眼，你看它干啥？看见啥了？"

"我看见……古城子，塌了，让风沙埋了。"他不想说，但还是说了。

他听到云朵微微地叹了口气，对迎儿说："爷爷是不是老糊涂了？"

没人相信钟爷看到了古城子湮没的恐怖一幕。后山的老钱还举例说：他三姑的二奶奶就是老颠懂了，不知道落山的夕阳很毒、很刺眼，盯着看，结果把眼睛看瞎掉了。

钟爷知道他没有老糊涂，就闭着眼对云朵说："我的眼没瞎，就是怕见光。"

那两天，梁子上的人已经知道马刀兵来了，怕他们窜过来抢劫，都往地窖里躲。钟家没地窖，云朵就求了老钱，把一家三口都安排到了钱家的地窖里，躲阳光。

钟爷躲进地窖后，就不用使劲闭眼了。老钱家有牛，云朵又买了他家的牛奶，每天和迎儿给钟爷定期清洗眼睛。几天后，钟爷也就敢晚上睁开眼睛看窖口的天空了。但还是不敢看月亮，只能看星星。因此在那些日子里，钟爷觉得天上最亮的东西就是天狼星。

后来，他在地窖里白天也能睁开眼了，只是要背对着窖口的光线。

再后来，他的脑子也清醒了许多，开始念叨：天亮咋不回来？

2

迎儿做梦报喜不报忧，但很灵。海黑子走的那晚上，风一直刮到了天明。风刚停，迎儿忽然从睡梦中醒来，"刘天亮来了。"她说着就迷迷糊糊地爬出了菜窖。

天亮果然到了。他迎风走了一夜，嘴唇都被吹裂了皮。

天亮给钟爷请安时，知道钟爷盯着夕阳看，差点儿把眼睛看坏了。也认定钟爷是有点老颠懂了，"人老了，眼睛都不好。爷！咱以后不能盯着太阳看。"

此时的钟爷被众人说得也有些糊涂了，到底当时自己是盯着太阳在看呢，还是看到了金黄的沙枣化，突然飘向了天边。他自己也有点把握不准了，就无奈地叹了口气，说：我没老颠懂。

没想到，大家听了这话都笑了，还虚情假意地夸他：咱爷是谁呀，脑子好得很，根本就没糊涂。现在呢，就是眼睛不太好了。不过也不要紧，现在明显一天比一天见好了嘛。

天亮还说，等马刀兵走了，他要带爷爷去找孟长寿看眼睛，再配个石头镜子。

云朵就问天亮：这马刀兵到底是咋回事儿？酒坊现在咋样了？

天亮一下兴奋了，说起了海黑子家院子的事儿。

云朵说：这么大的事儿，你咋不回来说一声儿？

天亮就说了马刀兵不让出城等情况。说着说着忽然想起了跟三，就问：跟三呢？我让他回来报信。他，人咋没回去？

云朵说：跟三报过信儿，当天就走了。

"咦？去哪儿哩？"天亮问。

"啥？我让他回去给你报信呀！"

"狗日的，没见人。"

云朵很担心。

天亮说："儿娃子家，怕啥？他也是沙枣梁子人，可能去看他爹娘去了。"

云朵更担心，说："可他走的时候，也没说呀。"

迎儿说："我梦见了，他给人喂马呢。"

大家都觉得荒唐，跟三不是这么没责任感的人，好歹他也会回酒坊报个信。

天亮一直坚信迎儿的梦很灵，就对云朵说："跟三这贼猁货，可能是在家喂马的哩。"

云朵还有点疑惑，嘱咐迎儿说："再梦见跟三，赶紧给我说哦。"

3

天亮找到钟家三口后，就把他们接回了老宅院。他觉得地窖潮湿，怕把钟爷阴出病，就把一间干打垒房子用泥封堵了窗户和天窗，用草纸把门也糊了一遍。这样室内就只有微微的光线，和地窖里差不多，还不潮湿阴暗。

钟爷搬进去，很高兴。

但云朵担心马刀兵来了没处躲。

天亮就不顾夜寒，日夜都在房顶上，白天瞭望，晚上值班，防马刀兵来。

八月，正是高粱玉米收割的季节，梁子上时常传来布谷鸟的鸣叫。

那天，天亮在房顶上眺望，迎儿跑上来玩。看见一只布谷鸟落在烟囱上，就跑过去逗它。那鸟就飞走了。迎儿怅然若失，看着飞鸟无影无踪后，皱了皱鼻子，对天亮说："刘天亮，我觉得马刀兵走了。"

"你梦下了？"

"没。我闻到了马粪味道在空气里飘。往西飘过去了。"

话音刚落，山梁上就来了过客，冲老钱喊："马刀兵走了！这帮贼狲呼啦一下去伊犁那边了！"

第二节

1

马刀兵说走就走了。抢了两家骆驼行、三家草料铺，还抢了曹记粮行和黄大牙的烟馆。出城往西，走了。

哪怕是有人跑来朝马刀兵放了一枪——仅仅是一枪，也好啊！可是没有，一人一枪都没有，马刀兵就走了。

遥远的顿河我的家，

斯捷潘·拉辛我的爷。

黑黑的森林我的马，

自由自在我的刀……

丝路上普遍的说法是马刀兵是唱着歌儿走的。

没人相信一伙要去参加世界大战的人，生死未卜，还会唱着歌儿走向战争。大家看哥萨克骑兵赶着大批骆驼，踏歌而行，逶迤西去，都深感惶惶不安。有人甚至就跟在马刀兵后面,昼夜尾随,想哨探他们的下落,结果却莫衷一是。

东城草料铺的谢老板和侄子谢三娃,就跟着马刀兵跑了一天一夜。因为他们的草料铺被抢得一干二净,谢老板不服气,一路上总想通过皮斯特尔、赖黄脸,还有原来合富洋行的希卡等马刀兵里的熟人,跟契阔夫讨要些银两。结果他们一直跟到了绥水河,也没讨到一分钱。谢老板一生气,就把草料铺丢给侄子谢三娃,自己到老轮台城的一个破驿站,当起了驿夫。

黄大胆儿的胆子大,气性也大。马刀兵抢走了他二百七十一峰骆驼,人都走了,他却缓不过劲儿来,越想越气。几气之下,就上吊了[d]。骆驼行交给了儿子黄二胆儿。黄二胆儿气性也大,胆子却小。他怀揣两把斧子,也跟了马刀兵一天一夜,想为父报仇。但他胆子小,始终没敢伺机下手。最后只能愤愤而归,哭号着给父亲办丧事。

此外还有靖安营的马福山、山西会馆的瓦刀脸,以及张三李四王二,他们或者是长官指令,或者是东家指派,或者就是心怀不满,想要报个仇、追讨个自家的物件啥的,也都跟了一天半天。看到马刀兵马不停蹄地一路向西,无机可乘,最后都蔫不兮兮,各自回来了。

2

还有些人,是听说马刀兵走了,才陆续回来的。

汪妈和黄大牙在马刀兵离开的当天就回来了。他们躲得不远,就在半截沟。他们在半截沟里做露水夫妻,日子过得挺滋润。还相互勉励说,这种世外桃源的日子,人生难得,必须永远过下去,直到白头偕老。可一听说马刀兵走了,两人便迫

---

[d] 链接 黄大胆儿上吊这事儿,我查了资料,发现根本的原因其实与他女儿黄莺儿有关。你还记得巴索夫吗?他在皮斯特尔虐杀希卡的那天,当街强暴黄莺儿,裤子都扒下来了,但被黄家人撞见,一顿乱棒,打了个鼻青脸肿、头破血流,逃跑了。

黄大胆儿清楚这种事说出去丢人,影响闺女出嫁,就忍气吞声,没让声张。不料,次日这个勺半吊子居然带了些马刀兵,跑到骆驼行大喊大叫,不知廉耻地描述前天晚上他强奸未遂的经过,一下子使这事摇了盒盒子,弄得满城风言风语。黄莺儿也因此羞愤难当,要上吊抹脖子。最后却是黄大胆儿在女儿受辱、骆驼被抢的情况下,自己上了吊。

不及待地跑回城里,各自忙着经营起了各自的营生……

此外,还有开条篓铺的罗阿满啦,锁匠刘亮程啦,混混儿马三六啦,等等,也回来了。当然,这些人物都不重要。比较重要的是大萝卜罗伯特·琼斯也回来了。

罗伯特·琼斯在子归城的存在,是最不真实的存在。他应该有漂亮的女助手,甚至于有药房诊所或者研究室。但他总是常年在外,飘忽不定。每次回来,又都通过各种办法,出售赝品烟花种子。他的种子,要么是炒过的,播下去颗粒无收。要么是第一年喜获丰收,第二年严重退化,第三年只开花不结果。因此,他在子归城人缘很差,有点儿像臭狗屎,没人关注,没人理睬。因而他的存在也就飘忽不定,比传说还更虚无缥缈些。

但甲寅年夏天,他确实回来了。这在他的回忆录里有记载。罗伯特·琼斯是子归城里唯一写过回忆录的人,有无成书我不知道。反正,我在网上查到的是印度一家报纸的连载。在那上面,他详细记载了甲寅之夏回来后的行踪……

他进城后先去看了看合富洋行,又在拐子街上转了一圈,看了看那些几乎被抢劫一空的烟馆和鸦片商铺,就走进了黄大牙的烟馆。他对刚刚回来的黄大牙说:哥萨克把花花沟抢劫一空了,这城里也没多少烟土了,到了冬花播种的时候,种子奇缺啊。

黄大牙明白他的意思,说:你的烟花种子,头年种了二年绝收呀。

罗伯特·琼斯说:我只取一成利。

黄大牙就兴奋地套了车,跟着罗伯特·琼斯去拉种子了。

罗伯特·琼斯的罂粟种子埋在西戈壁。这让黄大牙大吃一惊,当他从荒凉的沙砾滩中挖出一个个封闭的坛子,看到里面的罂粟种子完好如初时,就把罗伯特·琼斯钦佩得五体投地了。

当年立冬,烟花播种的时候,果然种子奇缺。黄大牙便把那些坛子拿出来,在烟馆里给烟鬼们讲:合富洋行垮了!今年的冬花种子价格咱说了算。想发财的现在就抱上坛子去卖!零售批发一个价。

黄大牙的价格比往年翻了一番。烟鬼们就有些畏难情绪。

子归城

黄大牙说：卖一坛子，我送一两上好的烟土。卖得多，送得更多。

烟鬼们一听，一哄而起，抱着坛子就奔向了四面八方。当然，有点财力的，都是套了车雇了人，往花花沟拉。

这次，罗伯特·琼斯在子归城一直住到了冬花收割的时候。

3

天亮回城到了酒坊，跟三还没回来。

独眼龙和二锅头给他汇报说：马刀兵是早上走的。昨天晚上，皮斯特尔带了一伙马刀兵来砸酒坊，他和伙计们硬是用大木杠子顶着门没开。后来马刀兵就往院子里扔了一顿火把，走了。因为救火及时，没有引起火灾。

独眼龙说，他赶早起来，正盘算要找契阔夫告状，就发现马刀兵一早儿全走了。

天亮就问独眼龙："弄明白没？他们干甚去哩？"

独眼龙说：马刀兵夜黑天里抢了曹大拿的粮行和黄大牙的烟馆，还把城里最大的两家骆驼行也抢了，大概抢走了有四五百峰骆驼。看样子，是去欧洲打仗去了。

天亮听了这话，很高兴，他也不再问跟三的情况，就猴子般三蹿两跳越过倒塌的院墙，一边巡视海黑子家的院子，一边盘算酒坊未来的发展规划。

4

海黑子家的院子比何家院子大，他仓促离家，干活的工具、鞋具，甚至灶具都原封未动。天亮越看越高兴，水磨套上骡子、毛驴就能当旱磨，正房、仓房开了门就能住人放货，一切设备物件只要变个功能就立马可用，真是顺手可心。

"海黑子这人不错！"天亮说着，便直奔马厩后面的一间杂货房。

这让人多少有些诧异，众人就都跟了过去。

杂货房里的尘土有铜钱厚，黑洞洞的有些瘆人。天亮让人找来马灯一照，见房里啥也没有，就当间放着一口搁置多年的寿棺。这种寿棺，通常都是给老人预备的。天亮看那寿棺，红漆刷面，有一拃厚，拍一拍，有金属的铿锵之音，不禁啧啧赞叹："好木料，好寿棺！"

天亮边说边躬下身，推开了棺盖。这一刻，跟在他后面的人都惊呆了：棺材里，白衣白布白盖头，直挺挺地裹着海黑子的四姨太。

海黑子的四姨太只有二十出头，面容清秀，却是三寸金莲，很惹人怜。天亮把马灯凑近一端详，就看到她搽了胭脂的脸上，已隐隐地有了霉斑，显然死了有些日子了。

"海黑子还是海黑子，临了，也没把人埋掉！"众人摇头，絮叨着。

天亮却突然瞪起大眼，冲伙计们大吼一声："去，把那个大胡子马刀兵给我挖出来，扔到城外野沟里喂狗！"

5

狗娃等伙计们把大胡子马刀兵挖出来，找张破席子一卷，就用抬把子[t]抬到水西门外的大洪沟，扔给了野狗。子归城但凡遭灾死人，城外野狗、狼、乌鸦、秃鹫就多。

狗剩看狗娃等人走了，就问天亮：这棺材都臭了，也抬出去就手扔了吧？

"啥话？这是海黑子的小老婆。去到小头李鬼家的铺子，给她弄个墓碑，刻好字，正经出殡。唉！"

这大家都疑惑。说马刀兵刚走，事多，忙乱，我们给海黑子家的人出殡算是个啥事情？

天亮才说："我应下了。"

"应下了。要抬埋海黑子的小老婆？"

"应了。"天亮肯定地说。

第三节

1

契阔夫没打上靖安营，一生气，烧了靖安营八九间营房。但没烧营部，也没烧

---

[t] 链接　一种实用而便捷的劳动工具。用红柳条和两根木棍编制，外形和使用方法很像担架。

子归城

营区里的军官住宅。对此赵银儿看得很清楚,但她还是烧惑马麟组织一支骑兵队伍追上马刀兵,跟他们打一仗。理由是这样显得马刀兵是被靖安营打跑的。

"狐狸精!你安的啥球心?是要把我这点家底都毁到马刀兵手里吗?"马麟知道去跟契阔夫上千人的队伍打仗,那是以卵击石。

马麟无意中戳破了赵银儿的心思。她的心思隐秘而简单,全世界只有她一个人知道。她就是想让两伙子男人彼此打得你死我活,血流成河。谁输谁赢,她并不在乎。

"我就是觉得你不打一下,到时候给杨增青那个老狐狸没法交代呀。"赵银儿以撒娇掩饰尴尬。

杨干头是知道厉害的,就急忙说:"小夫人说得对。可是这狗日的金丁不是还让马刀兵给俘虏了吗?上面追查下来咱就说金丁被俘了,我们不敢打,投鼠忌器。"

"嘿,奶奶的,你这干头里馊主意就是多。"马麟乐了。

"可一枪没放,人就窜到干沟去了。这又咋给老狐狸交代?"赵银儿不屑地说。

马麟一听,绿豆眼就黑了,瞪着杨干头问:"嗯?"

"我已经把邮驿所的杨修、蒋干都控制起来了。"杨干头说。

"啥意思?"

"这就是老狐狸杨增青安插在咱身边的两个眼线啊,不能让他们把实情报上去。"

"可古城子天天进进出出那么多人,你能把人的嘴都捂上?"赵银儿撇了撇嘴说。

"小夫人说的是对。可该捂的嘴,就得捂啊。"杨干头断然说。

"立刻下令,封锁城门。所有人等,只进不出。"马麟有了主意,立刻下令。

2

封城令下达了才半天,金丁就带着张一德来找马麟了。张一德软硬兼施地说:无端封城,劳民伤财。马刀兵刚走,民生凋敝。此令一出,便已民怨沸腾,日久恐生变故。届时杨都督必追责，尔等无处甩锅……

马麟无奈，只得把封城令改为期限三天。理由是古城子城门尚未修复，靖安营营房被烧。士兵维持城内安全稳定条件受限，需要三日紧急恢复。

金丁、张一德走后，马麟越想越气。费劲巴力折腾了几天，最终也没和马刀兵搭上钩，还惹了麻烦事儿，没法儿向迪化交代。

清晨，马麟爬到房顶上看被烧毁的营房，就忍不住揪住杨干头的衣领子，想扇耳光："这就是你们说的借刀杀人，里应外合？你看看，现在是他妈的弃城逃跑的罪名！"

杨干头护住脸，急急地说："我的爷哎！长官先息怒。我有主意，咱就说城里有内奸，马刀兵来时，内奸在咱的营区到处放火、打枪、搞破坏，把部队弄乱了。长官您不得不边打边撤，且战且退到了干沟。"

"杨增青那老狐狸能信？"

"信不信，咱把内奸抓住了，他不信也得信。"

"可这城中草民，三天后出去胡球乱说，杨增青早晚会知道真相。"

"所以嘛，咱就要开展一场抓内奸的运动。搞得声势浩大，层层动员。让人相互检举，亲友反目，人人自危，惶惶不可终日。最后就连提都不敢提弃城不保这件事儿，谁说谁惹麻烦。"

"就是莫谈国事！"

"就是，就是。一谈就有内奸嫌疑，可能就是放火犯。"

马麟笑了："这比捂嘴的办法强。"

"捂嘴，抓内奸。双管齐下，效果更好哇！"

"狗日的！老子能不知道个这？"杨干头出谋过急，没给马麟显智慧的机会，他有些不高兴，就顺手扇了杨干头一耳光。扇过之后，看杨干头愣着不动，就真火了，"你奶奶的，快去办呀！"说着就跃起一条腿，踹了杨干头一脚。杨干头踉踉跄跄地转身后退，他看着生气，又对准杨干头撅着的尖腚，踹了一脚。

这一脚，带着气，就有点过，把杨干头一下踹到了房下。

子归城

按说，一个人被踹下房顶，不摔断胳膊也该断条腿。可杨干头头干身子也干，虽捂着屁股吱哇乱叫地落地，却是身轻如燕，没滚没翻，蛤蟆撒尿似的蹲到了地上。还不忘扭身抬头，朝马麟谄媚地笑。

"笑个球，快去！让各城门严加盘查，抓奸细。通知连排长，让他们把兵联的头头脑脑，还有那些保长、甲长的，都给我弄来。老子要给他们开会。开抓奸细的肃奸动员会！"马麟红着眼珠子吼道。

3

谁都不知道海黑子和他姨太太的名字，天亮就让写了个"海家四姨太之墓"。小头李鬼也好奇，把墓碑送过来，就站在院里问这碑是咋回事。

可没人敢吱声。

杂货房里的尸体真的臭了，溢得院子里都有股人尸臭。李鬼就提醒天亮："人都臭了……"

"胡话，那是大（他差点儿说是大胡子马刀兵）……唉，大粪坑的臭味。"天亮说着就赶走众人，独自研究那口寿棺。那是一口好红松木棺材。天亮看了半天，忽然发现棺木上有个陈年虫眼，泛着木屑，才心疼地说着"可惜可惜"，让狗剩带着酒工们赶紧撒纸钱、打幡儿，把棺材抬出城入殓。

马刀兵走后，被祸害的各家各户抬尸埋人的不罕见，但像酒坊这样，赫然抬出一口大红棺材的，却是独一份儿。四个伙计刚到南门口，就被挡住了。

狗剩跑回酒坊，对天亮说："掌柜的，靖安营的人不让出城，要开棺验尸。"

天亮一听就火了："啥话？这帮贼驴日的，马刀兵在的时候，个个像龟孙子，沟子尿得拉稀。马刀兵一走，他们倒人五人六地欺压起死人来了！"

狗剩说："靖安营的杨干头也在，传话让您去。"

"嘿，狗日的！"天亮一听，更是气不打一处来，把裤腰带紧了紧，骂骂咧咧地横着膀子就要出门。独眼龙却一把抓住了他，说："兄弟，他要验尸，你就让验吗！"

"啥话？人死为大。我给人家海黑子应下的事儿，能这么办吗？"

"那要不我去吧。你看这街上又贴标语，又敲锣的，在抓奸细哩。"

"甚话！抓奸细？跟我有鸟的关系！再说了，人家叫我去吗？"

二锅头小心翼翼地提醒："杨干头这人一肚子坏水！我听赵银儿说，这城里就没奸细。靖安营的房子就是马刀兵明火执仗烧的！"

天亮一听这话，丹田之气就泄了些，"你狗日的想说啥？唉,说清楚些！"

二锅头说他也说不清楚，就是觉得这事情蹊跷。"你说海黑子是脸上挂不住才走的，对吧？因为他的四姨太让大胡子马刀兵给祸害了，是吧？可我就觉得怪，这大胡子死了多少日子了，这马刀兵咋就从来没来查过呢？怪不怪[g]？"

天亮一想，是怪。

可独眼龙不以为然，没好气地呛二锅头："你扯的这些都是咸淡屁！和杨干头叫老三去有啥关系？你说眼下的事儿！"

二锅头就说独眼龙不懂就不要骚情，不要乱说话。

独眼龙不服，还嚷。天亮制止无效，三人就陷入了争吵。

三个黑肚子乱吵，能吵出啥结果？当然是越吵越乱。最后是天亮和独眼龙听了二锅头的话，决定一起去。

第四节

1

被抓了奸细是要杀头的，人人都怕。马麟开了动员会当天，从军队到地方的大小头目就紧张动员起来了，贴标语，喊口号，入户查问。就连金丁的县衙也不敢

---

[g] 链接　哥萨克是个奇怪的军事组织，其中的军官常常会因为待遇不公、爱上了一个女人、受伤残疾等原因自动脱离队伍。大胡子马刀兵是个军官，失踪后契阔夫做过追查。但马刀兵进城遇到的唯一抵抗来自合富洋行，所以他对洋行进行了一次清查，没发现大胡子被杀的迹象。契阔夫从洋行出来，看了一眼城里的拐子街。出城，又看到了城外的罂粟花、马兰花，就认定大胡子是在这个美丽繁荣的地方找到了女人或者栖身之所，自动脱离队伍了，从此他再不提这事了。

天亮和二锅头他们总体都属于黑肚子，当然不懂哥萨克内部组织上的这种奇特现象。所以他们一直神经兮兮，万分紧张，觉得蹊跷，还暗中争论不休。

子归城

怠慢,派了郝大头沿街敲锣吆喝:"上面有令——城中有马刀兵的奸细,他们烧营房,打黑枪,散布谣言,破坏了靖安营打击马刀兵的战机。各家各户,赶快检举,窝藏庇护者,罪无可赦!"

杨干头献策有功,成了临时的抓内奸负责人,可以任意盘查官民,甄别内奸。大权在握,趁机可以盘剥、受贿、草菅人命,杨干头的积极性当然超高。

这天一大早儿,他就到了南门巡视。那时候,街上已经人人自危,谁见了他都点头哈腰。

可狗剩愣,见了他不点头不哈腰,还挥手示意他让开,别碍事。

杨干头一生气,就挡住了送葬队伍,说要开棺验尸。

狗剩还嚷嚷,说死人为大之类的废话。

杨干头本来赖得理他。可一想马刀兵喝了刘家酒坊的酒,还给了罂粟籽,这是通敌的内奸呀!再一想,刘天亮还给契阔夫当过向导,罪行更严重!他就笑了,一笑百计生。他马上想到了马麟脸上最挂不住的就是契阔夫不和他照面,最渴望的就是想了解契阔夫是个啥球东西。而这个刘天亮跟契阔夫打过交道,说不定真知道些内情……

于是,杨干头就指着狗剩的鼻子,让他叫刘天亮来。自己则失急慌忙地跑回去给马麟报告去了。

马麟刚祭拜过郑文王,正脱衣装,杨干头鬼头鬼脑地进来,语气神秘地报告:"长官,我查到了一个人,能打成奸细。"

那时候,虽然有头有脸的人都在忙着证明自己不是内奸,没人敢怀疑是否有奸细放火这件事儿了。可杨干头还是在赵银儿的帮助下,把肃奸成功扩大化了,抓个人比抓头驴还简单。马麟就有些不耐烦:"你他妈抓了上百个奸细了,咋这个就要给我报告了?"

"这个不一样。他是开酒坊的刘天亮。马刀兵抢谁的东西给过钱呢?却偏偏给这个酒坊付了罂粟籽当钱!听说这小子给契阔夫当过向导,两人有交情呢……"

马麟一听这话,就下令:你把这个刘天亮给我带这儿来!

2

天亮和独眼龙到了城南门，杨干头二话没说，把枪一横，就隔开了独眼龙。

"马长官请你走一趟！"他对天亮说。

独眼龙像当年在黑沟煤窑时一样，闹着也要去。杨干头只一句话，就把独眼龙说得脸红脖子粗，站住不动了："马长官又没请你。"

好像独眼龙是没请柬，却闹着要赴宴一样。

杨干头的确明明白白地用了"请"字，但天亮硬梗着脖子争辩，结果就被推推搡搡地押到了靖安营。

杨干头为了在马麟面前作秀，以示他对长官的安全高度重视，故意拿条黑布带蒙了天亮的眼睛。还绑了手，让原地转了三个圈儿，才把天亮带到了马麟的书房。

天亮被摘下蒙眼布，睁眼看到的图景，一直让他心慌，还不乏噩梦感：

他面对的是一幅中堂、两副对子。右联：孤悬塞外如隔海，左联：独霸一方亦如公。中堂：郑文王的画像，样子像个道士。下面坐着僵尸般的马麟。

天亮不识字，也不认识郑经。就盯住马麟看，看了半天，确信这是个活人。

"你们抓我做甚？"天亮看着马麟的鼻子——马麟的眼睛闭着，天亮就只能看他吸引人的鹰钩鼻子。

天亮的问话像掉进了没底的井里，半晌听不到回声。不知为什么，天亮面对马麟的鹰钩鼻子、干瘪嘴唇、蜡黄皮肤，有面对行将就木的死人的不良感觉。

良久之后，马麟睁开了绿豆眼：

"这马刀兵杀人放火、劫财掠货，从没给人付钱的道理。可满城人都说，他们单单给你付了酒钱？有这事儿吗？"

"不是钱，是给了一车烟花籽抵账。"天亮发现马麟是个水蛇腰，有一副纤细的嗓子。这让他恶心。

"喔？听说你当年给契阔夫当过向导？——去了汉唐老路？"

"那是让他们抓住，拿刺刀逼的。咳，你看我现在头上还有伤疤！"天亮发现马麟好像要把自己当内奸，就激动地尖叫，"我后来跑了。趁野驴来的时候，咳！

我跑了。"

"你和皮斯特尔在合富有洋行有过交情？对吗？"

"咹？我们是仇人。"

"喔？那他这次没给你找麻烦？"

"找了。他没找到我，就烧我的酒坊。没烧成。"

"没烧成？"马麟眯缝着眼，小绿豆眼珠子盯着天亮滴溜溜地乱转。

"伙计们把门顶上，硬是没给开。"

"唔。"马麟听了这话就不看天亮，而是若有所思地望着窗棂，干瘪的嘴脸显得凌厉而凶险。

天亮心慌，就虚张声势地说："你找我来到底要干什么？我在忙着给人出殡哩。海黑子的四姨太死了好些天啦。咹，人都臭了，脸上起了霉斑……"

马麟像蛇吐信子那样悄没声地笑了："你见过几次契阔夫？"

"两……两次。一次是当向导。再一次，就是这次。——这次，咹，马刀兵放火烧你这儿的房子，我不在呀！我在沙枣梁子！"

马麟挥手打断天亮的叙述，冲门外喊了一声："马福山！——通知南门，放刘家酒坊的棺材出城。"

"你不开棺验尸啦？"天亮惊诧。

"人都臭了还验啥？坐！坐下我们喧个慌。"

3

这个慌把天亮喧得心慌气短。

马麟好像并不十分在意天亮说什么，也不指责他说话的真假，只是无休止地围绕着契阔夫和马刀兵提问。他的这种方式让天亮过了一会儿心里就毛焦焦的，一阵阵发凉。他不知道马麟到底是不是要拿他当奸细。心虚，就只能以色厉内荏的虚张声势叫嚷："马长官，你到底要把我咋样吗？咹，你连我给马刀兵带路、七锅豆腐爱不爱放屁都问了、抽不抽大烟也问了。——咋还没完没了地问呢？"

马麟不回答，只管漫无边际地提问。

"马长官,你到底想要知道甚?"天亮的语调几乎是在哀求了。

其实,经过长时间的盘问,马麟把他自己也问糊涂了。他也忘了最想问契阔夫的什么了。

就在这时,门外马弁高声报告:"金县长到!带来了杨都督的训令。"

马麟才对天亮说:"我看啊,你还是回去再想想。想明白了,就来告诉我。"

第五节

1

天亮从靖安营出来,汗出如浆。庆幸的是,马麟没问大胡子马刀兵的事儿,也没把他当奸细关起来。

回到酒坊,他就装神弄鬼地设了个神坛。到了当天三更半夜,他把大家都喊起来,趁大家迷迷糊糊之际,假装自己进入了瑜伽状态,要大家在他面前发誓:绝不泄露大胡子之死的秘密。

之后,他就宣称刚才他是瑜伽神附体,大家对神起了誓,若有违背,不但要遭天雷轰顶,而且瑜伽神也会惩罚。

一百年前的人敬畏鬼神,大家先是吓得噤若寒蝉,后来就各使绝招儿,渐渐把大胡子从自己的记忆中抹掉了。

当晚装神弄鬼完后,天亮把独眼龙叫到房顶,单独问:"大哥,您坐下,唉!你给我老老实实地说清楚,七锅豆腐这狗日的到底是咋同意给咱赔烟花膏子的?"

独眼龙一听这事儿,就气昂昂的:"还能咋赔?老子差点儿把命搭上。"

"到底咋回子事情?"

"就那样,狗日的马刀兵拿了把转轱辘枪,让我赌命……"

2

独眼龙的叙述让天亮鼻子酸了好一阵儿,他也就明白了独眼龙前些天说话咋那么冲了,便使劲拍着独眼龙的肩膀感慨:"好大哥,兄弟没看错你,没看错!"

就在这时，跟三回来了。天亮就跑下房去，骂跟三他妈的跑哪达去了。

跟三哭着说：他那天从沙枣梁子回来，还没进城，在老北城外就让马刀兵抓了。从黑沟煤窑来的那个黄脸汉子认错人了，非说他是街东草料铺的伙计谢三娃，巴索夫就把他扣在部队上当马倌，天天喂军马。说卖草料的，会捯饬马……后来，马刀兵要走人，还不放他。一直到了玛纳斯河，他才抽空子跑了回来。

"你长这么难看，还能被认错？"天亮很费解。

跟三说："谢三娃长得比我还难看。"

大家骤然哄笑不止。

天亮笑着笑着忽然一拍脑门，就又把独眼龙拉到了房顶上：哥啊，我亲亲的好大哥呀！咹，你看你给咱要账的事儿，能不能就说是我去要的？既然跟三能成了谢三娃，你也能成我嘛……我知道，这有点不厚道。掠人之美有违道德……不过，我，我事出有因。这样，哥呀，我给你记上账，算你五两银子的红利，秋后算账！咹？咋样？就算我掏钱买你的故事。这个价钱可不低呀！

独眼龙似懂非懂：兄弟，你啥意思？你也是个黑肚子，说这么文绉绉的话，不累吗？

但这时的天亮黑肚子不起来，文过饰非，才能遮羞。他依然用着文化人的语言，死皮赖脸、厚颜无耻地纠缠独眼龙……

最后，他给独眼龙付了五两现银，把独眼龙的故事买过来，成了他的。

3

翌日，酒坊的伙计们便弄了张破锣，在院门口的旱柳树下连敲带喊，给来买酒的汉子们讲他们掌柜的故事：

马刀兵祸害古城子的时候，皮斯特尔带人抢了酒坊的烧酒。酒坊的人不干，仗着曾给契阔夫送过药酒，天亮和二锅头就径直进了岳王庙，找契阔夫要钱。

当时，契阔夫正端着一杯葡萄酒，站在一张破旧的地图前，研究去花花沟的行军路线。

二锅头上前点头哈腰："长官，我是酒坊的二老板，早上给您送过药酒，不知管用不管？"

契阔夫回过头看见二锅头，没吱声，只微微地点点头。

二锅头还想说什么，契阔夫突然问："你，去过花花沟吗？"

二锅头急忙点头："去，去过。那里有个何坨子，春天时，来咱古城子放火，把自己也烧死在了煤窑。"

"来人！"契阔夫忽然一声高喊，吓得二锅头一哆嗦。

"集合部队，马上出发！让这两个人当向导，去花花沟！"契阔夫以标准的军人姿态，转身抓起挂在墙上的指挥刀、武装带，收拾着就要出门。

二锅头惶恐不安，更加点头哈腰。站在旁边的刘天亮忍耐不住，冲契阔夫高叫："我们不是来当向导的！我们是来要钱的。"

"要钱？什么钱？"正往枪套上插手枪的契阔夫，闻言顿了一下。

"你们的人，拿了我们的酒，应该付钱！"天亮说。

"浑蛋！"契阔夫恼怒地拔出手枪，哗地伸出去。天亮吓得牙口洞张，契阔夫就幽默地把枪伸进了天亮的嘴中。

二锅头急了："长官饶命，长官饶命。这酒钱，我们不要了，不要了。"

契阔夫却忽然改变了主意，从灰色的眸子里泛出了一缕灿烂的笑，他慢悠悠地一捋粗黑的胡子，说："不，拿别人的东西，应当付钱，这样才公平。"

二锅头和卫兵们全部愕然，说不出话。

"不过，我们应该赌一赌。"契阔夫说着哗地转了一下左轮手枪的子弹轮，"现在，请你告诉我，我需要扣动扳机吗？"

二锅头急忙说："不不不！"

契阔夫又转了一下子弹轮，"如果上帝保佑你的话，这一下应该没有子弹！那么我就付给你钱！"

天亮呆若木鸡。

二锅头明白了契阔夫的意思，这是要让天亮拿生命去赌。

二锅头急忙摆手："长官，官爷，我们不赌，不拿我兄弟的命赌！"

子归城

"不,你们必须拿命来赌!"契阔夫说着又转了一下弹轮。

二锅头还想说什么,天亮却不耐烦了,他后退一步,同时伸手推开了嘴里的枪管,盯住契阔夫,昂然地说:"该死的娃娃球朝天!你开枪!"

契阔夫像孩子终于缠着大人同意了跟他玩游戏一般,高兴得简直有点手舞足蹈。他兴高采烈地把天亮的头扳正,甚至还把天亮乱了的一缕头发捋了捋,然后把手枪对到他的鼻梁上,左右审视一番,确定不偏不倚后,嘴里快活地数着一、二、三,扣动了扳机。

枪没响。当然也就没有一发子弹飞出来给天亮的头颅上开个窟窿。

天亮的七窍还是七窍,没有变成八窍。二锅头却吓得七窍挪位,整个人成了一面筛糠的筛子,抖个不停。

天亮面如土灰,汗出如浆。

契阔夫像下了一着臭棋的棋手,懊丧地说:"恭喜你,你赢了。"

二锅头灵敏,立即活泛过来,扳着指头给契阔夫算账。契阔夫不耐烦,一把推开二锅头:"钱,过几天给你们。现在,你们带路,去花花沟!"

但到了花花沟后,契阔夫却被如火如血、鲜红一片的罂粟花感染,灵机一动,把付钱改成了付烟花膏子——实际后来给了烟花籽。天亮和二锅头不敢再说什么,只好唯唯诺诺地点头称谢。

故事就是这样。

当然,酒坊的葱头等伙计在敲锣打鼓的宣传中,把天亮美化了,美化成了一个不惧生死的英雄。还骗人说,当时刘天亮是"岳王爷的神灵附体"暗中保佑,大无畏得简直不得了,了不得。

老北城的岳王庙里,的确有一尊岳王爷的塑像。不过,那天的岳王爷和刘天亮谁也没见过谁,这个故事的主人公是独眼龙。天亮花五两银子,把他的故事买到了自己身上。

天亮买故事的事儿,有人说不厚道。但也有人夸天亮,说他聪明,由此躲过了被抓内奸。

第二十章
不死的传说及尾声

第一节

1

哥萨克人走后,杨都督的训令也到了。训令是伊犁汗血马八百里加急,通过邮驿站发到县衙的,严厉训斥子归城军政官员:"疏于防范,几乎酿成大祸。"并严令其"整修城池,加强防范,再若渎职,定当严办"。

金丁不敢怠慢,拿了训令急忙找马麟商议。

马麟拿着训令,又和杨干头商议。

杨干头这个狗奴才,自从那天被踢下房后,好像脑子里哪根弦摔断了,一门心思地抓内奸,想其他的事儿都不灵光。当时,他眼珠子转了半天却给马麟出了个馊主意。

杨干头说:整修城池的事儿,交给金丁去办!反正他热爱土木建设。马刀兵来的时候,城门是他卸下来的,责任在他!长官您正可以借此给省府呈奏,说一个营的人实在守不住古城子,请求他同意拨粮拨饷,招募兵丁,把营扩建成团。——那时候您就是团长啦!

子 归 城

马麟一兴奋，就没闻出馊味来。正好张一德要回省府述职，他就让杨干头照此给杨都督写了陈情件，托张一德带去，并给了张一德一些银子，求其在杨都督面前多多美言。

结果几天后就招来了杨都督的一顿臭骂："无功竟要禄，知耻否？"

官没给，倒被臭骂一顿。马麟气得又扇了杨干头两个耳光，从此也就记恨上了张一德。

可这次杨干头挨的两耳光有点冤。

仅仅过了几天，杨都督不知出于何种考虑，就派张一德来，让马麟当了团长。

张一德带来的都督手谕是：着马麟任子归城靖安团团长。不但一下提了两级，用的还是清宫下旨的口吻，让曾经的清廷管带马麟倍感亲切。杨都督还许可马麟发动商会，募集军费，扩充武备。马麟喜出望外，唯一感到美中不足的就是杨都督同时宣布，子归城成立警局。那个来送委任状的家伙张一德不仅不回去了，还被任命成了警局局长。

子归城成立警局，杨都督要求：一、邮驿所并入其中；二、人员从靖安营招募；三、马麟要"协助县衙、警局筹措粮饷，操办团练。平时自养，有事可足备用"。马麟明白，就是说还要他出人、出力帮张一德搞一支民兵武装。

对这支民兵武装杨都督的饬令更为明确：把"兵联"精简整编成团练。马麟兼任总指挥，张一德任总练。葛老板、神拳杨公义、山西王、曹大拿分别是副总练（后来，葛老板坚辞不当副总练，正巧神拳杨从阿山回来，便当了第一副总练）。团练下面的民兵被称为团兵，又叫团勇。

张一德给马麟解释说：让杨掌柜这些人挂名副总练是都督考虑到要让商会出钱支持马团长扩充武备。

"明升暗降。釜底抽薪啊！"杨干头虽然脑子缺根弦，也看出了问题。

马麟听了倒吸一口冷气。他也发现，都督借口成立警局，命令金丁、张一德从靖安营挑走了将近两个排的精壮军士，成立了隶属县衙门的警局。警局虽然没什么好的武器装备，其武力尚不足以和靖安营抗衡，但严重削弱了自己的实力。

自此马麟有了这样的感觉：有人躲在暗处，已经箭在弦上，就等着他在某个问题上一犯糊涂，便发射冷箭。

这让马麟感到脊背上阵阵发冷。

杨干头当然更郁闷。警局一成立，抓内奸就顺理成章变成了警察的职责所在。他手中没了特权，人们便不再巴结他。更可恶的是，张一德稀里哗啦就把他抓来的那一百多号内奸都陆续放了，弄得抓内奸运动无疾而终。而这些被放出来的人一看这情况，就又骚情起来了。像麻子孙、马三六这种家伙，竟然还很不厚道地说他索贿，明着暗着地找他想要索回给了他的银两好处，杨干头气得屁股上都长了痔疮。

2

农历甲寅七月的契阔夫部众哗变，史称"鬼节之乱"。

由于马刀兵开拔时踏歌出征，许多人不相信还有人唱着歌去打仗，就尾随了一阵子。而他们回来的时间又不统一，有早有晚，每个人最后看到马刀兵远去的情状各不相同。说法自然五花八门，不尽相同。不知为什么，其中一种说法[s]相当盛行：说欧洲打的是世界大战，谁去了谁死！马刀兵又不是勺子，还会唱着歌去送死？所以马刀兵没走远，是抢了粮草躲起来了。说不定啥时候吃完了粮草又会来……

"鬼节之乱"后，子归城有了警局，金丁、马麟、张一德又是加固城墙、重修城门，又是操办团练、征丁征税。这就更印证了一些人的看法：马刀兵没走远，古城子已不是安居乐业的根居地，未来会充满血腥和危险。

金丁和张一德为了安定人心，就都贴告示，宣称：哥萨克人真的走了，县里的军政长官目前的所作所为，都是奉都督饬令，未雨绸缪，防患于未然。大家可以

---

[s] 链接　后来查明，谣言源头有三：一是来自一家卖凉粉的人。那家人追了一天一夜，在马刀兵里找到了欠债的一个希卡。那希卡说：一碗凉粉的钱你急啥？我们又不走远。过一阵子回去了，我还要吃呢！到时候一块儿结账。这家人回来边记账，边就把希卡的话给大家说了。二是来自大南山。山里有个十三岁的小孩跑到城里乞讨，信口胡说离家出走的原因是马刀兵到了山里。三是源自老轮台。契阔夫没有沿着官道一直走。他诡异地绕到了老轮台，从那里避开迪化等地，走向伊犁。老轮台人看到大批的马刀兵一夜之间全部消失，不知去向，就都猜测马刀兵躲到了汉唐古道北边的甘泉子、紫泉子一带。而这几个地方离子归城都不远。

高枕无忧，各做生意。同时，还派了郝木匠和陶七，满街敲锣吆喝："马刀兵真走了！去打世界大战去了。回不来了！古城子平安无事了。"

但向来恐怖的流言就比平安的告示传得更快更逼真。人们根据经验，官方越说平安，大家越不信，越更加努力地转移财产，或者变卖家产，时刻准备一有风吹草动便逃往他乡。尤其那些被抓过内奸的人，都骂骂咧咧满腹牢骚，说看透了，寒心了，当局随便抓人，待在这儿没有安全感。就携家带口地走人，谁也劝不住。

3

马刀兵没走远的流言不利于子归城的稳定和丝路的繁荣。金丁和马麟知道杨都督对此很在意，他俩怕杨都督追责，就大肆宣传岁月静好，人畜无害。还抓了几个造谣者和传谣者，投入了地牢。接着又公布了契阔夫在欧洲英勇作战获得嘉奖的消息，试图使逃跑风潮尽快平息。

流言止于智者。可子归城里黑肚子多，智者不多。多数人不理这一套文人说辞，一撇嘴，该走还是走。一走还相互拉扯，成群结队，像扯扯秧的根，拉扯得没完没了。

据紫泉子老人们回忆，甲寅年的子归城充满了谣言和骚动。许多人惶恐不安，嘴上说着根居之地，热土难离，暗地里都在盘算着追讨债务，变卖不动产，购买脚力好的牛、马、驴、骡以及结实轻快的车辆和各种防身武器，以便随时东归西去。

这种状况一直持续到了秋末。

到了秋末，锡兰木材商齐里巴也走了。这个和锡兰王室沾亲带故的人，最初来子归城是做红木家具买卖的，后来变成了做红木材料，再后来便连普通的杂木，甚至非洲原木，他也经销。"鬼节之乱"后，丝路谣言四起，边贸不兴，齐里巴的木材生意萎靡不振。但即便如此，他的木材行依然是金丁紧急时刻获取木源的唯一地点。

金丁听郝大头说齐里巴走了，急忙跑到他的木材场去看。一看，差点儿就哭出来：里面竟连一根原木也没有了！

金丁从此就有了英雄无用武之地的痛苦。

齐里巴的离去让金丁很伤心,他跟人探讨此事,大家都众口一词:一个木材商走就走了。反正古城子也没啥木头了,都让您老人家伐了,给咱修拐子街、修八丈楼了嘛。

金丁更伤心,古城子没木头了,连重修八丈楼都不行了。那我干啥呀?

金夫人懂金丁,就劝:咱的祖根儿又不在这儿!古城子没木头了,咱可以到别处当县太爷去呀!张一德不是在吗?你找他疏通一下关系,看行不行?

张一德听了,不仅拒绝"疏通",还长吁短叹,"金县长啊,您是有点儿太过分了。这才几年,古牧地一带的树木就让您快伐完了。"他说着就激动了,"金县长!我不明白,您为啥连官道上那些歪脖子树都不放过呀?你知道吗?官道上的那些弯弯树,脖子为啥弯?这大牧川风大沙大呀,就是这些树,多少年抵抗着风沙呢!"

金丁不忿,瞪起了金鱼眼:"我这也是废物利用!那些歪脖子树不成材嘛!只能拿来修地牢。你以为修个地牢容易吗,我累得泗皮子汗淌,天天锯子、刨子不离手,还得算圆周率。可是不能不干呀!县城治安很重要!不抓不行,不抓会出乱子!"

"你累得泗皮子汗淌,是因为你把自己当木匠了嘛。你是县长!县太爷嘛,哪能成天跟锯子、刨子打交道呢?你应该高高在上,听汇报,做批示,统领全局……"

这话金丁爱听。就一挺身子,坐直了,摆出一副县太爷的架势,居高临下地要张一德给他汇报工作。

张一德没有太要紧的工作要汇报,就给金丁汇报了现在街面上又流传起了合富洋行石头楼的谣言,有些胆大妄为的家伙,还企图进入洋行。

金丁大叫:你快想办法!那地方不能让动。

张一德就一本正经地汇报说:他打算把警察局和自己的公寓[g]都搬到合富洋行

---

[g] 链接 当时,杨增青还在延续大清惯例:外派官员通常不得携带家眷。张一德刚来,又没买房置地,就住公家的房子,所以叫公寓。当然,金丁在子归城买了房产,但依然住公家的房子,不可能叫公寓,因为他上任时带了家眷。金丁能带家眷,与他老婆和杨增青系同乡有关。

北面的那条巷子里去，以震慑不法之徒，免得出事儿。可那里的房子都是有主的，得租，要租就得有租金。

金丁就大笔一挥，下令即日起收缴治安费，以支租金。

第二节

1

合富洋行的黑石头楼，留给人们的记忆太恐怖了。马刀兵走后，坊间便流传起了一种说法，说马刀兵不是皮斯特尔带来的，而是一个女人带来的。那女人在血洗洋行的当天，坐着一顶黑轿子进入了黑石头楼。——也有人说是在马刀兵离开子归城的前夜，那女人进入黑石头楼的。

反正不管怎么说，很多人都坚持说他们看到了一顶黑色的女轿子，在黎明前或者傍晚的黑暗里，秘密进入了黑石头楼。只是具体的时间众说纷纭。

传说久了，人就不安心、不踏实，有人就偷偷地爬上洋行院墙，或者贴着门缝儿偷窥。

可他们看到的多是院子里杂草丛生，长满了野罂粟，有几条丧家犬、流浪狗奔窜其间。至于黑石头楼，有人说，他们在某年某月某日的某个晚上，看到过里面闪烁亮光。甚至，还看到过一个女人的剪影……

后来，一些挺恐怖的传说，便在北丝路上开始流传。

传说，在丝绸古道上有座魔鬼城，城里有个高大的石头院子，院子里有个黑石头房子，房子里有个女人，如花似玉，专门勾引来往的骆驼客。多少年来，只要有人走进那个神秘的荒院，便会无影无踪……因为院子里长满了一人多高的罂粟花，只要有人进入，它们便会散发出浓烈的毒气，致人死亡。

还有人说，没人能够走过那片罂粟花地的原因是，那里面有许多疯狗奔窜其中，一旦被咬中便会中毒而亡。

另一个说法是，那楼里并没有一个如花似玉的女人，而是真的有一块像绽放的大烟花一样漂亮的和田羊脂玉，有枕头大，只不过这块羊脂玉，一旦感觉到人的气息，便会瞬间无影无踪。

更神秘的传说是，那块神奇的羊脂玉，经常会变幻成一个貌美如花的女人，诱惑着人们走进黑石头房子。而一旦有人走进了那个院子，就会触碰到盛开的罂粟花，而罂粟花的花汁便会立即致人死亡，成为那些红眼狼狗的食物……

至于那座魔鬼城的地点，开始都说是在大牧川的丝路边上。后来一些爱吹牛的骆驼客说，他们在戈壁滩上看到过魔鬼城。城里的黑石头房子，是用和田墨玉盖成的。

还有一些人甚至吹牛说，他们在大漠深处走进过魔鬼城，看到过那个女人，她只在夜晚的月光下才会出现。还有人说，其实那女人，就是一株妖冶的大烟花。它经过了八百年的修炼，成精了……

就这样，黑石头房子和里面的女人，成了丝路上经久不息的传奇。越传离子归城越远，最后成了大漠中有一座魔鬼城的铁证。

2

契阔夫走的时候，金丁害怕，就装病说豁牙子发炎了，疼。便备了礼行，让张一德代他去送行。

契阔夫没生气，收了礼行，还说他也经常牙疼，能理解。然后就指着合富洋行的黑石头楼，对张一德说：这是雅霍甫家族的私产，神圣不可侵犯。请转告县长大人，他说过绝对不让人动这里的一草一木。请他不要忘记自己的诺言。否则后果不好看（原话如此）。

张一德不卑不亢地说：您尽管放心！不管是谁家的财产，按规定要保护的，县上都会保护。

契阔夫说：我保护过他的通天塔，维护了他跟上帝沟通的权利。

张一德笑着说：那不是通天塔，只是一个荒诞剧的舞台。

契阔夫没听懂，盯着张一德看。看了半天，忽然想起了哗变时捆绑了此人，有些不好意思，就拍了拍张一德的肩膀说："为了世界和平，让你受委屈了！你是个有文化的人，不该受被捆绑的委屈。"

契阔夫的话简单、真诚，肯定打动了张一德。他后来当了警察局长，也不食言，禁止歹人觊觎合富洋行。

别人的财产，即便主人走了，旁人也不能动。这本来就是古城子上百年的规矩。但官方一有禁忌，人们反而疑窦重重，起了探究之心。结果，大家一回忆过往怪事，就从蛛丝马迹中发现了更多传说的真实性。

马刀兵血洗合富洋行后，白石头楼变成了红石头楼，血干之后，变成了黑石头楼。可是这个沉寂的院子，曾经飘荡过袅袅青烟。还有人看见过封闭的楼房里，有过一个女人的身影，像幽灵闪现……

"合富洋行"四个字的招牌还在，但洋行关门闭户，看不见啥人，也没见做一单生意。可是，邮差艾山江却隔着院墙，多次吼喊着往里面扔邮件。

郝大头后来开了个木匠铺子，门面就是用合富洋行原来的两间门房改造的。金丁还给了他盖着县衙大印的商契。这就说明郝大头的门面是经过了合富洋行主人同意的——或许就是赠予的，那洋行的主人是谁？会不会就在黑石头楼里？

子归城人都知道合富洋行的院子里有很多野狗。那狗吃人，没人敢进去。可乙卯年秋天，从迪化来了一伙洋人祭奠红胡子。他们的孩子就进了洋行院子，摘罂粟花，玩了一个下午，却安然无恙。

此外，还有不愿公开姓名的人坚称：某年某月某日，他们目睹从合富洋行的院子里出来了一顶黑轿子，上了古牧地。而当天红胡子雅霍甫的坟上，就有人影晃动。晚上还有人凿碑，凿得火星子乱溅……

一个远去天边的传说，忽然又在身边鲜活地演绎，这多少让人有些惶恐。

靖安团的马麟团长也惶恐，就让杨干头找个由头，设了一计，把邮驿员杨修扔进了死寂的洋行院子。他们发现杨修进去后，一直无声无息，只有狼狗低声的喘息和蹄子的奔跑声，在罂粟花丛间此起彼伏。

大家迷茫困惑，就又以抢救战友为名，让蒋干披了张狼皮，说狼狗怕狼，逼着他爬上梯子，去院子里给杨修收尸。

出人意料的是，杨修没死，疯了。除了媳妇凤娇，见谁咬谁，还学狗叫，大白天精沟子就敢往街上跑。

而背他出来的蒋干则勺掉了，一句话也说不出来，只会冲人翻白眼。再后来，他的病情有所好转，但对那段经历毫无记忆。

杨修和蒋干，一疯一傻，原因不明。整个过程谁也没看到洋行里有人的踪迹，马麟不好对外交代，就胡乱宣称：经考察，合富院子没人没鬼。但院子里的罂粟花有血毒。人中了毒，不疯就傻。

据此，金丁再次发布了官方公告，说合富洋行的罂粟花是人血浇灌的，有毒。严禁入内。

从此，怕犯法、怕中罂粟花毒的人，便不敢再琢磨合富洋行的院子了。

但还是有些人撇嘴，心里不认可。

3

撇嘴者们认为，"花毒说"靠不住。事情是明摆着的，"鬼节之乱"时，马刀兵杀小螳螂的人，血也浇灌了罂粟花。可当年花花沟罂粟大丰收，没听说谁中毒啊！——这里面甚至包括马麟、杨干头他们自己，说谎的人知道自己在说谎，故而他们长久地怀疑杨修和蒋干是装疯卖傻。

还有诸葛白，其实也撇嘴了。他在《北丝路记考》中就表达了合富洋行里的罂粟其实很正常的看法，并阐明了其旺盛的原因：

一是"鬼节之乱"时，马刀兵攻打合富洋行，混战中洋行地下室的大烟膏子和大烟籽散落得四处都是，后来它们就在院里乱生疯长，像红藻一样包围了黑石头楼。而且不分春花、秋花，还是冬花，野生疯长，就像是离离原上草，一岁一枯荣。

二是何坨子放火时，合富洋行的一马车烟花籽随风飞扬，弄得子归城一带罂粟花随风飘摇，四处绽放。而合富洋行的罂粟花开得艳丽饱满，原因和合富洋行的种子好、院子荒芜有关……

这些当然和是否有血"浇灌"无关。

子归城

诸葛白还分析认为：杨干头和马麟是觉得在城里有合富洋行这么一块风水宝地，长出如此妖艳的罂粟花，烟花膏子肯定优质，值得重视。但他们都是听说过丝路传说的人，知道合富洋行的狼狗眼都是红的，秘密很多，危险也多，可能还真有毒气。就抓了杨修、蒋干，扔进洋行院子探虚实……

杨修和蒋干都是诸葛白的学生辈，又是他带到子归城的。听说两人一疯一傻，他一定痛心，一定认真研究原因。故而，我应该赞同他的观点。

撇嘴者们还对合富"没人没鬼"的说法也持怀疑态度。诸葛白在《北丝路记考》中记载，有个姓陶在家排行老七的人就撇嘴说过，他亲眼所见，合富洋行的石头楼成了鬼楼后，每年过了冬季，会不定期地有陌生人进出。其中还有一顶黑轿子，总是半夜里来，半夜里走。他还记载：乙卯年，有人在迪化的一个洋人酒会上，曾见一个高位截肢的女人坐在轮椅上，黑纱蒙面，有人说她叫柳芭公主……

想想多恐怖，一个复仇的女人躲在幽暗的阁楼上，神不知鬼不觉地窃视着城里发生的一切。而人们还以为那只是个传说！

撇嘴者们面对这种情况，当然不安，当然要说。于是，传说就又时起时伏，时而生动，时而隐晦。

4

子归城的撇嘴者们多数还都是贼大鬼，他们从传说中感到不安或产生了非分之想，便往往不顾警局就在附近，跑去觊觎或者探索黑石头楼里的秘密。结果，洋行周围就发生了几起不大不小的诡异案件。

金丁怕契阔夫将来追责，张一德也怕失职，官方就对合富洋行实行局部宵禁，还封锁街巷进出口。同时借鉴杨干头抓内奸的经验，故意把事情扩大化，错抓了一些在洋行附近闲逛的良民和歪嘴子人，声称他们撇嘴了，高调训诫，还打耳光。——对那些歪嘴子人，更是用鞋底子打嘴巴子，打得两边对称不再歪，再大肆张扬，把人放掉。这一招收效奇好，撇嘴者从此不敢撇嘴乱说话。天生歪嘴子的人也开始寻医问药，矫正嘴脸。那些对洋行怀有探险欲望的歹人更是从此禁足，不敢到洋行附近转悠，怕被冤枉，抓去掌嘴打鞋底子。

渐渐地洋行一带安宁了，冷清了，石头楼的传说和谣言也开始慢慢被人遗忘。

可出人意料的是，这却是个不死的传说，到了农历丁巳年，它又随着初春的大风复活了。

5

如果你有耐心把卷帙浩繁的《子归城》读下去的话，你就会发现，说马刀兵没去参加第一次世界大战的流言没错。农历丁巳年，契阔夫部众就又回到子归城，再次开启了新的腥风血雨和动荡岁月……

那是个大风起兮云飞扬的春天，也是谢尔盖诺夫脱胎换骨涅槃重生的春天。

关于谢尔盖诺夫，我在后面会有详细叙述。在此只能简述一件事：这个有故事而且故事离奇的男人在这年猛然开始忏悔了，忏悔制造"名妓奇案"，忏悔冤杀张福，忏悔他过去的所作所为……他的忏悔让他的灵魂撕裂，备受折磨，近乎疯狂。而那阵子风大，他在张福的坟前，情绪失控，哭诉的声音也大。请求原谅的话，就都被风吹进了城里。

在风中听到他忏悔的人，都惊愕不已。神拳杨在"名妓奇案"中差点儿倾家荡产，他仇恨难消，就在张福的坟头上偷偷抓住了谢尔盖诺夫……

结果，他俩的对话，随风入城，让撒嘴者听到了。不死的传说也就再次复活。

神拳杨抓住谢尔盖诺夫这事儿，人们都说郭瞎子亲眼看到的。

时间是晚上，罡风猛烈。据说神拳杨最初情绪激动，后来听明白谢尔盖诺夫并没有亲自去掘坟碎尸，而是雇请了三个宰羊杀猪的屠夫，两人的对话就清晰而有逻辑了：

"那你说说，柳芭是咋回事？"

谢尔盖诺夫且说且哀叹："那天，柳芭看见了杀手。一紧张，从马上摔了下来，摔断了一条腿。是我把她弄到迪化医院，做的手术。"

"为啥再也没人看到过她？"

"她当时还摔伤了脸……"

"后来呢？"

"后来她有时在古城子，有时在别处。"

"古城子？在啥地方？"

"就在合富洋行的黑石头楼里。她说那是他们家族的产业，里面还有希瓦汗国的秘密，她都得守着……"

神拳杨和谢尔盖诺夫的上述对话令人震惊，但诸葛白在《北丝路记考》中没有记载，甚至连神拳杨秘密抓人这事儿也没有记载。可罗阿满说他亲耳所闻。罗阿满是我们刘家亲戚，我很愿意相信他的话。但我在故纸堆里翻腾了几十年，没发现任何文献佐证。在此只能照抄紫泉子人的说法，否则您可能会说我胡编乱造。我的写作原则是：即便我对某些情节疑虑重重，但它是紫泉子人说的，有根有据，我就采信。这总比我编造一个貌似合理的情节要好。

对啦，这事儿我问过天亮爷爷。他说：没听神拳杨说过。

可我父亲后来作了解释，他说神拳杨是个好人，他原谅了谢尔盖诺夫，就把这事当成个秘密埋在心里，没给任何人说。

但那些在风中听了杨、谢两人对话的撒嘴者，没把它当秘密，一撒嘴就传开了。结果，不死的传说当天就复活了。这是事实。

6

四十四年前，关于黑石头楼以及其中的神秘女人，我和林拐子有过一次对话。

那是1972年的一个台风天，厦门大雨瓢泼，洪水冲毁了三号海堤，人们都在抢险。我和林拐子是闲人，在酒馆喝酒。

微醉之后，我问林拐子："从各种迹象来看，合富洋行的黑石头房子里，确实有过一个女人，应该就是柳芭吧？"

林拐子说："那你觉得会是谁？"

我说："我觉得是柳芭。可是我想不通，她为什么要枯守那座恐怖的黑石头楼呢？"

林拐子说："铁老鼠跟着红胡子有多少年了？你觉得从黑石头楼里找到红胡子

藏匿羊脂玉枕[y]的地方，那么容易吗？"

"那就是说，柳芭拖着伤残的身体，多次长期潜入黑石头楼，才最终找到了羊脂玉枕？"

林拐子笑了，说："羊脂玉枕价值连城，谁找到了它，谁就得死。当年铁老鼠找到了，他死了。后来柳芭找到了，她也死了。"

我说："之后羊脂玉枕被烧成了灰，就再没死过人。"

林拐子冲我瞪起了眼，伸出三根残指构成的V形手，对我说："我碰都没碰上，就丢了三根指头！"

我想笑，又不敢。

林拐子收起残指，幽幽地说："我八十九岁了，快要死了。我死之后全世界就没有人知道黑石头楼里的秘密了。现在，我告诉你，你把它记下来。"

我掏出了纸笔，林拐子却沉默了。

很久很久，他突然轻轻叹了口气说："羊脂玉枕，其实只是一件瓷器，一碰就碎。一碰就碎哇……"

他说着就走进了台风带来的疾风暴雨中。

此后，我再没见过林拐子。他在我离开厦门不到一年后，就安静地死了。享年九十岁。

---

[y] 链接 红胡子外粗内细，把雕花羊脂玉枕藏得很巧妙。根据林拐子的描述，小阁楼和铁窗子之间的隔墙很厚，装羊脂玉枕的套盒（由金、银、铜、铁四个盒子组成）就藏在这道隔墙与地板相连的位置。搬开铁窗子靠墙的大立钟，有个圆洞，伸手进去能摸到套盒，但取不出来。从小阁楼那边能取出，但看不到。因为取套盒要撬掉三块地板。从这个意义上讲，学术界对羊脂玉枕的藏匿处莫衷一是，完全可以理解。因为外人很难描述，它是藏在小阁楼还是铁窗子，甚至很难描述它在二楼还是三楼。因为它位于两层之间，在三楼的地板下，二楼的顶棚上。

子归城

第三节

1

《子归城》第二部《根居地》至此已经接近尾声。我写小说在尾声部总要照应一下开头，这样显得结构完整。也就是说，我在这里还要继续讲述林拐子。

我在《根居地》开篇就说过了，1972年，我与林拐子偶然邂逅，出于好奇，记录了一些子归城的逸闻趣事。后来因为头绪繁杂，理不清楚，某些人的事儿又属秘密，不好说。我就放弃了做这件事。

但到了1977年，我考上了鹭生大，到厦门报到时，林拐子去世了。他让林子非给我转交了他的皇历（都是厦门的，用处不大），还有几张小报，上面有些回忆文章，都是关于林茗和查理·琼斯斗茶的往事……

"我爷爷让我把他的这些皇历交给你，说你写书的时候会用。"那时候林子非还是个中学生，还没怀疑林拐子是不是他亲爷爷。

我当时听了林子非的话，骤然浑身燥热，相当紧张。我想起了我给林拐子的承诺，我知道这是林拐子耍的花招，目的是警告和提醒我勿忘诺言。

"你知道你为什么叫林子非吗？"我记得当时我问林子非这话时，头上都是汗。

林子非摇了摇头，脸上明显还带着失去爷爷的悲戚。

"你爷爷生前，没，没有讲过你父母去哪儿了吗？"

"去哪儿了？"林子非茫然地摇了摇头，忽然盯住了我，似乎他才想到这个问题。

"我怎么知道！不知道。"我把老皇历夹在腋下，擦把汗，急忙走了。

面对一个初中生，我能怎么办？我真的没勇气兑现我的诺言。

那是一个夏天。天很热，太热了。

2

1972年夏天,我一冲动,就向林拐子做了保证:只要您把在古城子的那些事儿说出来,我就把它写成一本书。

记得当时林拐子指了指正在门外玩耍的林子非,眸子发红地对我说:"别的写啥我不管,一定要把他写进去!我要让他知道,他不是我林家的后人!他真正的爷爷,因为没了他,气得吐血而死,死在武夷山中!"

那时候我年轻,血气方刚,一拍胸口就答应了。

结果,从此我就背上了一个沉重的诺言,一背就是三十多年。

三十多年来,林子非从一个羸弱少年变成了青年、中年、壮年,从一个叫我叔叔的中学生,变成了我的同辈人(他成人后,跟我论过辈分)。而我却随着年龄的增长,发现我兑现诺言变得越来越难。

我在断断续续写了一些子归城的故事后,已经有了一部鸿篇巨制的构思乃至写作大纲。但却断断续续,写写停停,甚至在写与不写之间,游移不定,畏葸不前……

这事儿说出去让人笑话。但有什么办法呢?那个诺言,因为林拐子的离世,已经无法解脱,成了顽固而隐秘的肿瘤,在我心里越埋越深,可能还恶性变异了。

3

与林子非有关的这个诺言或者说肿瘤,能影响我的写作三十多年,原因不仅在于它牵扯到血亲血脉,更重要的是它还涉及林、赖两家的恩怨血仇。长期以来,每当我想到这一点,就头疼。还有点害怕,怕它是恶性的,会扩散。

不过,我现在知道了林子非去古牧地的动机,也就想明白了,这个一根筋的家伙,既然人都去了,肯定不达目的不罢休,或许就在下一秒,他就会发掘出自己的身世之谜。当然,也可能是一天、一个月,甚至一年。但可以肯定,至少在《子归城》出版之前,他会自己发现自己的秘密,知道赖黄脸是他的亲爷爷,他是武夷山赖家三代单传的一根血脉,等等。

既然如此,我还担心什么呢?

此刻，林子非应该正在大牧川，在他亲爷爷赖黄脸当年走过的地方徘徊寻觅，探索自己的生命秘密，样子可能就像一条觅食的狗。

而他的秘密，其实就在《子归城》里，我已决定把它公之于众。

想到这儿，我有种解脱感。

4

坐在电脑前想象林子非走在赖黄脸当年走过的官道上，总有种穿越时空、昨是今非的奇特感觉。

甲寅年夏，马刀兵走的时候，赖黄脸也跟着走了。这事儿天亮爷爷说过，是跟三亲眼所见。

跟三仗着模样难看，不怕惹事。听说马刀兵要走了，就跑到了东门外赖掌柜的茶店，在外廊上偷着看。

契阔夫可能又牙疼了，一手捂着腮帮子，领着骑兵飞奔而过。跟在他后面的是些辎重车辆和抢来的牛羊，以及徒步车户、杂役——他们可能是护送或者押解车辆牛羊的。他们大概觉得反正跟不上骑兵，就故作艰难地缓慢向前。

跟三看到合富洋行的赖黄脸就在其中。

赖黄脸看到赖掌柜时，尴尬地咧了咧嘴，之后又用闽南话跟赖掌柜打了个招呼。

跟三听不懂，诧异，就拉着赖掌柜问："这赖黄脸刚才跟你说啥？我咋觉得他是在叫你叔呢？"

赖掌柜厌恶地摆摆手，说："叔？我咋会是他叔？"之后却对跟三说："不听话，耍心眼。跟着马刀兵混，这下好了吧，到欧洲去打仗，死路一条哇！可惜他家那一支，人丁不旺，就这一独苗……"

跟三想起鬼节时，天亮把马寄放在赖掌柜的茶店，却不急着取，还说："你们不懂。我看赖掌柜和赖黄脸都姓赖，应该是亲戚。赖黄脸现在跟着马刀兵哩，放赖掌柜那里，还安全些。"他就想印证一下，便追问赖掌柜："叔！马刀兵抢没抢你家的东西？"

赖掌柜想了想说:"他们不爱喝工夫茶。"

跟三一听就懂了,明白天亮说得对,有赖黄脸在,马刀兵不抢赖掌柜的东西。

5

其实,跟三误会了赖掌柜。天亮的马没被抢,是因为赖掌柜心细。天亮把马托付给赖掌柜后,赖掌柜就让伙计把马关在住人的客房,细心藏着,还上了嚼扣,害怕它发出嘶鸣,被马刀兵发现……

不过,赖掌柜和赖黄脸的确是亲戚,他们在武夷山有共同的祖坟。所以赖掌柜对赖黄脸跟着哥萨克去打"欧战"会不满、会惋惜,还有点儿担心。当然,赖掌柜的担心属于多余。马刀兵虽是职业军人,过的是刀尖上舔血的日子,可赖黄脸是文职,用不着出生入死、马革裹尸。所以他跟谢尔盖诺夫一样,一直活着。

赖黄脸不但一直活着,后来还成家立业,有了个儿子叫赖光。赖光后来也生了个儿子,乳名不详,官名叫林子非,是林拐子给起的名字。——您听听这名字,就该知道林拐子一开始就没拿林子非真当孙子。当然,这些都属于下一部的内容,此处我得引而不发。

6

现在是2016年9月15日,中秋节。

厦门岛上有一股鱼腥草的气味儿在回荡。气象台发布红色预警,说今年第14号台风"莫兰蒂",将穿过厦金海峡,晚上可能到达厦门。

"莫兰蒂"挑了个节日,这才叫下勾拳!稳,准,狠。

厦门没了往日的喜庆,到处充满着非常态的繁忙。机场、火车站,都陆续关闭,执法部门在海上巡逻,让渔民们赶快回家进入避风港。电视上在嚷着让大家备足食物和水。

厦门岛内的街巷已经空了,像是在等这场台风。可天地间阳光灿烂,波澜不惊,到处闪烁着明亮的高光。许多人坚信这又是一次"狼来了"的谎报。有家马来西亚人开的"娘惹菜馆"还挂出了一条标语,号召人们晚上到他的菜馆来看"红月亮"。——他的意思是说,有台风的晚上,月亮是红的(这和当年子归城人面对自

子归城

然灾害，总说看见了天狼星是红的完全相同）。他的菜馆是海边一幢八层楼的顶部，视野很好。

我在二十六层的高楼上写作，能看到五通码头已经关闭，彩色的三角旗也没了，只有几根旗杆孤独地矗立着……

因为日子特殊，我写了篇日记：

左踝骨从摔断到愈合，已经一百多天了，现在我能拄着单根拐杖在房间里来回活动。

伤愈的脚总是会在阴天下雨时隐隐作痛，此刻它已经越来越酸痛。说明今晚台风"莫兰蒂"是确定无疑要袭击厦门了！岛内空气紧张，阴沉的天幕上能看到远处有很亮的云团在翻滚。海上一片苍茫，隐隐地有风声从灯塔边掠过。

诡异的气氛，使这个中秋节变得令人烦闷。我心神不宁地乱翻书，却意外地看到了一条史料，《同安府志》记载：明洪熙年间，厦漳泉沿海遭遇强台风及海啸。灾后当地渔民为生计违反禁令出海，仅钟宅湾一处便有十七户人家获罪，被流放到了塞外大牧川，其后代无一人生还……

这条史料与子归城建城的传说不谋而合。它可能会证明我引子里所写的传说不是传说，而是史事。

这个史事，让人心情复杂，还莫名地惆怅。